東坡七集

四部備要

集部

中華書局據匋齋校刊本校刊

桐鄉　陸費逵總勘
杭縣　高時顯
杭縣　吳汝霖輯校
杭縣　丁輔之監造

東坡奏議卷第四

論擒獲鬼章稱賀太速劄子
因擒獲鬼章論西羌夏人事宜劄子
乞詔邊吏無進取及論鬼章事宜劄子
乞約鬼章討阿里骨劄子
參定葉祖洽廷試策狀二首
大雪乞省試展限兼乞　御試不分初覆
考劄子
大雪論差役不便劄子
貢院劄子四首
奏巡鋪鄭永崇舉覺不當乞差曉事使臣
交替
奏劾巡鋪內臣陳慥
申明舉人盧君脩王燦等
論特奏名
省試放榜後劄子三首
乞裁減巡鋪兵士重賞
乞不分經取士
乞不分差經義詩賦試官
御試劄子二首

奏乞御試放榜館職皆侍殿上

放榜後論貢舉合行事件

乞罷學士除閑慢差遣劄子

論擒獲鬼章稱賀太速劄子

元祐二年八月二十七日翰林學士朝奉郎知制誥兼侍讀蘇軾劄子奏臣竊聞熙河經略司奏生擒西蕃首領鬼章宰相欲以明日稱賀臣愚以謂偏師獨克固亦可慶然行於明日臣謂太速如聞本路出兵非一見有一將方指青塘此乃阿里骨巢穴若更待三五日間必續有奏報賀亦未晚今者俘獲醜虜功誠不細賞功勸後固不應輕然　朝廷方欲緝治邊防整肅驕慢若捷奏朝至舉朝夕賀則邊臣聞之自謂不世之奇功或恩禮太過則將驕卒惰後無以使臣願　朝廷鎮之以靜示之以不可測昔謝安破苻堅書至安與客圍棋不輟曰小兒輩已遂破賊安亦非矯情蓋萬目觀望事體應爾所有明日稱賀乞更詳酌指揮臣受恩至深不敢不盡出位妄言罪當萬死取　進止

因擒鬼章論西羌夏人事宜劄子

元祐二年九月八日翰林學士朝奉郎知制誥兼侍

讀蘇軾劄子奏臣竊見近者熙河路奏生擒鬼章百
官稱賀中外同慶臣愚無知竊謂安危之機正在今
日若應之有道處之有術則安邊息民必自是始不
然將驕卒惰以勝爲災亦不足怪故臣區區欲乞陳
前後致寇之由次論當今待敵之要雖狂愚無取亦
臣子之常分昔　先帝用兵累年雖中國靡弊然夏
人困折亦幾於亡横山之地沿邊七八百里不敢耕
者至二百餘里歲賜旣罷和市亦絶虜中疋帛至五
十餘千其餘老弱轉徙牛羊墮壞所失葢不可勝數
飢羸之餘乃始款塞當時執政大臣謀之不深因中
國厭兵遂納其使每一使賜予貿易無慮得絹五萬
餘疋歸鬻之其民匹五六千民大悅一使所獲率不
下二十萬緡使五六至而累年所罷歲賜可以坐復
既使虜因吾資以德其民且飽而思奮又使其窺我
厭兵欲和之意以爲欲戰欲和權皆在我以故輕犯
邊陲利則進否則復求和無不可者若當時大臣因
虜之請受其詞不納其使且詔邊臣與之往返商議
所獲新疆取舍在我俟其詞意屈服約束堅明然後
納之則虜雖背恩反覆亦不至如今日之速也虜雖
有易我意然不得西蕃解仇結好亦未敢動夫阿里

骨董氈之賊臣也挾契丹公主以弒其君之二妻董
氈死匿喪不發逾年衆定乃詐稱嗣子僞書鬼章溫
溪心等名以請于朝當時執政若且令邊臣審問鬼
章等以阿里骨當立不立若 朝廷從汝請遂授節
鉞阿里骨眞汝主矣汝能臣之如董氈乎若此等無
詞則是諸羌心服旣立之後必能統一都部吾又何
求若其不服則釁自彼爵命未下曲不在吾彼旣一
國三公則吾分其恩禮各以一近上使額命之鬼章
等各得所欲宜亦無患當時執政不深慮此專以省
事爲安因其妄請便授節鉞阿里骨自知不當立而
憂鬼章之討也故欲借力於西夏以自重於是始有
解仇結好之謀而鬼章亦不平 朝廷之以賊臣君
我也故怒而盜邊夏人知諸羌之叛也故起而和之
此臣所謂前後致寇之由明主不可以不知者也雖
旣往不咎然可以爲方來之鑒元昊本懷大志長於
用兵亮祚天付兇狂輕用其衆故其爲邊患皆歷年
而後定今梁氏專國素與人多不協方內自相圖其
能以創殘呻吟之餘久與中國敵乎料其姦謀蓋非
元昊亮祚之比矣意謂二聖在位恭默守成仁恕之
心著於遠邇必無用武之意可肆無厭之求蘭會諸

城鄜延五寨好請不獲勢脅必從猖狂之後求無不獲計不過此耳今者切聞　朝廷降詔諸路勅勵戰守深明逆順曲直之理此固當今之急務而詔書之中亦許夏人之自新臣切以謂開之太急納之太速曾未一戰而厭兵欲和之意已見乎外此復蹈前日之失矣臣甚惜之今欲聞鬼章之捷或漸有款塞之謀必將爲恭佷相半之詞而繼之以無厭之請若　朝廷復納其使則是欲戰欲和權皆在虜有求必獲不獲必叛雖偸一時之安必起無窮之釁故臣願明主斷之於中深詔大臣密勅諸將若夏人款塞當受其詞而却其使然後明勅邊臣以夏人受恩不貲無故犯順今雖款塞反覆難保若實改心向化當且與邊臣商議苟詞意未甚屈服約束未甚堅明則且却之以示吾雖不逆其善意亦不汲汲求和也彼若心服而來吾雖未納其使必不於往返商議之間遽復盜邊若非心服則吾雖蕩然開懷待之如舊能必其不叛乎今歲涇原之入豈吾待之不至耶但使吾兵練士飽斥候精明虜無大獲不過數年必自折困今雖小勞後必堅定此臣所謂當今待敵之要亦明主不可以不知者也今　朝廷意在息民不憚屈己而

臣獻言乃欲艱難其請不急於和似與 聖意異者
然古之聖賢欲行其意必有以曲成之未嘗直情而
徑行也將欲翕之必固張之將欲取之必固予之夫
直情而徑行未有獲其意者也若權其利害究其所
至則臣之愚計於安邊息民必久而固與 聖意初
無小異然臣竊度一朝廷之間似欲以畏事爲無事
者臣竊以爲過矣夫爲國不可以生事亦不可以畏
事畏事之弊與生事均譬如無病而服藥與有病而
不服藥皆可以殺人夫生事者無病而服藥也畏事
者有病而不服藥也乃者阿里骨之請人人知其不
當予而 朝廷予之以求無事然事之起乃至於此
不幾於有病而不服藥乎今又欲遽納夏人之使則
是病未除而藥先止其與幾何臣於侍從之中受恩
至深其於委曲保全與衆獨異故敢出位先事而言
不勝恐悚待罪之至取 進止

乞詔邊吏無進取及論鬼章事宜劄子

元祐二年九月二十七日翰林學士朝奉郎知制誥
兼侍讀蘇軾劄子奏臣聞善用兵者先服其心次屈
其力則兵易解而功易成若不服其心惟力是恃則
戰勝而寇愈深況不勝乎功成而兵不解況不成乎

頃者西方用兵累年　先帝之意令在弔伐而貪功
生事之臣惟務殺人爭地得尺寸之土不問利害先
築城堡置州縣使四夷爭畏中國以謂　朝廷專欲
得地非盡滅我族類不止是以併力致死莫有服者
今雖　朝廷好生惡殺不務遠略而此心未信憎畏
未衰心既不服惟有鬭力力屈情見勝負未可知也
今日新獲鬼章威震戎狄邊臣賈勇爭欲立功以爲
河南之地指顧可得正使得之不免築城堡屯兵置
吏積粟而守之則中國何時息肩乎乃者王韶取熙
河全師獨克使韶有遠慮誅其叛者乃以忠順郎用
其豪酋而已則今復何事其所以兵連禍結罷弊中
國者以郡縣其地故也往者既不可悔而來者又不
以爲戒今又欲取講土城曰此要害地不可不取方
唐盛時安西都護去長安萬里若論要害自此以西
無不可取者使諸羌知中國有進取不已之意則寇
愈深而兵不解其禍豈可量哉臣願陛下深詔吏民
叛則討之服則安之自今以往無取尺寸之地無焚
廬舍無殺老弱如此期年諸羌可傳檄而定然　朝
廷至意亦自難喻將帥未必從也雖日行文書終恐
無益宜驛召陝西轉運使一員赴闕面勅戒之使歸

以喻將帥而察其不如詔者臣又竊聞朝論謂鬼章
犯順罪當誅死然譬之鳥獸不足深責其子孫部族
猶足以陸梁於邊全其首領以累其心以爲重質庶
獲其用此實當今之良策然臣竊料鬼章兇豪素貴
老病垂死必不能甘於困辱爲久生之計自知生存
終不得歸徒使其臣子首鼠顧忌不敢復讎必將不
食求死以發其衆之怒就使不然老病愁憤自非久
生之道鬼章若死則其臣子專意復讎必與阿里骨
合而北交於夏人此正胡越同舟遇順風之勢其交
必堅而溫溪心介於阿里骨夏人之間地狹力弱其
勢必危若見并而吾不能救使二寇合三面以窺熙
河則其患未可以一二數也如臣愚計可詔邊臣與
鬼章約若能使其部族討阿里骨而納趙純忠者當
放汝生還質之天地示以必信鬼章若從則稍富貴
之使其信臣而喻至意焉鬼章既有生還之望不爲
求死之計其衆必從以鬼章之衆與溫溪心合而討
阿里骨其勢必克既克而納純忠雖放還鬼章可以
無患此必然之勢也西羌本與夏人世仇而鬼章本
與阿里骨不協若許以生還其衆必相攻縱未能誅
阿里骨一足以使二盜相疑而不合也昔太史慈與

孫策戰幾殺策策後得待慈釋不誅放還豫章卒立奇功李愬得吳元濟將李祐解縛用之與同臥起卒擒元濟非豪傑名將不能行此度外事也議者或謂鬼章之獲兼用近界酋豪力戰而得之仇怨已深若放生還此等必無全理臣以謂不然若鬼章死於中國其衆讎此等必深若其生還其讎之亦淺此等依中國爲援足以自全自古西羌之患惟恐解仇結盟若所在爲讎敵正中國之利無可疑者臣出位言事不勝恐悚待罪之至取 進止

乞約鬼章討阿里骨劄子

元祐二年十月七日翰林學士朝奉郎知制誥兼侍讀蘇軾劄子奏臣近者竊見劉舜卿賀表具言阿里骨罪狀又竊聞舜卿乞削阿里骨官爵又竊聞阿里骨上章請命議者或欲許其自新以臣愚慮二者之說皆未爲得何者阿里骨兇狡反覆必無革面洗心之理今聞其女已嫁梁乞逋之子度其久遠必須協力致死共爲邊患今來上章請命蓋是部族新破衆叛親離恐吾乘勝致討力未能支故匿情忍詬以就大事若得休息數年蓄力養銳假吾爵命以威脅諸羌誅不附己者羽翼既成西北相應必爲中原之憂

非獨一方之病也且夏賊逆天犯順本因輕料　朝
廷以爲必不能討已今若便從阿里骨之請則其所
料良不爲過西蕃小醜朝爲叛逆暮許通和則夏國
之請理無不許二寇滔天自若欲戰欲和無不可者
則西方之憂無時而止矣然遂從舜卿之請削奪官
爵即須發兵深入致討彼新喪大首領舉國戒懼我
師深入苟無他奇恐難以得志臣愚以謂當使邊將
發厚幣遣辨士以離其腹心壞其羽翼今聞温溪心
等諸族已爲所質勢未能動而心牟斂氈在其肘腋
迹同而心異若用臣前計使邊臣與鬼章約若能使
其部族與温溪心斂氈等合而討阿里骨納趙純忠
即許以生還此政所謂以夷狄攻夷狄計無出此者
若　朝廷便許阿里骨通和即須推示赤心待之如
舊不可復用計謀以圖此賊數年之後必自飛揚此
所謂養虎自遺患者也故臣願　朝廷既不納其通
和之請又不削奪其官爵存而勿論置之度外陰使
邊臣以計圖之似爲得策臣屢瀆天聽罪當誅死取
進止

參定葉祖洽廷試策狀二首

元祐二年十月二十一日翰林學士朝奉郎知制誥

兼侍讀蘇軾同蘇轍劉攽狀奏准元祐二年十月十一日尚書省劄子節文臣寮上言近聞兵部郎中葉祖洽改禮部郎中給事中趙君錫封駁以為不當兼論祖洽廷試對策有訕及宗廟之語臣愚今詳君錫所駁極為未允臣取祖洽印本試策尋究即無譏訕之言不知君錫何以見其譏訕也伏望　陛下令君錫條具祖洽譏訕之言下近臣參定以明枉直庶使策試之士謀議之臣悉心不同毋悼後害三省同奉聖旨令翰林學士中書舍人諫議大夫同共參定聞奏者右臣等竊謂　先帝親策貢士本欲人人盡言無所回忌士之論事必欲究極始末其語或及　祖宗事有是非義難隱諱但當考其所言當否以為進退不可一一指為謗訕取到葉祖洽所試策卷子看其略云　祖宗以來至于今紀綱法度苟簡因循而不舉者誠不為少又云與忠智豪傑之臣合謀而鼎新之臣等以謂　祖宗撥亂反正承平百年紀綱法度最為明備縱使時異事變理合小有損益亦不當謂之因循苟簡便欲　朝廷與大臣合謀而鼎新之詳此顯是祖洽學術淺暗議論乖繆若謂之譏訕宗廟則亦不可謹錄奏　聞伏候　勅旨

貼黄臣等准　朝旨與諫議大夫同共參定聞
奏今據左諫議大夫孔文仲牒已別狀奏陳更
不連書
又貼黄葉祖洽及第日臣軾係編排官曾奏乞
行黜落今已具事實別狀奏聞去訖
又
元祐二年十月二十二日翰林學士朝奉郎知制誥
兼侍讀蘇軾狀奏右臣近奉　聖旨參定葉祖洽所
試策臣已與劉攽等定奪奏聞去訖臣今看詳元降
臣寮上言有云凡在　朝廷大臣率多當時考試之
官信有此語安敢擢在第一臣等今來定奪得葉祖
洽顯是學術淺暗議論乖繆緣祖洽及第時臣係編
排官據初考官呂惠卿等定祖洽爲第二等中合在
甲科覆考官宋敏求等定祖洽爲第五等中合是黜
落臣曾具事由聞奏乞行黜落兼據祖洽元試策卷
子云　祖宗以來至于今紀綱法度因循苟簡而不
舉者誠爲不少今來祖洽上章自辯却減落上件言
語只云　祖宗已來至於今紀綱制度比之前古亦
有因循未舉之處顯見祖洽心知苟簡之語爲不可
故行減落謹錄奏　聞伏候　勑旨

大雪乞省試展限兼乞　御試不分初覆考劄子

元祐三年正月空日翰林學士朝奉郎知制誥兼侍讀蘇軾劄子奏臣竊見近者大雪方數千里道路艱塞四方舉人赴省試者三二分中未有二分到闕　朝廷雖議展限然迫於三月放榜所展日數不多至時若隔下三五百人趁時不及卽恐孤寒舉人轉見失所亦非　朝廷急才喜士之意欲乞自今日已往更展半月方始差官仍令禮部疾速雕印出榜曉示旁近州郡但未試以前到者並許投保引試若慮放榜遲延恐趁三月內不及卽乞省試添差小試官十人却促限五五七日出榜臣又竊見自來　御試差官分爲初考覆考編排詳定四處日限旣迫考官又少以此多不暇精詳又緣初覆考官不敢候卷子齊足方定等第只是逐旋據謄錄所關到卷子二十五十卷便定等第以此前後不相照所定高下或寄於幸與不幸深爲不便不若只依南省條式聚衆考官爲一處通用日限候卷子齊足衆人共定其等第不惟精詳寡失又　御試放榜亦可以速了臣竊意　祖宗之法所以分考官爲四處者蓋是當時未有封彌謄

錄故須分別以防弊倖今來旣有封彌謄錄縱欲循私其勢無由若只依南省條格委無妨礙乞賜詳酌指揮取　進止

大雪論差役不便劄子

元祐三年二月九日翰林學士朝奉郎知制誥兼侍讀蘇軾劄子奏臣伏見　陛下發德音下明詔以大雪過常煖氣不效農夫失業商旅不行引咎在躬渙汗之澤覃及方外而詔下之夕雪作不已臣備位近侍誠竊感憤廢食而歎退伏思念　陛下即位以來發政施仁無一不合人心順天意者當獲豐年刑措之報鳳凰景星之瑞而水旱作沴常寒爲罰殆無虛日此豈理之當然者哉臣誠愚惷不識忌諱試論其近似者而　陛下擇焉臣聞差役之法天下以爲未便獨臺諫官數人者主其議以爲不可改磨礪四顧以待言者故人畏之而不敢發耳近聞疎遠小臣張行者力言其弊而諫官韓川深詆之至欲重行編竄此等亦無他意方司馬光在時則欲希合光意及其旣沒則妄意陛下以爲主光之言殊不知光至誠盡公本不求人希合而　陛下虛心無我亦豈有所主哉使光無恙至今見其法稍弊則更之久矣臣每見

呂公著安燾呂大防范純仁皆言差役不便但爲已
行之令不欲輕變兼恐臺諫分爭卒難調和願 陛
下問公著等令指陳差雇二法各有若干利害昔日
雇役中等人戶歲出錢幾何今者差役歲費錢幾何
及幾年一次差役皆可以折長補短約見其數以此
討算利害灼然而況農民在官貪吏猾胥百端蠶食
比之雇人若樂十倍又五路百姓例皆朴拙差手分
須至轉雇慣習人尤爲患苦其費不貲民窮無告監
司守令觀望不言若非此一事則何以感傷陰陽之
和至於如此雖責躬肆眚徹膳禱祠而此事不變終
恐無益今侍從之中受恩至深無如小臣臣而不言
誰當言者然臣前歲因詳定役法與臺諫異論遂爲
其徒所疾屢遭口語今來所言若不合 聖意即乞
便行責降以戒妄言若萬一少有可采即乞留中只
作 聖意行下庶幾上答天戒下全小臣不勝恐栗
待罪之至取 進止

貢院劄子四首

奏巡鋪鄭永崇舉覺不當乞差曉事使臣交
替

元祐三年二月空日翰林學士朝奉郎知制誥蘇軾

同孫覺孔文仲劄子奏貢院今月三日據巡鋪官鄭
永崇領戒到進士王太初王博雅稱是傳義問得舉
人各稱被巡鋪官誣執尋令巡鋪官宣德郎王厚將
逐人卷子與衆官點對得逐人試卷內有一十九字
同即不成片段本院檢准條貫惟經學不許傳義口
授者同至於進士須是懷挾代筆方令扶出今來逐
人試卷點對得只有一十九字偶同別無違礙顯是
巡鋪官鄭永崇舉覺不當兼兩日內巡鋪內臣屢將
曖昧單詞令本院扶出舉人本院未敢施行見奏取
旨及有巡鋪所手分楊觀作過本院依法區分其巡
鋪內臣並來簾前告屬堅要放免本院亦不敢依隨
以此挾恨羅織舉人必欲求勝今來進士尚有兩甲
諸科尚有一十五場未曾引試若信令巡鋪官內臣
挾情羅織即舉人無由存濟欲望 聖慈速賜指揮
或且勾回石君召鄭永崇兩人却差曉事使臣交替
所貴不致非理生事取 進止

奏劾巡鋪內臣陳慥

元祐三年二月空日翰林學士朝奉郎知制誥蘇軾
同孫覺孔文仲劄子奏貢院今月三日據巡鋪官捉
到懷挾進士共三人依條扶出逐次巡鋪官並令兵

士高聲唱叫至今月十一日扶出進士蔣立時約有兵士三五十人齊聲大叫在院官吏公人無不驚駭在場舉人亦皆恐悚不安尋取到虎翼節級李及等狀稱是巡鋪內臣陳慥指揮令衆人唱叫竊詳　朝廷取士之法動以禮義舉人懷挾自有條法而內臣陳慥乃敢號令衆卒齊聲唱叫務欲摧辱舉人以立威勢傷動士心損壞國體本院無由指約伏望　聖慈特賜行遣取　進止

申明舉人盧君脩王燦等

元祐三年二月空日翰林學士朝奉郎知制誥蘇軾同孫覺孔文仲劄子奏貢院今月三日據巡鋪官押領到進士盧君脩王燦稱是傳義卻問得舉人稱是盧君脩來就王燦問道不知耿鄧之洪烈爲復是洪烈爲復是洪勳其王燦別無應對當院看詳若將問字使作傳義未爲允當已一面且令逐人就試乞早降指揮合與不合一例考校取　進止

論特奏名

元祐三年二月二十九日翰林學士朝奉郎知制誥蘇軾同孫覺孔文仲劄子奏臣等伏見從來天下之患無過官冗人人能言其弊而不能去其害惟往年

韓琦富弼等獨能裁減任子及展年磨勘發議之初士大夫相顧莫敢以身當之者以爲必致謗議而琦等不顧旣立成法天下肅然無一人非之者何則私欲不可以勝公議故也流弊之極至於今日一官之闕率四五人守之爭奪紛紜廉恥道盡中材小官闕遠食貧到官之後求取漁利靡所不爲而民病矣今日之弊譬如羸病之人負千鈞之重縱未能分減豈忍更添臣等自入貢院四方免解舉人投狀稱今來是龍飛榜乞爲敷奏法外推恩者不可勝數臣等一切不行兼不住有經 朝省下狀蒙送下本院只是坐條告示近准 聖旨依逐舉體例下第舉人各以舉數特奏名已約計四百五十人今日又准尚書省劄子取前來 聖旨特奏名外各遞減一舉人數若依此數則又添數百人雖未知 朝廷作何行遣不當先事建言但恐 朝廷已行卽論奏不及臣等伏見恩榜得官之人布在州縣例皆垂老別無進望惟務黷貨以爲歸計貪冒不職十人而九 朝廷所放恩榜幾千人矣何曾見一人能自奮勵有聞於時而殘民敗官者不可勝數以此知其無益有損不言可知今之議者不過謂卽位之初宜廣恩澤苟以悅此

僥倖無厭數百人者而不知吏部以有限之官待無窮之吏戶部以有限之財祿無用之人而所至州縣舉罹其害乃卽位之初有此過舉謂之恩澤非臣所識也伏乞斷自　聖意明勑大臣特奏名舉人只依近日　聖旨指揮仍詔殿試考官精加考較量取一二十人委有學問詞理優長者卽許出官其餘皆補文學長史之類不理選限免使積弊之極增重不已臣等非不知言出怨生旣忝近臣理難緘默取進止

貼黃臣覺見備員吏部親見其害闕每一出爭者至一二十人雖川廣福建煙瘴之地不問日月遠近進欲爭先注授臣竊怪之陰以訪問以爲授官之後卽請雇錢多者至五七十千又旣授遠闕許先借料錢遠者許借三月又得四十餘千以貪惏無知之人又以衰老到官之後望其持廉奉法盡公治民不可得也

省試放榜後劄子三首

乞裁減巡鋪兵士重賞

元祐三年三月空日翰林學士朝奉郎知制誥蘇軾同孫覺劄子奏臣等近奉　勑權知貢舉竊謂　朝廷待士之意本於禮義而輔以文法雖有懷挾傳義

之禁然事皆付之主司終不以此多辱士類虧損國
體近年緣練亨父爲試官非理淩忽舉人遂致喧競
因此多差巡鋪兵士南省至一百人訶察嚴細如防
盜賊而恩賞至重官員使臣減年磨勘指射差遣諸
色人支錢多至六百貫若非理羅織卻無指定深重
刑名緣此小人貪功希賞搜探懷袖衆證以成其罪
其間不免冤濫近者内臣石君召鄭永崇陳慥非理
搜捕臣等已具論奏尋蒙 朝廷取問行遣訖欲乞
下有司立法裁減重賞及減定巡鋪兵士人數如非
理羅織舉人即重行責罰以稱 朝廷待士之意取
進止

乞不分經取士

元祐三年三月空日翰林學士朝奉郎知制誥蘇軾
同孫覺劄子奏臣等近奉 勅權知貢舉竊見自來
條貫分經取士既於逐經中紐定分數取人或一經
中合格者少即取詞理淺謬卷子以足其數如合格
者多則雖優長亦須落下顯是弊法將來兼用詩賦
不專經義欲乞今後更不分經專以工拙爲去取取
進止

乞不分差經義詩賦試官

元祐三年三月　日翰林學士朝奉郎知制誥蘇軾同孫覺劉子奏臣等近奏爲將來科場既復詩賦乞更不分經取人已奉　聖旨依奏今來却見禮部新立條貫將來科場如差試官三員者以二員經義一員詞賦兩員者各差一員臣等竊謂既復詩賦與經義策論通考舉人尚不分經而試官乃分而爲二甚無謂也凡差試官務在有詞學者而已若得其人則治易及第不害其能問春秋經義入官不害其能考詩賦若不得人雖用本科不免乖錯須自聲律變爲經義則詩賦之士便充試官何曾別求經義及第之人然後取士若必用本科各考所試則經義策論詩賦四場文理不同亦須各差試官一人而後可此本議者私憂過計而有司不察便爲創立此條使一試院中有兩頭項試官自有科場以來無此故事自來試官患在爭競不一又分爲兩黨試經義者主虛浮之文考詩賦者主聲病之學紛紜爭競理在不疑舉人聞之必興詞訟爲害如此了無所益今來　朝廷既復詩賦又立此條深恐天下監司妄意　朝廷必欲用詩賦之人爲試官不問有無詞學一例差充其間久離科場之人或已廢學若用虛名差使顯不如

經義及第有文之人人之有材何施不可經義詩賦
等是文詞而議者便謂治經之人不可使考詩賦何
其待天下士大夫之薄也欲乞特賜指揮今後差試
官不拘曾應經義詩賦舉者專務選擇有詞學人充
其禮部近日所立條貫更不施行取 進止

御試劄子二首

奏乞 御試放榜館職皆侍殿上

元祐三年三月空日翰林學士朝奉郎知制誥蘇軾
同孫覺劄子奏臣等近奉勅權知貢舉竊見自來
御試放榜日館職皆在殿上祗候乃是 祖宗舊法
以彰王國多士之美熙寧中因閤門偶失檢舉不令
上殿自此遂爲定制欲乞檢會治平以前故事施行
取 進止

放榜後論貢舉合行事件

元祐三年三月 日翰林學士朝奉郎知制誥蘇軾
劄子奏臣近領貢舉侍立殿上祗候放榜伏見舉人
程試有犯 皇帝舊名者有旨特許依本等賜第又
有犯真宗舊名者執政亦乞依例收錄而 陛下親
發德音以謂此人犯 祖宗廟諱不可不降等已而
又有犯 僖宗廟諱者有旨押出在廷之人無不稽

首欣服臣與同列退相告語非獨以見 聖人卑躬尊祖之意亦足以知 陛下嚴於取士之法不好小惠以求虛名臣備位禁近固當推廣 聖意將順其美而補其所未備謹具貢舉合行事件畫一如左

一伏見 祖宗舊制過省舉人一經殿試黜落不少既以慎重取人又以見名器威福專在人主至嘉祐中始盡賜出身然猶不取雜犯而近歲流弊之極雜犯亦或收錄遂使過省舉人便同及第縱使紕繆亦玷科舉恩澤既濫名器自輕非 祖宗本意也自來過省舉人限年累舉積日持久方該特奏名恩今來一次過省殿試不合格當年便得進士出身此何義也伏乞下省司立法將來殿試除放合格人外其餘並皆黜落或乞以分數立額取人所貴上無姑息下絕僥倖之心如聞已有去取二分指揮然有法不行與無法同如已有法即乞申明仍告喻天下將來殿試依法去取

一自來釋褐舉人惟南省榜首或本場第一人唱名近下者或有旨升一甲然皆出自 聖意初無著令今者南省十人已上及別試第一人國

學開封解元武舉第一人經明行脩舉人與凡
該特奏名人正及第者皆著令升一甲紛然並
進士不復以升甲爲榮而法在有司恩不歸於
人主甚無謂也竊謂累奏舉名已是濫恩而經
明行脩尤是弊法其間權勢請託無所不有侵
奪解額崇奬虛名有何功能復令升甲人主所
以礪世磨鈍正在科舉等級升降榮辱之間今
乃輕以與人不復愛惜臣所未喻伏望 聖慈
更與大臣詳議前件著令乞賜刊削今後殿試
唱名除南省逐場第一人臨時取旨外其餘更
不升甲所貴進退之權專在人主其經明行修
一科亦乞詳議早行廢罷
一臣近在貢院與孫覺孔文仲同入劄子論特奏
名人恩澤太濫未蒙施行伏乞檢會前奏降付
有司詳議裁減仍乞立法應特奏名人授文學
長史之類今後南郊赦書更不許召保出官
一伏見近日禮部立法今後科場差試官二人者
一人詩賦二人經義差兩人者詩賦經義各一
人臣謂此法不可施行凡差試官務在選擇能
文之士若得其人則治易及第不害其能問春

秋經義入官不害其能考詩賦若不得人正用
本科不免錯繆須自聲律變爲經義則詩賦之
士便充試官何嘗別求經義及第之人然後取
士若必用本科各考所試則經義詩賦策論四
場文理不同亦須各差試官一人而後可此本
言者私憂過計而有司不察便爲生出此條自
有科場以來無此故事今後每一試院分兩頭
項試官問經義者則主虛浮之文考詩賦者則
貴聲病之學紛紜爭競理在不疑自此科場日
有詞訟爲害不小了無所益今來 朝廷旣復
詩賦又立此條深恐天下監司妄意 朝廷必
欲用作詩賦之人爲試官不問有無詞學一例
差充其間久離場屋之人或已廢學若用虛名
差使顯不如經義及第有文之人欲乞特賜指
揮今後差試官不拘經義詩賦專務選擇有詞
學之人其禮部近日所立條貫更不施行

右取 進止

乞罷學士除閑慢差遣劄子

元祐三年三月空日翰林學士朝奉郎知制誥兼侍
讀蘇軾劄子奏臣近因宣召面奉 聖旨何故屢入

文字乞郡臣具以疾病之狀對又蒙宣諭豈以臺諫
有言故耶兄弟孤立自來進用皆是　皇帝與
太皇太后主張不因他人今來但安心勿恤人言不
用更入文字求去臣退伏思念頃自登州召還至備
員中書舍人以前初無人言只從參議役法及蒙擢
爲學士後便爲朱光庭王岩叟賈易韓川趙挺之等
攻擊不已以致羅織語言巧加醞釀謂之誹謗未入
試院先言任意取人雖蒙　聖主知臣無罪然臣竊
自惟蓋緣臣賦性剛拙議論不隨而寵祿過分地勢
侵迫故致紛紜亦理之當然也臣只欲堅乞一郡則
是孤負　聖知上違恩旨欲默而不乞則是與臺諫
爲敵不避其鋒勢必不安伏念臣多難早衰無心進
取得歸丘壟以養餘年其甘如薺今旣未許請郡臣
亦不敢遠去左右只乞解罷學士除臣一京師閑慢
差遣如祕書監國子祭酒之類或乞只經筵供職庶
免衆人側目可以少安取　進止

東坡奏議卷第四

東坡奏議卷第五

轉對條上三事狀
論魏王在殯乞罷秋宴劄子
述災沴論賞罰及修河事繳進歐陽脩議狀
劄子
乞郡劄子
辨舉王鞏劄子
論周穜擅議配享自劾劄子二首
論邊將隱匿敗亡憲司體量不實劄子
薦何宗元十議狀
舉何去非換文資狀
論行遣蔡確劄子
乞將臺諫官章疏降付有司根治劄子

轉對條上三事狀

元祐三年五月一日翰林學士朝奉郎知制誥兼侍讀蘇軾狀奏准御史臺牒五月一日文德殿視朝臣次當轉對雖愚無知備位禁林懷有所見不敢不盡謹條上三事如左

一謹按唐太宗著司門令式云其有無門籍人有急奏者皆令監門司與仗家引奏不許關礙臣

以此知明庶務廣視聽深防蔽塞雖無門籍人
猶得非時引見祖宗之制自兩省兩制近臣六
曹寺監長貳有所欲言及典大藩鎮奉使一路
出入辭見皆得奏事殿上其餘小臣布衣亦時
特賜召問非獨以通下情知外事亦以考察羣
臣能否情僞非苟而已臣伏見　陛下嗣位以
來惟執政日得上殿外其惟獨許臺諫官及開
封知府上殿不過十餘人天下之廣事物之變
決非十餘人者所能盡若此十餘人者不幸而
非其人民之利病不以實告則　陛下便謂天
下太平無事可言豈不殆哉其餘臣僚雖許上
書言事而書入禁中如在天上不加反復詰問
何以盡利害之實而況天下事有不可以書載
者心之精微口不能盡而況書乎共惟　太皇
太后以盛德在位每事抑損以謙遜不居爲美
雖然明目達聰以防壅塞此乃社稷大計豈可
以謙遜之故而遂不與羣臣接哉方今天下多
事饑饉盜賊四夷之變民勞官冗將驕卒惰財
用匱乏之弊不可勝數而政出帷箔決之廟堂
大臣尤宜開兼聽廣覽之路而避專斷壅塞之

嫌非細故也伏望　聖慈更與大臣商議除臺
諫開封知府已許上殿外其餘臣僚舊制許請
間奏事及出入辭見許上殿者皆復　祖宗故
事則天下幸甚

一凡爲天下國家當愛惜名器愼重刑罰若愛惜
名器則斗升之祿足以鼓舞豪傑愼重刑罰則
笞杖之法足以震讋頑狡若不愛惜愼重則雖
日拜卿相而人不勸動行誅戮而人不懼此安
危之機人主之操術也自　祖宗以來用刑至
愼習以成風故雖展年磨勘差替衝替之類皆
足以懲警在位獨於名器爵祿則出之太易每
一次科場放進士諸科及特奏名約八九百人
一次郊禮奏補子弟約二三百人而軍職轉補
雜色入流皇族外戚之薦不與自近世以來取
人之多得官之易未有如本朝者也今吏部一
官闕率常五七人守之爭奪紛紜廉恥道盡中
材小官闕遠食貧到官之後侵漁求取靡所不
爲自　本朝以來官冗之弊未有如今日者也
伏見　祖宗舊制過省舉人　御試黜落不少
既以愼重取人又以見名器威福專在人主至

嘉祐末年始盡賜出身雖文理紕繆亦玷科舉
而近歲流弊之極至於雜犯亦免黜落皆非
祖宗本意又進士升甲本爲南省第一人唱名
近下方有 特旨皆是臨時出於 聖斷今來
南省第十人以上別試第一人國子開封解元
武舉第一人經明行脩舉人與凡該特奏名人
正及第者皆著令升一甲紛然並進人不復以
升甲爲榮而法在有司恩不歸於人主甚無謂
也特奏名人除近上十餘人文詞稍可觀外其
餘皆詞學無取年迫桑榆進無所望退無所歸
使之臨政其害民必矣欲望 聖慈特詔大臣
詳議今後進士諸科御試過落之法及特奏名
出官格式務在精覈以藝取人不行小惠以收
虛譽其著令升甲指揮乞今後更不施行昔諸
葛亮與法正論治道其略曰刑政不肅君臣之
道漸以陵替寵之以位位極則賤順之以恩恩
竭則慢吾今威之以法法行則知恩限之以爵
爵加則知榮恩榮並濟上下有節爲治之要也
唐德宗蒙塵山南當時事勢可謂危急少行姑
息亦理之常而沿路進瓜果人欲與一試官陸

贄力言以爲不可今天下晏然　朝廷清明何所畏避而行姑息之政故臣願　陛下常以諸葛亮陸贄之言爲法則天下幸甚

一臣於前年十月內曾上言其略曰議者欲減任子以救官冗之弊此事行之則人情不悅不行則積弊不去要當求其分義務適厥中使國有去弊之實人無失職之歎欲乞應奏蔭文官人每遇科場隨進士考試武官即隨武舉或試法人考試並三人中解一人仍年及二十五以上方得出官內已曾舉進士得解者免試如三試不中年及三十五已上亦許出官雖有三試留滯之艱而無終身絕望之歎亦使人人務學不墜其家爲益不小後來不蒙降出施行切慮當時　聖意必謂改元之初不欲首行約損之政今者即位已四年矣官冗之病有增而無損財用之乏有損而無增數年之後當有不勝其弊者若　朝廷恬不爲怪當使誰任其憂及今講求臣恐其已晚矣伏乞檢會前奏早賜施行

右謹錄奏　聞伏候　勑旨

論魏王在殯乞罷秋宴劄子

元祐三年八月二十一日翰林學士朝奉郎知制誥
兼侍讀蘇軾劄子奏臣近准鈐轄教坊所關到撰秋
燕致語等文字臣謹按春秋左氏傳昭公九年晉荀
盈如齊卒於戲陽殯於絳未葬晉平公飲酒樂膳宰
屠蒯趨入酌以飲工曰汝爲君耳將司聰也辰在子
卯謂之疾日君徹燕樂學人舍業爲疾故也君之卿
佐是謂股肱股肱或虧何痛如之汝弗聞而樂是不
聰也公說徹樂又按昭公十五年晉荀躒如周葬穆
后既葬除喪周景王以賓燕叔向譏之謂之樂憂夫
晉平公之於荀盈蓋無服也周景王之於穆后蓋期
喪也無服者未葬而樂屠蒯譏之期喪者已葬而燕
叔向譏之書之史冊至今以爲非　仁宗皇帝以宰
相富弼母在殯爲罷春宴傳之天下至今以爲宜今
魏王之喪未及卒哭而禮部太常寺皆以謂天子絕
期不妨燕樂臣竊非之若絕期可以燕樂則春秋何
爲譏晉平公周景王乎魏王之親孰與卿佐遠比荀
盈近比富弼之母輕重亦有間矣魏王之葬既以陰
陽拘忌別擇年月則當準禮以諸侯五月爲葬期自
今年十一月以前皆爲未葬之月不當燕樂不可以
權宜郊殯便同已葬也臣竊意　皇帝陛下篤於仁

孝必罷秋燕不待臣言但至今未奉指揮緣上件教
坊致語等文字準令合於燕前一月進呈臣既未敢
撰亦不敢稽延伏乞詳酌如以爲當罷只乞自
皇帝陛下聖意施行更不降出臣文字臣忝備侍從
叨陪講讀不欲使人以絲毫議及 聖明故不敢不
奏取 進止

述災沴論賞罰及脩河事繳進歐陽脩議狀
劄子

元祐三年九月五日翰林學士朝奉郎知制誥兼侍
讀蘇軾劄子奏臣今日邇英進讀寶訓及雍熙淳化
間事 太宗皇帝每見時和歲豐雨雪應時喜不自
勝舉酒以屬羣臣又是日熒惑與日同度太史奏言
當旱既而雨足歲豐臣讀至此因進言水旱雖天數
然人君修德可以轉災爲福故宋景文公一言熒惑
退三舍元豐八年熒惑守心逆行犯房又逆而西垂
欲犯氐氐四星后妃之象也方是時 二聖在位發
政施仁惟恐不及臣視熒惑退舍甚速如有所畏不
敢復西以此知天人之應捷於影響 太宗皇帝親
致太平而每遇豐年若獲非常之福喜樂如此者豈
非水旱不作自是 朝廷難得之事乎書曰天聰明

自我民聰明匹夫匹婦有不獲其所猶能致水旱而況政令之失小及一方大及四海其爲災沴理在不疑自 二聖嗣位于今四年恭儉慈孝至仁至公可謂盡矣而四年之中非水則旱日月薄蝕五星相淩淫雨大雪常寒久陰之類殆無虛月豈盛德之報也哉臣愚無知竊謂 陛下身修而政未修故監司守令多不得人百姓失職無所告訴謠怨上達以傷陰陽之和所以致此者蓋由 朝廷賞罰不明舉措不當之咎也臣請略而言之去年熙河諸將力戰以獲鬼章此奇功也故增秩賜金涇原諸將閉門自守使賊大掠而去若涉無人之境此罪人也亦增秩賜金賞罰如此何以使人廣東妖賊岑探反圍新州差將官童政救之政賊殺平民數千其害甚於岑探 朝廷使江西提刑傅燮體量其事燮畏避權勢歸罪於新州官吏又言新州官吏卻有守城之功乞以功過相除愚弄上下有同兒戲然卒不問岑探聚衆構謀經年乃發而所部官吏茫不覺知使一方赤子肝腦塗地然亦止於薄罰童政凶狡貪殘非一日之積而監司乃令將兵討賊以致千人無辜就死亦止降一差遣近日溫杲誘殺平民十九人冤酷之狀所不忍

聞而杲止於降官監當蔡州捕盜吏卒亦殺平民一家五六人皆婦女無辜屠割刑體以爲丈夫首級欲以請賞而守倅不按監司不問以至臣僚上言及行下本路乃云殺時可與不可辨認白日殺人不辨男女豈有此理乃是預爲凶人開苟免之路事如此者非一臣不敢盡言特舉其甚者耳如此不過恩庇得無狀小人十數人正使此等歌詠愛戴不知有何補益而紀綱頽弛媮惰成風則千萬人受其害此得爲仁乎大抵爲國要在分別是非以行賞罰然後善人有所恃賴平人有所告訴若不窮究曲直惟務兩平則君子無告小人得志天下之亂可坐而待此臣所謂賞罰不明之咎也黃河自天禧已來故道漸以淤塞每決而西以就下耳熙寧中決於曹村 先帝盡力塞之不及數年遂決小吳 先帝聖神知河之欲西北行也久矣今强塞之縱獲目前之安而旋踵復決必然之勢也故不復塞今都水使者王孝先乃欲於北京南開孫村河欲奪河身以復故道此豈獨一方之安危天下之休戚也古者舉大事謀及庶人上下僉同然猶有意外之患今內自工部侍郎都水屬官外至安撫轉運使及外監丞皆以爲故道仰勢若

登屋功必無成而患有不可測者以至河北吏民無
賢愚貴賤皆以爲然獨一孝先以爲可作臣聞自孫
村至海口舊管堤埽四十五所役兵萬五千人勾當
使臣五十員歲支物料五百餘萬自小吳之決故道
諸埽皆廢不治堤上楡柳幷根掘取殘零物料變賣
無餘官吏役兵僅有存者使孫村之役不能奪過河
身則官私財力舉爲虛弃若幸而復行故道則四十
五埽皆已廢壞橫流之災必倍於今孝先建議之初
略不及此近因人言沸騰方牒北外郡丞司云四十
五埽並屬北外監丞司地分令一面相度枝梧又云
因檢計春料便令計置今來欲與脩四十五處已壞
隄埽準備河水復行故道此莫大之役不貲之費也
孝先當於建議之初首論其事待 朝廷上下熟議
而行今孝先便將此役作常程熟事行與北外監丞
司令一面管認意望敗事之後歸罪他人其爲欺罔
實駭羣聽其餘患害未易悉數但臣採察衆論以爲
此役不可不罷若今歲罷役不過枉費九百萬物料
虛役二萬兵工若更接續與脩則來歲當役數十萬
人仍費三千餘萬此外民勞之極變故橫生嗟怨之
聲足以復致水旱若將三千萬物料錢作數年因水

所欲行之地稍立隄防增卑培薄數年之後必漸安流何苦徇一夫之私計逆萬人之公論以興必不可行之役乎此臣所謂措置不當之咎也臣竊見　仁宗朝名臣歐陽脩爲學士日有脩河議狀二篇雖當時事宜而其所畫利害措置方略頗切今日之事臣以爲可用故輒繕寫進呈自　祖宗以來除委任執政外仍以侍從近臣爲耳目請間論事殆無虛日今自垂簾以來除執政臺諫開封尹外更無人得對惟有邇英講讀猶獲親近清光若復瘖默不言則是耳目殆廢臣受恩深重不敢觀望上下苟爲身謀謹備錄今日進讀之言上陳　聖鑒臣無任恐慄待罪之至取　進止

貼黃臣爲衰病眼昏所言機密又不敢令別人寫錄書字不謹伏望　聖慈特賜寬赦

乞郡劄子

元祐三年十月十七日翰林學士朝奉郎知制誥兼侍讀蘇軾劄子奏臣近以左臂不仁兩目昏暗有失儀曠職之憂堅乞一郡伏蒙　聖慈降詔不允遣使存問賜告養疾恩禮之重萬死莫酬以臣子大義言之病未及死皆當勉强雖有失儀曠職之罰亦不當

辭然臣終未敢起就職事者實亦有故言之則觸忤
權要得罪不輕不言則欺罔君父誅罰尤大故卒言
之臣聞之易曰君子安其身而後動又曰君不密則
失臣臣不密則失身以此知事君之義雖以報國爲
先而報國之道當以安身爲本若上下相忌身自不
安則危亡是憂國何由報恭惟　陛下踐祚之始收
臣於九死之餘半年之間擢臣爲兩制之首方將致
命豈敢告勞特以臣拙於謀身銳於報國致使臺諫
列爲怨仇臣與故相司馬光雖賢愚不同而交契最
厚光既大用臣亦驟遷在於人情豈肯異論但以光
所建差役一事臣實以爲未便不免力爭而臺諫諸
人皆希合光意以求進用及光既歿則又妄意
陛下以爲主光之言結黨橫身以排異議有言不便
約共攻之曾不知光至誠爲民本不求人希合而
陛下虛心無我亦豈有所主哉其後又因刑部侍郎
范百祿與門下侍郎韓維爭議刑名欲守　祖宗故
事不敢以疑法殺人而諫官呂陶又論維專權用事
臣本蜀人與此兩人實是知舊因此韓氏之黨一例
疾臣指爲川黨御史趙挺之在元豐末通判德州而
著作黃庭堅方監本州德安鎮挺之希合提舉官楊

珍倣宋版印

景棨意欲於本鎮行市易法而庭堅以謂鎮小民貧不堪誅求若行市易必致星散公文往來市人傳笑其後挺之以大臣薦召試館職臣實對衆言挺之聚斂小人學行無取豈堪此選又挺之妻父郭槩爲西蜀提刑時本路提舉官韓玠違法虐民　朝旨委槩體量而槩附會隱庇臣弟轍爲諫官劾奏其事玠槩並行黜責以此挺之疾臣尤出死力臣二年之中四遭口語發策草麻皆謂之誹謗未出省榜先言其失士以至臣所薦士例加誣衊所言利害不許相見近日王覿言胡宗愈指臣爲黨孫覺言丁騭云是臣親家臣與此兩人有何干涉而於意外巧構曲成以積臣罪欲使臣橈椎於十夫之手而使　陛下投杼於三至之言中外之人具曉此意謂臣若不早去必到傾危臣非不知　聖主天縱聰明察臣無罪但以臺諫氣焰震動　朝廷上自執政大臣次及侍從百官外至監司守令皆畏避其鋒奉行其意意所欲去勢無復全天下知之獨　陛下深居法宮之中無由知耳臣竊觀三代以下號稱明主莫如漢宣帝唐太宗然宣帝殺蓋寬饒太宗殺劉洎皆信用讒言死非其罪至今哀之宣帝初知蓋寬饒忠直不畏强禦自候

司馬擢爲太中大夫司隸校尉不可謂不知之深矣
而蓋寬饒上書有云五帝官天下三王家天下而當
時讒人乃謂寬饒欲求禪位宣帝不察致使寬饒自
剄北闕下太宗信用劉洎言無不從嘗比之魏文正
公亦不可謂不知之深矣而太宗征遼患癰洎泣曰
聖體不康甚可憂懼而當時讒人乃謂洎欲行伊霍
之事太宗不察賜洎自盡二主非不明也二臣之受
知非不深也特明主之深知不避讒人積毀以至身
首異處爲天下笑臣今自度受知於 陛下不過如
蓋寬饒之於漢宣帝劉洎之於唐太宗也而讒臣者
乃十倍於當時雖 陛下明哲寬仁度越二主然臣
亦豈敢恃此不去以卒蹈二臣之覆轍哉且二臣之
死天下後世皆言二主信讒邪而害忠良以爲聖德
之累使此二臣者識幾畏漸先事求去豈不身名俱
泰臣主兩全哉臣縱不自愛獨不念一旦得罪之後
使天下後世有以議吾君乎昔 先帝召臣上殿訪
問古今勑臣今後遇事卽言其後臣屢論事未蒙施
行乃復作爲詩文寓物託諷庶幾流傳上達感悟
聖意而李定舒亶何正臣三人因此言臣誹謗遂得
罪然猶有近似者以諷諫爲誹謗也今臣草麻詞有

云民亦勞止而趙抃之以爲誹謗　先帝則是以白爲黑以西爲東殊無近似者臣以此知抃之險毒甚於李定舒亶何正臣而臣之被讒甚於蓋寬饒劉洎也古人有言曰爲君難爲臣不易臣欲依違苟且雷同衆人則內愧本心上負　明主若不改其操知無不言則怨仇交攻不死即廢伏望　聖慈念爲臣之不易哀臣處此之至難始終保全措之不爭之地特賜指麾檢會前奏早賜施行臣無任感恩知罪祈天請命激切戰恐之至取　進止

貼黃郭槩人材凡猥衆所共知旣以附會小人得罪近復擢爲監司者蓋畏抃之口欲以苟悅其意正如向時王岩叟在言路時擢用其父苟龍知澶州妻父梁燾爲諫議天下知其爲岩叟也

又貼黃臣所舉自代人黃庭堅歐陽棐十科人王鞏制科人秦觀皆誣以過惡了無事實臣又曾建言乞行給田募役法呂大防范純仁皆深以爲便方行下相度而臺諫爭言其不可更不得相度至今臣每見大防純仁皆咨嗟太息惜此法之不行但畏臺諫不敢行下耳

又貼黃中外臣寮畏避臺諫附會其言以欺
朝廷者皆有實狀但以事不關臣故不敢一一
奏陳耳
又貼黃陛下若謂臣此言狂妄即乞付外劾實
其事顯加黜責若以爲然即乞留中省覽臣當
別具劄子乞郡付外施行

辨舉王鞏劄子

元祐三年十一月十五日翰林學士朝奉郎知制誥
兼侍讀蘇軾劄子奏臣近舉宗正寺丞王鞏充節操
方正可備獻納科竊聞臺諫官言鞏姦邪及離間宗
室因詔事臣以獲薦舉奉 聖旨除鞏西京通判謹
按鞏好學有文强力敢言不畏彊禦此其所長也年
壯氣盛銳於進取好論人物多致怨憎此其所短也
頃者竄逐萬里偶獲生還而容貌如故志氣逾厲此
亦有過人者故相司馬光深知之待以國士與之往
返論議不一臣以爲所短不足以廢所長故爲國收
才以備選用去歲以來吏民上書蓋數千人 朝廷
委司馬光看詳擇其可用者得十五人又於十五人
中獨稱獎二人孔宗翰與鞏是也鞏緣此得減二年
磨勘仍擢爲宗正寺丞則臣之稱薦與光之擢用其

事正同若果是姦邪臺諫當此時何不論奏鞏上疏論宗室之疏遠者不當稱皇叔皇伯雖未必中理然不過欲尊君抑臣務合古禮而已何名爲離間哉況鞏此議執政多以爲非獨司馬光深然之故下禮部詳議又兵部侍郎趙彥若亦曾建言若果是離間光亦離間也彥若亦離間也方行下有司時臺諫初無一言及光沒之後乃有姦邪離間之說則是鞏之邪正係光之存亡非公論也鞏與臣世舊幼小相知從臣爲學何名諂事三者之論了無一實上賴　聖明不以此罪鞏亦不以此責臣止除外官以厭塞言者之意臣復何所辨論但痛司馬光死未數月而所賢之士變爲姦邪又傷言者本欲中臣而累及鞏誣罔之漸懼者甚衆是以冒昧一言伏深戰越取　進止

貼黃臣曾親聞司馬光稱鞏忠意及見光親書簡帖與鞏往復議論政事及有手簡與李清臣稱鞏之賢真迹見在

論周穜擅議配享自劾劄子二首

元祐三年十二月二十一日翰林學士朝奉郎知制誥兼侍讀蘇軾劄子奏臣先任中書舍人日敕舉學官曾舉江寧府右司理參軍周穜蒙　朝廷差充鄆

州州學教授近者竊聞種上疏言　朝廷當以故相
王安石配享　神宗皇帝謹按漢律擅議宗廟者棄
市自高后至文景武宣皆行此法以尊宗廟重朝廷
防微杜漸蓋有深意本朝自　祖宗以來推擇元勳
重望始終全德之人以配食列聖蓋自天子所不敢
專必命都省集議其人非天下公議所屬不在此選
旣上詔云恭依冊告宗廟然後敢行其嚴如此豈有
旣行之後復請疏遠小臣各出私意以議所配若置
而不問則宗廟不嚴而朝廷輕矣竊以安石平生所
爲是非邪正中外具知難逃　聖鑒　先帝蓋亦知
之故置之閑散終不復用今已改青苗等法而廢退
安石黨人呂惠卿李定之徒至於學校貢舉亦已罷
斥佛老禁止字學大議已定行之數年而　先帝配
享已定用富弼天下翕然以爲至當種復何人敢建
此議意欲以此嘗試　朝廷漸進邪說陰唱羣小此
孔子所謂行險僥倖居之不疑者也而臣忝備侍從
謬於知人至引此人以汙學校若又隱而不言則罔
上黨奸其罪愈大謹自劾以待罪伏望　聖慈特勑
有司議臣妄舉之罪重賜責降以儆在位取　進止

又

元祐三年十二月日翰林學士朝奉郎知制誥兼侍讀蘇軾劄子奏臣近上言以所舉學官周穜擅議先帝配享欲以嘗試 朝廷漸進邪說陰唱羣小乞下有司議臣妄舉之罪重行責降以警在位至今累日未奉旨揮切以爲國之本在於明賞罰辨邪正二者不立亂亡隨之易曰大君有命開國承家小人勿用象曰大君有命以正功也小人勿用必亂邦也昔郭公善善惡惡而不免於亡者以善善而不能用惡惡而不能去也臣觀 二聖嗣位以來斥逐小人如呂惠卿李定蔡確張誠一吳居厚崔台符楊汲王孝先何正臣盧秉蹇周輔王子京陸師閔趙濟中官李憲宋用臣之流或首開邊隙使兵連禍結或漁利榷財爲國斂怨或倡起大獄以傾陷善良其爲姦惡未易悉數而王安石實爲之首今其人死亡之外雖已退處閑散而其腹心羽翼布在中外懷其私恩冀其復用爲之經營游說者甚衆皆矯情匿迹有同鬼蜮其黨甚堅其心甚一而明主不知臣實憂之夫君子之難致如麟鳳色斯舉矣翔而後集況可麾而卻之乎小人之易進如蛆蠅腥膻所聚瞬息千萬況可招而來之乎 朝廷日近稍寬此等如李憲乞於近地

居住王安禮抗拒恩詔蔡確乞放還其弟皆即聽許
崔台符王孝先之流不旋踵進用楊汲亦漸牽復呂
惠卿竊見此意故敢乞居蘇州此等皆民之大賊國
之巨蠹得全首領以爲至幸豈可與尋常一眚之臣
計日累月洗雪復用哉今既稍寬之後必漸用之如
此不已則惠卿蔡確之流必有時而用青苗市易等
法必有時而復何以言之將作監丞李士京者邪佞
小人衆所嗤鄙而大臣不察稍稍引用以汙寺監猶
能建開壕之議爲脩城之漸其策既行遂唱言於衆
欲次復用臣茶磨之法由此觀之惠卿蔡確之流何
憂不用青苗市易等法何憂不復哉昔盧杞貴降既
久經涉累赦德宗欲與一小郡舉朝憂恐而宰相李
勉給事中袁高諫官趙需裴犯御名宇文炫盧景亮
張薦常侍李泌等皆以死爭之勉等非惜一郡也知
杞得郡不已必將復用一炬有燎原之憂而濫觴有
滔天之禍故也今周穜草芥之微而敢建此議蓋有
以啓之矣昔淮南王謀反所憚獨汲黯以謂說公孫
丞相若發蒙耳今穜蟣蝨小臣而敢爲大姦愚弄
朝廷若無人然不幸而有淮南王當復誰憚乎臣不
敢遠引古人但使執政之中有如富弼韓琦臺諫之

中有如包拯呂誨或司馬光尚在此鼠輩敢爾哉昔
王安石在　仁宗英宗朝矯詐百端妄竊大名或以
爲可用惟韓琦獨識其姦終不肯進使琦不去位安
石何由得志以此知辨人物之邪正消禍患於未萌
眞宰相事也臣數日以來竊聞執政之議多欲薄臣
之責而寬穜之罪若果如此則是使今後近臣輕引
小人而惠卿之流有以卜朝廷之輕重事關消長
憂及治亂伏望特出宸斷深詔有司議臣與穜之罪
不可輕恕縱使朝廷察臣本無邪心止是暗繆亦
乞借臣以立法則臣上荷知遇雖云得罪實同被賞
若蒙寬貸則是私臣之身而廢天下之法臣之愧恥
若撻于市不勝憤懣憂國之心意切言惷伏俟誅譴
取進止

貼黃周穜州縣小吏意在寸進而已今忽猖狂
首建大議此必有人居中陰主其事不然者穜
豈敢出位犯分以搖天聽乎此臣所以不得不
再三論列也

論邊將隱匿敗亡憲司體量不實劄子

元祐三年閏十二月四日翰林學士知制誥兼侍讀
蘇軾劄子奏臣近以目昏臂痛堅乞一郡蓋亦自知

受性剛褊黑白太明難以處衆伏蒙聖慈降詔不
許兩遣使者存問慰安天恩深厚淪入骨髓臣謂此
恩當以死報不當更計身之安危故復起就職而職
事清閑未知死所每因進讀之間事有切於今日者
輒復盡言庶補萬一昨日所讀寶訓有云淳化二年
上謂侍臣諸州牧監馬多瘦死蓋養飼失時枉致病
斃近令取十數槽寘殿庭下視其芻秣教之養療庶
革此弊臣因進言馬所以病蓋將吏不職致圉人盜
減芻粟且不恤其飢飽勞逸故也馬不能言無由申
訴故　太宗至仁深哀憐之寘之殿庭親加督視民
之於馬輕重不同若官吏不得其人人雖能言上下
隔絶不能自訴無異於馬馬之飢瘦勞苦則有斃踣
奔逸之憂民之困窮無聊則有溝壑盜賊之患然而
四海之衆非如養馬可以寘之殿庭惟當廣任忠賢
以爲耳目若忠賢疎遠諂佞在傍則民之疾苦無由
上達秦二世時陳勝吳廣已屠三川殺李由而二世
不知陳後主時隋兵已渡江而後主不知此皆昏主
不足道如唐明皇親致太平可謂明主而張九齡死
李林甫楊國忠用事鮮于仲通以二十萬人沒于雲
南不奏一人反更告捷明皇不問以至上下相蒙祿

山之亂兵已過河而明皇不知也今　朝廷雖無此事然臣聞去歲夏賊犯鎮戎所殺掠不可勝數或云至萬餘人而邊將乃奏云野無所掠其後　朝廷訪聞委提刑司體量而提刑孫路止奏十餘人乞
朝廷先賜放罪然後體量實數至今遷延二年終未結絶聞奏凡死事之家官所當卹若隱而不奏則生死啣寃何以使人此豈小事而路爲耳目之司既不隨事奏聞　朝廷既行蒙蔽又乞放罪遷延侮玩一至于此臣謂此風漸不可長馴致其患何所不有此臣之所深憂也臣非不知　陛下必已厭臣之多言左右必已厭臣之多事然受恩深重不敢自同衆人若以此獲罪亦無所憾取　進止

薦何宗元十議狀

元祐三年閏十二月十九日翰林學士朝奉郎知制誥兼侍讀蘇軾狀奏右臣伏見　朝廷近制川峽四路員缺並歸吏部注擬臣竊原　聖意蓋爲蜀道險遠人材衆多若就本路差除則士皆懷土重遷老死鄉邑可用之人　朝廷莫得而器使也士雖在遠亦識此意聞命忻然皆有不遠千里觀光求用之心然法行數年未見　朝廷非次擢用一人此乃如臣等

輩不舉所聞之過也伏見蜀人朝奉郎新差通判延州事何宗元吏道詳明士行修飾學古著文頗適於用近以所著十議示臣文詞雅健議論審當臣愚不肖謂可試之以事觀其所至謹繕寫十議上進伏望聖慈降付三省詳看如有可採乞隨才錄用非獨以廣育材之道亦以慰答遠方多士求用之意也謹錄奏聞伏候　勑旨

舉何去非換文資狀

元祐四年正月　日翰林學士朝奉郎知制誥兼侍讀蘇軾狀奏右臣伏見左侍禁何去非本以進士六舉到省元豐五年以特奏名就御庭唱名　先帝見其所對策詞理優贍長於論兵因問去非願與不願武臣官去非不敢違　聖意遂除右班殿直武學教授後遷博士今已八年嘗見其所著述材力有餘識度高遠其論歷代所以廢興成敗皆出人意表有補於世去非雖喜論兵然本儒者不樂爲武吏又其他文章無施不宜欲望　聖慈特與換一文資仍令充太學博士以率勵學者稍振文律庶幾近古若後不如所舉臣等甘伏　朝典謹錄奏　聞伏候　勑旨

奉　聖旨特授承事郎依舊武學博士

論行遣蔡確劄子

元祐四年四月十一日龍圖閣學士朝奉郎新知杭州蘇軾劄子奏臣近蒙　聖恩哀臣疾病特許補外臣竊自惟受恩深重不敢以出入之故便同衆人有所聞見而不盡言竊聞臣僚有繳進蔡確詩言涉謗讟者臣與確元非知舊實自惡其爲人今來非敢爲確開說但以所係國體至重天下觀望　二聖所爲若行遣失當所損不小臣爲侍從合具奏論若朝廷薄確之罪則天下必謂　皇帝陛下見人毀謗聖母不加忿疾其於孝治所害不淺若深罪之則議者亦或以謂　太皇太后陛下聖量寬大與天地等而不能容受一小人謗怨之言亦於仁政不爲無累臣欲望　皇帝陛下降敕令有司置獄追確根勘然後　太皇太后內出手詔云吾之不德常欲聞謗以自儆今若罪確何以來天下異同之言㓮確嘗爲輔臣當知臣子大義今所繳進未必真是確詩其一切勿問仍牓朝堂如此處置則　二聖仁孝之道實爲兩得天下有識自然心服臣不勝愛君憂國之心出位僭言謹伏誅殛取　進止

乞將臺諫官章疏降付有司根治劄子

元祐四年四月十七日龍圖閣學士朝奉郎新知杭州蘇軾劄子奏臣近以臂疾堅乞一郡已蒙　聖恩差知杭州臣初不知其他但謂　朝廷哀憐衰疾許從私便及出朝參乃聞班列中紛然皆言近日臺官論奏臣罪狀甚多而　陛下曲庇小臣不肯降出故許臣外補臣本畏滿盈力求閑退既獲所欲豈更區區自辨但竊不平數年以來親見　陛下以至公無私治天下今乃以臣之故使人上議　聖明以謂抑塞臺官私庇近侍其於君父所損不小此臣之所以不得不辨也臣平生愚拙罪戾固多至於非義之事自保必無只因任中書舍人日行呂惠卿等告詞極數其凶慝而弟轍爲諫官深論蔡確等姦回確與惠卿之黨布列中外共讎疾臣近日復因臣言鄆州教授周穜以小臣而爲大姦故黨人共出死力構造言語無所不至使臣誠有之則　朝廷何惜竄逐以示至公若其無之臣亦安能以皎然之身而受此曖昧之謗也人主之職在於察毀譽辨邪正夫毀譽既難察邪正亦不易辨惟有坦然虛心而聽其言顯然公行而考其實則真妄自見讒構不行若陰受其言不考其實獻言者既不蒙聽用而被謗者亦不爲辨明

則小人習知其然利在陰中浸潤膚受日進日深則
公卿百官誰敢自保懼者甚衆豈惟小臣此又臣非
獨爲一身而言也伏望　聖慈盡將臺諫官章疏降
付有司令盡理根治依法施行所貴天下曉然知臣
有罪無罪自有正法不是　陛下屈法庇臣則臣雖
死無所恨矣夫君子之所重者名節也故有捨生取
義殺身成仁可殺不可辱之語而爵位利祿蓋古者
有志之士所謂鴻毛弊屣也人臣知此然後可與事
君父言忠孝矣今　陛下不肯降出臺官章疏不過
爲愛惜臣子恐其萬一實有此事不免降黜而不念
臣元無一事空受誣衊聖明在上瘖嗚無告重壞臣
爵位而輕壞臣名節臣切痛之意切言盡伏候誅殛
取　進止

貼黃臣所聞臺官論臣罪狀亦未知虛實但以
議及　聖明故不得不辨若臺官元無此疏則
臣妄言之罪亦乞施行

又貼黃臣今方遠去闕庭欲望　聖慈察臣孤
立今後有言臣罪狀者必乞付外施行

東坡奏議卷第五

東坡奏議卷第六

乞賜州學書板狀
奏爲法外刺配罪人待罪狀
乞賜度牒脩廨宇狀
乞詩賦經義各以分數取人將來只許詩賦兼經狀
論高麗進奉狀
乞賑濟浙西七州狀
論役法差雇利害起請畫一狀
論高麗進奉第二狀
乞令高麗僧從泉州歸國狀
乞降度牒召人入中斛㪷出糶濟飢等狀
論葉温叟分擘度牒不公狀

乞賜州學書板狀

元祐四年八月　日龍圖閣學士朝奉郎知杭州蘇軾狀奏右臣伏見本州州學見管生員二百餘人及入學參假之流日益不已蓋見　朝廷尊用儒術更定貢舉條法漸復　祖宗之舊人人慕義學者日衆若學糧不繼使至者無歸稍稍引去甚非　朝廷樂育之意前知州熊本曾奏乞用廢罷市易務書板賜與

州學印賃收錢以助學糧或乞賣與州學限十年還
錢今蒙都省指揮只限五年見今轉運司差官重行
估價約計一千四百六貫九百八十三文若依限送
納即州學歲納二百八十一貫三百九十七文五年
之間深爲不易學者旦夕闕食而望利於五年之後
何補於事而 朝廷歲得二百八十一貫三百九十
七文如江海之中增損涓滴了無所覺徒使一方士
民以謂 朝廷旣已捐利與民廢罷市易所放欠負
動以萬計農商小民銜荷聖澤莫知紀極而獨於此
飢寒儒素之士惜毫末之費猶欲於此追收市易之
息流傳四方爲損不小此乃有司出納之吝非 朝
廷寬大之政也臣以侍從備位守臣懷有所見不敢
不盡伏望 聖慈特出宸斷盡以市易書板賜與州
學更不估價收錢所貴稍服士心以全國體謹錄奏
聞伏候 勑旨

貼黃臣勘會市易務元造書板用錢一千九百
五十一貫四百六十九文自今日以前所收淨
利已計一千八百八十九貫九百五十七文今
若賜與州學除已收淨利外只是實破官本六
十一貫五百一十二文伏乞詳酌施行

奏爲法外刺配罪人待罪狀

元祐四年八月　日龍圖閣學士朝奉郎知杭州蘇軾狀奏右臣自入境以來訪聞兩浙諸郡近年民間例織輕疎糊藥紬絹以備送納和買夏稅官吏欲行揀擇而姦猾人戶及攬納人遞相扇和不納好絹致使官吏無由揀擇期限既迫不免受納歲歲如此習以成風故京師官吏軍人但請兩浙衣賜皆不堪好上京綱運歲有估剝日以滋多去年估剝至九十餘貫元納專典枷鏁鞭撻典賣竭產有不能償姑息之弊一至於此臣自到郡欲漸革此弊卽指揮受納官吏稍行揀擇至七月二十七日有百姓二百餘人於受納場前大叫數聲官吏軍民並皆辟易遂相率入州衙詣臣喧訴臣以理喻遣方稍引去臣知此數百人必非齊同發意當有凶姦之人爲首糾率密行葺探當日據受納官仁和縣丞陳晧狀申有人戶顏巽男顏章顏益納和買絹五疋並是輕疎糊藥丈尺短少以此揀退其逐人却將專典扭撮及與攬納人等數百人對監官高聲叫噉奔走前去臣卽時差人捉到顏章顏益二人枷送右司理院禁勘只至明日人戶一時送納好絹更無一人敢行喧鬧續據右司理

院勘到顏章顏益招爲本家有和買紬絹共三十七疋章等爲見遞年例只是將輕疎糊藥紬絹納官今年本州爲綱運估剩數多以此指揮要納好絹章等既請和買官錢每疋一貫不合將低價收買昌化縣輕疎糊藥短絹納官其顏章又不合與兄顏益商量若或揀退卽須拑撮專揀扇搖衆戶叫噉投州嚇脅官吏令只依遞年受納不堪紬絹尋將買到輕疎糊藥短絹五疋付揀子家人翁誠納官尋被翁誠覆本官揀退章等既見衆戶亦有似此輕疎短絹多被揀退尋拑撮翁誠叫屈顏益在後用手推翁誠令顏章拑去投州卽便走出三門前叫屈二聲跳出欄干將兩手揎起喚衆戶扇搖叫噉稱一時投州去來衆戶約二百餘人因此亦一時叫噉相隨投州衙喧訴臣尋體訪得顏章顏益係第一等豪戶顏巽之子顏先充書手因受贓虛消稅賦刺配本州牢城尋卽用倖計構胥吏醫人託患放停又爲詐將產業重疊當出官鹽刺配滁州牢城依前託患放停歸鄉父子姦凶衆所畏惡下獄之日閭里稱快謹按顏益顏章以匹夫之微令行於衆舉手一呼數百人從之欲以衆多之勢脅制官吏必欲今後常納惡絹不容臣等少革

前弊情理巨蠹實難含忍本州既以依法決訖臣獨判云顏章顏益家傳凶狡氣蓋鄉閭故能奮臂一呼從者數百欲以搖動長吏脅制監官蠹害之深難從常法已刺配本州牢城去訖仍以散行曉示鄉村城郭人戶今後更不得織造輕疎糊藥紬絹以備納官庶幾明年全革此弊伏望

朝廷詳酌備錄臣此狀下本路轉運司遍行約束曉示所貴今後京師及本路官吏軍人皆得堪好衣賜及元納專副不至破家陪填所有臣法外刺配顏章顏益二人亦乞重行

朝典謹錄奏

聞伏候　勑旨

貼黃勘會本州去年發和買夏稅物帛計一十四綱今來只估剝到四綱已及九千餘貫乞下左藏庫方見估剝數目浩大

乞賜度牒修廨宇狀

元祐四年九月　日龍圖閣學士朝奉郎知杭州蘇軾狀奏右臣伏見杭州地氣蒸潤當錢氏有國日皆爲連樓複閣以藏衣甲物帛及其餘官屋皆珍材巨木號稱雄麗自後百餘年間官司既無力修換又不忍拆爲小屋風雨腐壞日就頹毀中間雖有心長吏

果於營造如孫沔作中和堂梅摯作有美堂蔡襄作
清暑堂之類皆務創新不肯修舊其餘率皆因循支
撑以苟歲月而近年監司急於財用尤諱修造自十
千以上不許擅支以故官舍日壞使前人遺構鞠爲
朽壤深可歎惜臣自熙寧中通判本州已見在州屋
宇例皆傾邪日有覆壓之懼今又十五六年其壞可
知到任之日見使宅樓廡欹仄罅縫但用小木横斜
撑住每過其下慄然寒心未嘗敢安步徐行及問得
通判職官等皆云每遇大風雨不敢安寢正堂之上
至於軍資甲仗庫尤爲損壞今年六月內使院屋倒
壓傷手分書手二人八月內鼓角樓摧壓死鼓角匠
一家四口內有孕婦一人因此之後不惟官吏家屬
日負憂恐至於吏卒往來無不狼顧臣以此不敢坐
觀尋差官檢計到官舍城門樓櫓倉庫二十七處皆
係大段隳壞須至脩完共計使錢四萬餘貫已具狀
聞奏乞支賜度牒二百道及且權依舊數支公使錢
五百貫以了明年一年監脩官吏供給及下諸州刻
剝兵匠應副去訖臣非不知破用錢數浩大 朝廷
未必信從深欲減節以就約省而上件屋宇皆錢氏
所構規摹高大無由裁撙使爲小屋若頓行毀拆改

造低小則目前蕭然便成衰陋非惟軍民不悅亦非
太平美事竊謂　仁聖在上憂愛臣子存卹遠方必
不忍使官吏胥徒日以軀命僥倖苟安於腐棟頹牆
之下兼恐弊漏之極不即脩完三五年間必遂大壞
至時改作又非二百道度牒所能辦集伏望　聖慈
特出宸斷盡賜允從如蒙　朝廷體訪得不合如此
脩完臣伏欺罔之罪謹錄奏聞伏候　勑旨

乞詩賦經義各以分數取人將來只許詩賦兼經狀

元祐四年十月十八日龍圖閣學士朝奉郎知杭州蘇軾狀奏右臣今月五日據本州進士汪溉等一百四十人詣臣陳狀稱準元祐四年四月十九日勑詩賦經義各五分取人　朝廷以謂學者久傳經義一旦添改詩賦習者尚少遂以五分立法是欲優待詩賦勉進詞學之人然天下學者寅夜競習詩賦舉業率皆成就雖降平分取人之法緣業已習熟不願再有改更兼學者亦以　朝廷追復　祖宗取士故事以詞學爲優故士人皆以不能詩賦爲恥比來專習經義者十無一二三見今本土及州學生員數從詩賦他郡亦然若平分解名委是有虧詩賦進士難使捐

已習之詩賦抑令就經義之科或習經義多少各以分數發解乞據狀數奏者臣曩者備員侍從實見朝廷更用詩賦本末蓋謂經義取人以來學者爭尚浮虛文字止用一律程試之日工拙無辨既去取高下不厭外論而已得之後所學文詞不施於用以故更用　祖宗故事兼取詩賦而橫議之人欲收姑息之譽爭言天下學者不樂詩賦　朝廷重失士心故爲改法各取五分然臣在都下見大學生習詩賦者十人而七臣本蜀人聞蜀中進士習詩賦者十人而九及出守東南親歷十郡及多見江湖福建士人皆爭作詩賦其間工者已自追繼前人專習經義士以爲恥以此知前言天下學者不樂詩賦皆妄也惟河北河東進士初改聲律恐未甚工然其經義文詞亦自比他路爲拙非獨詩賦也　朝廷於五路進士自許禮部貢院分數取人必無偏遺一路士人之理今臣所據前件進士汪溉等狀不敢不奏亦料諸處似此申明者非一欲乞　朝廷參詳衆意特許將來一舉隨詩賦經義人數多少各紐分數發解如經義零分不及一人許併入詩賦額中仍除將來一舉外今後並只許應詩賦進士舉所貴學者不至疑惑專一

從學謹錄奏 聞伏候 勅旨
貼黄詩賦進士亦自兼經非廢經義也
論高麗進奉狀
元祐四年十一月三日龍圖閣學士朝奉郎知杭州
蘇軾狀奏臣伏見熙寧以來高麗人屢入朝貢至元
豐之末十六七年間館待賜予之費不可勝數兩浙
淮南京東三路築城造舡建立亭館調發農工侵漁
商賈所在騷然公私告病 朝廷無絲毫之益而夷
虜獲不貲之利使者所至圖畫山川購買書籍議者
以爲所得賜予大半歸之契丹雖虛實不可明而契
丹之彊足以禍福高麗若不陰相計構則高麗豈敢
公然入朝中國有識之士以爲深憂自 二聖嗣位
高麗數年不至淮浙京東吏民有息肩之喜惟福建
一路多以海商爲業其間凶險之人猶敢交通引惹
以希厚利臣稍聞其事方欲覺察行遣今月三日准
秀州差人押到泉州百姓徐戩擅於海舶內載到高
麗僧統義天手下侍者僧壽介繼常頴流院子金保
裴善等五人及賫到本國禮賓省牒云奉本國王旨
令壽介等賫義天祭文來祭奠杭州僧源闍梨臣已
指揮本州送承天寺安下選差職員二人兵級十人

常切照管不許出入接客及選有行止經論僧伴話
量行供給不令失所外已具事由畫一奏稟 朝旨
去訖又據高麗僧壽介有狀稱臨發日奉 國母指
揮令賫金塔二所祝延 皇帝 太皇太后聖壽臣
竊觀其意蓋爲 二聖嗣位數年不敢輕來入貢頓
失厚利欲復遣使又未測 聖意故以祭奠源闍梨
爲名因獻金塔欲以嘗試 朝廷測知所以待之之
意輕重厚薄不然者豈有欲獻金塔爲壽而不遣使
奉表止因祭奠亡僧遂致 國母之意蓋疑中國不
受故爲此苟簡之禮以卜 朝廷若 朝廷待之稍
重則貪心復啓朝貢紛然必爲無窮之患待其已至
然後拒之則又傷恩恭惟 聖明灼見情狀廟堂之
議固有以處之臣忝備待從出使一路懷有所見不
敢不盡以備採擇謹具畫一如左

一福建狡商專擅交通高麗引惹牟利如徐戩者
甚衆訪聞徐戩先受高麗錢物於杭州彫造夾
注華嚴經費用浩汗印板既成公然於海船載
去交納却受本國厚賞官私無一人知覺者臣
謂此風豈可滋長若馴致其弊敵國姦細何所
不至兼今來引致高麗僧人必是徐戩本謀臣

已枷送左司理院根勘卽當具案聞奏乞法外
重行以戒一路姦民猾商次
一高麗僧壽介有狀稱臨發日國母令賫金塔祝
壽臣以謂高麗因祭奠亡僧遂致 國母之意
苟簡無禮莫斯爲甚若 朝廷受而不報或報
之輕則夷虜得以爲詞若受而厚報之則是以
重幣答其苟簡無禮之餽也臣已一面令管勾
職員退還其狀云 朝廷清嚴守臣不敢專擅
奏聞臣料此僧勢不肯已必云本國遣其來獻
壽今若不奏歸國得罪不輕臣欲於此僧狀後
判云州司不奉 朝旨本國又無來文難議投
進執狀歸國照會如此處置只是臣一面指揮
非 朝廷拒絕其獻頗似穩便如以爲可乞賜
指揮施行
一高麗僧壽介賫到本國禮賓省牒云祭奠淨源闍
梨仍諸處尋師學法臣謂壽介等只是義天手
下侍者非國王親屬其來乃致私奠本非國事
待之輕重當與義天殊絕欲乞只許致奠之外
其餘尋師學法出入遊覽之類並不許仍與限
日却差舡送至明州令搭附因便海船歸國更

不差人舡津送如有買賣許量辨歸裝不得廣
作商販
右謹件如前若如此處置使無厚利以絶其來意上
免　朝廷帑廩無益之費下免淮浙京東公私靡弊
之患臣不勝區區謹錄奏　聞伏候　勑旨

乞賑濟浙西七州狀

元祐四年十一月初四日兩浙西路兵馬鈐轄龍圖
閣學士朝奉郎蘇軾狀奏勘會浙西七州軍冬春積
水不種早稻及五六月水退方插晚秧又遭乾旱早
晚俱損高下並傷民之艱食無甚今歲見今米㪷九
十足錢小民方冬已有飢者兩浙水鄉種麥絶少來
歲之熟指秋爲期而熟不熟又未可知深恐來年春
夏之交必有飢饉盜賊之憂本司除已與提轉商量
多方擘畫准備外有合申奏事件謹具畫一如左

一轉運司來年合發上供額斛及補填舊欠共一
百六十餘萬碩本路錢物大抵空匱剗刷變轉
不行官吏急於趣辦務在免責催迫賦租督促
欠負鈐束私酒漏稅之類必倍於平日飢貧之
民無路逃死必將聚爲盜賊又緣上供額斛數
目至廣都未有備見今逐州廣行收糴指揮嚴

緊官吏不免遮攔米穀添價貴糴以此斛㪷湧
貴小民乏食欲望　聖慈愍此一方遭罹熙寧
中飢疫人死大半至今城市寂寥少欠官私逋
負十人而九若不痛加賑恤則一方餘民必在
溝壑今來亦不敢望　朝廷別賜錢米但祇寬
得轉運司上供年額錢斛則官吏自然不行迫
急之政而民自受賜矣乞出自宸斷來年本路
上供錢斛且起一半或三分之二其餘候豐熟
日分作二年隨年額上供錢物起發所貴公私
稍獲通濟又恐官吏爲見明年既得寬減僥倖
替移更不盡心擘畫收拾以備補填年額乞特
賜指揮須管依年分收簇數足若遇移替具所
簇到數交割與後政承認不得出違年限

一見今逐州和糴常平斛㪷及省倉軍糧又糴封
樁錢上供米名目不一官吏各務趁辦爭奪相
傾以此米價益貴伏望　聖慈速賜勘會如在
京諸倉不待此米支用卽令提轉疾速契勘逐
州如省倉不闕軍糧常平糴散有備外更不得
收糴所貴米價稍平小民不至失所　浙中自
來號稱錢荒今者尤甚百姓待銀絹絲緜入市

莫有顧者質庫人戶往往晝閉若得官錢三二
千萬散在民間如水救火欲乞指揮提轉令將
合上供錢散在諸州稅戶令買金銀紬絹充年
額起發
一自來浙中姦民結爲羣黨興販私鹽急則爲盜
近來　朝廷痛減鹽價最爲仁政然結集興販
猶未甚衰深恐飢饉之民散流江海之上羣黨
愈衆或爲深患欲乞　朝廷指揮應盜賊情理
重及私鹽結聚羣黨皆許申鈐轄司權於法外
行遣候豐熟日依舊所貴彈壓姦愚有所畏肅
右謹件如前勘會熙寧中兩浙飢饉是時米斗二百
人死太半父老至今言之流涕今來米斗已及九十
日長炎炎其勢未已深可憂慮伏望　仁聖哀憐早
行賑恤今來所奏一一並是詣實伏乞詳酌速賜指
揮謹錄奏　聞伏候　勑旨

論役法差雇利害起請畫一狀

元祐四年十一月十日龍圖閣學士朝奉郎知杭州
蘇軾狀奏臣自熙寧以來從事郡縣推行役事及元
祐改法臣忝詳定今又出守躬行其法考問吏民備
見雇役差役利害不敢不言雇役之法自第一等以

上人戶歲出役錢至多行之數年錢愈重穀帛愈輕田宅愈賤以至破散化爲下等請以熙寧以前第一第二等戶逐路逐州都數而較之元豐之末則多少相絕較然可知此雇役之法害上戶者一也第四等已下舊本無役不過差充壯丁無所陪備而雇役法例出役錢雖所取不多而貧下之人無故出三五百錢未辦之間吏卒至門非百錢不能解免官錢未納此費已重故皆化爲游手聚爲盜賊當時議者亦欲蠲免此等而戶數至廣積少成多役錢待此而足若皆蠲免則所喪大半雇法無由施行此雇役之法害下戶者二也今改行差役則二害皆去天下幸甚獨有第三等人戶方雇役時每戶歲出錢多者不過三四千而今應一役爲費少者日不下百錢二年一替當費七十餘千而休閑遠者不過六年則是八年之中昔者徐出三十餘千而今者併出七十餘千苦樂可知也而況農民在官貪吏狡胥恣爲蠶食其費又不可以一二數此則差役之法害於中等戶者一也今之議者或欲專行差役或欲復行雇法皆偏詞過論也臣愚以謂　朝廷既取六色錢許用雇錢以代中等人戶頗除一害以全二利此最良法可久行者

但元祐二年十二月二十四日勑合役空閑人戶不
及三番處許以六色錢雇州手分散從官承符人此
法未爲允當何者百姓出錢本爲免役今乃限以番
次不許盡用留錢在官其名不正又所雇者少未足
以紓中等人戶之勞法不簡徑使姦吏小人得以伸
縮臣到杭州點檢諸縣雇役皆不應法錢塘仁和富
實縣分則皆雇人新城昌化將爲貧薄反不得雇蓋
轉運司特於法外創立式樣令諸縣不得將逐等人
戶都數通比其貧下縣分第一第二等人戶例皆稀
少至第三等則戶數猥多以此漲起人戶皆及三番
然第三等戶豈可承當第一等色役則知通計三等
乃俗吏之巧薄非 朝廷立法之本意也臣方一面
改正施行次旋准元祐四年八月十八日勑諸州衙
前投名不足處見役年滿鄉差衙前並行替放且依
舊條差役更不支錢又諸州役除吏人衙前外依條
定差如空閑未及三年即以助役錢支募此法既下
吏民相顧皆所未曉比於前來三番之法尤爲不通
前史稱蕭何爲法講若畫一蓋謂簡徑易曉雖山邑
小吏窮鄉野人皆能別白遵守然後爲不刊之法也
臣身爲侍從又忝長民不可不言謹具前件條貫不

便事狀及臣愚見所欲起請者畫一如左
一前件勑節文云看詳衙前自降招募指揮僅及一年諸州路軍尚有招募投名不足去處其應役年滿衙前雖依舊支與支酬勒令在役然非鄉戶情願充應若後更無人願募卽鄉戶衙門卒無替期乃是勒令長名祗應顯於人情未便今欲將諸州衙前投名不足去處見役年滿鄉差衙前並行替放且依舊條差役更不支錢如願投充長名及向去招募到人其雇食支酬錢卽全行支給却罷差充仍除鄉差年限未滿人戶依條理當本戶色役外其投募長名之人並與免本戶役錢二十貫文如所納數少不係出納役錢之人卽許會六色合納役錢之人依數兌放並仰逐處監司相度見役衙門如有虛占窠名可以省併出處裁減人額却將減下錢數添搭入重難支酬施行
臣今看詳前件　勑條深爲未便凡長名衙前所以招募不足者特以支錢虧少故也自元豐前不聞天下有闕額衙前者豈常抑勒差充直以重難月給可以足用故也當時奉使之人如李

承之沈括吳雍之類每一使至輒以減刻爲功至元豐之末衙前支酬可謂僅足而無餘矣而元祐改法之初又行減削多是不支月給以故招募不行今不反循其本乃欲重困鄉差全不支錢而應募之人盡數支給又放免役錢二十貫欲以誘脅盡令應募然而歲免役錢二十千許計會六色人戶放免則是應募日增六色錢日減也若天下投名衙前並免此二十千卽六色錢存者無幾若只是闕額招募到人方得免放則均是投名厚薄頓殊其理安在　朝廷既許歲免二十千則是明知支酬虧少以此補足何如直添重難月給令招募得行所謂計會六色人戶者蓋令吏私商量取錢若遇頑猾人戶抵賴不還或將諸物高價准折訟之於官經涉歲月乃肯備償則衙前所獲無幾何如官支二十千朝請暮獲豈不簡徑易曉故臣愚以謂上件　勅條必難久行議者多謂官若添錢招募則姦民覬望未肯投名以待多添錢數今來計會六色人戶放免役錢正與添錢無異雖巧作名目其實一般大抵支錢既足萬無招募不行

之理自熙寧以來無一人闕額豈有今日頓不應募臣今起請欲乞行下諸路監司守令應闕額長名衙前須管限日招募數足如不足卽具元豐以前因何招募得行今來因何不足事由申奏如合添錢雇募卽與本路監司商議一面施行訖具委無大破保明聞奏若限滿無故招募不足卽取勘干繫官吏施行如此不過半年天下必無闕額長名衙前而所添錢數未必人人歲添二十千兼止用坊場河渡錢非如今法計會放免侵用六色錢也

一前件　敕節文云看詳鄉差人戶物力厚薄等第高下丁口進減放不常定恐難限以番次召募不若約空閑之年以定差法立役次輕重雇募役人顯見均當兼可以將寬剩役錢裁減無丁及女戶所出錢數欲諸州役除吏人衙前外依條定差如空閑未及三年卽據未及之戶以助役錢支募候有戶罷支已募之人各依本役年限候滿日差罷今後遇有支遣准此及以一路助役錢除依條量留一分准備外據餘剩錢數卻於無丁及女戶所出役錢入量行裁減具數奏聞所有

先降雇募州役及分番指揮更不許
臣今看詳諸役　以二年爲一番向來指揮如
空閑人戸不及三番則令雇募是　聖恩本欲
百姓空閑六年也今來無故忽減作三年吏民
無不愕然以謂中等人戸方苦差役正望
朝廷別加寬恤而六色錢幸有餘剩正可加添
番數而乃減作三年農民皆紛然相告云向來
差役雖甚勞苦然　朝廷猶許我輩閑了六年
今來只許閑得三年必是　朝廷別要此錢使
用方　二聖躬行仁厚天下歸心忽有此言布
聞遠邇深爲可惜雖云量留一分准備外據餘
剩數却於無丁及女戸所出役錢內量行裁減
此乃空言無實止是建議之人假爲此名以濟
其說臣請爲　朝廷詰之人戸差役年月人人
不同本縣有戸無戸日日不同加以稅產開收
丁口進退雖有聖智莫能前知當雇當差臨事
乃定如何於一年前預知來年合用錢數見得
寬剩便行減放臣知此法必無由施行但空言
而已若今來寬剩已行減放來年不足又須却
增增減紛然簿書淆亂百弊橫生有不可勝言

者矣方今中等人戶正以應役爲苦而六色人戶猶以出錢爲樂苦者更減三年樂者又行減放其理安在大抵六色錢本緣免役理當盡用雇人除量留准備外一文不合椿留然後事簡而法意通名正而人心服惟有一事不得不加周慮蓋逐州逐縣六色錢多少不同若盡用雇人則苦樂不齊錢多之處役戶太優與六色人戶相形反爲不易臣今起請欲乞今後六色錢常椿留一年准備如元祐四年只得用元祐二年錢其二年錢椿留准備用及約度諸般合用錢謂如官吏請雇人錢之類外其餘委自提刑轉運與守令商議將逐州逐縣人戶貧富色役多少預行品配以一路六色錢通融分給令州縣盡用雇人以本處色役輕重爲先後如此則事簡而易行錢均而無弊雇人稍廣中戶漸蘇則差役良法可以久行而不變矣

貼黃若行此法今後空閑二三年人戶官吏隱庇不差却行雇募無由點檢縱許人告自非多事好訟之人誰肯告訐若有本等已上閑及三年未委專以空閑先後爲斷爲復參用物力高下

定差既無果決條貫今後詞訟必多
右謹件如前　朝廷改法數年至今民心紛然未定
臣在外服目所親見正爲此數事耳伏望　聖慈與
執政大臣早定此法果斷而行之若還付有司則出
納之吝必無成議日復一日農民凋弊所憂不小臣
干犯　天威謹俟斧鉞之誅謹錄奏　聞伏候
勑旨

論高麗進奉第二狀

元祐四年十一月十三日龍圖閣學士朝奉郎知杭
州蘇軾狀奏右臣近奏爲高麗僧壽介狀稱臨發日
奉國母指揮將金塔二所附壽介前來祝延　皇帝
太皇太后聖壽臣已一面退還其狀仍令本州所差
伴話僧思義只作己意體問所獻金塔次第其高麗
僧壽介知臣不爲聞奏方始將出僧統義天付身文
字以示思義乃是欲將金塔二所捨入杭州惠因院
等處祝延　聖壽仍云隨身收管不可擅動元封俟
續有疏文到日方可施納以此顯見高麗人將此金
塔嘗探中國意度臣既退還其狀將來必是自將此
塔捨在惠因等院既是夷私捨施僧院即　朝廷難
爲冋賜若受而不報夷虜性貪或生怨望伏望　朝

廷檢會臣前奏早賜指揮如壽介等將上件金塔捨施亦乞只作臣意度一面答不奉　朝旨不敢令僧院收留所貴稍絶後患謹錄奏　聞伏候　勑旨

貼黃臣體問得惠因院亡僧淨源本是庸人只因多與往還致商人等於高麗國中妄有談說是致義天遠來從學因此本院厚獲施利而淮浙官私遍遭擾亂今來又訪聞得還是本院行者姓顏人賫持淨源眞影舍利隨船過海是致義天復差人祭奠臣見令所司根勘候見詣實奏聞次今來若許惠因院收留金塔乃是庸人姦猾自圖厚利爲國生事深爲不可

乞令高麗僧從泉州歸國狀

元祐四年十二月三日龍圖閣學士朝奉郎知杭州蘇軾狀奏臣近爲泉州商客徐戩帶領高麗國僧統義天手下侍者僧壽介等到來杭州致祭亡僧淨源因便帶到金塔二所遂具畫一事由聞奏已准　朝旨許令壽介等致祭亡僧淨源畢差人舡送到明州附因便海舶歸國如淨源徒弟願與回贈物色即量度回贈本州已依准指揮許令壽介等致祭淨源了畢其徒弟量將土儀回贈壽介等收受所有帶到金

塔二所據壽介等令監伴職員前來告臣云恐帶同
本國得罪不輕臣已依元奏詞語判狀付逐僧執歸
本國照會及本州卽時差撥人舡乘載壽介等亦將
米麵蠟燭之類隨宜餞送逐僧於十一月三十日起
發前去外訪聞明州近日少有因便商客入高麗國
竊恐久滯逐僧在彼不便竊聞泉州多有海船入高
麗往來買賣除已牒明州契勘如壽介等到來年卒
無因便船舡卽一面申奏乞發往泉州附舡歸國外
須至奏聞者
右伏乞　朝廷特降指揮下明州疾速契勘依此施
行所貴不至住滯謹錄奏　聞伏候　勑旨

乞降度牒召人入中斛㪷出糶濟飢等狀

元祐五年二月十四日龍圖閣學士朝奉郎知杭州
蘇軾狀奏右臣近指揮本州令在州并倚郭兩縣糶
常平米一千石及外七縣大縣日糶百石小縣五十
石約計日糶五百餘石自二月至六月終將見管裏
外常平米均匀兌撥除本州倚郭已足用外其餘
七縣見闕三萬餘石雖蒙　朝廷賜上供米二十萬
石於本路出糶已準轉運司牒報於越睦州撥三萬
石與杭州然本州年計見闕軍糧十八萬餘石越睦州

米尚不了兌充軍糧更無緣出賣以此外縣出糶實
闕三萬餘石臣已一面指揮諸縣那移般運開場出
糶以平米價庶幾深山窮谷小民不至大段失所然
約度見管米數恐只至四五月間必然糶盡若秋穀
未登糶場不繼卽民間頓然闕食深可憂慮臣勘會
諸州例皆闕米縱使督迫轉運提刑司必是無處擘
畫那移應副惟有一策恐可濟辦緣臣去歲曾奏乞
度牒二百道修完本州廨宇未蒙施行臣於十二月
末曾作書與太師文彥博以下執政八人乞早奏陳
特許給上件度牒二百道臣欲權將上件度牒召募
蘇湖常秀人戶令於本州闕米縣分入中斛㪷以優
價入中減價出賣約可得二萬五千石糶得一萬五
千貫訪聞蘇湖常秀雖具災傷富民却薄有蓄積若
以度牒召募必肯入中却以此錢修完廨宇庶幾先
濟飢殍之民後完久壞屋宇兩事皆濟則吏民荷德
無窮臣發此書已四十餘日至今無報不免干冒
朝廷上瀆 聖聽伏乞 聖慈深哀本州外邑溪谷
之民將墜溝壑特發 宸斷速賜允從臣無任惶恐
戰慄待罪之至謹錄奏 聞伏候 勑旨

論葉溫叟分擘度牒不公狀

元祐五年二月十八日龍圖閣學士左朝奉郎知杭
州蘇軾狀奏今月十七日准轉運使葉溫叟牒杭州
准尚書禮部符准元祐五年正月二十六日　勑勘
會兩浙淮南路見係災傷民間穀價湧貴雖已降指
揮減撥上供斛㪷出糶及依條賑恤外切慮所用斛
㪷數多不能周足牒奉　勑各出給空名度牒三百
道付逐路轉運提刑鈐轄司分擘與災傷州軍召人
入納斛㪷或見錢糴入官司封樁及諸色斛㪷添助
賑濟支用者省部今依准　勑命指揮出給到空名
度牒三百道并封皮須至符送者符當司主者候到
一依前項　勑命指揮及照會元祐勑令疾速施行
仍關提刑鈐轄司及合屬去處不管稍有違誤者當
司契勘杭越蘇湖常秀潤衢婺台等州災傷放稅除
衢州放稅只及二釐不至災傷更不撥外今將杭越
等九州放稅錢數衮紐每州合得道數須至行遣數
內杭州三十道者臣看詳上件　勑旨為兩浙淮南
路災傷各出給空名度牒三百道付逐路轉運提刑
鈐轄司分擘與災傷州軍轉運司既受上件　勑旨
即合與提刑及浙東西兩路鈐轄司商量分擘仍須
參州郡大小戶口衆寡及災傷分數品配合得道數

依公分擘今來轉運使葉温叟因出巡蘇秀等州在
路受得上件　勑旨便敢公然違戾更不討會提刑
及兩路鈐轄司亦不與轉運判官張璹商議便一面
擅行分擘內杭州只得三十道切緣杭州城內生齒
不可勝數約計四五十萬人裏外九縣主客戶口共
三十餘萬今來檢放水旱雖只計一分六釐又緣杭
州自來土產米穀不多全仰蘇湖常秀等州般運斛
㪷接濟若數州不熟即杭州雖十分豐稔亦不免爲
飢年自去歲十月以後米價湧長至每㪷九十足錢
近歲浙中難得見錢每㪷九十便比熙寧以前百四
五十因糴常平米每日不下五六萬人爭糴方免餓
殍今來　聖恩憂恤一路委自提轉及兩路鈐轄司
分擘度牒而温叟獨出私意只分與杭州三十道內
潤州人戶比杭州十分纔及一二卻分得一百道其
餘多少任情未易悉數致杭州百姓例皆咨怨將謂
聖恩偏厚潤州不及杭州不知自是温叟公違　勑
旨任情分擘須至奏陳者　右臣先於二月四日奏
爲杭州諸縣出糶官米自二月至六月終闕三萬餘
石乞特賜度牒二百道召人入中米外縣吏民日夜
企望　朝廷施行雖大旱望雨執熱思濯未喻其急

度奏狀未到間已蒙　朝廷施行乃是　聖明洞照
數千里外事有如目覩今乃爲轉運使葉溫叟自出
私意多少任情以杭州衆大甲於兩路只分與三十
道吏民驚駭莫曉其意臣竊原　聖意蓋謂提刑專
主賑濟鈐轄司專管災傷盜賊故令轉運司與兩司
同共相度分擘今溫叟並不計會兩司及轉運判官
直自一面任意分擘牒送諸州更不關報鈐轄司臣
忝爲侍從出使一路溫叟似此凌蔑肆行臣若不言
必無人更敢論列況杭州見今裏外一十九處開場
糶米糴者如雲雖寄居待闕官員亦行差請杭人素
來驕奢本以糴官米爲恥若非飢急豈肯來糴此皆
溫叟與諸監司所共目覩今來只分三十道深駭物
聽切緣度牒三百道約直錢五萬餘貫所在商賈富
民爲之奔走洶動而溫叟一面任意分擘更不計會
逐司豈得穩便兼臣訪聞去歲諸郡檢放稅賦多有
不實不盡只如蘇州積水瀰望衆所共見今來放稅
分數反不及潤州蓋是檢放官吏觀望漕司意指及
各隨本州長吏用意厚薄未必皆是的實今來溫叟
專用放稅分數爲斷深爲未允縱使檢放得實而州
郡大小戶口多寡不同亦合參酌品配從逐司公共

相度分擘方得允當今來但係溫叟所定賑濟州郡
卽多得度牒應係別人地分例皆靳惜不與顯見全
然不公臣已牒轉運司請細詳上件　朝旨計會提
刑鈐轄司依公分擘去訖深慮溫叟未肯聽從縱肯
聽從不過量添三二十道亦是支用不足伏望　聖
慈體念杭州元奏闕米三萬石本乞度牒二百道方
稍足用今來不敢更望上件數目只乞特賜指揮於
三百道內支一百五十道與杭州況其餘州軍元無
奏請闕米去處將其餘一百五十道分與亦無闕事
伏乞早賜指揮所貴災傷之民均受　聖澤不至以
一失私意專制多少謹錄奏　聞伏候　勑旨
貼黃杭州元奏闕米三萬石乞度牒二百道今
來轉運使只與三十道潤州元不奏闕米顯是
常平錢米足用今來却與一百道深駭物聽乞
朝廷詳酌諸州元無奏請闕米去處若依臣所
奏分與一百五十道已出望外杭州若得一百
五十道猶未足用乞自　聖旨分擘施行若只
下本路其轉運使葉溫叟必是遂非不肯應副

東坡奏議卷第十八

東坡奏議卷第七

乞開杭州西湖狀
申三省起請開湖六條狀
奏戶部拘收度牒狀
應詔論四事狀
奏浙西災傷第一狀
奏浙西災傷第二狀

乞開杭州西湖狀

元祐五年四月二十九日龍圖閣學士左朝奉郎知杭州蘇軾狀奏右臣聞天下所在陂湖河渠之利廢興成敗皆若有數惟聖人在上則興利除害易成而難廢昔西漢之末翟方進爲丞相始決壞汝南鴻隙陂父老怨之歌曰壞陂誰翟子威飯我豆羹芋魁反乎覆陂當復誰言者兩黃鵠蓋民心之所欲而託之天以爲有神下告我也孫皓時吳郡上言臨平湖自漢末草穢壅塞今忽開通長老相傳此湖開天下平皓以爲己瑞已而晉武帝平吳由此觀之陂湖河渠之類久廢復開事關興運雖天道難知而民心所欲天必從之杭州之有西湖如人之有眉目蓋不可廢也唐長慶中白居易爲刺史方是時湖溉田千餘頃及錢氏有國置撩湖兵士

千人日夜開浚自國初以來稍廢不治水涸草生漸
成葑田熙寧中臣通判本州則湖之葑合蓋十二三
耳至今纔十六七年之間遂堙塞其半父老皆言十
年以來水淺葑橫如雲翳空倏忽便滿更二十年無
西湖矣使杭州而無西湖如人去其眉目豈復爲人
乎臣愚無知竊謂西湖有不可廢者五天禧中故相
王欽若始奏以西湖爲放生池禁捕魚鳥爲人主祈
福自是以來每歲四月八日郡人數萬會于湖上所
活羽毛鱗介以百萬數皆西北向稽首仰祝千萬歲
壽若一旦堙塞使蛟龍魚鼈同爲涸轍之鮒臣子坐
觀亦何心哉此西湖之不可廢者一也杭之爲州本
江海故地水泉鹹苦居民零落自唐李泌始引湖水
作六井然後民足於水井邑日富百萬生聚待此而
後食今湖狹水淺六井漸壞若二十年之後盡爲葑
田則舉城之人復飲鹹苦其勢必自耗散此西湖之
不可廢者二也白居易作西湖石函記云放水溉田
每減一寸可灌十五頃每一伏時可灌五十頃若蓄
洩及時則瀕河千頃可無凶歲今雖不及千頃而下
湖數十里間茭菱穀米所獲不貲此西湖之不可廢
者三也西湖深闊則運河可以取足於湖水若湖水

不足則必取足於江潮潮之所過泥沙渾濁一石五
斗不出三歲輒調兵夫十餘萬功開浚而河行市井
中蓋十餘里吏卒搔擾泥水狼籍爲居民莫大之患
此西湖之不可廢者四也天下酒官之盛未有如杭
者也歲課二十餘萬緡而水泉之用仰給於湖若湖
漸淺狹水不應溝則當勞人遠取山泉歲不下二十
萬功此西湖之不可廢者五也臣以侍從出膺寵寄
目覩西湖有必廢之漸有五不可廢之憂豈得苟安
歲月不任其責輒已差官打量湖上葑田計二十五
萬餘丈度用夫二十餘萬功近者伏蒙　皇帝陛下
太皇太后陛下以本路饑饉特寬轉運司上供額
斛五十餘萬石出糶常平米亦數十萬石約敕諸路
不取五穀力勝稅錢東南之民所活不可勝計今又
特賜本路度牒三百而杭獨得百道臣謹以　聖意
增價召人中米減價出賣以濟飢民而增減耗折之
餘尚得錢米約共一萬餘貫石臣輒以此錢米募民
開湖度可得十萬功自今月二十八日興功農民父
老縱觀太息以謂二聖既捐利與民活此一方而又
以其餘弃與久廢無窮之利使數千人得食其力以
度此凶歲蓋有泣下者臣伏見民情如此而錢米有

限所募未廣葑合之地尚存太半若來者不嗣則前
功復弃深可痛惜若更得度牒百道則一舉募民除
去淨盡不復遺患矣伏望 皇帝陛下 太皇太
后陛下少賜詳覽察臣所論西湖五不可廢之狀利
害較然特出 聖斷別賜臣度牒五十道仍勑轉運
提刑司於前來所賜諸州度牒二百道內契勘賑濟
支用不盡者更撥五十道價錢與臣通成一百道使
臣得盡力畢志半年之間目見西湖復唐之舊環三
十里際山爲岸則農民父老與羽毛鱗介同詠 聖
澤無有窮已臣不勝大願謹錄奏 聞伏候 勑旨
貼黄目下浙中梅雨葑根浮動易爲除去及六
七月大雨時行利以殺草芟夷蘊崇使不復滋
蔓又浙中農民皆言八月斷葑根則死不復生
伏乞 聖慈早賜開允及此良時興功不勝幸
甚
又貼黄本州自去年至今開浚運河引西湖水
灌注其中今來開除葑田逐一利害臣不敢一
一煩瀆 天聽別具狀申三省去訖
申三省起請開湖六條狀
元祐五年五月初五日龍圖閣學士左朝奉郎知杭

州蘇軾狀申軾於熙寧中通判杭州訪問民間疾苦父老皆云若運河淤塞遠則五年近則三年率常一開後不獨勞役兵民而運河自州前至北郭穿闤闠中蓋十四五里每將興工市肆洶動公私騷然自胥吏壕柵兵級等皆能恐喝人戶或方當於某處置土某處過泥水則居者皆有失業之憂既得重賂又轉而之他及工役既畢則房廊邸店作踐狼籍園圃隙地例成丘阜積雨蕩濯復入河中居民患厭未易悉數若三五年失開則公私壅滯以尺寸水行數百斛舟人牛力盡跬步千里雖監司使命有數日不能出郭者其餘艱阻固不待言問其所以頻開屢塞之由皆云龍山浙江兩閘日納潮水沙泥渾濁一汛一淤積日稍久便及四五尺其勢當然不足怪也軾又問言潮水淤塞非獨近歲若自唐以來如此則城中皆爲丘阜無復平田今驗所在堆疊泥沙不過三五十年所積耳其故何也父老皆言錢氏有國時郡城之東有小堰門既云小堰則容有大者昔人以大小二堰隔截江水不放入城則城中諸河專用西湖水水既清澈無由淤塞而餘杭門外地名半道洪者亦有堰名爲清河意亦愛惜湖水不令走下自天禧中故

相王欽若知杭州始壞此堰以快目下舟楫往來今七十餘年矣以意度之必自此後湖水不足於用而取足於江潮又況今者西湖日就堙塞昔之水面半爲葑田霖潦之際無所豬畜流溢害田而旱乾之月湖自減涸不能復及運河謹按唐長慶中刺史白居易浚治西湖作石函記其略曰自錢塘至鹽官界應溉夾河田者皆放湖入河自河入田每減一寸可溉十五頃每一伏時可溉五十頃若堤坊如法蓄泄及時則瀕湖千頃無凶年矣由此觀之西湖之水尚能自運河入田以溉千頃則運河足用可知也軾於是時雖知此利害而講求其方未得要便今者蒙恩出典此州自去年七月到任首見運河乾淺使客出入艱苦萬狀穀米薪芻亦緣此暴貴尋劾刷捍江兵士及諸色廂軍得千餘人自十月興功至今年四月終開浚茆山鹽橋二河各十餘里皆有水八尺以上見今公私舟舡通利父老皆言自三十年已來開河未有若此深快者也然潮水日至淤塡如舊則三五年間前功復弃軾方講問其策而臨濮縣主簿監在城商稅蘇堅建議曰江潮灌注城中諸河歲月已久若遽用錢氏故事以堰閘卻之今自城外轉過不惟事

體稍大而湖面封合積水不多雖引入城未可全恃宜參酌古今且用中策今城中運河有二其一曰茆山河南抵龍山浙江閘口而北出天宗門其一曰鹽橋河南至州前碧波亭下東合茆山河而北出餘杭門餘杭天宗二門東西相望不及三百步二河合於門外以北抵長河堰下今宜於鈐轄司前創置一閘每遇潮上則暫閉此閘令龍山浙江潮水徑從茅山河出天宗門候一兩時辰潮平水清然後開閘則鹽橋一河過闤闠中者永無潮水淤塞開淘搔擾之患而茅山河縱復淤填乃在人戶稀少村落相半之中雖不免開淘而泥土有可堆積不爲人患潮水自茅山河行十餘里至梅家橋下始與鹽橋河相通潮已行遠泥沙澄墜雖入鹽橋河亦不淤填自來潮水入茅山鹽橋二河只淤填十里自十里以外不曾開淘此已然之明効也茅山河既日受潮水無緣涸竭而鹽橋河底低茆山河底四尺梅家橋下量得水深四尺而碧波亭前水深八尺則鹽橋河亦無涸竭之理然猶當過慮以備乏水今西湖水貫城以入于清湖河者大小凡五道一暗門外斗門一所一湧金門外水閘一所一集賢亭前水筧一所一集賢亭後水閘一所一菩提寺前斗門一所皆自清湖河而下以北出

餘杭門不復與城中運河相灌輸此最可惜宜於湧金門內小河中置一小堰使暗門湧金門二道所引湖水皆入法慧寺東溝中南行九十一丈則鑿爲新溝二十六丈以東達于承天寺東之溝又南行九十丈復鑿爲新溝一百有七丈以東入于猫兒橋河口自猫兒橋河口入新水門以入于鹽橋河則咫尺之近矣此河下流則江潮清水之所入上流則西湖活水之所注永無乏絶之憂矣而湖水所過皆闤闠曲折之間頗作石櫃貯水使民得汲用澣濯且以備火災其利甚博此所謂參酌古今而用中策也軾尋以堅之言使通直郎知仁和縣事黃僎相度可否及率僚吏躬親驗視一一皆如堅言可成無疑也謹以四月二十日興功開導及作堰閘且以餘力修完六井杭州城中多鹵地無甘井唐刺史李泌始作六井皆引湖水注其中歲久不治熙寧中知州陳襄與軾同擘畫修完而功不堅至今復廢壞軾今改作瓦筒又以塼石培甃固護可以堅久皆不過數月可以成就而本州父老農民覩此利便相率詣軾陳狀凡一百一十五人皆言西湖之利上自運河下及民田億萬生聚飲食所資非止爲游觀之美而近年以來堙塞幾半水石日減葑日滋更二十年無西

湖矣勸軾因此盡力開之軾既深愧其言而患兵工寡少費用之資無所從出父老皆言竊聞 朝廷近賜度牒一百道每道一百七十貫爲錢一萬七千貫本州既高估米價召人入中減價出糶以濟飢民消折之餘尚有錢米約共一萬貫石若支用此亦足以集事矣適會錢塘縣尉許敦仁建言西湖可開狀其略曰議者欲開西湖久矣自太守鄭公戩以來苟有志於民者莫不以此爲急然皆用工滅裂又無以善其後蓋西湖水淺葑根壯猛雖盡力開撩而三二年間人工不繼則隨手葑合與不開同竊見吳人種菱每歲之春芟除澇漉寸草不遺然後下種若將葑田變爲菱蕩永無茭草堙塞之患今乞用上件錢米雇人開湖候開成湖面卽給與人戶量出課利作菱蕩租佃獲利既厚歲歲加功若稍不除治微生茭葑卽許人刬賃但使人戶常憂刬奪自然盡力永無後患今有錢米一萬貫石度所雇得十萬每功約開葑一丈亦可添得十萬丈水面不爲小補若量破錢米召募飢民興役必不濟事若每日破米三升錢五十五文足雇一强壯人夫然後可使雖云强壯然饑饉之歲使數千人得食其力以度凶年亦歸於賑濟也軾尋以敦仁之策參考衆議皆謂允當已

一面牒本州依敦仁擘畫支上件錢米雇人仍差捍江舡務樓店務兵士共五百人般載葑草於四月二十八日興功去訖今來有合行起請事件謹具畫一如左

一今來所創置鈐轄司前一閘雖每遇潮上閉得一兩時辰而公私舟舡欲出入閘者自須先期出入必不肯端坐以待閉閘兼更有茅山一河自可通行以此實無阻滯之患而能隔截江潮徑自茅山河出天宗門至鹽橋一河永無堙塞開淘搔擾之患爲利不小恐來者不知本末以阻滯爲言輕有變改積以歲月舊患復作今來起請新置鈐轄司前一閘遇潮上閉訖方得開龍山浙江閘候潮平水清方得卻開鈐轄司前閘

一鹽橋運河岸上有治平四年提刑元積中所立石刻爲人戶屋舍侵占牽路已行除拆外具載闊狹丈尺今方二十餘年而兩岸人戶復侵占牽路蓋屋數千間卻於屋外別作牽路以致河道日就淺窄準此據理並合拆除本州方行相度而人戶相率經州乞據逐人家後丈尺各作

木岸以護河堤仍據所侵占地量出賃錢官爲椿管準備修補木岸乞免拆除屋舍本州已依狀施行去訖今來起請應占牽路人戶所出賃錢並送通判廳收管準備修補河岸不得別將支用如違並科違制

一自來西湖水面不許人租佃惟茭葑之地方許請賃種植今來既將葑田開成水面須至給與人戶請佃種菱深慮歲久人戶日漸侵占舊來水面種植官司無由覺察已指揮本州候開湖了日於今來新開界上立小石塔三五所相望爲界亦須至立條約束今來起請應石塔以內水面不得請射及侵占種植如違許人告每丈支賞錢五貫文省以犯人家財充

一湖上種菱人戶自來臠割葑地如田塍狀以爲疆界緣此即漸葑合不可不禁今來起請應種菱人戶只得標插竹木爲四至不得以臠葑爲界如違亦許人刬賃

一本州公使庫自來收西湖菱草蕩課利錢四百五十四貫充公使今來既開草葑盡變爲菱蕩給與人戶租佃即今後課利亦必稍增若撥入

公使庫未爲穩便今來起請欲乞應西湖上新
舊菱蕩課利並委自本州量立課額今後永不
得增添如人戶不切除治致少有草葑即許人
剗賃其剗賃人特與權免三年課利所有新舊
菱蕩課利錢盡送錢塘縣尉司收管謂之開湖
司公使庫更不得支用以備逐年雇人開葑撩
淺如敢別將支用並科違制
一錢塘縣尉廨宇在西湖上今來起請今後差錢
塘縣尉銜位內帶管勾開湖司公事常切點檢
纔有菱葑即依法施行或支開湖司錢物雇人
開撩替日委後政點檢交割如有茭葑不切除
治即申所屬點檢申吏部理爲遺闕
以上六條並刻石置知州及錢塘縣尉廳上
常切點檢
右謹件如前勘會西湖葑田共二十五萬餘丈合用
人夫二十餘萬功上件錢米約可雇十萬功只開得
一半軾已具狀奏聞乞別賜度牒五十道通成一百
道充開湖費用外所有逐一子細利害不敢一一紊
煩天聽伏乞僕射相公門下侍郎中書侍郎尚書左
丞尚書右丞特賜詳覽前件所陳利害及起請六事

逐一敷奏立爲本州條貫早賜降下依稟施行兼畫成地圖一面隨狀納上謹具狀申三省謹狀

奏戶部拘收度牒狀

元祐五年五月二十七日龍圖閣學士左朝奉郎知杭州蘇軾狀奏右臣近者伏見　二聖遇災而懼憂勞四方所以拯救飢民者可謂至矣兩浙淮南蒙賜度牒六百道而杭揚二州各得百道吏民鼓舞歌詠聖澤曾未數日而淮西提刑申戶部本路常平斛㪷足用不須上件度牒兩浙轉運提刑亦申本路今年豐熟別無流民是致戶部申都省却乞拘收度牒錢斛以備別時支用都省更不奏稟　聖旨便行下本路提刑司依戶部所申施行臣勘會自來　聖恩以災傷特賜錢物賑濟即無似此中變却自都省行下追收體例深駭物聽淮浙兩路去歲災傷之甚行路備知便使今年秋穀大稔猶恐未補瘡痍而況春夏之交稻秧未了未委逐路提轉如何見得今年秋熟便申豐稔顯是小臣無意卹民專務獻諂而戶部都省樂聞其言即時施行追寢二聖已行之澤百姓聞之皆謂　朝廷不惜飢民而惜此數百紙度牒中路翻悔爲惠不終臣忝備禁從受恩至深不忍小臣惑

誤執政屯膏反汗虧汙聖德惜毫毛之費致丘山之
損是以冒昧獻言伏望 聖慈察臣孤忠留中省覽
更不降出只作 聖意訪聞戒飭執政令速降指揮
更不得拘收一依前降 聖旨盡用賑濟所貴艱食
之民始終被惠亦免二聖已行恩命反覆追收失信
天下臣不勝區區謹錄奏 聞伏候 勑旨
貼黃臣近有狀奏乞更賜度牒五十道用開西
湖葑田仍以一面指揮本州將前來度牒變轉
賑濟外所餘錢米召募艱食之民興功開淘今
來纔及一月漸以見功吏民踊躍從事農工父
老無不感悅忽蒙都省拘收錢米自指揮到日
更不敢支動吏民失望前功併棄深可痛惜伏
乞出自 聖意指揮三省檢會前奏早賜施行
臣自以受恩深重每有所見不敢不盡今者上
忤執政下忤戶部監司伏望 聖慈愍臣孤忠
不避仇怨特乞留中不出以全臣子

應詔論四事狀

元祐五年六月初九日龍圖閣學士左朝奉郎知杭
州蘇軾狀奏臣近者伏覩邸報以諸路旱災內出手
詔兩道其略曰豈政治失當事之害物者尚多上下

厄塞情之不通者非一刑或不稱其罪用或不當其人又曰意者政令寬弛吏或爲害而莫知賦役失當民病於事而莫察忠言有壅而未達賢材有抑而未用臣伏讀至此感憤涕泣而言曰嗚呼　陛下卽位改元于今五年三出此言矣雖禹湯之聖不惜罪己而臣子之心誠不忍聞思有以少補聖政助成應天之實使堯舜之仁名言皆行心迹相應庶幾天人感通災沴不作免使君父數出此言不勝拳拳孤忠而智慮短淺又以出守外服不能盡知　朝政得失獨以目所親見民之疾苦州縣官吏日夜奉行殘傷其飢體散離其父子破壞其生業爲國斂怨而了無絲毫上助國用者四事昧死獻言謹具條件如左

一伏見元祐四年八月十九日　勑節文應見欠市易人戶籍納拘收産業自來所收課利及估賣到諸般物色錢已及官本別無失陷除已有人承買交業外並特給還未足者許貼納收贖仍不限年　四方聞之莫不鼓舞歌詠以謂

聖恩深厚獨知民隱誠三王推本人情之政也尋契勘杭州共有一百一十二戶合該上項

勑條方且次第施行次忽准尚書戸部符據蘇

州申明如何謂之折納如何謂之籍納本部已
依條估覆供認伏定入官折還欠錢謂之折納
已經估覆三估不伏定即以所估高價籍定者
謂之籍納惟籍納產業方許給還用此契勘遂
無一戶可以應得指揮至有已給再追者於是
百姓讙然出訴于庭以謂某等自失業已來父
母妻子離散轉在溝壑久無所歸伏幸　仁聖
在上昭恤如此命下之初如蒙更生今者有司
沿文生意又復壅隔雖有惠澤蓋與無同臣即
看詳元初立法本爲與置市易已來凡異時民
間生財自養之道一切收之公上小民既無他
業不免與官中首尾膠固以至供通物產召保
立限增價出息賒貸轉變以苟趨目前之急及
至限滿不能填償又理一重息罰歲月益久逋
欠愈多科決監錮以逮妻孥市易官吏方且計
較功賞巧爲文詞致許人戶願以屋業及田土
折納還官各以差官檢估取伏定文狀了日理
作季限放免息罰召人添價收買方人戶在係
纍之時州縣督責嚴急如有產業田土豈復自
能爲主檢估伏認勢須在官雖名情願實只空

文唯是頑狡之人或能抵拒以至三估未肯供
狀及其既納皆是折還欠錢並籍在官有何不
同 聖恩寬大特爲立法以救前日之弊所稱
籍納只是臨時立文出於偶爾而有司執閡妄
意分別若果如申明卽是善良畏事之人不蒙
憂恤元初特頑狡猶與官爲競之民却被惠澤
事理如此豈不倒置不惟元條無此明文實恐
非 朝廷綏養窮困之意及檢會元祐四年三
月二十六日 勅人戶欠市易官錢將樓店屋
產折納在官並將所收房課充折別無少欠亦
許給還亦不曾分別折納籍納以此相明顯無
可疑自是蘇州官吏巧薄以刻爲忠曲有申明
而戶部吝於出納以害仁政伏乞特加詳察不
以折納籍納並依元條施行所貴失業之人均
被 聖恩
一伏見元祐元年九月八日勅尚書戶部狀據提
點兩浙刑獄公事喬執中奏熙寧四年後來至
元豐三年以前新法積欠鹽錢及有均攤等人
陪塡見今貧乏無可送納已累經赦恩比類市
易等錢只今送納產鹽場監官本價錢其餘並

乞除放等事本部勘當欲並依喬執中所奏前
項事理施行仍連狀奉
聖旨依及准提刑司
備坐元奏積欠鹽錢前後官司催納僅及六年
催到貫萬不少今來所欠並是下等貧困之人
無可送納已累經赦恩及逐節事理遂具狀申
奏今准省符前項指揮請詳　朝旨施行本州
契勘上件年分計有四百四十五戸自承
朝旨已來迨今首尾五年纔放得二十三戸臣
竊怪之以謂東南鹽法久爲民患原其造端蓋
自兩浙流行散漫遂及江南福建流弊之末人
不堪命故詔令之下如救水火今者五年之久
民之疾苦依然尚在　朝廷德澤十不行一何
也推考其故蓋提舉鹽事司執文害意謂非貧
乏不在此數而州縣吏人因緣爲姦以市賄賂
故久而不決竊詳元奏之意本謂積欠歲久前
後官司催納到貫萬不少今來所欠並是貧困
之人既以累經赦恩比類市易只乞與納官本
價錢本部勘當以此並乞依奏仍連狀奉
聖旨施行即是執中所奏欠戸自是貧困之人
皆當釋放矣省部行下務從文省止是節略元

奏爲其已涉六年見今貧乏無可送納非爲更行勘會須得委是貧乏方可施行至元祐二年本州再以元豐四年已後至八年登極大赦以前積欠鹽戶奏乞除放省部看詳方始立文如委是貧乏卽依元祐元年九月十八日已降
朝旨施行以顯執中當時所奏並謂見今貧乏之無可送納合行一例除放及節次本州與轉運司各曾申明省符與元奏詞語不同省部亦已開折緣元係連狀並依前項所奏施行事理甚明而主司堅執至今疑惑至使州縣吏人戶行遣一一較量計構官司買囑隣里尚復多方指摘以肆規求待其充欲然後保明遂致其間一百四十人戶已放而復行勘會一百六十五戶中省見勘會而未圓二十五戶已圓而申稟監司及有一戶二戶旋申省部如此反復多方留難卽五年之久未足爲怪也伏惟　仁聖在上憂民疾苦寤寐不忘惠澤之下宜如置郵傳命今乃中道廢格以開姦吏乞取之路反使
朝廷之恩獨與奪於州縣庸人之手省部既不鈞察官吏亦恬不爲慮甚非所以仰稱　仁聖

焦勞愛民之意也伏乞昭示德音申飭有司更不勘會是與不是貧乏無俾姦吏執文害意以壅隔　朝廷大惠不然或斷以第三等以下並依上件　朝旨施行則法令簡易一言自足矣蓋等第素定貧富較然朝行夕至姦吏無措意也所有元豐四年以後及至八年大赦以前所欠鹽戶亦乞依此施行貼黃契勘熙寧四年以後止元豐八年登極大赦以前人戶積欠共計五萬三百餘貫若謂非貧乏有可送納卽自元祐元年至今並不曾納到分文顯見有司空留帳籍虛數以害　朝廷實惠

一伏見熙寧中天下以新法從事凡利源所在皆歸之常平使者而轉運司歲入之計惟田賦與酒稅而已方是時民財窘亟酒稅例皆減耗諸路既已經費不足上下督責益急故酒務官吏至有與庸保雜作州縣受官視事去處亦或爲小民諠譁羣飲之肆又不能售往往苟逃罪戾巧爲文致誘導無知之民以陷欠負破蕩之禍如許人供通自己或借他人產業當酒是也臣近契勘杭州自承上件指揮以來以產當酒者

計一千四百三十三戶計錢一十四萬二千九百餘貫前後官司催督監錮繼以鞭笞拘當在官遣之離業又自收其粗利中間以至係纍犴獄公與私皆擾人與產俱亡十餘年間除已催到一十二萬九千四百餘貫計千二十九戶外尚有餘欠一萬三千四百餘貫計四百四戶歲月既久終不能塡償豈非並是困窮無有之人乎尋檢會元豐四年五月二十一日勑酒務留當產業依鹽錢例拘收以其鹽與酒事同體一故也今者鹽錢欠戶已准元祐元年九月十六日及二年九月十八日　朝旨許納場監地頭官本價錢餘並除放獨酒欠至今未蒙如此施行豈容事同體一拘收則同而除放則異此無他蓋有司不能推廣　朝廷德意故也臣愚欲乞將元豐八年登極大赦以前酒欠人戶並依所欠鹽錢已得　朝旨并今來前項申明更不勘會貧乏或斷自第三等以下事理施行不惟海隅細民並蒙休澤實亦無偏無黨皇極之道也

一伏見元豐四年杭州合發和買絹二十三萬一

千匹淮　朝旨撥轉運司錢於餘杭等縣委官
置場一十一處收買尋以數內揀下不堪上供
五萬七千八百九十疋計錢五萬五千餘貫却
勒逐場變轉是時錢重物輕一日併出既聲言
行濫不受於官又須元價以冀償足捐之市中
莫有顧者於是官吏惶駭莫知所爲不免一切
賒貸及假借官勢抑配在民往往其間浮浪小
人與無賴子弟詭冒姓名朋欺上下元買官吏
苟得虛數還之有司以緩目前之禍其後督責
嚴急必於取償奏立近期專委强吏十餘年間
如捕寇盜除催到四萬六千餘貫外餘欠八千
二百餘貫共二百八十二戶並是貧民下戶無
所從出與詭冒逃移不知頭主及干繫均納之
人連延至今終不能足惟有簿書以資奸吏追
擾遺害未已今者伏准元祐五年四月初九日
勑諸處見欠鹽麴和預買青苗錢物元是冒名
無可催理或全家逃移隣里抱認或元無頭主
均及干繫人以此積年未能了絕雖係元請官
本況內有已該元豐八年登極大赦者依
聖旨並特除放歡聲播傳和氣充塞臣於此時

仰知　聖德廣大正使堯湯水旱亦不足慮也然政有體事有數體雖備而數不能悉言雖不及而意在是者蓋非俗吏所能知也臣輒不避僭妄竊詳和買之法以錢與民而收絹猶是補助耕斂之意公私兩有之利也元豐官吏以絹與民而收錢又皆行濫弃捐之餘取償倍稱不實之直賒貸抑配以苟免一時失陷之責即是利專自爲害專在民也事理人情輕重可見

聖恩矜恤宜在所先臣愚以謂元豐四年退賣物帛既同是和買之名又有非法病民之實自合依今年四月九日　朝旨施行外伏望　朝廷深念前項弊害止是出於一時官吏私意非如蠶鹽和預買青苗天下公共之法更賜加察告示矜寬不以有無頭主是與不是冒名及隣里抱認與均及干繫人並特與除放是亦稱物平施天之道也

右所有四事伏望　聖慈特察臣孤忠志在愛君別無情弊更賜清問左右大臣如無異論便乞出勑施行若後稍有一事一件不如所言臣甘伏罔上誤朝之罪若復行下有司反復勘當必是巧爲駁難無由

施行臣緣此得罪萬死無悔但恨 仁聖之心本不
如此如天降甘雨爲物所隔終不到地可爲痛惜而
況前件四事錢物數目雖多皆是空文必難催索徒
使胥吏小人緣而爲姦威福平民故臣敢謂放之則
損虛名而收實惠不放則存虛數而受實禍利害較
然伏望 聖明特出宸斷天下幸甚臣愚戇少慮言
語麤疏干犯 天威伏俟斧鑕謹錄奏 聞伏候
勑旨
貼黃臣伏見四方百姓皆知 二聖恤民之心
無異父母但臣子不能推行致澤不下流日近
以蘇州官吏妄有申明折納籍納一事戶部從
而立法致已給還產業却行追收人戶詣臣哀
訴皆云黃紙放了白紙却收有泣下者臣竊深
悲之自 二聖嗣位已來恩貸指揮多被有司
巧爲艱閡故四方皆有黃紙放而白紙收之語
雖民知其實止怨有司然 陛下亦未嘗峻發
德音戒勑大臣令盡理推行則亦非獨有司之
過也況臣所論四事錢物雖多皆是虛數必難
催理除是復用小人如吳居厚盧秉之類假以
事權濟其威虐則五七年間或能索及三五分

若官吏只循常法何緣索得三五年後人戶竭
產伍保散亡勢窮理盡不得不放當此之時亦
不謂之　聖恩矣伏見坤成節在近天下臣子
皆以放生爲忠度僧爲福臣愚無知不識大體
輒敢以此四事爲獻伏望留神省覽指揮執政
便與施行導迎天休以益　聖算其賢於放生
度僧亦遠矣若　陛下不少留神執政只作常
程文字行下一落胥吏庸人之手則茫然如墮
海中民復何望矣臣言狂意切必遭衆怒伏乞
聖慈只行出前件奏狀留此貼黃一紙更不降
出以全孤危庶使愚臣今後每有所聞得盡論
列以報　二聖知遇之恩萬分之一也臣不勝
大願

奏浙西災傷第一狀

元祐五年七月十五日龍圖閣學士左朝奉郎知杭
州蘇軾狀奏右臣聞事預則立不預則廢此古今不
刊之語也至於救災恤患尤當在早若災傷之民救
之於未飢則用物約而所及廣不過寬減上供糶賣
常平官無大失而人人受賜今歲之事是也若救之
於已飢則用物溥而所及微至於耗散省倉虧損課

利官爲一困而已飢之民終於死亡熈寧之事是也
熈寧之災傷本緣天旱米貴而沈起張靚之流不先
事奏聞但務立賞閉糴富民皆爭藏穀小民無所得
食流殍既作然後　朝廷知之始勑運江西及截本
路上供米一百二十三萬石濟之巡門俵米攔街散
粥終不能救飢饉既成繼之以疾疫本路死者五十
餘萬人城郭蕭條田野丘墟兩稅課利皆失其舊勘
會熈寧八年本路放稅米一百三十萬石酒課虧減
六十七萬餘貫略計所失共計三百二十餘萬貫石
其餘耗散不可悉數至今轉運司貧乏不能舉手此
無它不先事處置之過也去年浙西數郡先水後旱
災傷不減熈寧然　二聖仁智聰明於去年十一月
中首發德音截撥本路上供斛㪷二十萬石賑濟又
於十二月中寬減轉運司元祐四年上供額斛三分
之一爲米五十餘萬斛盡用其錢買銀絹上供了無
一毫虧損縣官而命下之日所在歡呼官既住糴米
價自落又自正月開倉糶常平米仍免數路稅務所
收五谷力勝錢且賜度牒三百道以助賑濟本路帖
然遂無一人餓殍者此無它先事處置之力也由此
觀之事預則立不預則廢其禍福相絕如此恭惟

二聖天地父母之心見民疾苦匍匐救之本不計較費用多少而臣愚魯無識但知權利害之輕重計得喪之大小以謂譬如民庶之家置莊田招佃客本望租課非行仁義然猶至水旱之歲必須放免欠負借貸種糧者其心誠恐客散而田荒後日之失必倍於今故也而況有天下子萬姓而不計其後乎臣自去歲已來區區獻言屢瀆天聽者實恐 陛下客散而田荒也去歲杭州米價每㪷至八九十自今歲正月以來日漸減落至五六月間浙西數郡大雨不止太湖泛溢所在害稼六月初間米價復長至七月初㪷及百錢足陌見今新米已出而常平官米不敢住糶災傷之勢恐甚於去年何者去年之災如人初病今歲之災如病再發病狀雖同氣力衰耗恐難支持又緣春夏之交雨水調勻浙人喜於豐歲家家典賣舉債出息以事田作車水築圩高下殆遍計本已重指日待熟而淫雨風濤一舉害之民之窮苦實倍去歲近者將官劉季孫往蘇州按教臣密令季孫沿路體訪季孫還爲臣言此數州不獨淫雨爲害又多大風駕起潮浪堤堰圩埠率皆破損湖州水入城中民家皆尺餘此去歲所無有也而轉運判官張璹自常潤

還所言略同二云親見吳江平望八尺聞有舉家田苗沒在深水底父子聚哭以舡栰撈摝云半米猶堪炒喫青䅉且以喂牛正使自今雨止已非豐歲而況止不止又未可知則來歲之憂非復今年之比矣何以言之去年杭州管常平米二十三萬石今年已糶過十五萬石雖餘八萬石而糶賣未已又緣去年災傷放稅及和糴不行省倉闕數所有上件常平米八萬石只了兌撥充軍糧更無見在惟有糶常平米錢近八萬貫而錢非救飢之物若來年米益貴錢益輕雖積錢如山終無所用熙寧中兩浙市易出錢百萬緡民無貧富皆得取用而米不可得故曳羅紈帶金玉橫尸道上者不可勝計今來浙東西大抵皆糶過常平米見在絕數少熙寧之憂凜凜在人眼中矣臣材力短淺加之衰病而一路生齒憂責在臣受恩既深不敢別乞閑郡日夜思慮求來年救飢之術別無長策惟有秋冬之間不惜高價多糴常平米以備來年出糶今來浙西數州米既不熟而轉運司又管上供年額斛斗一百五十餘萬石若兩司爭糴米必大貴飢饉愈速和糴不行來年青黃不交之際常平有錢無米官吏拱手坐視人死而山海之間接連甌閩盜

賊結集或生意外之患則誅殛臣等何補於敗以此
須至具實聞奏伏望　聖慈備錄臣奏行下戶部及
本路轉運提刑兩路鈐轄司疾早相度來年合與不
合准備常平斛㪷出糶救飢如合准備即具逐州合
用數目臣已約度杭州合用二十萬石仍委逐司擘
畫合如何措置令米價不至大段翔湧收糶得足如
逐司以謂不須准備出糶救濟即令各具保明來年
委得不至飢殍流亡結罪聞奏緣今來已是入秋去
和糴月日無幾比及相度往復取旨深慮不及於事
伏乞詳察速賜指揮臣屢犯　天威無任戰慄待罪
之至謹錄奏　聞伏候勑旨

貼黃臣聞之道路閩中災傷尤甚盜賊頗衆或
云邵武軍有强賊人數不少恐是廖恩餘黨轉
運司見令衢州官吏就近體訪雖未知虛實然
恐萬一有之不可不預慮也

又貼黃臣謹按唐史憲宗謂宰臣曰卿等累言
吳越去年水旱昨有御史自江淮按察回言不
至爲災此事信否李絳對曰臣見淮南浙江東
西道狀皆云水旱且方隅授任皆　朝廷信重
之臣苟非事實豈敢上陳此固非虛說也御史

官卑選擇非其人奏報之間或容希媚況推誠之道君人大本苟一方不稔當即日救濟其飢貧況可疑之耶帝曰向者不思而有此問朕言過矣綷等稽首再拜帝曰今後諸道被水旱飢荒之處速宜蠲貸之又按本朝會要 太宗嘗語宰臣曰國家儲蓄最是急務蓋以備凶年救人命昨者江南數州微有災旱朕聞之急遣使往彼分路賑貸果聞不至流亡兼無飢殍亦無盜賊之患苟無積粟何以拯救飢民臣近者每覩邸報諸路監司多是於三四月間先奏雨水匀調苗稼豐茂及至災傷須待餓殍流亡然後奏知此有司之常態古今之通患也豐熟不須先知人人爭奏災傷正合預備相顧不言若非
朝廷廣加採察則遠方之民何所告訴

奏浙西災傷第二狀

元祐五年七月二十五日龍圖閣學士左朝奉郎知杭州蘇軾狀奏右臣近奏爲浙西數郡淫雨風濤爲害恐災傷之勢甚於去年而常平斛㪷例皆出糶見在數少恐來年民間闕食無可賑濟乞備錄臣奏下戶部及本路提轉鈐轄司相度合如何擘畫收糴準

備出糶未蒙施行今月二十一日二十二日二十三日皆連晝夜大風雨二十四日雨稍止至夜復大雨竊料蘇湖等州風濤所損必加於前若不早作擘畫廣行收糴常平斛𣃁準備則來歲必有流殍之憂伏惟聖慈早賜愍救檢會前奏速賜施行臣別無材術惟知屢奏喧瀆聖聽罪當萬死謹錄奏聞伏候勅旨

東坡奏議卷第七

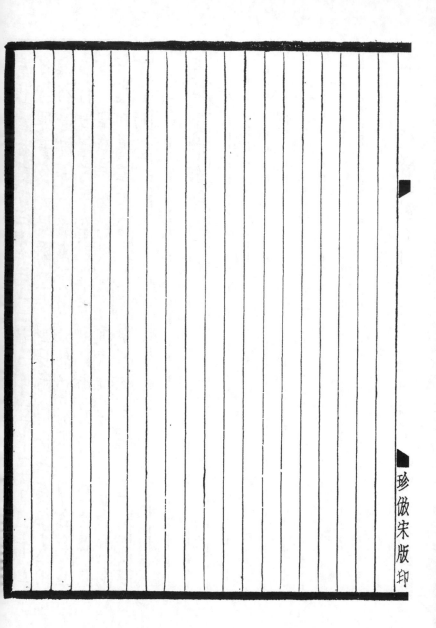

東坡奏議卷第八

乞禁商旅過外國狀
申明戸部符節略賑濟狀
相度準備賑濟第一狀
相度準備賑濟第二狀
乞檢會應詔所論四事行下狀
進何去非備論狀
相度準備賑濟第三狀
相度準備賑濟第四狀
乞擢用劉季孫狀
乞子珪師號狀
繳進應詔所論四事狀 前連元祐五年六月奏
狀
乞椿管錢氏地利房錢脩表忠觀及墳廟
狀

乞禁商旅過外國狀

元祐五年八月十五日龍圖閣學士左朝奉郎知杭州蘇軾狀奏檢會杭州去年十一月二十三日奏泉州百姓徐戩公案爲徐戩不合專擅爲高麗國雕造經板二千九百餘片公然載往彼國却受酬荅銀三

千兩公私並不知覺因此搆合密熟遂專擅受載彼
國僧壽介前來以祭奠亡僧淨源爲名欲獻金塔及
欲住此尋師學法顯是徐戩不畏公法冒求厚利以
致招來本僧搔擾州郡況高麗臣屬契丹情僞難測
其徐戩公然交通略無畏忌乞法外重行以警閩浙
之民杜絕姦細奉 聖旨徐戩特送千里外州軍編
管至今年七月十七日杭州市舶司準密州關報據
臨海軍狀申準高麗國禮賓院牒據泉州綱首徐成
狀稱有商客王應昇等冒請往高麗國公憑却發舡
入大遼國買賣尋捉到王應昇等二十人及舡中行
貨並是大遼國南挺銀絲錢物并有過海祈平安將
入大遼國願子二道本司看詳顯見閩浙商賈因往
高麗遂通契丹歲久跡熟必爲莫大之患方欲具事
由聞奏乞禁止近又於今月初十日據轉運司牒準
明州申報高麗人使李資義等二百六十九人相次
到州仍是客人李球於去年六月內請杭州市舶司
公憑往高麗國經紀因此與高麗國先帶到實封文
字一角及寄搭松子四十餘布袋前來本司看詳顯
是客人李球因往彼國交搆密熟爲之鄉導以希厚
利正與去年所奏徐戩情理一同見今兩浙淮南公

私驟然文符交錯官吏疲於應答須索假借行市爲之憂恐而自明及潤七州舊例約費二萬四千六百餘貫未論淮南京東兩路及京師館待賜予之費度不下十餘萬貫若以此錢賑濟浙西飢民不知全活幾萬人矣不惟公私勞費深可痛惜而交通契丹之患其漸可憂皆由閩浙姦民因緣商販爲國生事除已具處置畫一利害聞奏外勘會熙寧以前編勑客旅商販不得往高麗新羅及登萊州界違者並徒二年舡物皆沒入官竊原祖宗立法之意正爲深防姦細因緣與契丹交通自熙寧四年發運使羅拯始遣人招來高麗一生厲階至今爲梗熙寧編勑稍稍改更慶曆嘉祐之法至元豐八年九月十七日勑惟禁往大遼及登萊州其餘皆不禁又許諸蕃願附舡入貢或商販者聽元祐編勑亦只禁往新羅所以姦民猾商爭請公憑往來如織公然乘載外國人使附搭入貢搔擾所在若不特降指揮將前後條貫看詳別加刪定嚴立約束則姦民猾商往來無窮必爲意外之患謹具前後條貫畫一如左

一慶曆編勑客旅於海路商販者不得往高麗新羅及登萊州界若往餘州並須於發地州軍先

經官司投狀開坐所載行貨名件欲往某州軍
出賣許召本土有物力居民三名結罪保明委
不夾帶違禁及堪造軍器物色不至過越所禁
地分官司即爲出給公憑如有違條約及海舡
無公憑許諸色人告捉舡物並沒官仍估物價
錢支一半與告人充賞犯人科違制之罪

一嘉祐編勑客旅於海道商販者不得往高麗新
羅及至登萊州界若往餘州並須於發地州軍
先經官司投狀開坐所載行貨名件欲往某州
軍出賣許召本土有物力居民三名結罪保明
委不夾帶違禁及堪造軍器物色不至越過所
禁地分官司即爲出給公憑如有違條約及海
舡無公憑許諸色人告捉舡物並沒官仍估納
物價錢支一半與告　人充賞犯人以違制論

一熙寧編勑諸客旅於海道商販於起發州投狀
開坐所載行貨名件往某處出賣召本土有物
力戶三人結罪保明委不夾帶禁物亦不過越
所禁地分官司即爲出給公憑仍備錄舡貨先
牒所往地頭候到日點檢批鑿公憑訖却報元
發牒州即乘舡自海道入界河及往北界高麗

新羅幷登萊界商販者各徒二年

一元豐三年八月二十三日中書劄子節文諸非廣州市舡司輒發過南蕃綱舶舡非明州市舶司而發過日本高麗者以違制論不以赦降去官原減其發高麗舡仍依別條

一元豐八年九月十七日勅節文諸非杭明廣州而輒發海商舶舡者以違制論不以去官赦降原減諸商賈由海道販諸蕃惟不得至大遼國及登萊州卽諸蕃願附舡入貢或商販者聽

一元祐編勅諸商賈許由海道往外蕃興販並具人舡物貨名數所詣去處申所在州仍召本土有物力戶三人委保物貨內不夾帶兵器若違禁以堪造軍器物幷不越過所禁地分州爲驗實牒送願發舶州置簿抄上仍給公據方聽候回日許於合發舶州住舶公據納市舶司卽不請公據而擅行或乘舡自海道入界河及往新羅登萊州界者徒二年五百里編管

右謹件如前勘會元豐八年九月十七日指揮最爲害事將　祖宗以來禁人往高麗新羅條貫一時削去又許商賈得擅帶諸蕃附舡入貢因此致前件商

人徐戩王應昇李球之流得行其姦今來不可不改
乞三省密院相度裁定一依慶曆嘉祐編勑施行不
惟免使高麗因緣猾商時來朝貢搔擾中國實免中
國姦細因往高麗遂通契丹之患謹錄奏　聞伏候
勑旨

申明戶部符節略賑濟狀

元祐五年八月二十五日龍圖閣學士左朝奉郎知
杭州蘇軾狀奏臣近以今年浙西數郡大雨不止太
湖泛溢所在害稼尋於七月十五日具狀奏　聞乞
下戶部及本路轉運提刑兩路鈐轄司疾早相度來
年合與不合準備常平斛㪷出糶救飢如合準備卽
具諸州合用數目臣已約度杭州合用二十萬碩仍
委逐司擘畫合如何措置令米價不至大段翔湧收
糴得足如逐司以謂不須準備出糶救濟卽令各具
保明來年委得不至飢殍流亡結罪聞奏今准尚書
戶部符本路轉運提刑鈐轄司准都省批送下八月
四日勑中書省知杭州充兩浙西路兵馬鈐轄蘇軾
奏勘會今年五六月間浙西數郡大雨不止太湖泛
溢所在害稼災傷之勢恐甚於去年伏望下戶部及
本路轉運提刑及兩路鈐轄司相度來年合如何準

備救濟候　勑旨八月四日三省同奉　聖旨依奏
奉勑如右牒到奉行部省批八月五日辰時送戶部
施行內相度仍限半月者右臣竊詳戶部符內止是
節略行下既奉　聖旨依奏卽未審元初並依臣所
奏係有司節略爲復只依今來戶部符下一節事理
切緣臣前奏所乞如逐司以謂不須準備出糶救濟
卽令各具保明來年委得不至飢殍流亡結罪聞奏
之意蓋欲逐司官吏依實相度不敢滅裂須至再具
申明伏乞　朝廷檢會臣前奏逐節事理特賜明降
指揮施行謹錄奏　聞伏候　勑旨

相度準備賑濟第一狀

元祐五年九月七日龍圖閣學士左朝奉郎知杭州
蘇軾狀奏准尚書戶部符准　勑知杭州兩浙西路
兵馬鈐轄蘇軾奏勘會今年五六月浙西數郡大雨
不止太湖泛溢所在害稼災傷之勢恐甚於去年伏
望下戶部及本路轉運提刑兩路鈐轄司相度來年
合如何準備救濟奏　聖旨依奏都省批內相度限
半月本司今相度到準備救濟事件如左

一本司勘會去年八九月間杭州在市米價每㪷
六十足至十一月足長至九十五足其勢方踊

貴間因朝旨寬減轉運司上供額斛三分之一
即時米價減落及本州正月內便行出糶常平
米至七月終共糶一十八萬餘石以此米價無
由增長人免流殍今者在市米見今已是七十
五文足至冬間轉運司收糴上供額斛及檢放
秋稅軍糧恐有闕少亦須和糴取足又本州須
糴常平米二十餘萬石諸州亦各收買似此爭
糴必須踊貴縱使大破官錢收糴得足亦恐來
年闕食小民必不辦高價收買官米至時若米
貴人飢本司必須奏乞減價出賣竊料　仁聖
在上必不忍坐視人飢不許減價約度浙西諸
郡今年必須和糴常平米五十餘萬石準備來
年出糶若價高本重至時每㪷只減十文亦須
坐失五萬餘貫而况饑饉已成流殍不已則
朝廷所以救恤之者其費豈止五萬貫而已哉
欲乞　聖慈特許寬減轉運司今來上供額斛
一半仍依去年例令折價錢置場收買金銀紬
絹上供則　朝廷無所耗失而浙中米價稍平
常平收糴得足來年不至大段減價出賣耗折
常平本錢一路之人得免流殍爲惠不小勘會

去年本司亦乞寬減上供額斛一半准　勑只
許寬減三分之一今來災傷及檢放秋稅次第
皆甚於去年又緣連年災傷民力愈耗合倍加
存卹所以須奏乞寬減一半伏望　聖慈憐愍
一方特依所乞盡數寬減

一勘會熙寧八年兩浙饑饉　朝旨截撥江西及
本路上供斛㪷一百二十五萬石賜本路賑濟
只緣本路奏乞後時不及於事卒死五十萬人
去歲十一月二十九日　聖旨令發運司撥上
供斛㪷二十萬石賜本路減價出糶所費只及
熙寧六分之一然及時濟用倉廩有備米不騰
踊人免流殍本司今來勘會蘇湖常秀等州頻
年災傷人戶披訴已倍去歲檢放苗米亦必加
倍不惟人戶闕食亦恐軍糧不足欲乞檢會去
年體例更賜加數特與截撥本路或發運司上
供斛㪷三十萬石令本路減價出糶或用補軍
糧之闕伏望　聖慈愍念一路軍民特與盡數
應副

右謹件如前本司已具上項事件關牒本路轉運提
刑司照會相度施行去訖深慮轉運司官吏職在供

饒所有寬減額斛難於自言伏望　聖明以一方生
靈爲心非爲苟寬官吏之責特賜過慮及早施行又
況所乞數目雖廣而所耗損錢數不多若待飢饉已
成然後垂救則所費十倍無及於事伏乞決自　聖
意指揮三省更不下有司往復勘當施行謹錄奏
聞伏候　勑旨

相度準備賑濟第二狀

元祐五年九月十七日龍圖閣學士左朝奉郎知杭
州蘇軾狀奏近准　朝旨令本司及轉運司提刑司
相度準備來年被災闕食人戶本司已具一二事聞奏
乞寬減轉運司上供額斛一半截撥上供米三十萬
碩準備及補軍糧之闕未蒙回降指揮本司再相度
來年準備大計全在廣糴常平斛㪷於正月以後便
行出糶平準在市價以免流殍之災此外更無長
策今來選差官吏開倉和糴優估米價戒約專㪷不
得乞覓非不嚴切然經今一月並無一人赴倉入中
體問得蓋是蘇湖常秀大段災傷兼自八月半間至
今陰雨不止災傷之餘所收無幾又少遇晴乾已熟
者不得刈已刈者不得舂有穀無米日就腐壞見今
訪聞蘇秀州在市米價已是九十五文足添長之勢

炎炎未已本司欲便令杭州添價收糴不惟助長米
價爲小民目下之患又官本旣貴來年難爲出糶若
不添錢又恐終是收糴不行來年春夏間闕米出糶
必有流殍之憂竊料至時難以諱言災傷官吏亦須
略具事實聞奏　仁聖在上理無不救必須多方於
鄰路擘畫斛䉽賑濟若不預爲之防則恐鄰路無備
臨時擘畫不行須至先事奏乞者右本司勘會去歲
朝旨寬減轉運司上供額斛三分之一却令將折斛
錢買銀絹上供又今年本司亦奏乞寬減額斛一半
如蒙施行卽轉運司中華書局聚數不少又勘會提刑
司今年諸州糴常平米至多所管常平司官錢萬數
不少但有錢無米坐視饑殍爲憂不細欲乞　聖慈
過爲防慮特勅發運司相度擘畫錢本於江淮近便
豐熟州軍差官置場和糴白米五十萬石嚴賜指揮
須管數足仍般運至眞揚州椿管若令來春本路闕
常平米出糶卽令發運司撥發於逐州下卸仍以本
路常平錢充還若至時本路常平米有備不須般運
上件米出糶卽就撥充本路轉運司上供額斛却以
寬減折斛錢充還如此卽於朝省錢物無所耗損而
於本路生靈億萬性命稍免溝壑之憂謹錄　奏聞

伏候　勑旨
貼黃今年災傷實倍去年但官吏上下皆不樂
檢放諱言災傷只如近日秀州嘉興縣因不受
訴災傷詞狀致踏死四十餘人大率所在官吏
皆同此意但此一處以踏死人多獨彰露耳若
朝廷只據逐處申奏及檢放秋稅分數即無由
盡見災傷之實又臣軾切見轉運提刑司所奏
災傷皆無迫切懇至之語朝論必以臣爲過當
然臣實見連年災傷父老皆言事勢不減熙寧
民間有錢尚困無米餓死數十萬人況今民間
絕無見錢若又無米則流殍之災未易度量伏
望聖慈深爲防慮若來年人戶元不闕食不
須如此擘畫則臣不合過當張皇之罪所不敢
詞縱被誅譴終賢於有災無備坐視人死而不
能救也

乞檢會應詔所論四事行下狀

元祐五年九月二十七日龍圖閣學士左朝奉郎知
杭州蘇軾狀奏右臣今年六月九日輒具　朝廷至
仁寬貸宿逋已行之命爲有司所格沮使王澤不得
下流者四事其一曰見欠市易籍納產業　聖恩並

許給還或貼納收贖而有司妄出新意創爲籍納折納之法使十有八九不該給贖其二曰積欠鹽錢
聖恩已許只納產場鹽監官本價錢其餘並與除放而提舉鹽事司執文害意請非貧乏不在此數其三曰登極大赦以前人戶以產當酒見欠者亦合依鹽當錢法只納官本其四曰元豐四年杭州揀下不堪上供和買絹五萬七千八百九十疋並抑勒配賣與民不住鞭笞催納至今尚欠八千二百餘貫並合依今年四月九日 聖旨除放然臣具此奏論經今一百八日不蒙回降指揮乞檢會前奏四事早賜行下謹錄奏 聞伏候 勑旨尚書省取會到諸處稱不曾承受到上件奏狀仍連元狀十二月十八日三省同奉 聖旨令蘇軾別具聞奏仍仰戶部指揮根究前奏申尚書省

進何去非備論狀

元祐五年十月十八日龍圖閣學士左朝奉郎知杭州蘇軾狀奏右臣自揣虛薄叨塵侍從常求勝己以爲報國恭惟
先皇帝道配周孔言成典謨雲漢之光藻飾萬物而臣子莫副其意蓋嘗當食不御有才難之歎伏見承

奉郎徐州州學教授何去非文章議論實有過人筆勢雄健得秦漢間風力元豐五年以累舉免解答策廷中極論用兵利害　先帝覽而異之特授右班殿直使教授武學不久遂爲博士臣竊揆　聖意必將長育成就以待其用豈特以一博士期去非而已哉而去非立志強毅不苟合於當時公卿故莫爲一言推轂成就之者臣任翰林學士日嘗具以此奏聞乞換文資置之太學雖蒙恩換承奉郎而今者乃出爲徐州教授比於博士乃似左遷非獨臣人微言輕不足取信亦恐　朝廷不見其文章議論無以較量其人謹繕寫去非所著備論二十八篇附遞進上乞降付三省執政考覽如臣言不繆乞除一館職非獨以收羅逸才風曉士類亦以彰　先帝知人之明一經題目決無虛士書之史冊足爲光華若後不如所舉臣甘伏　朝典謹錄奏　聞伏候　勅旨

相度準備賑濟第三狀

元祐五年十月二十一日龍圖閣學士左朝奉郎知杭州州蘇軾狀奏右臣近奉　朝旨相度準備來年賑濟闕食人戶尋具畫一事件　聞奏內多糴常平以備來年出糶平準市價一事最爲要切見今浙西諸

郡米價雖貴然亦不過七十足竊度來年青黃不交之際米價必無一百以下至時若依元價出糶猶可以平壓翔踊之患終勝於官無斛㪷坐視流殍而提刑司專務斬惜兩三錢遍行文字減勒官估臣已指麾杭州不得減價依舊作七十收糴見今亦不過糴得三萬餘石其餘諸郡不敢有違訪聞蘇秀最係出米地分見今不過糴得二三萬石而湖州一處災傷爲甚提刑司已指麾本州住糴却令蘇州撥常平米五萬石與湖州又令秀州撥十萬石與杭州若湖得五萬石猶恐未足於用而蘇秀撥十五萬石深慮逐州不免妨闕若新糴不多卽是兩頭闕事而般運水脚兵稍有偷盜耗失之費亦與所減兩三錢不爭若使來年官米數少不能平壓市價致有流殍更煩
朝廷截撥斛㪷散與饑民則爲十倍之費乃是所減毫毛而所損丘山大爲非策訪聞諸郡富民皆知來年必是米貴各欲廣行收糴以規厚利若官估稍優則農民米貨盡歸於官此等無由乘時射利吞併貧弱故造作言語以搖官吏皆言多破官錢深爲可惜若便爲減價住糴正墮其計況今來已是十月下旬不過更一二十日卽無收糴縱却添價亦不及事恐

有誤來年出糶大事所以須至別作擘畫仰訴 朝廷緣臣先於九月十七日曾奏乞下發運司於豐熟近便州軍和糴五十萬石以備常平米不足般取出糶却以本路常平錢還發運司若常平米足用即充本路轉運司上供米仍以額斛錢撥還兼勘會淮南大熟揚州高郵軍米價甚平若行此策顯無妨害伏望 聖慈檢會前奏速賜施行與此一方連年被災之民廣作準備謹錄奏 聞伏候 勑旨

相度準備賑濟第四狀

元祐五年十一月二十一日龍圖閣學士左朝奉郎知杭州蘇軾狀奏右臣勘會今年本路風水之災倍於去年本司累具合行救濟事件聞奏伏料 仁聖在上必已矜察見今蘇湖杭秀等州米價日長杭州所糴麤米以備出糶每㪷不下六十七至七十足錢猶自收糴不行恐須至更添錢招買方稍足用竊計開春米價必是翔踊若依條不虧元價出糶則官本已重小民艱於收糴無以救濟貧下平準市價若奏乞減價出糶又恐耗失常平官本亦非長策貼黃常平錢米豐凶之際平準物價以救民命繫利害至重本司已累奏乞指揮諸路專行糶糴不得別將他用如召募飢民興土功水利之類有

出無入即漸耗散伏望朝廷留意 杭州裏外見管義倉米四萬餘石準備災傷之年並許俵散賑濟本州相度若待饑饉已成方將上件義倉米盡行俵散亦未能盡濟饑民惟是開春已後纔見在市米價增長即便將義倉常平米賤價出糶但市價不長則一郡之民人人受賜今來起請欲乞將常平米除係三年以上依條合減價外其餘並每㪷減五文內係今年貴價收糴者每㪷減二十文足出糶仍將義倉米隨色額估定賤價一處出糶所收錢並用填還常平所虧官本錢如填還足外尚有剩數亦許撥填本路別州常平米所虧官本錢仍下浙西諸郡依此體例施行所貴本路明年飢民普得賤米吃用全活億萬性命其利至博而其實止於耗却義倉元不破官本米貸十餘萬石況自有條災傷之歲許將義倉米俵散但俵散之所及者狹不如出糶之利所及者廣伏望 聖慈特出宸斷早賜施行謹錄奏 聞伏候 敕旨

貼黃本司相度來年艱食之勢深可憂畏若候饑饉已成疾疫已作 仁聖在上必須廣作擘畫錢米救濟其費必相倍蓰若行本司所奏開春便行出糶則米價不長億萬生聚人人蒙賜

緣今年已是十一月末乞速賜施行所貴正月
內便得開倉出糶

乞擢用劉季孫狀

元祐五年十一月日龍圖閣學士左朝奉郎知杭州
蘇軾狀奏右臣自少聞趙元昊寇延州危急環慶將
官劉平以孤軍來援姦臣不救平遂戰沒竟罵賊不
食而死平有數子皆才用絕人不幸早世今臣所與
同僚路分都監左藏副使劉季孫則平之少子篤志
力學博通史傳工詩能文輕利重義雖文臣中亦未
易得而其練達武經講習邊政乃其家學至於奮不
顧身臨難守節以臣度之必不減平今平諸子獨有
季孫在而年已五十有八雖備位將領未盡其用伏
望 朝廷特賜採察擢置邊庭要害之地觀其設施
別加陞進不獨爲忠義之勸亦以廣文武之用如蒙
朝廷擢用後犯入已贓及不如所舉臣甘伏 朝典
謹錄奏 聞伏候 敕旨

乞子珪師號狀

元祐五年十二月日龍圖閣學士左朝奉郎知杭州
蘇軾狀奏勘會杭州平陸本江海故地惟附山乃甘
泉其餘井皆鹹苦唐刺史李泌始引西湖水作六井

其後白居易亦治湖浚井以足民用嘉祐中知州沈遘增置一大井在美俗坊今謂之沈公井最得要地四遠取汲而創始滅裂水常不應至熙寧中六井與沈公井例皆廢壞知州陳襄選差僧仲文子珪如正思坦四人董治其事修完既畢歲適大旱民足於水爲利甚博臣爲通判親見其事經今十八年沈公井復壞終歲枯涸居民去水遠者率以七八錢買水一斛而軍營尤以爲苦臣尋訪求熙寧中修井四僧而三人已亡獨子珪在年已七十精力不衰問沈公井復壞之由子珪云熙寧中雖已修完然不免以竹爲管易致廢壞遂擘畫用瓦筒盛以石槽底蓋堅厚錮捍周密水既足用永無壞理又於六井中控引餘波至仁和門外及威果雄節等指揮五營之間創爲二井皆自來去井最遠難得水處西湖甘水殆遍一城軍民相度若非子珪心力才幹無緣成就緣子珪先已蒙恩賜紫欲乞特賜一師號以旌其能者右臣體問得靈石多福院僧子珪委有戒行自熙寧中及今兩次選差修井營幹勞苦不避風雨顯有成効如蒙
聖恩賜一師號卽乞以惠遷爲號取易所謂井居其所而遷之義謹錄奏 聞伏候 敕旨

繳進應詔所論四事狀前連元祐五年六月奏狀

元祐六年正月九日龍圖閣學士左朝奉郎知杭州蘇軾狀奏右臣去年六月具狀奏聞乞申明給還市易折納產業及除放積欠鹽錢并人戶欠買退絹錢四事未蒙回降指揮今月五日准元祐五年十二月十九日尚書省劄子會到諸處稱不曾承受到上件奏狀十二月十八日三省同奉　聖旨令臣別具聞奏者今重具到元奏狀繳連在前謹錄奏　聞伏候
敕旨

貼黃臣竊見浙中州縣市井人煙比二十年前不及四五所在酒稅課利虧欠只如杭州酒務課利昔年三十餘萬貫今來只及二十餘萬貫其它大率類此　朝廷力行仁政不爲不久而公私凋耗終不少蘇蓋是商賈物貨元未通行故也自來民間買賣例少見錢惟藉所在有富實人戶可倚信者賒買而去歲之往來常買新貨却索舊錢以此行商坐賣兩獲其利今浙中州縣所理私債太半係欠官錢人戶官錢尚不能足私債更無由催以此商旅不行公私受害若行此四事則官之所失止是虛數而人戶一

蘇三二年間商旅必復通行酒稅課利漸可復
舊所補不小

乞椿管錢氏地利房錢修表忠觀及墳廟狀

元祐六年二月二十八日龍圖閣學士左朝奉郎知
杭州蘇軾狀奏檢准熙寧十年十月十一日中書劄
子節文資政殿大學士右諫議大夫知杭州趙抃奏
伏見故吳越國王錢氏有墳廟在本州界欲乞兩縣
應管錢氏諸墳廟每縣選委僧道一名專切主管內
錢塘縣界文穆王元瓘等二十六處墳廟勘會當州
天慶觀道正通教大師錢自然本錢氏直下子孫欲
令錢自然永遠住持幷臨安縣界武肅王鏐等墳廟
一十一處令召到本縣淨土寺賜紫僧道徽乞依錢
自然例主管又勘會得文穆王元瓘墳廟幷忠獻王
仁佐墳並在龍山界其側有香火妙因院本錢氏建
造見是道正錢自然權令徒弟道士在彼看守欲望
改賜觀額令錢自然已下徒弟永遠住持漸次修葺
兼得就便照管墳廟不至荒廢奉勅依奏其錢塘妙
因院特改賜表忠觀爲額幷臨安淨土寺令尚書祠
部每遇同天節各特與披剃童行一名又准元豐五
年三月十八日中書劄子節文皇城使慶州防禦使

錢暉等奏臣等先臣祠廟在杭越二州者五所墳壠
在錢塘臨安兩縣者六十餘處獨臨安有田園房廊
歲收一千三百四十貫有奇太平興國已後寄納本
縣至大中祥符間本處申明蒙　朝旨令杭州樓店
務於軍資庫作臣家錢寄納日後不曾請領近歲先
臣祠廟例皆摧塌私家無力修葺前項寄納錢數雖
多切緣年歲深遠不敢更乞支給今只乞降指揮下
杭州許將臨安縣舊田園房廊撥還臣家庶收歲課
漸次完補墳廟謹錄奏　聞伏候　勑旨右奉
聖旨宜令杭州每年特支錢五百貫與表忠觀置簿
拘管只得修葺墳廟不得別將支用劄付杭州准此
者臣檢會熙寧十年七月二十六日據管內道正錢
自然狀乞將臨安縣祖先置到產業每年收掠賃錢
一千三百五十四貫修葺諸處墳廟此時差官檢計
到錢塘臨安縣所管錢氏墳廟委是造來年深木植
朽損共合用工料價錢一萬二千八百九十貫九百
九十九文及臨安縣勘會到管納錢氏歸官房廊田
產等賃錢年納一千三百五十四貫三百四十文省
送納軍資庫尋係本州申奏乞將臨安縣管催上件
賃錢支撥修葺約計九年方得完備直至元豐五年

內因皇城使錢暉等奏乞方准當年三月十八日中
書劄子奉　聖旨每年特支錢五百貫與表忠觀修
葺墳廟不得別將支用自後至元祐五年雖支得四
千五百貫省蓋爲廟宇舊屋間架元造廣大一百餘
年不曾修治例皆損塌須得一起修葺稍可完補若
每年只支得五百貫雖逐旋修得大段倒損去處又
爲連接屋宇數多隨手損塌自熙寧十年檢計只今
墳廟已修再損未及修屋宇神像等共合用工料價
又及一十四年尋於去年再差官重行檢計到兩縣
錢內臨安縣四千三百五十八貫一百四十四文省
錢塘縣一萬二千五百二十貫五百九十一文省兩
縣共合用工料價錢計一萬六千八百七十八貫七
百三十五文省須至奏陳者右臣竊惟錢氏之忠著
於甲令朝野共知不待臣言而墳廟荒毀行路嗟傷
就使　朝廷特賜錢物爲之修完猶不爲過而況本
家自有地利房錢可以支用豈忍利此毫末歸之有
司恭惟　神宗皇帝深念錢氏之忠特改妙因院賜
名表忠觀仍使其裔孫道士錢自然住持而有司不
能推明　聖意奏乞盡數撥還地利房錢以助修完
經今十四年表忠觀旣未成就而諸處墳廟依前荒

毀使　先帝表顯忠臣之意徒爲空言臣愚欲望
聖慈特許每年臨安縣所收地利房錢一千三百五
十四貫三百四十文省令表忠觀每遇修本觀及杭
越州諸墳廟卽具所修名件及合用錢數赴州請領
仍候修造了差官檢計具委無大破保明申州所貴
事體稍正毋使小民竊議謹錄奏　聞伏候　勑旨
貼黃如蒙　朝廷依奏卽乞指揮本州將逐年
所收到上件地利房錢令須樁管只得充修造
表忠觀及錢氏墳廟使用官私不得別行支借
使用

東坡奏議卷第八

東坡奏議卷第九

乞相度開石門河狀
再乞發運司應副浙西米狀
杭州召還乞郡狀
撰上清儲祥宮碑奏請狀
進單鍔吳中水利書狀單鍔書附卷末
辭免撰趙瞻神道碑狀
再乞郡劄子
乞將上供封樁斛㪷應副浙西諸郡接續糶米劄子
乞擢用程遵彥狀
乞外補迴避賈易劄子
辨賈易彈奏待罪劄子
辨題詩劄子奏狀附

乞相度開石門河狀

元祐六年三月日龍圖閣學士左朝奉郎知杭州蘇軾狀奏右臣謹按史記秦始皇三十六年東游至錢塘臨浙江水波惡乃西百二十里從狹中渡始皇帝以天下之力徇其意意之所欲出赭山橋海無難而獨畏浙江水波惡不敢徑渡以此知錢塘江天下之

嶮無出其右者臣昔通守此邦今又忝郡寄二十年間親見覆溺無數自温台明越往來者皆由西興徑渡不涉浮山之嶮時有覆舟然尚希少自衢睦處婺宣歙饒信及福建路八州往來者皆出入龍山沿泝此江江水灘淺必乘潮而行潮自海門東來勢若雷霆而浮山峙於江中與魚浦諸山相望犬牙錯入以亂潮水洄洑激射其怒自倍沙磧轉移狀如鬼神往往於淵潭中湧出陵阜十數里旦夕之間又復失去雖舟師沒人不能前知其深淺以故公私坐視覆溺無如之何老弱叫號求救於湍沙之間聲未及終已爲潮水卷去行路爲之流涕而已縱有勇悍敢往之人又多是盜賊利其財物或因而擠之能自全者百無一二性命之外公私亡失不知一歲凡幾千萬而衢睦等州人衆地狹所產五穀不足於食歲常漕蘇秀米至桐廬散入諸郡錢塘億萬生齒待上江薪炭而活以浮山之嶮覆溺留礙之故此數州薪米常貴又衢婺睦歙等州及杭之富陽新城二邑公私所食鹽取足於杭秀諸場以浮山之嶮覆溺留礙之故官給脚錢甚厚其所亡失與依託風水以侵盜者不可勝數此最其大者其餘公私利害未可以一二遽數

臣伏見宣德郎前權知信州軍州事侯臨因葬所生母於杭州之南蕩往來江濱相視地形訪聞父老參之舟人反復講求具得其實建議自浙江上流地名石門並山而東或因斥鹵弃地鑿爲運河 貼黃石門新河若出定山之南則地皆斥鹵不壞民田又自新河以北江水不到灌以河水皆可化爲良田然近江土薄萬一數十年後江水轉移河不堅久若自石門並山而東出定山之北則地堅土厚久遠無虞然度壞民田五六千畝又失所謂良田之利體問民田之良者不過畝一千以錢償之亦萬餘緡而已此二者更乞令監司及所差官詳議其利害 引浙江及谿谷諸水凡二十二里有奇以達于江又並江爲岸度潮水所向則用石所不向則用竹大凡八里有奇以達于龍山之大慈浦自大慈浦北折抵小嶺下鑿嶺六十五丈以達于嶺東之古河因古河稍加浚治東南行四里有奇以達于今龍山之運河以避浮山之嶮度用錢十五萬貫用捍江兵及諸郡廂軍三千人二年而成臣與前轉運使葉溫叟轉運判官張璹躬往按視皆如臨言凡福建兩浙士民聞臣與臨欲奏開此河萬口同聲以爲莫大無窮之利臣縱欲不言已爲衆論所迫勢不得默已臣聞之父老 章獻皇后臨朝日以江水有皇天蕩之

嶮內出錢數十萬貫築長蘆起僧舍以拯溺者又見
先帝以長淮之嶮賜錢十萬貫米十萬石起夫九
萬二千人以開龜山河今浮山之嶮非特長蘆龜山
之比而二聖仁慈視民如傷必將捐十五萬緡以平
此積嶮也謹昧死上臨所陳開石門河利害事狀一
本及臣所差觀察推官董華用臨之說約度功料貼
黃董華所料只是約度大數若蒙朝廷相度可以施行更乞別差官
入細計料及合用錢物料狀一本幷地圖一面伏乞降
付三省看詳或召臨赴省面加質問仍乞下本路監
司或更特差官同共相視若臣與臨言不妄乞自朝
廷擘畫支賜錢物施行臣觀古今之事非知之難言
之亦易難在成之而已臨之才幹衆所共知臣謂此
河非臨不成伏望　聖慈特賜訪問左右近臣必有
知臨者乞專差臨監督此役不惟救活無窮之性命
完惜不貲之財物又使數州薪米流通田野市井詠
歌聖澤子孫不忘臣不勝大願謹錄奏聞伏候　勑
旨

貼黃今建此議不知者必有二難其一不過謂
浙江浮山之嶮經歷古今賢哲多矣若可平治
必不至今日知此乃巷議臆度不足取信只如

龜山新河易長淮爲安流近日呂梁之嶮竊聞亦已平治豈可謂古人偶未經意便謂今人不可復作其一不過謂並江作岸爲潮水所衝齧必不能經久今浙江石岸亦有成規自古本用木岸轉運使張夏始易以石自龍山以東江水溢深石岸立於漲沙之上又潮頭爲西陵石磯所射正戰於岸下而四五十年隱然不動雖時有缺壞隨卽脩完人不告勞官無所費今自大慈浦以西江水皆露出石脚而潮頭自龍山轉向西南則岸之易成而難壞非張夏所建東堤之比也

再乞發運司應副浙西米狀

元祐六年三月二十三日龍圖閣學士左朝奉郎前知杭州蘇軾狀奏右臣近蒙恩詔召赴闕庭竊以浙西二年水災蘇湖爲甚雖訪聞已詳而百聞不如一見故自下塘路由湖入蘇目覩積水未退下田固已沒於深水今歲必恐無望而中上田亦自渺漫婦女老弱日夜車畎而淫雨不止退寸進尺見今春晚並未下種鄉村闕食者衆至以糟糠雜芹蕁食之又爲積水占壓薪芻難得食糟飲冷多至脹死並是臣親

見即非傳聞春夏之間流殍疾疫必起逐州去年所糴常平米雖粗有備見今州縣出賣米價不甚翔踊但鄉村遠處飢羸之民不能赴城市收糴官吏欲差舡載米下鄉散糶即所須數目浩瀚恐不能足用夏秋之間必大乏絕又自今已往若得淫雨稍止即農民須趁初夏秧種車水耕耘之勞十倍常歲全藉糧米接濟見今已自闕食至時必難施功縱使天假之年亦無所望公私狼狽理在必然臣去歲奏乞下發運司於江東淮南豐熟近便處糴米五十萬石準備浙西災傷州軍般運兑撥出糶賑濟尋蒙聖恩行下云已降指揮令發運司兑撥令起上供并封樁等錢一百萬貫趁時糴賣斛㪷封樁準備移用送戶部依已得指揮餘依浙西鈐轄司所奏施行聖旨既下本路具聞農民欣戴始有生意而發運司官吏全不上體仁聖恤民之意奏稱淮南江東米價高貴不肯收糴勘會浙西去歲米價例皆高貴杭州亦是七十足錢收糴壹㪷雖是貴糴猶勝於無米坐視民死今來發運司官吏親被聖旨全不依應施行只以米貴為詞更不收糴使聖主已行之命頓成空言飢民待哺之心中塗失望却便指準前年朝旨所撥上供米二

千萬石與本路內出糶不盡米一十六萬七千石有零充填今來五十萬石數目外只乞於上供米內更截撥二十萬石與本路相兼出糶切緣上件出糶不盡米一十六萬七千餘石久已樁在本路臣元奏乞於發運司糴五十萬石之時已是指準上件米數支用外合更要五十萬石今來運司却將前件聖恩折充今年所賜吏民聞之何由心服臣已累具執奏未奉朝旨今來親見數州水災如此飢殍之勢極可憂畏既忝近侍理合奏聞豈敢爲已去官遺患後人更不任責伏望聖慈察臣微誠垂愍一方特賜指揮發運司依元降指揮除已截撥二十萬石外更兌撥三十萬石與浙西諸州充出糶借貸如發運司去年元不收糴無可兌撥即乞一面截留上供米充滿五十萬石數目却令發運司將封樁一百萬貫錢候今年秋熟日收糴填還若朝廷不以臣言爲然待飢饉疾疫大作方行賑濟即恐須於別路運致錢米累雖百萬亦恐不及於事謹錄奏聞伏候敕旨

貼黃發運司奏云淮南宿亳等州災傷米價高處七十七文江東米價高處七十文切緣臣元奏乞於豐熟近便處收糴訪聞揚楚之間穀熟

米賤今來發運司却引宿亳等州米價最高處
以拒塞朝旨顯非仁聖勤恤及臣元奏乞本意
又貼黃若依發運司所奏將出糶不盡一十六
萬七千有餘石充數外猶合撥三十四萬石方
滿五十萬數今來只撥二十萬石顯虧元降聖
旨一十四萬石而況上件出糶不盡米已係前
年聖恩所賜發運司不合指準充數顯虧三十
萬石又貼黃如蒙施行乞下轉運司多撥數目
與蘇湖州如合賑濟更不拘去年放稅分數施
行
又貼黃若行下有司反復住滯必不及事只乞
斷自　聖心速降指揮

杭州召還乞郡狀

元祐六年五月十九日龍圖閣學士左朝奉郎前知
杭州蘇軾狀奏右臣近奉詔書及　聖旨劄子不允
臣辭免翰林學士承旨恩命及乞郡事臣已第三次
奏乞除臣揚越陳蔡一郡去訖竊慮區區之誠未能
遽回天意須至盡露本心重干　聖聽皇恐死罪惶
恐死罪臣昔於治平中自鳳翔職官得替入朝首被
英宗皇帝知遇欲驟用臣當時宰相韓琦以臣年少

資淺未經試用故且與館職亦會臣丁父憂去官及服闋入覲便蒙神宗皇帝召對面賜獎激許臣職外言事自惟羈旅之臣未應得此豈非以英宗皇帝知臣有素故耶是時王安石新得政變易法度臣若少加附會進用可必自惟遠人蒙二帝非常之知不忍欺天負心欲具論安石所爲不可施行狀以裨萬一然未測聖意待臣深淺因上元有旨買燈四千椀有司無狀虧減市價臣卽上書論奏先帝大喜卽時施行臣以此卜知先帝聖明能受盡言上疏六千餘言極論新法不便後復因考試進士擬對御試策進上并言安石不知人不可大用先帝雖未聽從然亦嘉臣愚直初不譴問而安石大怒其黨無不切齒爭欲傾臣御史知雜謝景温首出死力彈奏臣丁憂歸鄉日舟中曾販私鹽遂下諸路體量追捕當時梢工篙手等考掠取證但以實無其事故鍛鍊不成而止臣緣此懼禍乞出連三任外補而先帝眷臣不衰時因賀謝表章卽對左右稱道黨人疑臣復用而李定何正臣舒亶三人構造飛語醞釀百端必欲致臣於死先帝初亦不聽而此三人執奏不已故臣得罪下獄定等選差悍吏皇遵將帶吏卒就湖州追攝如捕寇

賊臣即與妻子訣別留書與弟轍處置後事自期必死過揚子江便欲自投江中而吏卒監守不果到獄即欲不食求死而先帝遣使就獄有所約敕故獄吏不敢別加非横臣亦覺知先帝無意殺臣故復留殘喘得至今日及竄責黄州每有表疏先帝復對左右稱道哀憐獎激意欲復用而左右固爭以爲不可臣雖在遠亦具聞之古人有言聚蚊成雷積羽沉舟言寡不勝衆也以先帝知臣特達如此而臣終不免於患難者以左右疾臣者衆也及陛下即位起臣於貶所不及一年備位禁林遭遇之異古今無比臣每自惟昆蟲草木之微無以伸報天地生成之德惟有獨立不倚知無不言可以少報萬一始衙前差顧利害與孫永傅堯俞韓維爭議因亦與司馬光異論光初不以此怒臣而臺諫諸人逆探光意遂與臣爲仇臣又素疾程頤之姦未嘗假以色詞故頤之黨人無不側目自朝廷廢黜大姦數人而其餘黨猶在要近陰爲之地特未發爾小臣周穜乃敢上疏乞用王安石配享以嘗試朝廷料穜草芥之微敢建此議必有陰主其事者是以上書逆折其姦鋒乞重賜行遣以破小人之謀因此黨人尤加忿疾其後又於經筵極論

黃河不可回奪利害且上疏爭之遂大失執政意積此數事恐別致患禍又緣臂痛目昏所以累章力求補外竊伏思念自忝禁近三年之間臺諫言臣者數四只因發策草麻羅織語言以爲謗訕本無疑似白加誣執其間曖昧譖愬陛下察其無實而不降出者又不知其幾何矣若非二聖仁明洞照肝鬲則臣爲黨人所傾首領不保豈敢望如先帝之赦臣乎自出知杭州二年粗免人言中間法外刺配顏章顏益二人蓋攻積弊事不獲已陛下亦已赦臣而言者不赦論奏不已其意豈爲顏章等哉以此知黨人之意未嘗一日不在傾臣洗垢求瑕止得此事今者忽蒙聖恩召還擢用又除臣弟轍爲執政此二事皆非大臣本意竊計黨人必大猜忌磨厲以須勢必如此聞命悸恐以福爲災卽日上章辭免乞郡行至中路果聞弟轍爲臺諫所攻般出廨宇待罪又蒙陛下委曲照見情狀方獲保全臣之剛褊衆所共知黨人嫌忌甚於弟轍豈敢以衰病之餘復犯其鋒雖自知無罪可言而今之言者豈問是非曲直竊謂人主之待臣子不過公道以相知黨人之報怨嫌必爲巧發而陰中臣豈敢恃二聖公道之知而傲黨人陰中之禍所以

不避煩瀆自陳入仕以來進退本末欲陛下知臣危言危行獨立不回以犯衆怒者所從來遠矣又欲陛下知臣平生冒涉患難危嶮如此今餘年無幾不免有遠禍全身之意再三辭遜實非矯飾柳下惠有言直道而事人焉往而不三黜臣若貪得患失隨世俛仰改其常度則陛下亦安所用臣若守其初心始終不變則羣小側目必無安理雖蒙二聖深知亦恐終不勝衆所以反覆計慮莫若求去非不懷戀天地父母之恩而衰老之餘恥復與羣小計較短長曲直爲世間高人長者所笑伏望聖慈察臣至誠特賜指揮執政檢會累奏只作親嫌回避早除一郡所有今來奏狀乞留中不出以保全臣子臣不勝大願若朝廷不以臣不才猶欲驅使或除一重難邊郡臣不敢辭避報國之心死而後已惟不願在禁近使黨人猜疑別加陰中也干犯天威謹俟斧鑕臣不任祈天請命戰恐殞越之至謹錄奏聞伏候敕旨

貼黃臣受聖知最深故敢披露肝肺盡言無隱必致當途怨怒愈爲身災君臣不密周易所戒故親書奏狀眼昏字大又涉不恭進退惟谷伏望　聖慈寬赦臣不勝戰恐之至

撰上清儲祥宮碑奏請狀

元祐六年六月二十六日翰林學士承旨左朝奉郎知制誥兼侍讀蘇軾狀奏近准敕修蓋上清儲祥宮將欲了畢合用修宮記差臣撰文幷書石今有下項事合奏請者

一竊見上清宮元係太宗皇帝剏建於慶曆中遺火焚蕩今欲見元建及遺火年月乞下史院檢會降下

一今來上清儲祥宮係神宗皇帝賜名方議修蓋至元祐中蒙內出錢物修蓋成就今欲見先朝所賜錢物幷今來內出錢物數目及係是何庫錢支撥或係太皇太后皇帝本殿錢物並乞檢會降下

一今欲見神宗皇帝賜名修宮因依及二聖賜錢修蓋成就意指乞賜頒示

一臣竊見朝廷自來修建寺觀多是立碑仍有銘文於體爲宜若只作記卽更無銘未委今來爲碑爲記乞降指揮

一准敕差臣書石合書篆額人銜位姓名乞檢會降下

右謹錄奏聞伏候敕旨

進單鍔吳中水利書狀單鍔書附卷末

元祐六年七月二日翰林學士承旨左朝奉郎知制誥兼侍讀蘇軾狀奏右臣竊聞議者多謂吳中本江海太湖故地魚龍之宅而居民與水爭尺寸以故常被水患蓋理之當然不可復以人力疏治是殆不然臣到吳中二年雖爲多雨亦未至過甚而蘇湖常三州皆大水害稼至十七八今年雖爲淫雨過常三州之水遂合爲一太湖松江與海渺然無辨者蓋因二年不退之水非今年積雨所能獨致也父老皆言此患所從來未遠不過四五十年耳而近歲特甚蓋人事不修之積非特天時之罪也三吳之水瀦爲太湖湖之水溢爲松江以入海海水日兩潮潮濁而江清潮水常欲淤塞江路而江水清駛隨輒滌去海口常通故吳中少水患昔蘇州以東官私舡舫皆以篙行無陸挽者古人非不知爲挽路以松江入海太湖之咽喉不敢鯁塞故也自慶曆以來松江始大築挽路建長橋植千柱水中宜不甚礙而夏秋漲水之時橋上水常高尺餘況數十里積石壅土築爲挽路乎自長橋挽路之成公私漕運便之日葺不已而松江始

艱噎不快江水不快軟緩而無力則海之泥沙隨潮而上日積不已故海口埋滅而吳中多水患近日議者但欲發民浚治海口而不知江水艱噎雖暫通快不過歲餘泥沙復積水患如故今欲治其本長橋挽路固不可去惟有鑿挽路於舊橋外別爲千橋橋𣖒各二丈千橋之積爲二千丈水道松江宜加迅駛然後官私出力以浚海口海口既浚而江水有力則泥沙不復積水患可以少衰臣之所聞大略如此而未得其詳舊聞常州宜興縣進士單鍔有水學故召問之出著吳中水利書一卷且口陳其曲折則臣言止得十二三耳臣與知水者考論其書疑可施用謹繕寫一本繳連進上伏望聖慈深念兩浙之富國用所恃歲漕都下米百五十萬石其它財賦供饋不可悉數而十年九澇公私凋弊深可愍惜乞下臣言與鍔書委本路監司躬親按行或差強幹知水官吏考實其言圖上利害臣不勝區區謹錄奏聞伏候敕旨

辭免撰趙瞻神道碑狀

元祐六年七月日翰林學士承旨左朝奉郎知制誥兼侍讀蘇軾狀奏准敕差撰故中散大夫同知樞密院趙瞻神道碑并書者右臣平生不爲人撰行狀埋

銘墓碑士大夫所共知近日撰司馬光行狀蓋為光
曾為士母程氏撰埋銘又為范鎮撰墓誌蓋為鎮與
先臣洵平生交契至深不可不撰及奉詔撰司馬光
富弼等墓碑不敢固辭然終非本意況臣老病廢學
文辭鄙陋不稱人子所以欲顯揚其親之意伏望聖
慈別擇能者特許辭免謹錄奏聞伏候敕旨

再乞郡劄子

元祐六年七月六日翰林學士承旨左朝奉郎知制
誥兼侍讀蘇軾劄子奏臣聞朝廷以安靜為福人臣
以和睦為忠若喜怒愛憎互相攻擊則其初為朋黨
之患而其末乃治亂之機甚可懼也臣自被命入覲
屢以血懇頻干一郡非獨顧衰命為保全之計實深
為朝廷求安靜之理而事有難盡言者臣與賈易本
無嫌怨只因臣素疾程頤之姦形於言色此臣剛褊
之罪也而賈易頤之死黨專欲與頤報怨因頤教誘
孔文仲令以其私意論事為文仲所奏頤既得罪易
亦坐去而易乃於謝表中誣臣弟轍漏泄密命緣此
再貶知廣德軍故怨臣兄弟最深臣多難早衰無心
進取豈復有意記憶小怨而易在必報未嘗一日忘
臣其後召為臺官又論臣不合刺配杭州凶人顏章

等以此見易於臣不報不已今既擢貳風憲付以雄權升沉進退在其口吻臣之綿劣豈勞排擊觀其意趣不久必須言臣并及弟轍轍既備位執政進退之間事關國體則易必須扇結黨與再三論奏煩瀆聖聽朝廷無由安靜皆臣愚惷不早迴避所致若不早賜施行使臣終不免被人言而去則臣雖自顧無罪中無所愧而於二聖眷待獎與之意則似不終竊惟天地父母之愛亦必悔之伏乞檢會前奏速除一郡此疏卽乞留中庶以保全臣子取進止

貼黃臣前在南京所奏乞留中一狀亦乞更賜詳覽施行

又貼黃臣從來進用不緣他人中外明知獨受聖眷乞賜保全令得以理進退若不早與一郡使臣不免被人言而出天下必謂臣因蒙聖知故遭破壞所損不細矣

又貼黃臣未請杭州以前言官數人造作謗議皆言屢有章疏言臣二聖曲庇不肯降出臣尋有奏狀乞賜施行遂蒙付外考其所言皆是羅織以無爲有只如經筵進朱雲故事云是離間大臣之類中外傳笑以謂聖世乃有此風今臣

若更少留必須捃拾似此等事雖聖明洞照有
無而黨與既衆執奏不已則朝廷終亦難違其
意縱未責降亦須出臣勢必如此何如今日因
臣親嫌之請便與一郡以全二聖始終之恩若
聖慈於臣眷眷不已不行其言則必須騰謗以
謂二聖私臣曲行庇蓋臣既未能補報萬一而
使浮議上及聖明死有餘罪矣伏乞痛賜閔察
早除一郡

乞將上供封椿斛㪷應副浙西諸郡接續糶
米劄子

元祐六年七月十二日翰林學士承旨左朝奉郎知
制誥兼侍讀蘇軾劄子奏臣伏見浙西諸郡二年災
傷而今歲大水蘇湖常三郡水通爲一農民棲於丘
墓舟栰行於市井父老皆言耳目未曾聞見流殍之
勢甚於熙寧臣聞熙寧中杭州死者五十餘萬蘇州
三十餘萬未數他郡今既秋田不種正使來歲豐稔
亦須七月方見新穀其間饑饉變故未易度量其人
雖號柔弱不爲大盜而宣歙之民勇悍者多以販鹽
爲業百十爲羣往來浙中以兵杖護送私鹽官司以
其不爲他盜故略而不問今人既無食不暇販鹽則

此等失業聚而爲寇或得豪猾爲之首帥則非復巡檢縣尉所能辦也恭惟二聖視民如子苟有可救無所吝惜凡守臣監司所乞一一應副可謂仁聖勤恤之至矣然臣在浙中二年親行荒政只用出糶常平米一事更不施行餘策而米價不踊卒免流殍蓋緣官物有限飢民無窮若兼行借貸俵散則力必不及中路闕絕大誤飢民不免拱手而視億萬之死也不如併力一意專務糶米若糶不絕則市價平和人人受賜縱有貧民無錢可糴不免流殍蓋亦有限量矣臣昨日得杭州監稅蘇堅書報臣云杭州日糶三千石過七月無米可糶人情洶洶朝不謀夕但官場一日米盡則市價倍踊死者不可勝數變故之生恐不可復以常理度矣欲乞聖慈速降指揮令兩浙運司限一兩日內約度浙西諸郡合糶米斛酌中數目直至來年七月終除見在外合用若干石入急遞奏聞候到卽指揮發運司官吏於轄下諸路封樁及年計上供錢斛內擘畫應副須管接續起發赴浙西諸郡糶賣不管少有闕絕仍只依地頭元價及量添水脚錢出賣及賣到米脚錢並用收買金銀還充上供及封樁錢物所貴錢貨流通不至錢荒所有借貸俵散

之類候出糶有餘方得施行似此計置雖是數目浩瀚然止於糶賣不失官本似易應副但令浙西官場糶米不絕直至來年七月終則雖天災流行亦不能盡害陛下赤子也如蒙施行即乞先降手詔令監司出膀曉諭軍民令一路曉然知朝廷已有指揮令發運司將上供封樁斛㪷應副浙西諸郡糶米直至明年七月終不惟安慰人心破姦雄之謀亦使蓄積之家知不久官米大至自然趁時出賣所濟不少惟望聖明深愍一方危急早賜施行取進止

貼黃臣去歲奏乞下發運司於豐熟近便州軍糴米五十萬石蒙聖恩依奏施行仍賜封樁錢一百萬貫令糴米而發運司以本路米貴爲詞不肯收糴去年若用貴價收糴不過每㪷七十足錢盡數收糴猶可得百餘萬石則今年出糶所濟不少其發運司官吏不切遵稟之罪朝廷未嘗責問習玩號令事無由集今來若行臣言即乞嚴切指揮發運司稍有闕誤必行重責所貴一方之民得被實惠所下號令不爲空言

乞擢用程遵彥狀

元祐六年七月日翰林學士承旨左朝奉郎知制誥

兼侍讀蘇軾狀奏右臣竊謂朝廷用人以行實爲先以才用爲急二者難兼故常不免偏取而端靜之士雖有過人之行應務之才又皆藏器待時恥於自獻朝廷莫得而知之如臣等輩固當各舉所聞以助樂育之意伏見左朝散郎前簽書杭州節度判官廳公事程遵彥吏事周敏學問該洽文詞雅麗三者皆有可觀而事母孝謹有絕人者母性嚴甚遵彥甚宜其妻而母不悅遵彥出之妻旣被出孝愛不衰歲時伏臘所以事姑者如未出而母卒不悅遵彥亦不再娶十五年矣身爲僕妾之役以事其母雖前史所傳孝友之士殆不能過臣與之同僚二年備得其實今替還都下未有差遣碌碌衆中未嘗求人臣竊惜之伏望聖慈特賜採察量材錄用非獨廣搜賢之路亦以敦厲孝悌激揚風俗若後不如所舉臣甘伏朝典謹錄奏聞伏候敕旨

乞外補迴避賈易劄子

元祐六年七月二十八日翰林學士承旨左朝奉郎知制誥兼侍讀蘇軾劄子奏臣自杭州召還以來七上封章乞除一郡又曾兩具劄子乞留中省覽傾瀝肝膽不爲不至而天聽高遠不蒙回照退伏思念不

寒而慄然臣計之已熟若干忤天威得罪分明不避權要獲譴曖昧臣今來甘被分明之罪不願受曖昧之譴臣聞賈易購求臣罪未有所獲只有法外刺配顏章顏益一事必欲收拾砌累以成臣罪易前者乞放顏益已蒙施行今又乞放顏章以此見易之心未嘗一日不在傾臣只如浙西水災臣在杭州及替還中路并到闕以來累次奏論詞意懇切尋蒙聖恩採納施行而易扇搖臺官安鼎楊畏並入文字以謂回邪之人眩惑朝廷乞加考驗治其尤者宰相以下心知其非然畏易之狠不敢不行賴給事中封駁諫官論奏方持其議易等但務快其私忿苟可以傾臣即不顧一方生靈墜在溝壑若非給事中范祖禹諫官鄭雍姚勔偶非其黨猶肯爲陛下腹心耳目依公論奏則行下其言浙中官吏承望風旨更不敢以實奏災傷則億萬性命流亡寇賊意外之患何所不至陛下指揮執政擘劃救濟非不丁寧而易等方欲行遣官吏言災傷者與聖意大異而執政相顧不言僶俛行下顯是威勢已成上下慴服寧違二聖指揮莫違賈易意旨臣是何人敢不迴避若不早去不過數日必爲易等所傾一身不足顧惜但恐傾臣之後朋黨

益衆羽翼成就非細故也不如今日令臣以親嫌善去中外觀望於朝廷事體未有所害臣之大意止是乞出若前來早賜施行臣本不敢盡言只爲累章不允計窮事迫須至盡述本心不敢有隱毫末伏望聖明察其至誠止是欲得外補即非無故論説是非特賜留中省覽以保全臣子不勝幸甚取進止

辨賈易彈奏待罪劄子

元祐六年八月初四日翰林學士承旨左朝奉郎知制誥兼侍讀蘇軾劄子奏臣今月二日見弟尚書右丞轍爲臣言御史中丞趙君錫言秦觀來見君錫稱被賈易言觀私事及臣令親情王遹往見君錫臺諫等互論兩浙災傷及賈易言秦觀事乞賜推究臣愚惷無狀常不自揆竊懷憂國愛民之意自爲小官即好僭議朝政屢以此獲罪然受性於天不能盡改臣與趙君錫以道義交游每相見論天下事初無疑間近日臣召赴闕見君錫崇政殿門即與臣言老繆非才當此言責切望朋友教誨臣自後兩次見君錫凡所與言皆憂國愛民之事乞問君錫若有一句及私臣爲罔上君錫尋有手簡謝臣其略云車騎臨過獲聞誨益諄諄開誘莫非師保之訓銘鏤肝肺何日忘

之臣既見君錫從來傾心以忠義相許故敢以士君
子朋友之義盡言無隱又秦觀自少年從臣學文詞
采絢發議論鋒起臣實愛重其人與之密熟近於七
月末間因弟轍與臣言賈易等論浙西災傷乞考驗
虛實行遣其尤甚者意令本處官吏觀望風旨必不
敢實奏行下却爲給事中封駁諫官論奏臣因問弟
轍二云汝既備位執政因何行此文字轍二云此事衆人
心知其非然臺官文字自來不敢不行若不行卽須
羣起力爭喧瀆聖聽又弟轍因言秦觀言趙君錫薦
舉得正字今又爲賈易所言臣緣新自兩浙來親見
水災實狀及到京後得交代林希提刑馬瑊及屬吏
蘇堅等書皆極言災傷之狀甚於臣所自見臣以此
數次奏論雖蒙聖恩極力拯救猶恐去熟日遠物力
不足未免必致流殍若更行下賈易等所言則官吏
畏懼臺官更不敢以實言災傷致朝廷不復盡力救
濟則億萬生齒便有溝壑之憂適會秦觀訪臣遂因
議論及之又實告以賈易所言觀私事欲其力詞恩
命以全進退卽不知秦觀往見君錫更言何事又是
日王遹亦來見臣二云有少事謁中丞臣知遹與君錫
親自來密熟因令傳語君錫大略二云臺諫給事中互

論災傷公爲中丞坐視一方生靈陷於溝壑略無一言乎臣又語適說與君錫公所舉秦觀已爲賈易言了此人文學議論過人宜爲朝廷惜之臣所令王遹與趙君錫言事及與秦觀所言止於此矣二人具在可覆按也臣本爲見上件事皆非國家機密不過行出數日無人不知故因密熟相知議論及之又欲以忠告君錫欲其一言以救兩浙億萬生齒不爲觸忤君錫遂致於此此外別無情理者右臣既備位從官弟轍以臣是親兄又忝論思之地不免時時語及國事臣不合輒與人言至煩彈奏見已家居待罪乞賜重行朝典取進止

辨題詩劄子

元祐六年八月初八日翰林學士承旨左朝奉郎知制誥兼侍讀蘇軾劄子奏臣今月七日見臣弟轍與臣言趙君錫賈易言臣於元豐八年五月一日題詩揚州僧寺有欣幸先帝上僊之意臣今省憶此詩自有因依合具陳述臣於是歲三月六日在南京聞先帝遺詔舉哀掛服了當迤邐往常州是時新經大變臣子之心孰不憂懼至五月初間因往揚州竹西寺見百姓父老十數人相與道旁語笑其間一人以兩

手加額云云見說好箇少帝官家其言雖鄙俗不典然臣實喜聞百姓謳歌吾君之子出於至誠又是時臣初得請歸耕常州蓋將老焉而淮浙間所在豐熟因作詩云云此生已覺都無事今歲仍逢大有年山寺歸來聞好語野花啼鳥亦欣然蓋喜聞此語故竊記之於詩書之當途僧舍壁上臣若稍有不善之意豈敢復書壁上以示人乎又其時去先帝上僊已及兩月決非山寺歸來始聞之語事理明白無人不知而君錫等輒敢挾情公然誣罔伏乞付外施行稍正國法所貴今後臣子不爲仇人無故加以惡逆之罪取進止

奏狀

元祐六年八月八日翰林學士承旨左朝奉郎知制誥兼侍讀蘇軾狀奏准尚書省劄子蘇軾元豐八年五月一日於揚州僧寺留題詩一首八月八日三省同奉聖旨令蘇軾具留題因依實封聞奏右臣所有前件詩留題因依臣已於今日早具劄子奏聞訖乞檢會降付三省施行謹錄奏聞伏候敕旨

錄進單鍔吳中水利書

切觀三州之水爲患滋久較舊賦之入十常減其五

六以日月指之則水爲害於三州逾五十年矣所謂三州者蘇常湖也朝廷屢責監司監司每督州縣又間出使者尋按舊迹使講明利害之原然而西州之官求東州之利目未嘗歷覽地形之高下耳未嘗講聞湍流之所從來州縣憚其經營百姓厭其出力鈞曰水之患天數也按行者駕輕舟於汪洋之陂視之茫然猶擿埴索途以爲不可治也聞有忠於國志於民深求而力究之然有知其一而不知其二知其末而不知其本詳於此而略於彼故有曰三州之水咸注之震澤震澤之水東入於松江由松江以至於海自慶曆以來吳江築長堤橫截江流由是震澤之水常溢而不泄以至壅灌三州之田此知其一偏者也或又曰由宜興而西溧陽縣之上有五堰者古所以節宣歙金陵九陽江之衆水由分水銀林二堰直趨太平州蕪湖後之商人由宣歙販賣簰木東入二浙以五堰爲艱阻因相爲之謀罔紿官中以廢去五堰五堰既廢則宣歙金陵九陽江之水或遇五六月山水暴漲則皆入於宜興之荆溪由荆溪而入震澤蓋上三州之水東灌蘇常湖也此又知其一偏者耳或又曰宜興之有百瀆古之所以洩荆溪之水東入二

震澤也今已堙塞而所存者四十九條疏此百瀆則宜興之水自然無患此亦知其一偏者也三者之論未嘗參究得之既不詳攻之則易破以鍔視其迹自西五堰東至吳江岸猶之一身也五堰則首也荊溪則咽喉也百瀆則心也震澤則腹也傍通太湖衆瀆則絡脈衆竅也吳江則足也今上廢五堰之固而宣歙池九陽江之水不入蕪湖反東注震澤下又有吳江岸之阻而震澤之水積而不泄是猶有人焉桎其手縛其足塞其衆竅以水沃其口沃而不已腹滿而氣絶視者恬然猶不謂之已死今不治吳江岸不疏諸瀆以泄震澤之水是猶沃水於人不去其手桎不解其足縛不除其竅塞恬然安視而已誠何心哉然而百瀆非不可治五堰非不可復吳江岸非不可去蓋治之有先後且未築吳江岸已前五堰其廢已久然而三州之田尚十年之間熟有五六五堰猶未爲大患自吳江築岸已後十年之間熟無一二欲具驗之閱三州歲賦所入之數則可見矣且以宜興百瀆言之古者所以泄西來衆水入震澤而終歸于海蓋震澤吐納衆水今納而不吐鍔竊視熙寧八年時雖大旱然連百瀆之田皆魚游鼈處之地低汙之甚也

其田去百瀆無多遠而田之苗是時亦皆旱死何哉蓋百瀆及傍穿小港瀆歷年不遇旱皆爲泥沙壅塞與平地無異矣雖去震澤甚邇民力難以私舉時官又無留意疏導者苗卒歸乎槁死自熙寧八年迄今十四載其田卽未有可耕之日歲歲訴潦民益憔悴昔嘉祐中邑尉阮洪深明宜興水利方是時吳中水洪屢上書監司乞開通百瀆監司允其請遂鳩工於食利之民疏導四十九條是年大熟此百瀆之驗歲水旱皆不可不開也宜興所利非止百瀆而已東則有蠡河橫亘荊溪東北透湛瀆東南接罨畫溪昔范蠡所鑿與宜興之西蠡運河皆以昔賢名呼其蠡河遇大旱則淺澱中旱則通流又有孟涇泄滆湖之水入震澤其他溝瀆澱塞其名不可縷舉夫吳江岸界於吳松江震澤之間岸東則江岸西則震澤江之東則大海也百川莫不趍海自西五堰之上衆川由荊溪入震澤注于江由江歸于海地傾東南其勢然也自慶曆二年欲便糧運遂築北隄橫截江流五六十里遂致震澤之水常溢而不泄浸灌三州之田每至五六月之間湍流峻急之時視之則吳江岸之東水常低岸西之水不下一二尺此隄岸阻水之迹自可

覽也又覩岸東江尾與海相接之處汀瀲茭蘆叢生沙泥漲塞而又江岸之東自築岸已來沙漲成一村昔爲湍流奔湧之地今爲民居民田桑棗場圃吳江縣由是歲增舊賦不少雖然增一邑之賦反損三州之賦不知幾百倍耶夫江尾昔無茭蘆壅障流水今何至此蓋未築岸之前源流東下峻急築岸之後水勢遲緩無以滌蕩泥沙以至增積而茭蘆生茭蘆生則水道狹水道狹則流洩不快雖欲震澤之水不積其可得耶今欲泄震澤之水莫若先開江尾茭蘆之地遷沙村之民運其所漲之泥然後以吳江岸鑿其土爲木橋千所以通糧運每橋用耐水土木椿二條各長二丈五尺橫梁三條各長六尺柱六條各長二丈除首尾占閣外可得二丈餘洪道每一里計三百六十步一里爲橋十所計除占閣外可開水面二十三丈每三十步一橋也一千條橋共開水面二千丈計一十一里四十步也隨橋洪開茭蘆爲港走水仍於下流開白蜆安亭二江使太湖水由華亭青龍入海則三州水患必大衰減常州運河之北偏乃江陰縣也其地勢自河而漸低上自丹陽下至無錫運河之北偏古有泄水入江瀆一十四條曰孟瀆曰黃汀

堰瀆曰東函港曰北戚氏港曰五卸堰港曰梨溶港曰蔣瀆曰歐瀆曰魏瀆涇曰支子港曰蠡瀆曰牌一作碑涇皆以古人名或以姓稱之昔皆以泄衆水入運河立斗門又北泄下江陰之江今名存而實亡今存者無幾二浙之糧舡不過五百石運河止可常存五六尺之水足可以勝五百石之舟以其一十四處立爲石䃮斗門每瀆於岸北先築隄岸則制水入江若無隄防則水泛溢而不制將見灌浸江陰之民田民居矣昔熙寧中有提舉沈披者輒去五卸堰走運河之水北下江中遂害江陰之民田爲百姓所訟卽罷提舉亦嘗被罪始欲以爲利而適足以害之此未達古人之智以至敗事也切見近日錢塘進士余默兩進三州水利徒能備陳功力鎖細之事殊不知本末惟有言得常州運河晉陵至無錫一十四處置斗門泄水北下江陰大江雖三尺童子亦知如此可以爲利然余默雖能言斗門一事合鍔鄙策奈何無法度以制入江之水行之則又豈止爲一沈披耶又覩主簿張實進狀言吳江岸爲阻水之患涇函不通其言然則然矣雖言吳江岸而不言措置水之術蓋古之所創涇函在運河之下用長梓木爲之中用銅輪

力水衝之則草可刈也置在運河底下暗走水入江今常州有東西二函地名者乃此也昔治平中提刑元積中開運河嘗開見函管但見函管之中皆泥沙以謂功力甚大非可易復遂已今先開鑿江湖海故道堙塞之處泄得積水他日治函管則可若未能開故道而先治函管是知末而不知本也切見常州運河之北偏皆江陰低下之田常患積水難以耕植今河上為斗門河下築堤防以管水入江百姓由是緣此河隄可以作田圍此泄水利田之兩端也宜興縣西有夾苧千瀆在金壇宜興武進三縣之界東至滆湖及武進縣界西南至宜興北至金壇通接長塘湖西接五堰茅山薛步山水直入宜興之荊溪其夾苧千蓋古之人亦所以泄長塘湖東入滆湖泄滆湖之水入大吳瀆塘口瀆白魚灣高梅瀆四瀆及白鶴溪而北入常州之運河由運河而入一十四條之港北入大江今一十四條之港皆名存而實亡累有知利便者獻議朝廷欲依古開通北入運河以注大江自滆湖長塘湖兩首各開三分之二為彼田戶皆豪民不知利便唯恐開鑿己田陰構胥吏皆柅而不行元豐之間金壇令曾長官奏請乞開朝廷又降指揮委

江東及兩浙兩路監司相度及近縣官員相視又爲彼豪民計構不行儻開夾苧千通流則西來他州入震澤之水可以殺其勢深利於三州之田也鍔熙寧八年歲遇大旱切觀震澤水退數里清泉鄉湖乾數里而其地皆有昔日丘墓街井枯木之根在數里之間信知昔爲民田今爲太湖也太湖卽震澤也以是推之太湖寬廣愈於昔時昔云有三萬六千頃自築吳江岸及諸港瀆堙塞積水不泄又不知其愈廣幾多頃也鍔又嘗見低下之田昔人爭售之今人爭棄之蓋積年之水十無一熟積空頭之稅或遇頻年不收則饑餓丐殍鬻妻子以償王租或置其田捨其廬而逋至於酒坊處在水鄉沽賣不行以致敗闕者比年尤甚皆緣水傷下田不收故也鍔又嘗遊下鄉切見陂塍之間亦多丘墓皆爲魚鼈之宅且古之葬者不卽高山則於平原陸野之間豈卽水穴以危亡魂耶嘗得唐埋銘於水穴之中今猶存焉信夫昔爲高原今爲汙澤今之水不泄如古也昨熙寧間檢正張諤命屬吏殿丞劉慤相視蘇秀二州海口諸浦瀆爲沙泥壅塞將欲疏鑿以快流水慤相視回申以謂若開海口諸浦則東風駕海水倒注反灌民田鍔謂慤

曰地傾東南百川歸海古人聞諸海浦所以通百川也若反灌民田古人何爲置諸浦耶百川東流則有常西流則有時因東風雖致西流風息則其流亦復歸于海其勢然也凡江湖諸浦港勢亦一同愨雖信其如此然猶有說蓋以昔視諸浦無倒注之患而今乃有之蓋昔無吳江岸之阻諸浦雖暫有泥沙之壅然百川湍流浩急泥沙自然滌蕩隨流以下今吳江岸阻絕百川湍流緩慢緩慢則其勢難以蕩滌沙泥設使今日開之明日復合又聞秀州青龍鎮入海諸浦古有七十二會蓋古之人以爲七十二會曲折宛轉者蓋有深意以謂水隨地勢東傾入海雖曲折宛轉無害東流也若遇東風駕起海潮洶湧倒注則於曲折之間有所回激而泥沙不深入也後人不明古人之意而一皆直之故或遇東風海潮倒注則泥沙隨流直上不復有阻凡臨江湖海諸港浦勢皆如此所謂今日開之明日復合者此也今海浦昔日曲折宛轉之勢不可不復也夫利害掛於眉睫之間而人有所不知今欲泄三州之水先開江尾去其泥沙茭蘆遷沙上之民次疏吳江岸爲千橋次置常州運河一十四處之斗門石碶隄防管水入江次開導臨江

湖海諸縣一切港瀆及開通茜涇水既泄矣方誘民以築田圍昔郟亶嘗欲使民就深水之中壘成圍岸夫水行於地中未能泄積水而先成田圍以狹水道當春夏湍流浩急之時則水當湧行於田圍之上非止壞田圍且淹浸廬舍矣此不智之甚也欲乞朝廷指揮下兩浙轉運司擇智力了幹官員分布諸縣則不越數月其工可畢所有創橋疏通河港置斗門利便制度不在規規而言也今所畫三州江湖溪海圖一本但可觀其大略港瀆之名亦布其一二耳欲見其詳莫若下蘇常湖諸縣各畫溪河溝港圖一本各言某河某瀆通某縣某處俟其悉上合而爲一圖則纖悉若視於指掌之間也鍔又覩秀州青龍鎮有安亭江一條自吳江東至青龍由青龍泄水入海昔因監司相視恐走透商稅遂塞此一江其江通華亭及青龍夫籠截商稅利國能有幾耶堰塞湍流其害實大又況措置商稅不爲難事竊聞近日華亭青龍人戶相率陳狀情願出錢乞開安亭江見有狀在本縣官吏未與施行近又訪得宜興西漏湖有二瀆一名白魚灣一名大吳瀆泄漏湖之水入運河由運河入一十四處斗門下江其二瀆在塘口瀆之南又有一

瀆名高梅瀆亦泄澝湖之水入運河由運河入蚪門
在吳瀆之南近聞知蘇州王覿奏請開海口諸浦鍔
初謂海口諸浦不可開今開之不逾日或遇東風則
泥沙又合矣嘗觀考工記曰善溝者水齧之善防者
水淫之蓋謂上水湍流峻急則自然下水泥沙齧去
矣今若俟開江尾及疏吳江岸爲橋與海口諸浦同
時興功則自然上流東下齧去諸浦沙泥矣凡欲疏
通必自下而上先治下則上之水無不流若先治上
則水皆趨下漫滅下道而不可施功力其勢理然也
故今治三州之水必先自江尾海口諸浦疏鑿吳江
岸及置常州一十四處之蚪門築堤制水入江比與
吳江兩處分泄積水最爲先務也然鍔觀合開三州
諸溝瀆不必全藉官錢蓋三州之民憔悴之久人人
樂開故半可以資食利戶之力也今略舉其一二若
開江尾疏吳江岸爲橋遷吳江岸東一村之民開地
復爲昔日之江置一十四處之蚪門并築一十四條
堤制水入江開夾苧千白鶴溪白魚灣大吳瀆塘口
瀆宜興東蠡河已上非官錢不可開也若宜興之橫
塘百瀆蘇州之海口諸浦安亭江江陰之季子港春
申港下港黃田港利港宜興之塘頭瀆及諸縣凡有

自古泄水諸溝港浜瀆盡可資食利戶之力也莫若先下三州及諸縣抄錄諸道江湖海一切諸港瀆溝浜自古有名者及供上丈尺料之功力之費或係官錢或係食利私力期之以施工日月同日開鑿同日疏放若或放水有先後則上水奔湧東下衝損在下開未畢溝港以故須同日決放也或者有謂昔人創望亭呂城奔牛三堰蓋爲丹陽下至無錫蘇州地形東傾古人創三堰所以慮運河之水東下不制是以創堰以節之以通漕運自熙寧治平間廢去望亭呂城二堰然亦不妨綱運者何耶鍔曰昔之太湖及西來衆水無吳江岸之阻又一切通江湖海故道未嘗堙塞故運河之水嘗慮走泄入於江湖之間是以置堰以節之今自慶曆以來築置吳江岸及諸港浦一切堙塞是以三州之水常溢而不泄二堰雖廢水亦常溢去堰若無害今若泄江湖之水則二堰尤宜先復不復則運河將見涸而糧運不可行此灼然之利害也又若宜興創市橋去西津堰蓋嘉祐中邑尉阮洪上言監司就長橋東市邑中創一橋使運河南通荊溪初開鑿市街乃見昔日橋柱尚存泥中咸謂古爲橋於此也又運河之西口有古西津堰今已廢去

久矣且古之廢橋置堰以防走透運河之水今也置橋廢堰以通荊溪則溪水常倒注入運河之內今之與古何利害之相反耶鍔以謂古無吳江岸衆水不積運河高於荊溪是以塞橋置堰以防泄運河之水也今因吳江岸之阻衆水積而常溢倒注運河之內是以創橋廢堰見利而不見害也今若治吳江岸泄衆水則運河之水再防走泄當於北門之外創一堰可也其利害蓋如此也或又曰切觀諸縣高原陸野之鄉皆有塘圩或三百畝或五百畝爲一圩蓋古之人停滀水以灌溉民田以今視之其塘之外皆水塘之中未嘗滀水又未嘗植苗徒牧養牛羊畜放鳧鴈而已塘之所創有何益耶鍔曰塘之爲塘是猶堰之爲堰也昔日置塘滀水以防旱歲今自三州之水久溢而不泄則置而爲無用之地若決吳江岸泄三州之水則塘亦不可不開以滀諸水猶堰之不可不復也此亦灼然之利害矣苟堰與塘爲無益則古人奚爲之耶蓋古之賢人君子大智經營莫不除害興利出於人之未到後人之淺謀管見不達古人之大智顛倒穿鑿徒見其害而莫見其利也若吳江岸止知欲便糧運而不知遏三州之水反以爲害又若廢青

龍安江亭徒知不漏商旅之稅又不知反狹水道以過百川今之人所以戾古者凡如此也鍔初觀無錫縣城內運河之南偏有小橋由橋而南下則有小瀆瀆南透梁溪瀆有小堰名曰單將軍堰自橋至梁溪其瀆不越百步堰雖有亦不渡舡筏梁溪卽接太湖昔所以爲此堰者恐泄運河之水昔熙寧八年是歲大旱運河皆旱涸不通舟楫是時鍔自武林過無錫因見將軍堰旣不度舡筏而開是瀆者古人豈無意乎因語與邑宰焦千之曰今運河不通舟楫切觀將軍堰接運河去梁溪無百步之遠古人置此堰瀆意欲取梁溪之水以灌運河千之始則以鍔言爲狂終則然之遂率民車四十二管車梁溪之水以灌運河五日河水通流舟楫往來信夫古人經營利害凡一溝瀆皆有微意而今人昧之也嘗見蘇州之茜涇昔范仲淹命工開導以泄積水以入于海當時諫官不知蘇州患在積水不泄咸上疏言仲淹走泄姑蘇之水蓋不知其利而返以爲害今茜涇自仲淹之後未復開鑿亦久堙塞鍔存心三州水利凡三十年矣每覩一溝一瀆未嘗不明古人之微意其間曲折宛轉皆非徒然也鍔今日之議未始增廣一溝一瀆其言

與圖符合若非觀地之勢明水之性則無以見古人之意今弁圖以獻惟執事者上之　朝廷則庶幾三州憔悴之民有望於今日也
貼黃其圖畫得草略未敢進上乞下有司計會單鍔别畫
一先開吳江縣江尾茭蘆地
一先遷吳江沙上居民及開白蜆江通青龍鎮又開青龍鎮安亭江通海
一先去吳江土爲千橋
一先置常州運河㪷門二十四所用石碶弁築堤管水入江
一次開夾苧千白鶴溪白魚灣塘口瀆大吳瀆令長塘湖滆湖相連走泄西水入運河下㪷門入江
一次開宜興百瀆見今只有四十九條東入太湖
一次開蘇州茜涇白茅七鴉福山梅里諸浦及茜涇
一次開江陰下港黄田春申季子竈子諸港
一次開宜興東西蠡河
一次根究諸臨江湖海諸縣凡泄水諸港瀆並皆

疏鑿
伍堰水利昔錢舍人公輔爲守金陵常究伍堰之利
雖知五堰之利而不知五堰以東三州之利害鍔知
三州之水利而未究伍堰以西之利害一日錢公輔
以世之所爲伍堰之利害與鍔參究方知始末利害
之議完也公輔以爲伍堰者自春秋時吳王闔閭用
伍子胥之謀伐楚始創此河以爲漕運春冬載二百
石舟而東則通太湖西則入長江自後相傳未始有
廢至李氏時亦常通運而置牛於堰上挽拽舡筏於
固城湖之側又嘗設監官置廨宇以收往來之稅自
是河道澱塞堰埭低狹虛務添置者十有一堰往來
舟筏莫能通行而水勢遂不復西及遇春夏大水江
湖泛漲則園頭王母龍潭三澗合爲一道而奔衝東
來河之不治愈可見也今若開深故道而存留銀林
分水二堰則諸堰盡可去矣所欲存二堰者蓋本處
地勢自銀林堰以西地形從東迤邐西下自分水堰
以東地形從西迤邐東下而其河自西壩至東壩十
六里有餘開淘之際須隨逐處地形之高下以濬之
然後江東兩浙可以無大水之患然銀林堰南則通
建平廣德北則通溧水江寧又當增修高廣以俟商

旅舟舡往還之多可以置官收税如前之利此五堰
所以不可不復也今莫若治五堰使上之水不入於
荆溪而由分水銀林二堰直歸太平之兼湖下治吳
江之岸爲千橋使太湖之水東入于海中治百瀆之
故道與夫蘇常湖三州之有故道旁穿於太湖者雖
不可縷舉而槪可以迹究也難者曰雖復伍堰柰何
伍堰之側山水東下乎復堰無益也鍔荅曰由伍堰
而東注太湖則有宣歙池廣德溧水之水苟後堰使
上之水不入于荆溪自餘山澗之水寧有幾耶比之
未復十須殺其六七耳難者乃服

東坡奏議卷第九

東坡奏議卷第十

申省論八丈溝利害狀二首
奏論八丈溝不可開狀
奏淮南閉糴狀二首
乞賜度牒糴斛㪷準備賑濟淮浙流民狀
乞將合轉一官與李直方酬獎狀
乞賜光梵寺額狀
薦宗室令峙狀

申省論八丈溝利害狀二首

元祐六年九月日龍圖閣學士左朝奉郎知潁州蘇軾狀申右軾今看詳前件李義修所陳劃一事件內三件係欲開太康縣枯河及開陳州明河並不涉潁州地分無由相度可否利害外有一件欲乞自下蔡縣界以東江陂鎮以西地頗卑下之處難為開淘者平地築岸如汴河例不納衆流免致溝中滿溢橫出之患所是田間橫貫溝港兩下自有歸頭去處間或於要會處如次河口之類可置㪷門遇田間有積水臨時啓閉甚無妨也軾今看詳八丈溝首尾有橫灌大小溝瀆極多並係自來地勢南傾流入潁河別無兩下歸頭去處遇夏秋漲溢雖至小者亦有無窮之

水雖下愚人亦知其不可塞今議修乃欲築岸如汴河不納衆流顯是大段狂妄又一件云八丈溝首尾三百餘里當往來道路豈能盡致橋梁欲乞於合該縣鎭濟要去處創立津渡小立課額積久少助堤岸之費軾今看詳議者欲興大役勞力費國公私洶洶未見其可而議修先欲置津渡立課額以網小利所見猥下無足觀採其餘議論雖多並只是羅提刑李密學意度更加枝蔓粉飾扶會其說而已別無可考論其八丈溝利害軾見子細相驗打量地勢具的確事件申奏次謹具申尚書省謹狀

又

元祐六年九月日龍圖閣學士左朝奉郎知潁州蘇軾狀申右軾體訪得萬壽汝陰潁上三縣惟有古陂塘頃畝不少見今皆爲民田或已起移爲永業或租佃耕種動皆五六十年以上與產業無異若一旦收取盡爲陂塘則三縣之民失業者衆人情騷動爲害不小看詳陳州水患本緣羅朝散於府界疏通積水所致今來進士皇維清既知修復陂塘可以弭橫流之患何不乞於府界元有積水久來不堪耕種之地多作陂塘不惟所占田地元係積水占壓之處人戶

別無詞說兼亦陂塘既修之後陳州水患自然衰減更不消糜弊公私開三百五十四里溝渠今來維清既欲依羅朝散擘畫起夫十八萬人用錢米三十七萬貫石開溝之後又別奪萬壽等三縣農民產業不知凡幾千百頃又別破人夫錢米以興陂塘是附會羅朝散議論有害無利必難施行軾自承領得上件省司文字訪聞得民間已稍驚疑若更行下逐縣勘會古陂頃畝及起稅請佃年月則三縣農民必大驚擾其事既決難施行所以更不敢行下勘會其李密學羅朝散等所欲會議利害軾見行相驗別具利害申奏次謹具申尚書省謹狀

奏論八丈溝不可開狀

元祐六年十月日龍圖閣學士左朝奉郎知潁州蘇軾狀奏臣先奉朝旨令知陳州李承之府界提刑羅適都水監所差官及本路提刑轉運同至潁州與臣會議開八丈溝利害臣以到任之初未知利害之詳難以會議尋申尚書省乞指揮逐官未得前來候到任見得的確利害別具申省方可指揮逐官前來會議進呈奉　聖旨依所乞臣今來到任已兩月體問得潁州境內諸水但遇淮水漲溢潁河下口壅遏不

行則皆橫流爲害下冒田廬上逼城郭歷旬彌月不減尺寸但淮水朝落則潁河暮退數日之間千溝百港一時收縮以此驗之若淮水不漲則一潁河泄之足矣若淮不免漲則雖復旁開百溝亦須下入于淮淮水一漲百溝皆壅無益於事而況一八丈溝乎貼黃據崔公度狀稱取到壽州浮橋司狀照驗得昨來五六月間陳潁州大水之時淮水比常年大小顯見自是諸河泛漲積水爲害並不干淮水之事看詳崔公度所言顯是只將是年淮水偶然不大便爲永遠利害未委崔公度如何保得今後淮水與諸河水永不一時皆漲乎又臣問得淮潁間農民父老若淮水小則汝潁諸河永無漲溢之理公度所言必非實事 且陳之積水非陳之舊也乃是羅適創引府界積水以爲陳患今又欲移之於潁縱使朝廷卹陳而不卹潁欲使潁人代陳受患則彼此均是王民臣亦不敢深訴但恐潁州已被淮水逆流之患而陳州但受府界下流之災若上下水併在潁州則潁之受患必倍於陳田廬城郭官私皆被其害恐非朝廷之本意也又況潁州北高南下今潁河行於南八丈溝遠者數百里近者五七十里皆自北瀉下貫八丈溝而南其勢皆可以奪併溝水入于潁河其間二水最大一名次河一名江陂水道深闊勢若

建瓴南傾入潁河而羅適欲以八丈溝奪併而東此猶欲用五丈河奪汴河雖至愚知其不可而羅適與臣書乃云若疑之只塞次河江陂勿令南流可也何足爲慮雖兒童之見不至於此縱使臣愚暗全不曉事與適相附會以興大役雖復起夫百萬糜費錢米至巨萬億亦無由成而況十八萬人與三十七萬貫石乎臣歷觀數年以來諸人議論胡宗愈羅適崔公度李承之以爲可開曾肇陸佃朱勃以爲不可開然皆不曾差壕寨用水平打量見地形的實高下丈尺是致臆度利害口爭勝負久而不決臣已選差教練使史昱等令管押壕寨自蔡口至淮上計會本州逐縣官吏子細打量每二十五步立一竿每竿用水平量見高下尺寸凡五千八百一十一竿然後地面高下溝身深淺淮之漲水高低溝之下口有無壅遏可得而見也并取到逐縣官吏保明文狀訖所有逐竿細帳見在本州使案收管更不敢上瀆聖聽只具史昱等相驗到逐節事狀繳連申奏并略具下項要切利害

一臣到任之初便取問得汝陰萬壽潁上三縣官吏文狀稱羅適崔公度當初相度八丈溝時只

是經馬行過不曾差壕寨用水平打量地面高下是實切詳適等建議起夫一十八萬人用錢米三十七萬貫石元不知地面高下未委如何見得利害可否及如何計料得夫功錢糧數目顯是全然疎謬貼黃羅適計料八丈溝要開深一丈而汝陽縣官吏只計料八尺適亦不知據數申上其疎謬例皆如此兼看詳羅適所上文字稱八丈溝上口岸至水面直深二丈五尺至黃堆口與淮水面約直深十丈有畸即是陳州水面下比壽州淮河水面高七丈五尺又云淮水面約闊二十餘里又云淮水大漲不過四丈適只以此便定八丈溝無壅遏臣竊詳適若曾用水平打量見的實丈尺必不謂之約量顯是臆度高下難爲憑信今據史昱等打量自蔡口至黃堆口至淮上溜分丈尺及驗得每年淮水漲痕高下將溜分折除外尚有漲水八尺五寸折除不盡其勢必須從八丈溝內逆流而上行三百里與地面平而後止顯見將來八丈溝遇淮水漲大時臨到淮三百里內壅遏不行二水相值橫流於數百里間但五七日不退則潁州苗稼無遺類矣羅適云淮

水面闊二十餘里今量闊處不過三里適又云淮水漲不過四丈今驗得漲痕五丈三尺適又云黃堆口至淮面直深十丈有畸今量得四丈五尺三事皆虛是乃適意欲淮面之闊與溜分之多則以意增之欲漲水之小則以意減之此皆有實狀不可移易適猶以意增損其它利害不見於目前者適固不肯以實言也

一江陂次河深闊高下丈尺其勢必奪八丈溝水南入潁河及其餘溝水如泥溝瓦溝之類皆可以回奪八丈溝不令東流實狀已具史昱等狀內臣體驗得每年潁河漲溢水痕直至州城門脚下公私危懼若八丈溝不能東流却爲次河江陂等水所奪南入潁河則是潁河於常年分外更受陳州一帶積水稍加數尺必爲州城深患而羅適胡宗愈等皆云自天地有水已來萬折必東必無回奪之理既云萬折必東則是水有時而行於西南北但卒歸於東耳非謂不折而常東也水之就下兒童知之適等不必其就下而必其常東此豈足信哉適又云方水漲時潁河亦自漲滿不能受水則次河江陂安能奪

八丈溝而南臣謂八丈溝比潁河大小不相侔
八丈溝必常先潁河而漲後潁河而落方潁河
之不受水也則八丈溝已先漲矣安能奪諸溝
而東及八丈溝稍落而能行水則潁河已先落
矣安得不奪八丈溝而南此必然之理也
一據史昱等打量到羅適回易八丈溝創開六處
計取民田二十七頃八畝合給還價錢或係官
田地雖數目不多而羅適未曾計入錢糧數內
又看驗得地性疎惡合用稍椿土薄水淺地脈
沮洳開未及元料丈尺間必有水泉又難爲倒
填車水興功並地形高下不等而溝底須合取
令慢平溝身既深溝面隨闊則適所計料全未
是實數其一十八萬人夫及三十七萬貫石錢
米必是使用不足
右八丈溝利害大略具上件三事其餘更有不便事
節未易悉數兼已略見於本路轉運判官朱勃申省
狀內及考之前史鄧艾本爲陳項間田良水少而開
八丈溝正與今日厭水患多之意不同勃已論之詳
矣伏望　聖慈指揮將朱勃申狀與臣所奏一處看
詳即見八丈溝不可開事理實狀了然明白乞早賜

果決不開指揮以安潁壽之間百姓驚疑之心不勝
區區謹錄奏聞伏候　敕旨
貼黃胡宗愈羅適等皆言八丈溝成恐商賈舟
舡不復過潁州故州城裏居民豪戶妄生異議
今勘會蔡河水漲每年中無一兩月其餘月分
皆係水小據羅適圖序云八丈溝上口岸去蔡
河水面二丈五尺而八丈溝止於地面上開深
八尺除大水漲時溝口方與蔡河相通至水落
時溝口去蔡河水面乃高一丈七尺潁人何緣
過憂舟舡不入城下顯是巧說厚誣潁人以伸
其私意

奏淮南閉糴狀二首

元祐六年十一月日龍圖閣學士左朝奉郎知潁州
蘇軾狀奏據汝陰縣百姓朱憲狀伏爲今年旱傷稻
苗全無往淮南糴得晚稻一十六石於九月二十八
日到固始縣朱臯鎮有望河欄頭所由等欄住憲稻
種不肯放過河來當時寄在陳二郎鋪內當來牓內
只說欄截糴場粳米不得過淮河並不曾聲說欄截
稻種今來不甘被望河欄頭所由等欄截稻種有悞
向春布種申乞施行臣尋備錄朱憲狀及檢坐敕條

牒淮南路監司及光州固始縣并朱皐鎮等處請依
條放行斛㪷不得攔截至今未有施行回報兼體問
得本州今年係秋田災傷檢放稅賦百姓例闕穀種
見今在市絶少斛㪷米價翔貴本州見闕軍粮亦是
貴價收糴不行尋勾到斛㪷行人楊佶等取問在市
少米因依其楊佶等供狀稱問得舡車客旅等稱說
是淮南官場收糴出立賞錢不得津般粳米過淮南
界是致在市少米須至奏乞指揮者右檢會編敕諸
興販斛㪷雖遇災傷官司不得禁止又條諸興販斛
㪷及以柴炭草木博糴糧食者並免納力勝稅錢注
云舊收稅處依舊即災傷地分雖有舊例亦免臣頃
在杭州親見秀州等處爲官糴上供粳米違條禁止
販賣及災傷地分並不依條免稅力勝稅錢於官並
無所益依舊收糴不行徒使百姓驚疑各務藏蓄斛
㪷不肯出糶致餓損人戶爲害不少今來淮南官吏
又襲此流弊違條立賞行閉糴之政致本州城市闕
米農民闕種若非朝廷嚴賜指揮即人戶必致失所
伏乞備錄臣奏及開坐敕條指揮淮西轉運提刑司
行下逐州縣不得更似日前違條禁止興販斛㪷過
淮并勘會轄下如係災傷地分不得違條收納米穀

力勝稅錢所貴逐路官司稍獲均濟仍乞速賜行下使災傷農民早行耕種謹錄奏聞伏候敕旨

又

元祐六年十一月日龍圖閣學士左朝奉郎知潁州蘇軾狀奏臣近為光州固始縣朱皐鎮官吏違條禁止本州汝陰縣百姓朱憲收糴稻種不令過淮及取到行人楊佶等狀稱是淮南官場糴米立賞禁止米斛過淮致本州收糴軍糧不行及農民闕種城市闕食已具事由聞奏乞嚴賜指揮淮南監司不得違條禁止販賣米斛仍乞勘會如係災傷地分不得違條收五穀力勝去訖仍已令本州一面移牒淮南提轉及光州固始縣朱皐鎮等處放行斛㪷其提轉州縣並不回報依應施行惟朱皐鎮官吏坐到本州縣牒所准淮南西路提刑司指揮出牓云如有細民過渡回運米斛不滿一碩即勒自日任便渡載外有一碩以上滿一席者並仰地分捉搦赴官依法施行犯人備賞錢一貫每一席加賞錢一貫若或夜間過渡一碩以下犯人出賞錢一貫每一席加一貫其所捉到米數卻勾欄前來於本縣元糴處出糶若係他人捉到其經歷地分勾當人並勾追勘斷以此致本鎮不

敢放過米斛又於今月十五日據汝陰縣百姓楊懷
狀爲本莊不熟遂典田土得錢於淮南收糴到納稅
及供家喫用米四碩被朱皋鎮立賞勾欄不令過淮
臣又親自體問得本州寄居官戶皆言有田在光州
界內今年爲潁州米貴各令人於本莊取米納稅供
家並被本處官司立賞禁止不放前來切詳逐州縣
鎮若非監司公然違背朝廷敕條明出牓示禁絕累
路餱糧卽逐處官吏亦未敢似此肆行乖戾之政須
至再奏乞賜指揮者右臣竊見近年諸路監司每遇
米貴多是違條立賞閉糴驚動人戶激成災傷之勢
熙寧中張靚沈起首行此事致浙中餓死百餘萬人
臣任杭州日累乞朝廷指揮亦蒙施行今來淮西提
刑旣欲收糴官米自合依市直立定優價則人戶豈
有不赴官中賣之理今乃明出牓示嚴刑重賞令人
捉搦勾欄收糴顯是强買人物爲國斂怨無甚於此
況提刑司明知編敕雖遇災傷不得禁止販賣斛㪷
乃敢公出牓示立賞禁絕淮南京西均是王民而獨
絕其餱糧禁其布種以至官戶本家莊課亦不得般
取喫用違法害物未之前聞其逐州縣鎮官吏亦明
知有上條及臣已坐條關牒並不施行寧違朝廷編

勑條貫不敢違監司乖戾指揮伏望　聖慈詳酌早
賜取問施行少免官吏恣行農民無告謹錄奏　聞
伏候　勑旨

乞賜度牒糴斛斗準備賑濟淮浙流民狀

元祐六年十二月二十五日龍圖閣學士左朝奉郎知潁州蘇軾狀奏臣近因出城市中時有挾挈襁褓如流民者問之皆云自壽州來尋取問得城門守把者亦云時有此色人見淮西提刑司出牓立賞不許米斛過淮北因此體問得士人南來者皆云今秋廬濠壽等州皆飢見今農民已食榆皮及用糠麩雜馬齒莧煮食兼壽州盜賊已漸昌熾安豐縣木場鎮打劫施助教家霍丘縣善鄉鎮打劫謝解元家六安縣故鎮打劫魏家賊徒皆十餘人或云二三十人頗有騎馬者器仗甚備每處贓皆數千貫申報官司多不盡實亦有不申報者兼潁州界亦有惡賊尹遇陳興子鄭饒李松等數人皆老姦逋寇私立名號與官吏鬬敵方欲結集覘相應和近日雖已敗獲深恐淮南羣盜不止流入潁州界縱不能爲大害但飢民附之徒黨稍衆如王冲管二三之流便不易捕獲臣又聞淮南自秋至今雨雪不足麥熟不熟蓋未可知若麥不

熟必大有飢民浙西江東既非豐熟地分勢必流徙
北來則潁州首被其患若流民至潁而官無以濟之
則橫尸布路盜賊羣起必然之勢也所以須至先事
奏乞若至時元無此事臣不敢避章皇過當之罪若
隱而不言倉卒無備別成意外之虞其罪大矣臣日
夜計慮勢不可緩謹具條件如左
一勘會本州常平斛㪷見管粳米三萬四千餘石
通紐元糴價每㪷計一百一十八文有畸菉豆
一萬三千餘石通紐元糴價每㪷計七十二文
有畸小麥二萬五千餘石通紐元糴價每㪷計
五十四文有畸上件三色並係元糴價高縱依
條量減出糶亦未能大段平減市價兼流民轉
徙失所必無錢收買官米雖依條許借貸人戶
又緣流民既非土著將來無緣催索又條許常
平斛㪷召募飢民工役及許依乞丐人給米斛
不得過所限之數兩倍臣今相度不惟飢民羸
弱聚散不常難爲工役又緣常平斛㪷本法元
只用糶糴以準平市價若將召募工役及依乞
丐人例給與則是有出無收今後常平本錢日
耗不已有時而盡臣知杭州日爲見浙西饑饉

全賴常平糶米所救活不可勝數以此知常平官本只可令增不可令耗屢曾奏乞立法常平錢米只許糶糴外不得支用雖蒙施行所有本州見管常平斛㪷臣終不敢以流民之故輒乞費用留以準備來春斛㪷翔貴時出糶以濟本州百姓

貼黃若蒙行下戶部不過檢坐常平條貫量減價出糶及召募飢民工役並依乞丐人給米之數行下皆是空文無益實事乞自朝廷詳酌特賜裁處

又貼黃元豐以前常用常平錢米召募飢民工役雖有減耗卻將官剩息錢補填今來常平官本有出無收若不立法禁止雜支則數日而盡深爲可惜乞檢會臣前奏施行

一勘會本州見管封樁陝西軍兵請受及禁軍闕額粳米三千七百餘石估定每㪷八十文小麥三萬三千餘石估定每㪷六十文菉豆二千一百餘石估定每㪷五十五文粟米三百餘石估定每㪷九十文豌豆五千一百餘石估定每㪷六十文准條許估定價例出糶除勘會本州軍

糧粳米年計不足今將轉運司錢兌糴上件封
椿粳米充軍糧外其餘小麥菉豆粟米豌豆可
以奏乞擘畫錢物盡兌糴準備賑濟流民
貼黃所有逐色估定價例並是在市實直如蒙
施行乞依今來估定價例兌買
右臣伏望　聖慈愍念淮浙累歲災傷來年春夏必
有流民而潁州正當南北孔道萬一扶老攜幼坌集
境內理難斥遣若飢羸道路臭穢薰蒸民同被災疫
之害弱者既轉溝壑則彊者必聚爲寇盜欲乞特賜
度牒一百道委臣出賣將錢兌買前件小麥粟米菉
豆豌豆四色封椿斛㪷候有流民到州逐旋支給賑
濟如至時却無流民自當封椿度牒價錢別聽朝廷
指揮謹錄奏聞伏候　勅
貼黃臣若不預作擘畫陳乞則倉卒之間必難
應辦若不密切奏論至此聲先馳則恐引惹飢
民併來本州官物有限中路闕絕則死者必衆
反爲深害所以今來親書奏狀貴免泄漏臣以
目昏書寫不謹伏乞恕罪如蒙施行乞作不下
司文字付臣措置
又貼黃臣所奏濠壽等州災傷盜賊次第問得

皆有本末非是風傳道路之言深慮本路及逐州各有檢放賦稅元未奏陳致　朝廷不信臣言臣在杭州日親見監司州縣例皆諱言災傷只如今年蘇湖水災可爲至甚而臺官賈易等猶欲根究其事行遣言者蘇州積水未退尚土城門而知州黃履已奏秋種有望似此蒙蔽習以成風伏望　聖慈試採臣言過作準備則一方幸甚

乞將合轉一官與李直方酬獎狀

元祐七年正月日龍圖閣學士左朝奉郎知潁州蘇軾狀奏臣自到任以來訪聞得本州舊出惡賊自元祐二三年間管三等嘯聚爲寇已而又有陳欽鄒立尹榮尹遇等亦是羣黨劫殺累至與捕盜官吏鬭敵是時朝廷訪聞以名捕此等數人尋以捉獲凌遲處斬惟尹遇一名漏網得脫不改前非結集陳欽之弟陳興鄭饒李松等數人不住驚劫人戶尹遇自稱大大王陳興稱二大王鄭饒稱僥三李松稱管四鄉村畏懾不敢言及縱被劫殺不敢申報以致被殺之家父母妻子不敢聲張舉哀百姓蔡貴莫埋董安三人只因偶然言及遇等即時被殺內董安仍更用尖刀

割斷脚筋其餘割取頭髮及殺傷者不可勝數每次打劫皆用金貼紙甲其餘兵仗弓弩並全累次與捕盜官吏鬬敵內一次射殺弓手兼近日壽州界內强賊甚多打劫魏解元施助教等家皆一二十人白晝騎馬於鎮市中劫人其尹遇等聞之卽欲商量應和居民憂懼臣度事勢迫切卽差職員監勒捕盜官吏責限收捕有汝陰縣尉李直方素有才幹自出家財募人告葺知得逐賊窟穴去處內陳興鄭饒李松等見住壽州霍丘縣開順場尹遇一名在壽州霍丘縣成家步比陳興等去處更遠二百里直方以謂衆賊之中唯尹遇最爲桀黠難捕又其窟穴離州界最遠遂分布弓手捕捉衆賊而直方親領弓手五人徑往成家步捉殺尹遇直方母年九十六只有直方一子臨去之時母子泣別往返五百餘里騎殺一馬直方步行百餘里裝作販牛小客旣至地頭衆皆畏懼不前獨弓手節級程玉等二人與直方持鎗大呼排戶而入尹遇驚起彀弩駕箭欲發直方徑前親手刺倒衆弓手皆入方始就擒直方本與弓手分頭捕捉衆賊內陳興鄭饒李松三人以地近故先九日獲獨尹遇一名以地遠難捕直方親行故後九日獲旣獲之

後遠近喜快有城郭鄉村人戶六百一十七人詣臣陳狀備說逐賊凶惡多年爲害人不敢言若不盡法根勘萬一減死刺配卽須走回嘯聚爲害轉甚以此知逐賊桀黠之甚衆所憂畏若不以時捕獲因之以饑饉必爲王冲管三之流而直方以進士及第母子二人相須爲命而能以忠義奮激親手擊刺以除一方之患比之尋常捕盜官偶然掩獲十數飢寒之民號爲刼賊者不可同日而語矣彼皆坐該賞典而直方不蒙旌異則忠義膽決方略之臣無所勸激矣須至奏陳者

右檢准編敕節文諸官員躬親帥衆獲盜一半以上能分遣人於三十日內獲餘黨者通計人數同躬親法今來李直方爲見衆賊之中唯尹遇最爲宿姦老寇窟穴深遠衆不敢近須至躬親出界捕捉是致後獲旣是尹遇須至躬行則陳興等三人須至差人無由躬親若使直方先爲身謀卽須躬親先往近處捕陳興等三人然後多遣弓手續於三十日內捕尹遇一名卽却應得上條同躬親法只緣直方忠義激發以除惡爲先務而不暇計較恩賞故躬親出界專捕尹遇一名以致所差弓手却先獲陳興等三人遂與

上條不應於賞格有礙考之法意顯是該說不盡伏
望朝廷詳酌只緣直方先公後私致得先後捕獲之
數不盡應法欲乞比附上條通計人數許同躬親法
爲第二等若下刑部定奪則有司須至執文計析毫
釐直方無緣該得第三等恩賞惟望 聖恩體念尹
遇等若不以時捕獲必爲嘯聚羣寇而直方儒者能
捐軀奮命忠義可嘉特賜指揮臣又慮 朝廷惜此
恩例恐今後妄有攀援勘會臣見今於法合轉朝散
郎情願乞不改轉將此恩例與直方循資酬奬緣直
方母年九十餘只有一子因臣督迫泣別而行若萬
一爲賊所害使其老母失所臣豈不愧見僚吏以此
將臣合轉一官與直方充賞不惟少酬其勞亦使臣
今後有以使人不爲空言無實者於臣亦爲莫大之
幸且免後人援例庶 朝廷易爲施行臣不勝大願
謹錄奏 聞伏候 敕旨
貼黃臣所論奏皆有實狀可以覆按本合候尹
遇等結案了聞奏又恐 朝廷未盡以臣言爲
信更當行下監司體問逐賊凶惡之實與直方
捐軀奮激之狀故及逐賊未死聞奏庶可以覆
按施行僥三是管二火中有名强賊人管四是

管三弟此二賊欲得遠近畏服故詐稱二人姓名

又貼黄奏爲汝陰縣尉李直方捕獲强惡賊人乞依編敕第三等酬賞候敕旨

乞賜光梵寺額狀

元祐七年二月日龍圖閣學士左朝奉郎知潁州蘇軾狀奏臣伏見本州潁上縣白馬村有梵僧佛陀波利眞身塔院舍約四五十間元無敕額父老相傳佛陀波利本西域僧唐儀鳳中遊五臺禮文殊師利見老人令復還西域取佛頂尊勝陁羅尼經佛陁波利用其言往返數萬里以永淳中取經而還至今流布而佛陀波利於潁上亡沒里俗相與漆塑其身造塔供養時有光景頗著靈驗不敢具述臣於諸處見唐人所立尊勝石幢刊記本末與所聞父老之言頗合今年正月大雪過度農民凍餒無所祈禱境内諸廟未應聞父老以佛陀波利爲言臣卽遣人賫香禱請登時開霽人情翕然歸向詣臣陳狀願得敷奏乞一敕額庶幾永遠不致廢壞須至奏乞者右謹具如前欲望聖慈曲從民欲特賜本院一敕額如蒙開允以光梵爲額謹錄奏聞伏候敕旨

薦宗室令畤狀

元祐七年五月初五日龍圖閣學士左朝奉郎知潁州蘇軾狀奏右臣聞之詩曰懷德維寧宗子維城宗室之有人邦家之光社稷之衞也周之盛時其卿士皆周召毛原非王之伯叔父則其子弟也逮至兩漢間平之德歆向之文天下以爲口實而唐之宗室武略如道宗孝恭文章如白與賀者不可以一二數而以功名至宰相者有九人焉自建隆以來累聖執謙不私其親幹國治民不及宗子雖有文武異材終身不試神宗皇帝實始慨然欲出其英髦與天下共之故增立教養選舉之法行之二十年出入中外漸就器使而未見有卓然顯聞稱先帝意者豈無其人蓋朝廷未有以大聳勸之耳臣伏見承議郎簽書潁州節度判官廳公事令畤事親篤孝內行純備博學經史手不釋卷吏事通敏文采俊麗志節端亮議論英發體兼衆器無適不宜臣嘗見其所著述筆力雅健博貫子史蓋清廟之瑚璉明堂之杞梓也使其生於幽遠猶當擢用而況近託肺腑已蒙試用者乎伏望聖慈特賜考察召致館閣養其高才而遂其遠業以風動宗室勸示海內成先帝之意不以臣人微言輕

而廢其請也若後不如所舉臣甘伏
聞伏候　勅旨　　　　　　朝典謹錄奏

東坡奏議卷第十

東坡奏議卷第十一

論積欠六事幷乞檢會應詔所論四事一處行下狀
再論積欠六事四事劄子
論倉法劄子

論積欠六事幷乞檢會應詔所論四事一處行下狀

元祐七年五月十六日龍圖閣學士左朝奉郎知揚州蘇軾狀奏臣聞之孔子曰善人教民七年亦可以卽戎矣夫民旣富而教然後可以卽戎古之所謂善人者其不及聖人遠甚今二聖臨御八年于茲仁孝慈儉可謂至矣而帑廩日益困農民日益貧商賈不行水旱相繼以上聖之資而無善人之效臣竊痛之所至訪問耆老有識之士陰求其所以皆曰方今民荷寬政無它疾苦但爲積欠所壓如負千鈞而行免於僵仆則幸矣何暇舉首奮臂以營求於一飽之外哉今大姓富家昔日號爲無比戶者皆爲市易所破十無一二矣其餘自小民以上大率皆有積欠監司督守令守令督吏卒文符日至其門鞭笞日加其身雖有白圭猗頓亦化爲篳門圭竇矣自祖宗已來每

有赦令必曰凡欠官物無侵欺盜用及雖有侵盜而本家及五保人無家業者並與除放祖宗非不知官物失陷姦民幸免之弊特以民既乏竭無以爲生雖加鞭撻終無所得緩之則爲姦吏之所蠶食急之則爲盜賊之所憑藉故舉而放之則天下悅服雖有水旱盜賊民不思亂此爲捐虛名而收實利也自二聖臨御以來每以施舍已責爲先務登極赦令每次郊赦或隨事指揮皆從寬厚凡今所催欠負十有六七皆聖恩所貸矣而官吏刻薄與聖意異舞文巧詆使不該放監司以催欠爲職業守令上爲監司之所迫下爲胥吏之所使大率縣有監催千百家則縣中胥徒舉欣欣然日有所得若一旦除放則此等皆寂寥無獲矣自非有力之家納賂請賕誰肯舉行恩貸而積欠之人皆鄰於寒餓何賂之有其閒貧困掃地無可蠶食者則縣胥教令通指平人或云衷私擅買抵當物業或雖非衷私而云買不當價似此之類蔓延追擾自甲及乙自乙及丙無有窮已每限皆空身到官或三五限得一二百錢謂之破限官之所得至微而胥徒所取蓋無虛日俗謂此等爲縣胥食邑戶嗟乎聖人在上使民不得爲陛下赤子而皆爲姦吏

食邑戸此何道也商賈販賣例無現錢若用現錢則
無利息須今年索去年所賣明年索今年所賒然後
計筭得行彼此通濟今富戸先已殘破中民又有積
欠誰敢賒賣物貨則商賈自然不行此酒稅課利所
以日虧城市房廊所以日空也諸路連年水旱上下
共知而轉運司窘於財用例不肯放稅縱放亦不盡
實雖無明文指揮而以喜怒風曉官吏孰敢違者所
以逐縣例皆拖欠兩稅較其所欠與依實檢放無異
於官了無所益而民有追擾鞭撻之苦近者詔旨凡
積欠皆分爲十料催納通計五年而足聖恩隆厚何
以加此而有司以謂有旨倚閣者方得依十料指揮
餘皆併催縱使盡依十料吏卒乞覓必不肯分料少
取人戸既未納足則追擾常在縱分百料與一料同
臣頃知杭州又知潁州今知揚州親見兩浙京西淮
南三路之民皆爲積欠所壓日就窮蹙死亡過半而
欠籍不除以至虧欠兩稅走陷課利農末皆病公私
並困以此推之天下大率皆然矣臣自潁移揚舟過
濠壽楚泗等州所至麻麥如雲臣每屏去吏卒親入
村落訪問父老皆有憂色云豐年不如凶年天災流
行民雖乏食縮衣節口猶可以生若豐年舉催積欠

胥徒在門枷棒在身則人戶求死不得言訖淚下臣亦不覺流涕又所至城邑多有流民官吏皆云以夏麥既熟舉催積欠故流民不敢歸鄉臣聞之孔子曰苛政猛於虎昔常不信其言以今觀之殆有甚者水旱殺人百倍於虎而人畏催欠乃甚於水旱臣竊度之每州催欠吏卒不下五百人以天下言之是常有二十餘萬虎狼散在民間百姓何由安生朝廷仁政何由得成乎臣自到任以來日以檢察本州積欠爲事內已有條貫除放而官吏不肯舉行者臣即指揮本州一面除放去訖其於理合放而於條未有明文者即且令本州權住催理聽候指揮其於理合放而於條有礙者臣亦未敢住催各具利害奏取

聖旨謹件如左

一准元祐五年五月十四日敕節文應實封投狀承買場務第五界已後見欠未納淨利過日錢亦許比第四界以前三界內一界小數催促上件條貫止爲過界有人承買場務可以分界見得最小一界錢數豁除見欠其間界滿無人承買場務只勒見開沽人認納過日錢數者即無由分界見得小數所以不該上條除放朝廷爲

見無人承買場務比之有人承買者尤爲敗闕
不易送納反不該上條除放於理不均故於元
祐六年春頒條貫內別立一條諸場務界滿未
足交割者且令依舊認納課利及過日錢若委
因事敗闕或一年無人投狀承買經縣自陳申
州本州差官限一十日體量減定淨利錢數令
承認送納仍具減定錢數出牓限一季召人承
買無人投狀本州再差官減定出牓限滿又無
人投狀依前再減出牓若減及五分已上無人
投狀申提刑司差官與本州縣官同共相度再
減節次依前出牓如減及八分以上無人投狀
承買委是難以出納淨利錢卽所差官與本州
縣保明申提刑司審察保明權倚閣訖奏自界
滿後至倚閣日見開沽人只依減定淨利錢數
送納臣今看詳朝廷立此兩條聖恩寬厚敕語
詳備應有人無人承買場務皆合依條就小送
納無可疑惑只緣官吏多以刻薄聚斂爲心又
不細詳條貫所以諸處元只施行逐界通比就
小催納指揮其界滿無人承買只依減定淨利
錢數送納條貫多不施行臣細詳上條旣去自

界滿至停閉日見開沽人只依減定淨利錢數
送納卽是分明指定合依臨停閉日減定最小
錢數送納雖逐次減定錢數不同緣皆未有人
承買不免更減終非定數旣已見得臨停閉日
所減定數豈可却更追用逐次虛數爲定臣已
指揮本州行下屬縣應界滿敗闕無人承買場
務係是開沽人承認送納者並依上條只將臨
停閉日所定最小錢數爲額催納內未停閉已
前有人承買卽依上件各以當限所減定錢數
爲額催納以上如有欠負卽將已前剩納過錢
數豁除如已納過無欠負者卽給還所剩本州
已依應施行訖深慮諸路亦有似此施行未盡
去處乞賜
聖旨備錄行下
一准元祐五年四月九日朝旨應大赦已前見欠
鹽鹽和買青苗錢物元是冒名無可催理或全
家逃移隣里抱認或元無頭主均及干繫人者
並特與除放今勘會江都縣人戶積欠青苗錢
二萬四千九百二十貫石內四十九貫石係大
赦已前欠負逃移臣已指揮本州依上件朝旨

除放去訖一千五百二十五貫石雖係大赦前
欠負却係大赦後逃移未有明文除放見今無
處催理不免逐時行下鄉村勘會虛有搔擾臣
已指揮本州更不行下欲乞聖旨指揮應大赦
前欠負鹽和買青苗錢但見今逃移無處催
理者本縣官吏保明並與除放貼黃勘會上件
朝旨經隔二年不爲除放臣今來方始施行深
慮諸州軍亦有似此大赦前欠鹽和買青苗
錢逃移人戶合依聖旨除放而官吏不爲施行
者乞更賜行下免罪改正
一檢准熙寧編敕諸主持倉庫欠折官物買撲場
務少欠課利元無欺弊者其產業雖已估計陪
納入官許以所收子利紐計還元欠官錢數足
即給還或貼納所欠錢數相兼收贖如過十年
不贖依塡欠田宅條施行係十保干係人產業
雖欠人有欺弊亦准此此乃祖宗令典雖熙寧
新法亦許准折欠數數足便還只因元豐四年
十二月內兩浙轉運司奏買撲之人多是作弊
拖欠合納課利須至官司催逼緊急却便乞依
條將產業在官拘收子利折還係元抵田產物

業逐年所出花利微細卒填所欠官錢不足看詳買撲場務並係人戶情愿實封投狀抱認句當其課利依條自合逐月送納即與公人主持倉庫欠折官物陪填事體不同今相度欲乞於編敕內删去買撲場務少欠課利八字因此立法諸主持官物欠折無欺弊其產業估納入官以所收子利准折欠數候足給還或貼納錢收贖如過十年不贖依填欠田宅法係十保干繫人產業雖元欠有欺弊仍以所估納抵產子利准折欠數通計償足給還抵產其以前欠負並准此內剩納過錢數仍給還所剩

一准元豐三年九月二十八日明堂赦書節文開封府界及諸路人戶見欠元豐元年以前夏秋租稅并訟納不以分數及二年以前誤支雇食水利罰夫買撲場務出限罰錢并免役及常平息錢並特與除放是時轉運司申中書稱見欠丁口鹽錢及鹽博絹米及和預買紬絹并係人戶以諸官不合一例除放中書批狀云勘會赦書內即無見欠丁口鹽錢并鹽博絹米及和預買紬絹已請官本除放之文因此州縣却行催

理至元豐八年登極赦書亦是除放兩稅沿納
錢物後來尚書戶部仍舉行元豐四年中書批
狀指揮逐年蠶鹽錢絹和預買紬絹等係已請
官本並不除放臣今看詳內蠶鹽錢絹一事鹽
本至輕所折錢絹至重只如江都縣每支鹽六
兩折絹一尺鹽六兩元價錢一千文五分足絹
一尺價錢二十八文一分足其支鹽納錢者每
鹽五斤五兩納錢三百三十一文八分足比元
價買鹽每二十八文足已多一百八十三文足
又將錢折麥所估麥價至低又有倉省加耗及
脚乘之類一文至納四五文今來旣不除放卽
須催納絹麥折色所以人戶愈覺困苦臣今看
詳丁口鹽錢絹旣爲有官本難議除放卽合據
所支鹽斤兩實直價錢催納豈可將折色絹麥
上增起錢數盡作官本顯是於理合放於條未
有明文臣已指揮本州應登極赦前見欠丁口
鹽錢及鹽博絹米之類只據當時所支官物實
直爲官本催納其因折色增起錢數並權住催
理聽候朝旨伏望　聖慈特賜指揮依此除放
一淮元祐元年九月六日明堂赦書應內外欠市

易錢人戶見欠錢二百貫以下並特與除放續
准元祐二年二月七日都省批狀知鄭州張璪
劄子奏臣伏覩明堂赦書節文諸路人戶見欠
市易錢二百貫以下並特與除放臣自到州契
勘得本州舊係開封府界管城縣日本縣市易
抵當所於元豐二年五月以後節次准市易上
界牒准太府寺牒支降到疋帛散茶令搭息出
賣其本州自合依條許人戶用物貨等抵請及
見錢變易本所却賒賣與人戶仍不曾結保致
有二百九十八戶除納外共拖欠下官錢計一
千九百餘貫文雖契勘得逐戶名下見欠各只
是二百貫以下本州爲是元管句官司違法賒
散不依太府寺搭息出賣指揮致人戶亦不曾
用物貨抵請卽與市易舊法許人結保賒請金
銀物帛見欠官本事體不同以此未敢引用赦
敕除放係上件人戶所欠物帛價錢本因官吏
違法賒過其人戶元不知有此違礙伏望聖慈
矜卹特許依赦除放庶使貧民均被聖澤戶部
看詳住罷賒請後來違法賒散過錢物并府界
縣分人戶抵當虧本糯米各與未罷已前依條

賒請事體不同今勘當難以依赦除放都省批
狀依戶部所申文續准元祐三年十月二十七
日赦勘會內外見欠市易非違法賒請人戶已
降指揮一百貫文已下除放其外路係違法者
即不該除放切緣本因法司違法賒賣今來人
戶若不量與獨放顯見獨不霑恩須議指揮十
月二十五日奉聖旨令戶部指揮諸路契勘官
私違法除放人戶許將息罰充折外見欠錢二
十貫文已下者並與除放又續准元祐四年正
月初十日轉運司牒准尚書戶部符據淮南轉
運司狀契勘本路市易欠錢除依條賒借并元
係經官司違法賒欠已依上項赦勅朝旨施行
外緣有未承元豐四年五月十九日朝旨住罷
賒借以前并以後有人戶於市易務差出計置
變易句當人等頭下賒欠錢物見欠不及二百
貫及二十貫以下今詳所降元祐元年九月六
日明堂赦勅止言市易欠錢人戶見欠二百貫
文以下除放并元祐三年十月二十七日朝旨
亦止言官司違法賒借見欠二十貫文以下除
放今來前項人戶從初經於市易差出句當人

等頭下賒欠本司疑慮未敢一例除放申部者
本部看詳明堂赦云內外欠市易錢人戶見欠
二百貫以下除放及近降朝旨亦止云官私違
法賒放人戶折外見欠二十貫以下除放即無
似此窠名明文今據所申符本司主者詳此一
依前後所降朝旨施行無至違誤臣今看詳元
祐元年九月六日明堂赦書止言應內外欠市
易務錢二百貫以下並與除放赦文簡易明白
元不分別人戶於官司請領或徑於句當人名
下分請亦不拘限官司依條賒賣或違法俵散
及有無抵當結保搭息不搭息之類但係欠市
易務錢二百貫以下者便合依赦除放更無疑
慮切原聖意蓋爲市易務錢本緣姦臣貪功希
賞設法陷民赤子無知爲利所困故於即位改
元躬祀明堂始見上帝之日親發德音特與除
放皇天后土實聞此言當時有識已恨所放不
寬既知小民爲官法所陷何惜不與盡放更立
二百貫之限然是時欠負窮民無不鼓舞涕泣
銜荷恩德曾未半年已有刻薄臣寮强生支節
析文破敕妄作申請致有上項續降聖旨及都

省批狀指揮應官司違法賒借者止放二十貫以下其於差出句當人名下賒請者並不除放一文使宗祀赦文反爲虛語非獨失信於民亦爲失信於上帝矣所繫至大而俗吏小人曾不爲朝廷惜此但知計析錐刀之末實可痛慜臣竊仰料二聖至仁至明已發德音除放二百貫以下豈有却許刻薄臣寮出意阻難追改不行之理必是當時議者以爲欠錢之人詐立私下賒買人姓名分破錢數令不滿二百貫僥倖除放以此更煩朝省別立上項條約以防情弊一時指揮不爲無理今來歲月已久人戶各蒙監催枷錮鞭撻困苦已極若非本身實欠豈肯七年被監不求訴免以此觀之凡今日欠戶並是實欠必非私相計會爲人分減之人明矣伏望
聖慈特與舉行元祐元年九月六日赦書應內外欠市易錢人戶見欠錢二百貫以下以官私違法不違法及人戶於官司請領或徑於句當人名下分請者並與除放所貴復收窮困垂死之民稍實宗祀赦書之語以答天人之意

一准元祐六年五月二十六日聖旨將府界諸路

人戶應見欠諸般欠負以十分爲率每年隨夏秋料各帶納一分所有前後累降催納欠負分料展閣指揮更不施行臣今看詳上項指揮明言應見欠諸般欠負並分十料催納元不曾分別係與不係因災傷分料展閣之數聖恩寬大詔語分明但係欠負無不該者只因戶部出納之吝別生支節謂之申明其略云本部看詳人戶見催逐年拖欠下夏秋租稅贓賞課利省房沒官等錢物若不係因災傷許分料展閣理納之數自不該上條致尚書省八月三日批狀指揮依所申施行卽不曾別取聖旨臣嘗謂二聖卽位已來所行寬大之政多被有司巧說事理務爲艱閡使已出之令不盡施行屯膏反汗皆此類也兼檢會元祐敕節文諸災傷倚閣租稅至豐熟日分作二年四料送納若納未足而又遇災傷者權住催理今來元祐六年五月二十五日聖旨指揮雖分爲十料比舊稍寬又却衝改前後分料展閣指揮卽雖遇災傷亦須催納水旱之民當年租賦尚不能輸豈能更納舊欠顯是緣此指揮反更不易欲特降聖旨應諸般

欠負並只依元祐五年五月二十六日聖旨指揮分十料施行仍每遇災傷依元祐敕權住催理內人戶拖欠兩稅不係災傷倚閣者亦分二年作四料送納未足而遇災傷者亦許權住催理所有戶部申明都省批狀指揮乞不施行

貼黃議者必謂若如此施行今後百姓皆不肯依限送納兩稅使倖分料臣以謂不然編敕明有催稅末限不足分數官吏等第責罰令佐至衝替錄事司戶與小處差遣典押勒停孔目管押官降資條貫至重誰敢違慢若非災傷之歲檢放不盡實者何緣過有拖欠若朝廷不恤須得併催則人戶惟有逃移必無納足之理

一臣先知杭州日於元祐五年九月奏臣先曾具奏朝廷至仁寬貸宿逋已行之命爲有司所格沮使王澤不得下流者四事其一曰見欠市易籍納產業聖恩並許給還或貼納收贖而有司妄出新意創爲籍納折納之法使十有八九不該給贖其二曰積欠鹽錢聖旨已許止納產鹽場監官本價錢其餘並與除放而提舉鹽事司執文害意謂非貧乏不在此數其三曰登極大

赦以前人戶以產當酒見欠者亦合依鹽當錢
法只納官本其四曰元豐四年杭州揀下不堪
上供和買絹五萬八千二百九十疋並抑配賣
與民不住鞭笞催納至今尚欠八千二百餘貫
並合依今年四月九日聖旨除放然臣具此論
奏經今一百八日不蒙回降指揮乞檢會前奏
四事早賜行下尚書省取會到諸處稱不曾承
受到上件奏狀十二月八日三省同奉聖旨令
蘇軾別具聞奏臣已於元祐六年正月九日備
錄元狀繳連奏去訖經今五百餘日依前未蒙
施行伏乞檢會前奏一處行下
右謹件如前今所陳六事及前所陳四事止是揚州
杭州所見竊計天下之大如此六事四事者多矣若
今日不治數年之後百姓愈困愈急流亡盜賊之患
有不可勝言者伏望特留聖意深詔左右大臣早賜
果決行下臣伏見所在轉運提刑皆以催欠爲先務
不復以恤民爲意蓋函矢異業所居使然臣愚欲乞
備錄今狀及元祐六年正月九日所奏四事行下逐
路安撫鈐轄司委自逐司選差轄下官僚一兩人不
妨本職置司取索逐州見催諸般欠負科名戶眼及

元欠因依限一月內具委無漏落保明供申仍備錄
應係見行欠負敕條出榜曉示如州縣不與依條除
放許詰逐司自陳限逐司於一季內看詳了絕內依
條合放放而州縣有失舉行者與免罪改正訖奏其於
理合放而未有明條或於條有礙者並權住催理奏
取敕裁仍乞朝廷差官三五人置局看詳立限結絕
如此則期年之閒疲民尚有生望富室完復商賈漸
通酒稅增羨公私寬泰必自此始也臣身遠言深罪
當萬死感恩徇義不能默已謹錄奏聞伏候敕旨
貼黃本州近准轉運司牒坐准戶部符臣寮上
言去歲災傷人戶農事初興生意稍還正當惠
養助之蘇息伏望聖慈許將去年檢放不盡秋
稅元只收三二分已下者係本戶已是七八分
災傷今來若納錢尚有欠必是送納不前乞特
與除放其餘納錢見欠人戶亦乞特與減免三
分外若猶有欠并上二等戶如不可一例減放
則並乞特與展限候今年秋熟隨秋料送納其
言至切尋蒙聖恩送下戶部本部卻只檢坐元
祐三年七月二十四日敕節文災傷帶納欠負
條貫應破詔旨其臣寮所乞放免寬減事件元

不相度可否顯是聖慈欲行其言而戶部不欲
雖蒙行下與不行下同臣今來所論若非朝廷
特賜指揮即戶部必無施行之理
又貼黃臣今所言六事及舊所言四事並係民
心邦本事關安危兼其間逐節利害甚多伏望
聖慈少輟清閑之頃特賜詳覽
又貼黃准條檢放災傷稅租只是本州差官計
會令佐同檢即無轉運司更別差官覆按指揮
臣在潁州見逐州檢放之後轉運司更隔州差
官覆按虛實顯是於法外施行使官吏畏憚不
敢盡實檢放近日淮南轉運司爲見在流民倍
多而所放災傷多不及五分支破貧糧有限恐
人情未安故奏乞法外支給若使盡實檢放流
民不應如此之多與其法外拯濟於既流之後
曷若依法檢放於未流之前此道路共知事之
不可欺者也臣忝侍從不敢不具實聞奏
又貼黃京師所置局因令看詳畿內欠負

再論積欠六事四事劄子

元祐七年六月十六日龍圖閣學士左朝奉郎知揚
州蘇軾劄子奏臣已具積欠六事及舊所論四事上

奏臣聞之孟子曰以不忍人之心行不忍人之政若陛下初無此心則臣亦不敢必望此政屢言而屢不聽亦可以止矣然臣猶孜孜强聒不已者蓋由陛下實有此心而爲臣子所格沮也竊觀即位之始發政施仁天下聳然望太平於期月今者八年而民益貧此何道也願陛下深思其故非若積欠所壓自古至今豈有行仁政八年而民不蘇者哉臣前所論四事不爲不切而經百餘日略不施行臣既論奏不已執政乃始奏二云初不見臣此疏遂奉聖旨令臣别録聞奏意謂此奏朝上而夕行今又二年於此矣以此知積欠之事大臣未欲施行也若非陛下留意痛與指揮只作常程文字降出仍却作熟事進呈依例送戶部看詳則萬無施行之理臣人微言輕不足計較所惜陛下赤子日困日急無復生理也臣又竊料大臣必二云今者西邊用兵急於財利未可行此臣謂積欠之在戶部者其數不貲實似可惜若實計州縣催到數目經涉歲月積欠之在戶部者累毫何足以助經費之萬一臣願聖主特出英斷早賜施行臣訪聞浙西飢疫大作蘇湖秀三州人死過半雖積水稍退露出泥田然皆無土可作田塍有田無人有人無糧有

糧無種有種無牛殍死之餘人如鬼腊臣竊度此三州之民朝廷加意惠養仍須官吏得人十年之後庶可完復書曰制治于未亂保邦于未危浙西災患若於一二年前上下疚心同方拯濟其勞費殘弊必不至若今之甚也臣知杭州日預先奏乞下發運司多糴米斛以備來年拯濟飢民聖明垂察支賜緡錢百萬收糴而發運使王覿堅稱米貴不糴是年米雖稍貴而比之次年春夏猶爲甚賤縱使貴糴尚勝於無而覿執所見終不肯收糴顆粒是致次年拯濟失備上下共知而不詰問小人淺見只爲朝廷惜錢不爲君父惜民類皆如此淮南東西諸郡累歲災傷近者十年遠者十五六年矣今來夏田一熟民於百死之中微有生意而監司爭言催欠使民反思凶年怨嗟之氣必復致水旱欲望聖慈救之於可救之前莫待如浙西救之於不可救之後也臣敢昧死請內降手詔云訪聞淮浙積欠最多累歲災傷流殍相屬今來淮南始獲一麥浙西未保豐凶應淮南東西浙西諸般欠負不問新舊有舊官本並特與權住催理一年使久困之民稍知一飽之樂仍更別賜指揮行下臣所言六事四事令諸路安撫鈐轄司推類講求與天

下疲民一洗瘡痏則猶可望太平於數年之後也臣伏覩詔書以五月十六日冊立皇后本枝百世天下大慶孟子有言詩曰古公亶父來朝走馬率西水滸至于岐下爰及姜女聿來胥宇當是時也內無怨女外無曠夫此周之所以王也今陛下膺此大慶猶不念積欠之民流離道路室家不保鬻田質子以輸官者乎若親發德音力行此事所全活者不知幾千萬人天監不遠必爲子孫無疆之福臣不勝拳拳孤忠昧死一言取進止

論倉法劄子

元祐七年七月二十七日龍圖閣學士左朝奉郎知揚州蘇軾劄子奏臣竊謂倉法者一時權宜指揮天下之所駭古今之所無聖代之猛政也自陛下即位首寬此法但其間有要劇之司胥吏仰重祿爲生者朝廷不欲遽奪其請受故且因循至今蓋不得已而存留非謂此猛政可恃以爲治也自有刑罰已來皆稱罪立法譬之權衡輕重相報未有百姓造銖兩之罪而人主報以鈞石之刑也今倉法不滿百錢入徒滿十貫刺配沙門島豈非以鈞石報銖兩乎天道報應不可欺罔當非社稷之利凡爲臣子皆當爲陛下

重惜此事豈可以小小利害而輕爲之哉臣竊見倉法已罷者如轉運提刑司人吏之類近日稍稍復行若監司得人胥吏誰敢作過若不得人雖行軍令作過愈甚今執政不留意於選擇監司而獨行倉法是謂此法可恃以爲治也耶今者又令眞揚楚泗轉般倉斛子行倉法綱運敗壞執政終不肯選擇一强明發運使以辦集其事但信倉部小吏妄有陳請便行倉法臣所未喻也今來所奏只是申明元祐編敕不過歲捐轉運司違法所收糧綱稅錢一萬貫而能六百萬石上供斛㪷不大失陷又能全活六路綱梢數千牽駕兵士數萬人免陷深刑而押綱人員使臣數百人保全身計以至商賈通行京師富庶事理明甚無可疑者但恐執政不樂臣以疎外輒議已行之政必須却送戶部或却令本路監司相度多方沮難決無行理臣材術短淺老病日侵常恐大恩不報銜恨入地故貪及未死之間時進瞽言但可以上益聖德下濟蒼生者臣雖以此得罪萬死無悔若陛下以臣言爲是即乞將此劄子留中省覽特發德音主張施行若以臣言爲妄即乞并此劄子降出議臣之罪取進止

終

東坡奏議卷第十二

論綱梢欠折利害狀
乞罷轉般倉斗子倉法狀
乞罷稅務歲終賞格狀
乞歲運額斛以到京定殿最狀
申明揚州公使錢狀
乞罷宿州修城狀
乞擢用林豫劄子
乞賻贈劉季孫狀
再論李直方捕賊功効乞別與推恩劄子
乞免五谷力勝稅錢劄子
奏內中車子爭道亂行劄子
再薦宗室令畤劄子

論綱梢欠折利害狀

元祐七年七月二十七日龍圖閣學士左朝奉郎知揚州蘇軾狀奏臣聞唐代宗時劉晏爲江淮轉運使始於揚州造轉運舡每舡載一千石十舡爲一綱揚州差軍將押赴河陰每造一舡破錢壹阡貫而實費不及五五百貫或譏其枉費晏曰大國不可以小道理凡所措置須謀經久舡場既與執事者非一須有餘

剩衣食養活衆人私用不窘則官物牢固乃於揚子縣置十舡場差專知官十人不數年間皆致富贍凡五十餘年舡場既無破敗餽運亦不闕絶至咸通末有杜侍御者始以一千石舡分造五百石舡二隻舡既敗壞而吳堯卿者爲揚子院官始勘會每舡合用物料實倍估給其錢無復寬剩專知官十家即時凍餒而舡場遂破餽運不繼不久遂有黄巢之亂劉晏以一千貫造舡破五百貫爲干繫人欺隱之資以今之君子寡見淺聞者論之可謂疏繆之極矣然晏運四十萬石當用舡四百隻五年而一更造是歲造八十隻也每隻剩破五百貫是歲失四萬貫也而吳堯卿不過爲朝廷歲寛四萬貫耳得失至微而餽運不繼以貽天下之大禍臣以此知天下之大計未嘗不成於大度之士而敗於寒陋之小人也國家財用大事安危所出願常不與寒陋小人謀之則可以經久不敗矣臣竊見嘉祐中張方平爲三司使上論京師軍儲云云今之京師古所謂陳留四通八達之地非如雍洛有山河之險足恃也特恃重兵以立國耳兵恃食食恃漕運漕運一虧朝廷無所措手足因畫十四策內一項云云糧綱到京每歲少欠不下六七萬石皆

以折會償塡發運司不復抱認非祖宗之舊也臣以此知嘉祐以前歲運六百萬石而以欠折六七萬石爲多訪聞去歲止運四百五十餘萬石而欠折之多約至三十餘萬石運法之壞一至於此又臣到任未幾而所斷糧綱欠折干繫人徒流不可勝數衣糧罄於折會舡車盡於折賣質妻鬻子飢瘦伶俜聚爲乞丐散爲盜賊竊計京師及緣河諸郡例皆如此朝廷之大計生民之大病如臣等輩豈可坐觀而不救耶輒問之於吏乃金部便敢私意創立此條不取聖旨公然行下不惟非理刻剝敗壞祖宗法度而人臣私意乃能廢格制敕監司州郡靡然奉行莫敢誰何此豈小事哉謹按一綱三十隻舡而稅 那官不過一員未委如何隨舡點檢得三十隻舡一時皆 而不勒留住岸一舡點檢即二十九隻舡皆須住岸伺候顯是違條舞法析文破敕苟以隨舡爲名公然勒留點檢與兒戲無異訪聞得諸州多是元祐三年以來始行點檢收稅行之數年其弊乃出綱梢旣皆赤露妻子流離性命不保雖加刀鋸亦不能禁其攘竊此弊不革臣恐今後欠折不止三十餘萬石京師軍儲不繼其患豈可勝言揚州稅務自元祐三年十月始

行點檢收稅至六年終凡三年間共收糧綱稅錢四千七百餘貫折長補短每歲不過收錢一千六百貫耳以淮南一路言之真揚高郵楚泗宿六州軍所得不過萬緡而所在稅務專欄因金部轉運司許令點檢緣此爲姦邀難乞取十倍於官遂致綱梢皆窮困骨立亦無復富商大賈肯以物貨委令搭載以此專仰攘取官米無復限量折賣舡版動使淨盡事敗入獄以命償官顯是金部與轉運司違條刻剝得糧綱稅錢一萬貫而令朝廷失陷綱運米三十萬餘石利害皎然今來倉部並不體訪綱運致欠之因却言緣倉司斗子乞覓綱梢錢物以致欠折遂立法令真揚楚泗轉般倉並行倉法其逐處斗子仍只存留一半命下之日揚州轉般倉斗子四十人皆詣臣陳狀盡乞歸農臣雖且多方抑按曉諭退還其狀然相度得此法必行則見今斗子必致星散雖別行召募未必無人然皆是浮浪輕生不畏重法之人所支錢米決不能贍養其家不免乞取既冒深法必須重賂輕賚密行交付其押綱綱梢等知專斗若不受賂必無寬剩斗面決難了納即須多方密行重賂不待求乞而後行用此必然之理也臣細觀近日倉部所立條約

皆是枝葉小節非利害之大本何者自熙寧以前中
外並無倉法亦無令來倉部所立條約而歲運六百
萬石欠折不過六七萬石蓋是朝廷捐商稅之小利
以養活綱梢而緣路官司遵守編敕法度不敢違條
點檢收稅以致綱梢飽暖愛惜身命保全官物事理
灼然臣已取責得本州稅務狀稱隨舡點檢不過檢
得一舡其餘二十九舡不免住岸伺候顯有違礙臣
尋已備坐元祐編敕曉示今後更不得以隨舡爲名
違條勒令住岸點檢去訖其稅務官吏爲准本州及
倉部發運轉運司指揮非是自擅爲條未敢便行取
勘其諸州軍稅務非臣所管無由一例行下欲乞朝
廷申明元祐編敕不得勒令住岸條貫嚴賜約束行
下并乞廢罷近日倉部起請倉法仍取問金部官吏
不取聖旨擅立隨舡一法刻剝兵梢敗壞綱運以誤
國計及發運轉運司官吏依隨情罪施行庶使今後
刻薄之吏不敢擅行胸臆取小而害大得一而喪百
臣聞東南餽運所係國計至大故祖宗以來特置發
運司專任其責選用既重威令自行如昔時許元輩
皆能約束諸路主張綱運其監司州郡及諸場務豈
敢非理刻剝邀難但發運使得人稍假事權東南大

計自然辦集豈假朝廷更行倉法此事最爲簡要獨在朝廷留意而已謹具元祐編敕及金部擅行隨舡點檢指揮如左

一准元祐編敕諸綱運舡栰到岸檢納稅錢如有違限如限內無故稽留及非理搜檢并約喝無名稅錢者各徒二年

諸新錢綱及糧綱緣路不得勒令住岸點檢雖有透漏違禁之物其經歷處更不問罪至京下鏁通津門准此

一准元祐五年十一月十九日尚書金部符省部看詳監糧綱運雖不得勒留住岸若是隨舡點檢得委有稅物名件自合依例饒潤收納稅錢即無不許納稅錢事理若或別無稅物自不得依例喝免稅錢事理甚明

右謹件如前者若朝廷盡行臣言必有五利綱梢飽暖惜身畏法運餽不大陷失一利也省徒配之刑消流亡賊盜之患二利也梢工衣食既足人人自重以舡爲家既免折賣又常修完省逐處舡場之費三利也押綱綱梢既與客旅附載物貨官不點檢專攔無乞取然梢工自須赴務量納稅錢以防告訐積少成

多所獲未必減於今日四利也自元豐之末罷市易務導洛司堆垛場議者以爲商賈必漸通行而今八年略無絲毫之効京師酒稅課利皆虧房廊邸店皆空何也蓋祖宗以來通許綱運攬載物貨旣免征稅而脚錢又輕故物貨通流緣路雖失商稅而京師坐獲富庶自導洛司廢而淮南轉運司陰收其利數年以來官用窘逼轉運司督迫諸處稅務日急一日故商賈全然不行京師坐至枯涸今若行臣此策東南商賈久閉乍通其來必倍則京師公私數年之後必復舊觀此五利也臣竊見近日官私例皆輕玩國法習以成風若朝廷以臣言爲非臣不敢避妄言之罪乞賜重行責罰若以臣言爲是即乞盡理施行少有違戾必罰無赦則所陳五利可以朝行而夕見也謹錄奏聞伏候敕旨

貼黃本州已具轉般倉斗子二十人不足於用必致闕誤事理申乞依舊存留四十人去訖其斗子所行倉法臣又體訪得深知綱運次第人皆云行倉法後欠折愈多若斗子果不取錢則裝發更無斗面兵梢未免偷盜則欠折必甚於今若斗子不免取錢則舊日行用一貫會須取

三兩貫方肯收受然不敢當面乞取勢須宛轉
託人減刻隔落爲害滋深伏乞朝廷詳酌早賜
廢罷且依舊法
又貼黃臣今看詳倉部今來起請條約所行倉
法支用錢米不少又添差監門小使臣支與驛
券又許諸色人告捉搆合乞取之人先支官錢
五十貫爲賞又支係省上供錢二萬貫召募綱
梢如此之類費用浩大然皆不得利害之要行
之數年必無所補臣今所乞不過減却淮南轉
運司違條收稅錢一萬貫綱梢飽暖官物自完
其利甚大

乞罷轉般倉斗子倉法狀

元祐七年八月一日龍圖閣學士左朝奉郎知揚州
蘇軾狀奏右臣近於七月二十七日具狀奏論綱梢
欠折利害內一事乞罷真揚楚泗轉般倉斗子倉法
并乞揚州轉般倉斗子依舊存留四十人今來揚州
轉般倉斗子四十人並曾詣臣投狀乞一時歸農臣
雖且抑按曉喻退還其狀然體訪得衆情未安惟欲
逃竄兼訪聞泗州轉般倉斗子已竄却一十二人深
慮逐州轉般倉斗子漸次星散別行召募必是費力

兼恐多是浮浪輕犯重法之人愈見敗壞綱運其逐一利害已具前狀只乞朝廷詳酌先次施行廢罷轉般倉斟子倉法及揚州依舊存留轉般倉斟子四十人爲額仍乞入急遞行下責免斟子星散住滯綱運謹錄奏聞伏候敕旨

乞罷稅務歲終賞格狀

元祐七年八月初五日龍圖閣學士左朝奉郎知揚州蘇軾狀奏准元祐二年八月二十四日敕陝西轉運司奏准敕節文賣鹽并酒稅務增剩監專等賞錢更不支給本司相度欲且依舊條支給所貴各肯用心趁辦課利戶部狀欲依本司所乞並從元豐賞格依舊施行檢會元豐十年六月二十四日敕賣鹽及稅務監官年終課利增額計所增數給一釐鹽務專副秤子稅務專欄年終課利增額計所增數給半釐及檢會元豐賞格酒務鹽官年終課利增額計所增數給二釐酒務專匠年終課利增額計所增數給一釐者右臣聞之管仲禮義廉恥國之四維四維不張國乃滅亡今鹽酒稅務監官雖爲卑賤然搢紳士人公卿胄子未嘗不由此進若使此等不顧廉恥決壞四維掊斂刻剝與專欄秤匠一處分錢民何觀焉所

得毫末之利而所敗者天下風俗朝廷綱維此有識之所共惜臣至淮南體訪得諸處税務自數年來刻虐日甚商旅爲之不行其間課利雖已不虧或已有增剩而官吏刻虐不爲少衰詳究厥由不獨以財用窘急轉運司督迫所致蓋緣有上件給錢充賞條貫故人人務爲刻虐以希歲終之賞顯是借關市之法以蓄聚私家之囊槖若朝廷憫救風俗全養士節卽乞盡罷上件歲終支賞條貫仍乞詳察上件條貫於税務施行尤爲害物先賜廢罷況祖宗以來元無此格所立場務增虧賞罰各已明備不待此條方爲勸奬臣竊見今年四月二十七日敕廢罷諸路人戸買撲土産税場命下之日天下歌舞以至深山窮谷之民皆免虐害臣既親被詔旨輒敢仰緣德音推廣聖意具論利害以候敕裁謹錄奏聞伏候敕旨

乞歲運額斛以到京定殿最狀

元祐七年八月五日龍圖閣學士左朝奉郎知揚州蘇軾狀奏右臣近者論奏江淮糧綱運欠折利害竊謂欠折之本出於綱梢貧困貧困之由起於違法收税若痛行此一事則期年之間公私所害十去七八此利害之根源而其他皆枝葉小節也若朝廷每聞

一事輒立一法法出姦生有損無益則倉部前日所立𣂏子倉法及其餘條約是矣臣愚欲乞盡賜寢罷只乞明詔發運使責以虧贏而爲之賞罰假以事權而助其耳目則餽運大計可得而辦也何謂責以虧贏而爲之賞罰蓋發運使歲課當以到京之數爲額不當以起發之數爲額也今者折欠盡以折會償填而發運使不復拘認其數但得起發數足則在路雖有萬數踈虞發運使不任其責矣今諸路轉運司歲運斛𣂏皆以到發運司實數爲額而發運司獨不以到京及府界實數爲額此何義也臣欲乞立法今後發運司歲運額斛計到京欠折分釐以定殿罰則發運使自然竭力點檢矣凡綱運弊害其略有五一曰發運司人吏作弊取受交怨不公二曰諸倉專𣂏作弊出入𣂏器三曰諸場務排岸司作弊點檢附搭住滯四曰諸押綱使臣人員作弊減刻雇夫錢米五曰在京及府界諸倉作弊多量剩取非理曝揚如此之類皆可得而去也縱未盡去亦賢於立空法而人不行者遠矣何謂假以事權而助其耳目蓋運路千餘里而發運使二人止在眞泗二州其間諸色人作弊侵擾綱梢於千里之外則此等必不能去離綱運而

遠赴訴也況千里乎臣欲乞朝廷選差或令發運使舉辟京朝官兩員爲句當綱運自眞州至京往來點檢逐州住不得過五日至京及本司住不得過十日以舡爲廨宇常在道路專切點檢諸色人作弊杖以下罪許決徒以上罪送所屬施行使綱梢使臣人員等常有所赴訴而諸色人常有所畏忌不敢公然作弊以歲運到京數足及欠折分釐爲賞罰行此二者則所謂人存政舉必大有益伏望朝廷留念饋運事大特賜檢會前奏一處詳酌施行臣忝備侍從懷有所見不敢不盡屢瀆天威無任戰恐待罪之至謹錄奏聞伏候敕旨

貼黃臣前奏乞舉行元祐編敕錢糧綱不得點檢指揮竊慮議者必謂錢糧綱既不點檢今後東南物貨盡入綱舡攬載則商稅所失多矣臣以謂不然自祖宗以來編敕皆不許點檢當時不聞商稅有虧只因導洛司既廢而轉運司陰收其利又自元祐三年十月後來始於法外擅便隨舡點檢一條自此商賈不行公私爲害今若依編敕施行不惟綱梢自須投務納稅如前狀所論而商賈坌集於京師回路物貨無由復

入空綱攬載所獲商稅必倍此必然之理也

申明揚州公使錢狀

元祐七年八月初六日龍圖閣學士左朝奉郎知揚州蘇軾狀奏右臣勘會本州公使額錢每年五千貫文除正賜六百貫諸雜收簇一千九百貫外二千五百貫並係賣醋錢檢會當日初定額錢日本州醋務係百姓納淨利課利錢承買其錢並歸轉運司當日以賣醋錢二千五百貫入額錢卽亦是撥係省官錢充數後來公使庫方始依新條認納百姓淨利課利等錢承買逐年趁辦上項額錢二千五百貫檢准編敕諸州公使庫許以本庫酒糟造醋沽賣卽係官監醋務本庫願認納元額諸般課淨錢承買者聽其所收醋息錢並聽額外收使今契勘醋庫每年酤賣到錢外除糟米本分并認納買撲淨利課利錢外實得息錢每年只收到一千六七百貫至二千貫以來常不及元立額錢二千五百貫之數更豈有額外收使之理如此卽顯是敕條雖許公使庫買撲醋務而揚州獨無額外得錢之實竊以揚於東南實爲都會八路舟車無不由此使客雜遝餽送相望三年之間八易守臣將迎之費相繼不絕方之他州天下所無每

年公使額錢只與眞泗等列郡一般比之楚州少七
百貫況今見行條冊元修定日造酒糯米每㪷不過
五十文足本州之費一切用酒准折又難爲將條冊
隨米價高下逐年增減兼復累年接送知州實爲頻
數用度不貲是致積年諸般逋欠約計七八千貫若
不申明歲月愈深積數愈多隱而不言則州郡負違
法之責創有陳乞則朝廷有生例之難雖天下諸郡
比之揚州實難攀援今來亦不敢輒乞增添額錢及
蠲收欠負只乞檢會見行條貫當日元定額錢因依旣
是於係省官酤務錢內撥二千五百貫元額錢卽乞
逐年更不送納買撲淨利課利錢及更不用錢收買
官糟庶得賣酤錢相添支用如此卽積年欠負漸可
還償會藩事體不至大段衰削謹錄奏聞伏候敕旨
貼黃勘會本州與杭州事體一般本州當八路
口使客數倍於杭州杭州公使錢七千貫而本
州止有五千貫顯是支使不足
又貼黃准條雖許公使庫收遺利緣本州委無
遺利可收須至奏乞
乞罷宿州修城狀
元祐七年九月日龍圖閣學士左朝奉郎新除兵部

尚書蘇軾狀奏臣近自淮南東路鈐轄被召過所部宿州體訪得本州州將零壁鎮改作零壁縣及本州見准朝旨展築外城兩事各有利害旣係臣前任部內公事而改鎮作縣又係兵部所管所以須至奏陳謹具條件如後

一零壁鎮人戶靳琮等先經本路及朝省陳狀乞改零壁鎮爲縣却准轉運使趙偁狀稱看詳得元只是本鎮官勢有力人戶意欲置縣增添諸般營運妄有陳狀尋准敕依奏依舊爲鎮後來有轉運使張脩等及知州周秩別行奏請却欲置縣仍取得本鎮人戶狀稱所有置縣費用情願自備錢物致朝廷信憑許令置縣臣今體訪得零壁人戶出辦上件錢物深爲不易元料置縣用錢四千五十餘貫至今年八月終已納二千八百五十餘貫其餘未納錢數認是催納不行縱使盡行催納亦恐使用不足看詳始議置縣只爲本鎮居民曾被驚劫及人戶輸納詞訟去縣稍遠然未置縣本縣已有守把兵士八十人及京朝官一員曹鎮本鎮煙火盜賊別有監務官一員又已移虹縣尉一員弓手六十人

在本鎮足以彈壓盜賊而本鎮去虹縣六十里
至符離縣一百二十里至蘄縣一百里即非地
遠又至符離縣各係水路本不須添置一縣委
只是本鎮豪民蘄琮等私自爲計却使近下人
戶一時出錢深爲不便宿州自唐以來羅城狹
小居民多在城外本朝承平百餘年人戶安堵
不以城小爲病兼諸處似此城小人多散在城
外謂之草市者甚衆豈可一一展築外城近年
周秩奏論過爲危語以動朝廷意謂恐有盜賊
竊據以斷運路遂奏乞展築外城一十一里有
餘役兵及雇夫共五十七萬有餘工每夫用七
十省錢召募雇夫及物料合用錢一萬九千餘
貫約五年畢工已蒙朝廷支賜抵當息錢一萬
貫欲取來年春興工臣體訪得元只是宿州豪
民多有園宅在外扇搖此說官吏不察遂與奏
請況宿州土脉疏惡若不用磚砌甃隨即頹毀
若待五年畢之則東城未了西城已壞或更用
磚其費不貲又七十省錢亦恐召募不行官吏
避罪必行差雇搔擾不細其間一事深害仁政
緣今來蹹逐外城基地合起遣人戶大墳墓六

千九百所小者猶不在數不知本州有何急切利害而使居民六千九百家暴露父祖骸骨費耗擘畫改葬若家貧無力便致弃捐勞費公私痛傷存歿已上並有公案可以覆驗

右臣今相度上件改鎮作縣事係已行之命兼搆築廨宇略已見功恐難中輟而展城一事有大害而無小利兼未曾下手猶可止罷欲乞速賜指揮更不展築却於已支賜一萬貫錢內量新置縣合用數目特與支撥修蓋了當其人戶未納到錢數均乞與放免

謹錄奏聞伏候敕旨

乞擢用林豫劄子

元祐七年十月日龍圖閣學士左朝奉郎守兵部尚書蘇軾劄子奏臣竊謂才難之病古今所同朝廷每欲治財賦除盜賊幹邊鄙興利害常有臨事乏人之歎古人有言寬則寵名譽之人急則用介冑之士所用非所養所養非所用此古今之通患也臣伏見承議郎監東排岸司林豫自為布衣已有奇節及其從事所至有聲其在漣水屏除羣盜尤著方略其人勇於立事常有為國捐軀之意試之盤錯之地必顯利器伏望聖慈特與量材擢用若後不如所舉臣等甘

伏朝典取進止

乞賻贈劉季孫狀

元祐七年十月日龍圖閣學士左朝奉郎守兵部尚書蘇軾狀奏右臣等竊聞仁宗朝趙元昊寇延州危急環慶將官劉平以孤軍來援衆寡不敵姦臣不救平遂戰歿竟罵賊不食而死詔贈侍中賜大第官其諸子慶孫貽孫宜孫昌孫孝孫保孫季孫等七人諸子頗有異材而皆不壽卒無顯者家事狼狽賜第易主獨季孫仕至文思副使年至六十篤志好學博通史傳工詩能文輕利重義練達軍政至於忠義勇烈識者以爲有平之風性好異書古文石刻仕宦四十餘年所得祿賜盡於藏書之費近蒙朝廷擢知隰州今年五月卒於官所家無甔石妻子寒餓行路傷嗟今者寄食晉州旅襯無歸臣等實與季孫相知既哀其才氣如此死未半年而妻子流落又哀其父平以忠義死事聲迹相接四十年間而子孫淪替不蒙收錄豈朝廷之意哉今執政侍從多知季孫者如加訪問必得其實欲望朝廷特詔有司優與賻贈以振其妻子朝夕飢寒之憂亦使人知忠義死事之子孫雖跨歷歲月朝廷猶賜存卹於獎勸之道不惟小補季

孫之子三班借職璨見在京師乞早賜指揮謹錄奏
聞伏候敕旨
貼黃季孫身亡合得送還人爲般擎女壻兩房
並已死盡其喪柩見在晉州無由般歸京師欲
乞指揮晉州候本家欲扶護歸葬日即與差得
力廂軍三十人節級一人般至京師

再論李直方捕賊功効乞別與推恩劄子

元祐七年十一月初四日龍圖閣學士左朝奉郎守
兵部尚書蘇軾劄子奏臣先知潁州日爲有劇賊尹
遇陳興鄭饒李松等皆宿姦大惡爲一方之患而汝
陰縣尉李直方本以進士及第母年九十餘只有直
方一子相須爲命而能奮不顧身躬親持刃刺倒尹
遇又能多出家財緝知餘黨所在分遣弓手前後捕
獲功効顯著直方先公後私致所差人先獲陳興等
三人而直方躬親後獲尹遇一名與賞格小有不應
臣尋具事由聞奏乞以臣合轉朝散郎一官特與直
方比附第三等循資酬獎後來朝旨只與直方免試
竊緣選人免試恩例至輕其間以毫髮微勞得者甚
多恐非所以激勸捐軀除患之士伏望聖慈特賜檢
會前奏別與推恩仍乞許臣更不磨勘轉朝散郎一

官所貴餘人難爲援例取
進止
乞免五穀力勝税錢劄子
元祐七年十一月初七日龍圖閣學士左朝奉郎守
兵部尚書兼侍讀蘇軾劄子奏臣聞穀太賤則傷農
太貴則傷末是以法不税五穀使豐熟之鄉商賈爭
糴以起太賤之價災傷之地舟車輻輳以壓太貴之
直自先王以來未之有改也而近歲法令始有五穀
力勝税錢使商賈不行農末皆病廢百王不刊之令
典而行自古所無之弊法百世之下書之青史曰收
五穀力勝税錢自皇宋某年始也臣竊爲聖世病之
臣頃在黄州親見累歲穀熟農夫連車載米入市不
了鹽酪之費所蓄之家日夜禱祠願逢饑荒又在浙
西累歲親見水災中民之家有錢無穀被服珠金餓
死于市此皆官收五穀力勝税錢致商賈不行之咎
也臣聞以物與人物盡而止以法活人法行無窮今
陛下每遇災傷捐金帛散倉廩自元祐以來蓋所費
數千萬貫石而餓殍流亡不爲少衰只如去年浙中
水災陛下使江西湖北雇舡運米以救蘇湖之民蓋
百餘萬石又計糴本水脚官費不貲而客舡被差雇

者皆失業破產無所告訴與其官私費耗爲害如此何似削去近日所立五穀力勝稅錢一條只行天聖附令免稅指揮則豐凶相濟農末皆利縱有水旱無大飢荒雖目下稍失課利而災傷之地不必盡煩陛下出捐錢穀如近歲之多也今元祐編敕雖云災傷地分雖有例亦免而穀所從來必自豐熟地分所過不免收稅則商賈亦自不行議者或欲立法如一路災傷則鄰路免稅一州災傷則鄰州亦然雖比今之法小爲通疎而隔一路一州之外豐凶不能相救未爲良法須是盡削近歲弊法專用天聖附令指揮乃爲通濟謹具逐條如後

天聖附令

諸商販斛㪷及柴炭草木博糴糧食者並免力勝稅錢

諸賣舊屋材柴草米麵之物及木鐵爲農具者並免收稅其買諸色布帛不及疋而將出城及陂池取魚而非販易者並准此

元豐令

諸商販穀及以柴草木博糴糧食者並免力勝稅錢舊收稅處依舊例

諸買舊材植或柴草穀麵及木鐵爲農具者並
免稅布帛不及端疋并捕魚非貨物者准此

元祐敕

諸與販斛㪷及以柴炭草木博糴糧食者並免
納力勝稅錢舊收稅處依舊例即災傷地分雖有舊例亦免

諸賣舊材植或柴草斛㪷并麵及木鐵爲農具
者並免收稅布帛不及端疋并捕魚非貨易
者准此

右臣竊謂若行臣言稅錢亦必不至大段失陷何也
五穀無稅商賈必大通流不載見錢必有回貨見錢
回貨自皆有稅所得未必減於力勝而災傷之地有
無相通易爲振救官司省費其利不可勝計今肆赦
甚近若得於赦書帶下光益　聖德收結民心實無
窮之利取進止

奏內中車子爭道亂行劄子元祐七年南郊軾爲鹵簿使導駕內中朱紅車子十餘兩有張紅蓋者爭道亂行於乾明寺前軾於車中草此奏奏入上在太廟馳遣人以疏白太皇太后明日中使傳命申敕有司嚴整仗衛自皇后以下皆不復迎謁中道

元祐七年十一月十三日南郊鹵簿使龍圖閣學士左朝奉郎守兵部尚書兼侍讀蘇軾劄子奏臣謹按漢成帝郊祠甘泉泰畤汾陰后土而趙昭儀常從在屬車間時揚雄待詔承明奏賦以諷其略曰想西王母欣然而上壽兮屏玉女而卻虙妃言婦女不當與齋祠之間也臣今備位夏官職在鹵簿准故事郊祀既成乘輿還齋宮改服通天冠絳紗袍教坊鈞容作樂還內然後后妃之屬中道迎謁已非典禮而況方當祀事未畢而中宮掖庭得在勾陳豹尾之間乎竊見二聖崇奉大祀嚴恭寅畏度越古今四方來觀莫不悅服今車駕方宿齋太廟而內中車子不避仗衞爭道亂行臣愚竊恐於觀望有損不敢不奏乞賜約束仍乞取問隨行合丁句當人施行取進止

再薦宗室令時劄子

元祐七年十二月二十二日龍圖閣學士左朝奉郎守兵部尚書兼侍讀蘇軾劄子奏臣前任潁州日曾論薦本州簽判承議郎趙令時儒學吏術皆有過人恭儉篤行若出寒素意望朝廷特賜進擢以風曉宗室成先帝教育之志至今未蒙施行令時今已得替在京若依前與外任差遣臣切惜之欲乞檢會前奏

詳酌施行取進止

東坡奏議卷第十二

東坡奏議卷第十三

論高麗買書利害劄子三首
繳進免五穀力勝稅錢議劄子 前連元祐七年十一月劄子
上圓丘合祭六議劄子
請詰難圓丘六議劄子
乞改居喪婚娶條狀
奏馬澈不當屏出學狀
乞校正陸贄奏議上進劄子
辨黃慶基彈劾劄子
謝宣諭劄子
奏乞增廣貢舉出題劄子
申省議讀漢唐正史狀

論高麗買書利害劄子

元祐八年二月初一日端明殿學士兼翰林侍讀學士左朝奉郎禮部尚書蘇軾劄子奏臣近准都省批送下國子監狀准館伴高麗人使所牒稱人使要買國子監文字請詳此印造供赴當所交割本監檢准元祐令諸蕃國進奉人買書具名件申尚書省今來未敢支賣蒙都省送禮部看詳臣尋指揮本部令申

都省除可令收買名件外其策府元龜歷代史太學
敕使本部未敢便令收買伏乞朝廷詳酌指揮尋准
都省批狀云勘會前次高麗人使到闕已曾許買策
府元龜幷北史今本部並不檢會體例所有人使乞
買書籍正月二十七日送禮部指揮許收買其當行
人吏上簿者臣伏見高麗人使每一次入貢朝廷及
淮浙兩路賜予餽送燕勞之費約十餘萬貫而脩飾
亭館騷動行市調發人舡之費不在焉除官吏得少
餽遺外了無絲毫之利而有五害所得貢獻皆是玩
好無用之物而所費皆是帑廩之實民之膏血此一
害也所至差借人馬什物攪擾行市修飾亭館民力
倍有培費此二害也高麗所得賜予若不分遺契丹
則契丹安肯聽其來貢顯是借寇兵而資盜糧此三
害也高麗名爲慕義來朝其實爲利度其本心終必
爲北虜用何也虜足以制其死命而我不能故也今
使者所至圖畫山川形勝窺測虛實豈復有善意哉
此四害也慶曆中契丹欲渝盟先以增置塘泊爲中
國之曲今乃招來其與國使頻歲入貢其曲甚於塘
泊幸今契丹恭順不敢生事萬一異日有桀黠之虜
以此藉口不知朝廷何以答之此五害也臣心知此

五害所以熙寧中通判杭州日因其餽送書中不稱
本朝正朔卻退其書待其改書稱用年號然後受之
仍催促進發不令住滯及近歲出知杭州却其所進
金塔不爲奏聞及書一一處置沿路接待事件不令過
當仍奏乞編配狡商猾僧幷乞依祖宗編敕杭明州
並不許發舡往高麗違者徒二年沒入財貨充賞幷
乞刪除元豐八年九月內創立許船客專擅附帶外
夷入貢及商販一條已上事並蒙朝廷一一施行皆
是臣素意欲稍稍裁節其事庶幾漸次不來爲朝廷
消久遠之害今既備員禮曹乃是職事近者因見館
伴中書舍人陳軒等申乞盡數差勒相國寺行鋪入
館鋪設以待人使買賣不惟移市動衆奉小國之陪
臣有損國體兼亦抑勒在京行鋪以資吏人廣行乞
取弊害不小所以具申都省乞不施行其乖方作弊
官吏並不蒙都省略取問今來只因陳軒等不待申
請直牒國子監收買諸般文字內有策府元龜歷代
史及敕式國子監知其不便申稟都省送下禮部看
詳臣謹按漢書東平王宇來朝上疏求諸子及太史
公書當時大臣以謂諸侯朝聘考文章正法度非理
不言今東平王幸得來朝不思制節謹度以防遺失

而求諸書非朝聘之義也諸子書或反經術非聖人或明鬼神信物怪太史公書有戰國縱横權譎之謀漢興之初謀臣奇策天官災異地形阨塞皆不宜在諸侯王不可予詔從之臣竊以謂東平王骨肉至親特以備位藩臣猶不得賜而況海外之裔夷契丹之與國乎臣聞河北榷場禁出文書其法甚嚴徒以契丹故也今高麗與契丹何異若高麗可與即榷場之法亦可廢兼竊聞昔年高麗使乞賜太平御覽先帝詔令館伴以東平王故事爲詞却之近日復乞詔又以先帝遺旨不與今歷代史策府元龜及北史竊以謂前次本不當與若便以爲例即上乖先帝遺旨下與今來不賜御覽聖旨異同深爲不便故申都省止是乞賜詳酌指揮未爲過當便蒙行遣吏人上簿書罪臣竊謂無罪可書雖上簿薄責至爲末事於臣又無絲毫之損臣非爲此奏論所惜者無厭之虜事事曲從官吏能循其意雖動衆害物不以爲罪稍有裁節之意便行詰責今後無人敢逆其請使意得志滿其來愈數其患愈深所以須至極論仍具今來合處置數事如後

一臣在杭州日奏乞明州杭州今後並不得發舶

往高麗蒙已立條行下今來高麗使卻搭附閩
商徐積舶舡入貢及行根究卽稱是條前發舶
臣竊謂立條已經數年海外無不聞知而徐積
猶執前條公憑影庇私商往來海外雖有條貫
實與無同欲乞特降指揮出榜福建兩浙緣海
州縣與限半年內令繳納條前所發公憑如限
滿不納敢有執用並許人告捕依法施行
貼黃據陳軒所奏語錄卽是高麗知此條
今來高麗使所欲買歷代史策府元龜及敕式
乞並不許收買
貼黃准都省批狀指揮人使所買書籍內有敕
式若令外夷收買事體不便看詳都省本爲策
府元龜及北史前次已有體例故以禮部並不
檢會爲罪未委敕式有何體例一槩令買
一近日館伴所伸乞爲高麗使買金薄一百貫欲
於杭州粧佛臣未敢許已申稟都省切慮都省
復以爲罪切緣金薄本是禁物人使欲以粧佛
爲名久住杭州搔擾公私竊聞近歲西蕃阿里
骨乞買金箔朝廷重難其事節次量與應副今
來高麗使朝辭日數已迫乞指揮館伴令以打

造不出爲詞更不令收買

一近據館伴所申乞與高麗使抄寫曲譜臣謂鄭衞之聲流行海外非所以觀德若晝朝旨特爲抄寫尤爲不便其狀臣已收殺不行

貼黃臣前在杭州不受高麗所進金塔雖曾密奏聞元只作臣意度愧絕兼自來館伴虜使若有所求請不可應副即須一面說諭不行或其事體大即候拒詭密奏今陳軒等事事曲從便爲申請若不施行即顯是朝廷不許使虜使悅己而怨朝廷甚非館伴之體

右所有申都省狀其歷代史策府元龜及敕式乞詳酌指揮事並出臣意不干僚屬及吏人之事若朝廷以爲有罪則臣乞獨當責罰所有吏人乞不上簿取進止

貼黃臣謹按春秋晉盟主也鄭小國也而晉之執政韓起欲買玉環於鄭商人子產終不與曰大國之求若無禮以節之是鄙我也又晉平使其臣范昭觀政於齊昭請齊景公之觴爲壽晏子不與又欲奏成周之樂太師不許昭歸謂晉侯曰齊未可伐也臣欲亂其禮而晏子知之欲

亂其樂而太師知之今高麗使契丹之黨而我之陪臣也乃敢干朝廷求買違禁物傳寫鄭衞曲子譜藝瀆甚矣安知非黠虜欲設此事以嘗探朝廷深淺難易乎而陳軒等事事爲請恐失其意臣竊惑之又據軒等語錄云高麗使言海商擅往契丹本國王捉送上國乞更賜約束恐不穩便而軒乃答之風訊不順飄過乃是與閩中狡商巧說詞理許令過界切緣私往北界條禁至重海外陪臣猶知遵稟而軒乃爲歸咎於風以薄其罪豈不乖戾倒置之甚乎臣忝備侍從事關利害不敢不奏

又

元祐八年二月十五日端明殿學士兼翰林侍讀學士左朝奉郎守禮部尚書蘇軾劄子奏臣近奏論高麗使所買書籍及金箔等事准尚書省劄子二月十三日三省樞密院同奉聖旨所買書籍曾經收買者許依例收買金箔特許收買餘依奏吏人免上簿者臣所以區區論奏者本爲高麗契丹之與國不可假以書籍非止爲吏人上簿也今來吏人獨免上簿而書籍仍許收買臣竊惑之檢會元祐編敕諸以熟鐵

及文字禁物與外國使人交易罪輕者徒二年看詳
此條但係文字不問有無妨害便徒二年則法意亦
可見矣以謂文字流入諸國有害無利故立此重法
以防意外之患前來許買策府元龜及北史已是失
錯古人有言一之謂甚豈可再乎今乃廢見行編敕
之法而用一時失錯之例後日復來例愈成熟雖買
千百部有司不敢復執則中國書籍山積於高麗而
雲布於契丹矣臣不知此事於中國得爲穩便乎昔
齊景公田招虞人以旌不至曰招虞人以皮冠孔子
韙之曰守道不如守官夫旌與皮冠於事未有害然
且守之今買書利害如此編敕條貫如彼比之皮冠
與旌亦有間矣臣當謹守前議不避再三論奏伏望
聖慈早賜指揮取進止
貼黃臣點檢得館伴所公案內有行下承受所
收買文字數內有一項所買策府元龜敘兵雖
不曾賣與然高麗之意亦可見矣
又貼黃臣已令本部備錄編敕條貫符下高麗
人使所過州郡約束施行去訖亦合奏知
又
元祐八年二月二十六日端明殿學士兼翰林侍讀

學士左朝奉郎守禮部尚書蘇軾劄子奏臣近再具劄子奏論高麗買書事今准敕節文檢會國朝會要淳化四年大中祥符九年天禧五年曾賜高麗九經書史記兩漢書三國志晉書諸子曆日聖惠方陰陽地理書等奉聖旨依前降指揮臣前所論奏高麗入貢爲朝廷五害事理灼然非復細故近又檢坐見行編敕再具論奏並不蒙朝廷詳酌利害及編敕法意施行但檢坐國朝會要已曾賜予便爲收買籍緣臣所論奏所計利害不輕本非爲有例無例而發也事誠無害雖無例亦可若其有害雖百例不可用也而況會要之爲書朝廷以備檢閱非如編敕一一皆當施行也臣只乞朝廷詳論此事當遵行編敕耶爲當檢行會要而已臣所憂者文書積於高麗而流於北虜使敵人周知山川險要邊防利害爲患至大雖曾賜予乃是前日之失自今止之猶賢於接續許買蕩然無禁也又高麗人入朝動獲所欲頻歲數來馴致五害如此之類皆不蒙朝廷省察深慮高麗人復來遂成定例所以須至再三論奏兼今來高麗人已發無可施行取進止

貼黃今來朝旨止爲高麗已曾賜予此書復許

接續收買譬編敕禁以熟鐵與人使交易豈是外國都未有熟鐵耶謂其已有反不復禁此大不可也

繳進免五穀力勝稅錢議劄子 前連元祐七年十二月劄子

元祐八年三月十三日端明殿學士兼翰林侍讀學士左朝奉郎守禮部尚書蘇軾劄子奏臣聞應天以實不以文動民以行不以言去歲扈從南郊親見百姓父老瞻望聖顏歡呼鼓舞或至感泣皆云不意今日復見仁宗皇帝臣尋與范祖禹具奏其狀矣竊揆聖心必有下酬民言上繼祖武之意兼奉聖旨催促祖禹所編仁宗故事尋以上進訖臣愚竊謂陛下既欲祖述仁廟即須行其實是乃可動民去歲十一月七日曾奏乞放免五穀力勝稅錢蓋謂此事出於天聖附令乃仁宗一代盛德之事入人至深及物至廣望陛下主張決事尋蒙降付三省遂送戶部下轉運司相度必無行理謹昧萬死再錄前來劄子繳連進呈伏願聖慈特賜詳覽若謂所損者小所濟者大可以追復仁宗聖政慰答民心即乞只作聖意批出施行若謂不然即乞留中更不降出免煩勘當取進止

貼黃臣所乞放免五穀力勝稅錢萬一上合聖
意有可施行欲乞內出指揮大意若曰祖宗舊
法本不收五穀力勝稅錢近乃着令許依例收
稅是致商賈無利有無不通豐年則穀賤傷農
凶年則遂成飢饉宜令今後不問有無舊例並
不得收五穀力勝稅錢仍於課額內豁除此一
項臣昧死以聞無任戰汗待罪之至

上圓丘合祭六議劄子

元祐八年三月日端明殿學士兼翰林侍讀學士左
朝奉郎守禮部尚書蘇軾劄子奏臣伏見九月二十
二日詔書節文俟郊禮畢集官詳議祠皇地祇事及
郊祀之歲廟饗典禮聞奏者臣恭覩陛下近者至日
親祀郊廟神祇饗答實蒙休應然則圓丘合祭允當
天地之心不宜復有改更臣竊惟議者欲變祖宗之
舊圓丘祀天而不祀地不過以謂冬至祀天於南郊
陽時陽位也夏至祀地於北郊陰時陰位也以類求
神則陽時陽位不可以求陰也是大不然冬至南郊
既祀上帝則天地百神莫不從也古者秋分夕月於
西郊亦可謂陰位矣至於從祀上帝則以冬至而祀
月於南郊議者不以為疑今皇地祇亦從上帝而合

祭於圜丘獨以爲不可則過矣書曰肆類于上帝禋
于六宗望于山川徧于羣神舜之受禪也自上帝六
宗山川羣神莫不畢告而獨不告地祇豈有此理哉
武王克商庚戌柴望柴祭上帝也望祭山川也一日
之間自上帝而及山川必無南北郊之別也而獨略
地祇豈有此理哉臣以知古者祀上帝則并祀地祇
矣何以明之詩之序曰昊天有成命郊祀天地也此
乃合祭天地經之明文而說者乃以比之豐年秋冬
報也曰秋冬各報而皆歌豐年則天地各祀而皆歌
昊天有成命也是大不然豐年之詩曰豐年多黍多
稌亦有高廩萬億及秭爲酒爲醴烝畀祖妣以洽百
禮降福孔皆歌於秋可也歌於冬亦可也昊天有成
命之詩曰昊天有成命二后受之成王不敢康夙夜
基命宥密於緝熙單厥心肆其靖之終篇言天而不
及地頌所以告神明也未有歌其所不祭祭其所不
歌也今祭地於北郊歌天而不歌地豈有此理也臣
以此知周之世祀上帝則地祇在焉歌天而不歌地
所以尊上帝故其序曰郊祀天地也春秋書不郊猶
三望左氏傳曰望郊之細也說者曰三望太山河海
或曰淮海也又或曰分野之星及山川也魯諸侯也

故郊之細及其分野山川而已周有天下則郊之細
獨不及五嶽四瀆乎嶽瀆猶得從祀而地祇獨不得
合祭乎秦燔詩書經籍散亡學者各以意推類而已
王鄭賈服之流未必皆得其真臣以詩書春秋考之
則天地合祭久矣議者乃謂合祭天地始於王莽以
爲不足法臣竊謂禮當論其是非不當以人廢光武
皇帝親誅莽者也尙采用元始合祭故事謹按後漢
書郊祀志建武二年初制郊兆於洛陽爲圓壇八陛
中又爲重壇天地位其上皆南鄉西上此則漢世合
祭天地之明驗也又按水經注伊水東北至洛陽縣
圓丘東大魏郊天之所準漢故事爲圓壇八陛中又
爲重壇天地位其上此則魏世合祭天地之明驗也
唐睿宗將有事於南郊賈曾議曰有虞氏禘黃帝而
郊嚳夏后氏禘黃帝而郊鯀郊之與廟皆有禘於廟
則祖宗合食於太祖禘於郊則地祇羣望皆合於圓
丘以始祖配享蓋有事祭非常祀也三輔故事祭于
圓丘上帝后土位皆南面則漢嘗合祭矣時褚無量
郭山惲等皆以曾言爲然明皇天寶元年二月勑曰
凡所祠享必在躬親朕不親祭禮將有闕其皇地祇
宜如南郊合祭是月二十日合祭天地于南郊自後

有事於圜丘皆合祭此則唐世合祭天地之明驗也
今議者欲冬至祀天夏至祀地蓋以爲用周禮也臣
請言周禮與今禮之別古者一歲祀天者三明堂饗
帝者一四時迎氣者五祭地者二饗宗廟者四凡此
十五者皆天子親祭也而又朝日夕月四望山川社
稷五祀及羣小祀之類亦皆親祭此周禮也太祖皇
帝受天眷命肇造宋室建隆初郊先饗宗廟並祀天
地自真宗以來三歲一郊必先有事景靈徧饗太廟
乃祀天地此國朝之禮也夫周之禮祭如彼其多而
歲行之不以爲難今之禮親祭如此其少而三歲一
行不以爲易其故何也古者天子出入儀物不繁兵
衞甚簡用財有節而宗廟在大門之內朝諸侯出爵
賞必於太廟不止時祭而已天子所治不過王畿千
里唯以齊祭禮樂爲政事能守此則天下服矣是故
歲歲行之率以爲常至於後世海內爲一四方萬里
皆聽命於上機務之繁億萬倍於古日力有不能給
自秦漢以來天子儀物日以滋多有加無損以至于
今非復如古之簡易也今所行皆非周禮三年一郊
非周禮也先郊二日而告原廟一日而祭太廟非周
禮也郊而肆赦非周禮也優賞諸軍非周禮也自后

妃以下至文武官皆得蔭補親屬非周禮也自宰相宗室以下至百官皆有賜賚非周禮也此皆不改而獨於地祇則曰周禮不當祭於圓丘此何義也議者必曰今之寒暑與古無異而宣王薄伐玁狁六月出師則夏至之日何爲不可祭乎臣將應之曰舜一歲而巡四岳五月方暑而南至衡山十一月方寒而北至常山亦今之寒暑也後世人主能行之乎周所以十二歲一巡者唯不能如舜也夫周已不能行舜之禮而謂今可以行周之禮乎天之寒暑雖同而禮之繁簡則異是以有虞氏之禮夏商有所不能行夏商之禮周有所不能用時不同故也宣王以六月出師驅逐玁狁蓋非得已且吉父爲將王不親行也今欲定一代之禮爲三歲常行之法豈可以六月出師爲比乎議者必又曰夏至不能行禮則遣官攝祭祀亦有故事此非臣之所知也周禮大宗伯若王不與則攝位鄭氏注曰王有故則代行其祭事賈公彥疏曰有故謂王有疾及哀慘皆是也然則攝事非安吉之禮也後世人主不能歲歲親祭故命有司行事其所從來久矣若親郊之歲遣官攝事是無故而用有故之禮也議者必又曰省去繁文末節則一歲可以再

郊臣將應之曰古者以親郊爲常禮故無繁文今世以親郊爲大禮則繁文有不能省也若帷城幔屋盛夏則有風雨之虞陛下自宮入廟出郊冠通天乘大輅日中而舍百官衞兵暴露於道鎧甲具裝人馬喘汗皆非夏至所能堪也王者父事天母事地不可偏也事天則備事地則簡是於父母有隆殺也豈得以爲繁文末節而一切欲省去乎國家養兵異於前世自唐之時未有軍賞猶不能歲歲親祠天子出郊兵衞不可簡省大輅一動必有賞給今三年一郊傾絶帑藏猶恐不足郊賚之外豈可復加若一年再賞國力將何以給分而與之人情豈不失望議者必又曰三年一祀天又三年一祭地此又非臣之所知也三年一郊已爲疏闊若獨祭地而不祭天是因事地而愈疏於事天自古未有六年一祀天者如此則典禮愈壞欲復古而背古益遠神祇必不顧饗非所以爲禮也議者必又曰當郊之歲以十月神州之祭易夏至方澤之祀則可以免方暑舉事之患此又非臣之所知也夫所以議此者爲欲舉從周禮也今以十月易夏至以神州代方澤不知此周禮之經耶抑變禮之權耶若變禮從權而可則合祭圓丘何獨不可十

月親祭地十一月親祭天先地後天古無是禮而一歲再郊軍國勞費之患尚未免也議者必又曰當郊之歲以夏至祀地祇於方澤上不親郊而通爟火天子於禁中望祀此又非臣之所知也書之望秩周禮之四望春秋之三望皆謂山川在境內而不在四郊者故遠望而祭也今所在之處俛則見地而云望祭是爲京師不見地乎此六議者合祭可不之決也夫漢之郊禮尤與古戾唐亦不能如古本朝祖宗欽崇祭祀儒臣禮官講求損益非不知圓丘方澤皆親祭之爲是也蓋以時不可行是故參酌古今上合典禮下合時宜較其所得已多於漢唐矣天地宗廟之祭皆當歲徧今不能歲徧是故徧於三年當郊之歲又不能於一歲之中再舉大禮是故徧於三日此皆因時制宜雖聖人復起不能易也今並祀不失親祭而北郊則必不能親往二者孰爲重乎若一年再郊而遣官攝事是長不親事地也三年間郊當行郊地之歲而暑雨不可親行遣官攝事則是天地皆不親祭也夫分祀天地決非今世之所能行議者不過欲於當郊之歲祀天地宗廟分而爲三耳分而爲三有三不可夏至之日不可以動大衆舉大禮一也軍賞不

可復加二也自有國以來天地宗廟唯饗此祭累聖相承唯用此禮此乃神祇所歆祖宗所安不可輕動動之則有吉凶禍福不可不慮三也凡此三者臣熟計之無一可行之理伏請從舊爲便昔西漢之衰元帝納貢禹之言毀宗廟成帝用丞相衡之議改郊位皆有殃咎著於史策往鑒甚明可爲寒心伏望陛下詳覽臣此章則知合祭天地乃是古今正禮本非權宜不獨初郊之歲所當施行實爲無窮不刊之典願陛下謹守太祖建隆神宗熙寧之禮無更改易郊祀廟饗以億寧上下神祇仍乞下臣此章付有司集議如有異論即須畫一解破臣所陳六議使皆屈伏上合周禮下不爲當今軍國之患不可但執更不論當今可與不可施行所貴嚴祀大典以時定取進止

貼黃唐制將有事于南郊則先朝獻太清宮朝享太廟亦如今禮先二日告原廟先一日享太廟然議者或亦以爲非三代之禮臣謹按武王克商丁未祀周廟庚戌柴望相去三日則先廟後郊亦三代之禮也奉聖旨令集議官集議聞奏

請詰難圓丘六議劄子

元祐八年三月二十二日端明殿學士兼翰林侍讀學士左朝奉郎守禮部尚書蘇軾劄子奏臣近奏論圓丘合祭天地非獨適時之宜亦自然上合三代六經爲萬世不刊之典然臣不敢必以爲是故發六議以開異同之端欲望聖旨行下令議者與臣反覆詰難盡此六議之是非而取其通者則其論可得而定也今奉聖旨但云令集議官集議聞奏竊慮議者各伸其意不相詰難則是非可否終莫之決雖聖明必有所擇而人各自爲一議但欲遂其前說豈聖朝考禮之本意哉臣今欲乞集議之日若所見不同卽須畫一難臣六議明著可否之狀不得但持一說不相詰難臣非敢自是而求勝也蓋欲從長而取通也若議不通敢不廢前說以從衆論取進止

乞改居喪婚娶條狀

元祐八年三月日端明殿學士兼翰林侍讀學士左朝奉郎守禮部尚書蘇軾狀奏臣伏見元祐五年秋頒條貫諸民庶之家祖父母父母老疾謂於法應贖者無人供侍子孫居喪者聽尊長自陳驗實婚娶右臣伏以人子居父母喪不得嫁娶人倫之正王道之本也孟子論禮色之輕重不以所重徇所輕喪三年爲

二十五月使嫁娶有二十五月之遲此色之輕者也
釋喪而婚會鄰於禽犢此禮之重者也先王之政亦
有適時從宜者矣然不立居喪嫁娶之法者所害大
也近世始立女居父母及夫喪而貧乏不能自存並
聽百日外嫁娶之法既已害禮傷教矣然猶或可以
從權而冒行者以女弱不能自立恐有流落不虞之
患也今又使男子為之此何義也哉男年至於可娶
雖無兼侍亦足以養父母矣今使之釋喪而婚會是
直使民以色廢禮耳豈不過甚矣哉春秋禮經記禮
之變必曰自某人始使秉直筆者書曰男子居父母
喪得娶妻自元祐始豈不為當世之病乎臣謹按此
法本因邛州官吏妄有起請當時法官有失考論使
為立法臣備位秩宗前日又因邇英進讀論及此事
不敢不奏伏望聖慈特降指揮削去上上條稍正禮
俗謹錄奏聞伏候 敕旨

奏馬澈不當屏出學狀

元祐八年四月 日端明殿學士兼翰林侍讀學士
左朝奉郎守禮部尚書蘇軾狀奏准太學條三學生
凡有進獻文字及書啓贄有位並先經長貳看詳可
否違者出學右本部看詳諸色人苟有所見公私利

害皆得進狀許直於所屬官司投下即無更令官吏看詳可否方得投進之文所以達聰明防壅蔽古今不易之道也本因國子監生員獨緣本監起請遂立上條曲生防禁至於投獻書啓文字求知公卿此正舉人常事今乃使本監長貳先行看詳違者皆屏出學若論列朝政得失使其言當理固人主所欲聞也若不當理亦人主所當容也今乃先令有司看詳去取甚非子產不毀鄉校魏相去副封之意也去年九月內太學內舍生馬瑊進狀論禮部韻略有疏略未盡事件蒙朝廷送下本部謹按瑊所論文指雅馴考驗經史皆有援據此乃內舍生員之優者教養之官所當愛惜而其所論亦當下有司詳議增損施行本部尋下本監勘當准回申已於十二月內檢舉上條其馬瑊已屏出學以此顯見上條無益有害欲乞朝廷詳酌特與刪除不行仍乞依舊令馬瑊充內舍生其所進狀乞行下有司看詳如有可采乞賜施行謹錄奏聞伏候敕旨

乞校正陸贄奏議上進劄子

元祐八年五月七日端明殿學士兼翰林侍讀學士左朝奉郎守禮部尚書蘇軾同呂希哲吳安詩豐稷

趙彥若范祖禹顧臨劄子奏臣等猥以空疎備員講讀聖明天縱學問日新臣等才有限而道無窮心欲言而口不逮以此自愧莫知所爲竊謂人臣之納忠譬如醫者之用藥藥雖進於醫手方多傳於古人若已經效於世間不必皆從於己出伏見唐宰相陸贄才本王佐學爲帝師論深切於事情言不離於道德智如子房而文則過辯如賈誼而術不疎上以格君心之非下以通天下之志但其不幸仕不遇時德宗以苛刻爲能而贄諫之以忠厚德宗以猜疑爲術而贄勸之以推誠德宗好用兵而贄以消兵爲先德宗好聚財而贄以散財爲急至於用人聽言之法治邊馭將之方罪己以收人心改過以應天道去小人以除民患惜名器以待有功如此之流未易悉數可謂進苦口之藥石鍼害身之膏肓使德宗盡用其言則正觀可得而復臣等每退自西閣卽私相告言以陛下聖明必喜贄議論但使聖賢之相契卽如臣主之同時昔馮唐論頗牧之賢則漢文爲之太息魏相條鼂董之對則孝宣以致中興若陛下能自得師莫若近取諸贄夫六經三史諸子百家非無可觀皆足爲治但聖言幽遠末學支離譬如山海之崇深難以一

二而推擇如贄之論開卷了然聚古今之精英實治亂之龜鑑臣等欲取其奏議稍加校正繕寫進呈願陛下置之坐隅如見贄面反覆熟讀如與贄言必能發聖性之高明成治功於歲月臣等不勝區區之意取進止

辨黃慶基彈劾劄子

元祐八年五月十九日端明殿學士兼翰林侍讀學士左朝奉郎守禮部尚書蘇軾劄子奏臣自少年從仕以來以剛褊疾惡盡言孤立爲累朝人主所知然亦以此見疾於羣小其來久矣自熙寧元豐間爲李定舒亶輩所讒及元祐以來朱光庭趙挺之賈易之流皆以誹謗之罪誣臣前後相傳專用此術朝廷上下所共明知然小人非此無以深入臣罪故其計須至出此今者又聞臺官黃慶基復祖述李定朱光庭賈易等舊說亦以此誣臣并言臣有妄用潁州官錢失入尹眞死罪及强買姓曹人田等雖知朝廷已察其姦罷黜其人矣然其間有關臣子之大節者於義不可不辨謹具畫一如左

一臣先任中書舍人日適值朝廷竄逐大姦數人所行告詞皆是元降詞頭所述罪狀非臣私意

所敢增損內呂惠卿自前執政責授散官安置
誅罰至重當時蒙朝旨節錄臺諫所言惠卿罪
惡降下既是詞頭所有則臣安敢減落然臣子
之意以爲事涉先朝不無所忌故特於告詞內
分別解說令天下曉然知是惠卿之姦而非先
朝盛德之累至於竄逐之意則已見於先朝其
略曰先皇帝求賢若不及從善如轉圓始以帝
堯之心姑試伯鯀終然孔子之聖不信宰予發
其宿姦謫之輔郡尚疑改過稍畀重權復陳罔
上之言繼有碭山之貶反覆教戒惡心不悛躁
輕矯誣德音猶在臣之愚意以謂古今如鯀爲
堯之大臣而不害堯之仁宰予爲孔子高弟而
不害孔子之聖又況再加貶黜深惡其人皆先
朝本意則臣區區之忠蓋自謂無負矣今慶基
乃及指以爲誹謗指斥不亦矯誣之甚乎其餘
所言李之純蘇頌劉謓唐義問等告詞皆是慶
基文致附會以成臣罪只如其間有勞來安集
四字便云是厲王之亂若一一似此羅織人言
則天下之人更不敢開口動筆矣孔子作孝經
曰如臨深淵如履薄冰此幽王之詩也不知孔

子誹謗指斥何人乎此風萌於朱光庭盛於趙挺之而極於賈易今慶基復宗師之臣恐陰中之害漸不可長非獨爲臣而言也

一慶基所言臣行陸師閔告詞云侵漁百端怨讟四作亦謂之謗訕指斥此詞元不是臣行中書案底必自有主名可以覆驗顯是當時掌誥之臣凡有竄逐之人皆似此罪狀其事非獨臣也所謂侵漁怨讟者意亦指言師閔而已何名爲謗訕指斥乎慶基以他人之詞移爲臣罪其欺罔類皆如此

一慶基所言臣妄用潁州官錢此事見蒙尚書省勘會次然所用皆是法外支賞令人告捕强惡賊人及逐急將還前知州任內公使庫所少貧下行人錢物情理如此皆可覆驗

一慶基所言臣强買常州宜興縣姓曹人田地八年州縣方與計還此事元係臣任團練副使日罪廢之中託親識投狀依條買得姓曹人一契田地後來姓曹人却來臣處昬賴爭奪臣卽時牒本路轉運司令依公盡理根勘仍便具狀申尚書省後來轉運司差官勘得姓曹人招服非

理昬賴依法決訖其田依舊合是臣爲主牒臣
照會臣愍見小民無知意在得財臣旣備位侍
從不欲與之計較曲直故於招服斷遣之後却
許姓曹人將元價收贖仍亦申尚書省及牒本
路施行今慶基乃言是本縣斷遣本人顯是誣
罔今來公案見在戸部可以取索案驗

一慶基所言臣在潁州失入尹眞死罪此事已經
刑部定奪不是失入却是提刑蔣之翰妄有按
舉公案具在刑部可以覆驗

右臣竊料慶基所以誣臣者非一臣旣不能盡知又
今來 朝廷已知其姦妄而罷黜其人臣不當一一
辯論但人臣之義以名節爲重須至上煩天聽取進
止

謝宣諭劄子

元祐八年五月二十四日端明殿學士兼翰林院侍
讀學士左朝奉郎守禮部尚書蘇軾劄子奏臣伏准
今月二十二日弟門下侍郎轍奉宣聖旨緣近來衆
人正相摭拾令臣且須省事者天慈深厚如訓子孫
委曲保全如愛支體感恩之涕不覺自零伏念臣才
短數奇性疎少慮半生犯患垂老困讒非二聖之深

知雖百死而何贖伏見東漢孔融才疏意廣負氣不屈是以遭路粹之寃西晉嵇康才多識寡好善闇人是以遇鍾會之禍當時爲之扼腕千古爲之流涕臣本無二子之長而兼有昔人之短若非陛下至公而行之以恕至仁而照之以明察消長之往來辨利害於疑似則臣已下從二子遊久矣豈復有今日哉謹當奉以周旋不敢失墜便須刻骨豈獨書紳庶全螻蟻之軀以報丘山之德臣無任感天荷聖激切屛營之至謹奏

奏乞增廣貢舉出題劄子

元祐八年五月二十六日端明殿學士兼翰林侍讀學士左朝奉郎守禮部尚書蘇軾劄子奏臣伏見元祐貢舉敕諸詩賦論題於子史書出唯不得於老莊子出如於經書出而不犯見試舉人所治之經者亦聽謂如引試治詩書舉人卽聽於易春秋經傳出詩賦論題引試治易春秋舉人卽聽於周禮禮記出詩賦論題之類臣竊謂自來詩賦論題雜出於九經孝經論語注中文字浩博有可選擇久而不窮今詳上條止得於子史書出所取者狹雖聽於經書出又須不犯見試舉人所治之經如是在京試院分經引試可以就別經出題至如外州軍

只作一場引試卽須回避只於子史中出恐經久之法臣今相度欲乞詩賦論題許於九經孝經論語子史幷九經論語注中雜出更不避見試舉人所治之經但須於所給印紙題目下備錄上下全文幷注疏不得漏落則本經與非本經舉人所記均一更無可避兼足以稱朝廷待士之意本只以工拙爲去取不以不全之文掩其有不知以爲進退於忠厚之風不爲無補取進止

申省議讀漢唐正史狀

元祐八年八月十九日端明殿學士兼翰林侍讀學士左朝奉郎守禮部尚書蘇軾同顧臨趙彥若狀申昨准內降宰相呂大防劄子奏臣每旬獲侍經筵竊見進讀五朝寶訓將欲了畢自來多用前代正史進讀竊謂其間有不足上煩聖覽者欲乞指揮講讀官同將漢唐正史內可以進讀事迹鈔節成篇遇讀日進呈敷演庶裨聖治取進止奉御寶批依奏右軾等今已鈔節繕寫稍成卷帙於將來開講日進讀卽未審與五朝寶訓並進爲復間日一讀謹具申尚書省伏候指揮

東坡奏議卷第十四

朝辭赴定州論事狀
乞降度牒修定州禁軍營房狀
乞增修弓箭社條約狀二首
乞減價糶常平米賑濟狀
乞將損弱米貸與上戶令賑濟佃客狀
乞降度牒修北嶽廟狀

朝辭赴定州論事狀

元祐八年九月二十六日端明殿學士兼翰林侍讀學士左朝奉郎新知定州蘇軾狀奏右臣聞天下治亂出於下情之通塞至治之極至於小民皆能自通大亂之極至於近臣不能自達易曰天地交泰其詞曰上下交而其志同又曰天地不交否其詞曰上下不交而天下無邦夫無邦者亡國之謂也上下不交則雖有朝廷君臣而亡國之形已具矣可不畏哉臣不敢復引衰世昏主之事只如唐明皇中興刑措之君也而天寶之末小人在位下情不通則鮮于仲通以二十萬人全軍陷沒於瀘南明皇不知馴致其事至安祿山反兵已過河而明皇猶以爲忠臣此無他下情不通耳目壅蔽則其漸至於此也臣在經筵數

論此事陛下爲政九年除執政臺諫外未嘗與羣臣接然天下不以爲非者以謂垂簾之際不得不爾也今者祥除之後聽政之初當以通下情除壅蔽爲急務臣雖不肖蒙陛下擢爲河北西路安撫使沿邊重地此爲首冠臣當悉心論奏陛下亦當垂意聽納祖宗之法邊帥當上殿面辭而陛下獨以本任闕官迎接人衆爲詞降旨拒臣不令上殿此何義也臣若伺候上殿不過更留十日本任闕官自有轉運使權攝無所闕事迎接人衆不過更支十日糧有何不可而使聽政之初將帥不得一面天顏而去有識之士皆謂陛下厭聞人言意輕邊事其兆見於此矣臣備位講讀日侍帷幄前後五年可謂親近方當戍邊不得一見而行況疏遠小臣欲求自通亦難矣易曰天行健君子以自強不息又曰帝出乎震相見乎離夫聖人作而萬物覩今陛下聽政之初不行乘乾出震見離之道廢祖宗臨遣將帥故事而襲行垂簾不得已之政此朝廷有識所以驚疑而憂慮也臣不得上殿於臣之私別無利害而於聽政之始天下屬目之際所損聖德不小臣已於今月二十七日出門非敢求登對然臣始者本俟上殿欲少效愚忠今來不敢以

不得對之故使廢此言惟陛下察臣誠心少加採納古之聖人將有為也必先處晦而觀明處靜而觀動則萬物之情畢陳于前不過數年自然知利害之真識邪正之實然後應物而作故作無不成臣敢以小事譬之夫操舟者常患不見水道之曲折而水濱之立觀者常見之何則操舟者身寄於動而立觀者常靜故也弈棊者勝負之形雖國工有所不盡而袖手旁觀者常盡之何則弈者有意於爭而旁觀者無心故也若人主常靜而無心天下其孰能欺之漢景帝即位之初首用鼂錯更易法令黜削諸侯遂成七國之變景帝往來兩宮間寒心者數月終身不敢復言兵武帝即位未幾遂欲用兵鞭撻四夷兵連禍結三十餘年然後下哀痛詔封宰相為富民侯臣以此知古者英睿之君勇於立事未有不悔者也景帝之悔速故變而復安武帝之悔遲故幾至於亂雖遲速安危小異然比之常靜無心終始不悔如孝文帝者不可同年而語矣今陛下聖智絕人春秋鼎盛臣願虛心循理一切未有所為默觀庶事之利害與羣臣之邪正以三年為期俟得利害之真邪正之實然後應物而作使既作之後天下無恨陛下亦無悔上下同

享太平之利則雖盡南山之竹不足以紀聖功兼三
宗之壽不足以報聖德由此觀之陛下之有爲惟憂
太早不患稍遲亦已明矣臣又聞爲政如用藥方今
天下雖未大治實無大病古人云有病不治常得中
醫雖未能盡除小疾然賢於誤服惡藥覬萬一之利
而得不救之禍者遠矣臣恐急進好利之臣輒勸陛
下輕有改變故輒進此說敢望陛下深信古語且守
中醫安穩萬全之策勿爲惡藥所誤實社稷宗廟之
利天下幸甚臣不勝忘身憂國之心冒死進言謹錄
奏聞伏候勅旨

乞降度牒脩定州禁軍營房狀

元祐八年十月日端明殿學士兼翰林侍讀學士左
朝奉郎知定州蘇軾狀奏臣伏見定州近歲軍政不
嚴邊備小弛事不可悉數請舉一二如甲仗庫子軍
人張全一年之閒持杖入庫前後盜銅鑼十二面監
官明知並不申舉又有帳設什物庫子軍人田平等
二年之閒盜帳設什物八百餘件銀二百五十餘兩
恣意典賣軍城寨人戶採斫禁山開耕爲田公然起
稅住坐者一百八十餘家城中有開櫃坊人百餘戶
明出牌牓召軍民賭博若此之類未易悉數是致法

令不行禁軍日有逃亡聚爲盜賊不安安居臣到任以來備見其事然不欲驟行峻治但因事行法無所貸捨其上件張全田平等皆以付獄按治侵斫禁山人逐次舉覺依法勘斷張德等九人其多年侵耕已成永業者別作擘畫處置申樞密院次開櫃坊人出榜召人告捉有王京等四十家陳首改業其餘並走出州界軍民自此稍知有朝廷法令逃軍衰少賊盜亦稀臣近令所辟幕官李之儀孫敏行徧往諸營點檢據逐官回申營房大段損壞不庇風雨非惟久不脩葺蓋是元初創造材植怯弱人工因循多是兩椽小屋偷地蓋造椽柱腐爛大半無瓦一牀一竈之外轉動不得之儀等又點檢得諸營軍號例皆暗缺妻子凍餒十有五六臣尋體問得蓋是將校不法乞取斂掠坐放債負身既不正難以戢下是致諸軍公然飲博踰濫三事不禁雖上禁軍無不貧困輕生犯法靡所不至若不按發其太甚者無以警衆革弊已體量得雲翼指揮使孫貴到營四箇月前後斂掠一十一度計入己贓九十八貫八百文已送司理院枷項根勘去訖臣既目覩媮弊理合葺治犯法之人絲毫無貸即須恤其有無同其苦樂豈可身居大廈而使

士卒終年處於偷地破屋之中上漏下溼不安其家輒已差將官李巽錢春卿劉世孫將帶人匠偏詣諸營逐一檢計合脩去處具合用材料人工估見的確錢數仍差本司準備句當供奉官石耳躬親再行覆檢到除與逐將所檢合脩營房間架材本等並同外又據本官檢料到更合脩蓋營房一十六間謹具畫一奏聞如後

一河北第一將檢計到本將下所管定州住營馬步禁軍八指揮合行脩蓋營房共四千一百一十七間據合用材植物料紐估到計使價錢一萬七千六百九貫六百八十文省

一河北第二將檢計到本將下所管定州住營馬步禁軍八指揮合行脩蓋營房共三千七百二十間據合用材植物料紐估到計使價錢一萬五千五貫二百八十一文省

一檢計到不隸將下所管定州營步軍振武第四十五指揮合行脩蓋營房一百一十八間并合添井眼據合用材植物料紐估到計使價錢三百五十八貫一百六十七文省

一本司准備句當供奉官石昇檢料更合脩蓋第

一第二將下諸軍營房共一十六間據合用材植物料紐估到計使價錢七十四貫六百一十二文省

右謹件如前臣竊謂上件合用錢數雖當破係省錢又緣河北轉運司近年財賦窘迫必難支破伏望聖慈深念河朔爲諸路要重而定武控扼強虜又爲河北屏捍所屯兵馬理當加意葺治其上件營房不可不於今年秋冬便行脩蓋欲乞特出聖斷支賜空名度牒一百七十一道委本司召人出賣一面置場和買材料燒造磚瓦和雇人匠節次不住脩蓋施行所有逐將及本司准備句當官石异檢計到諸軍合蓋營房間架材植物料等細數文狀四本繳連在前謹錄奏聞伏候敕旨

貼黃勘會度牒每道見賣錢二百貫文今來所乞上件度牒一百七十一道係將前項檢計到的確物料錢數契勘合用道數外計剩錢五十二貫二百五十八文欲乞就整支降

乞增脩弓箭社條約狀二首

元祐八年十一月十一日端明殿學士兼翰林院侍讀學士左朝奉郎知定州蘇軾狀奏臣切見北虜久

和河朔無事沿邊諸郡軍政少弛將驕卒惰緩急恐不可用武藝軍裝皆不逮陝西河東遠甚雖據即目邊防事勢三五年間必無警急然居安慮危有國之常備事不素講難以應猝今者河朔沿邊諸軍未嘗出征終年坐食理合富强臣近遣所辟幕官李之儀孫敏行親入諸營按視曲折審知禁軍大率貧窘妻子赤露飢寒十有六七屋舍大壞不庇風雨體問其故蓋是將校不肅斂掠乞取坐放債負習以成風將校既先違法不公則軍政無緣脩舉所以軍人例皆飲博逾濫三事不止雖是禁軍不免寒餓既輕犯法動輒逃亡此豈久安之道 貼黃所謂軍政不脩皆有實狀不敢一一奏聞 臣自到任漸次申嚴軍法逃軍盜賊已覺衰少年歲之間庶革此風然臣竊謂沿邊禁軍緩急終不可用何也驕惰既久膽力耗憊雖近戍短使輒與妻孥泣別被甲持兵行數十里即便喘汗臣若嚴加訓練晝夜勤息馳驟坐作使耐辛苦則此聲先馳北虜疑畏或致生事臣觀祖宗以來沿邊要害屯聚重兵止以壯國威而消敵謀蓋所謂先聲後實形格勢禁之道耳若進取深入交鋒兩陣猶當雜用禁旅至於平日保境備禦小寇即須專用極邊土人此古

今不易之論也鼂錯與漢文帝畫備邊策不過二事其一曰徙遠方以實廣虛其二曰制邊縣以備敵實元慶曆中趙元昊反屯兵四十餘萬招刺宣毅保捷二十五萬人皆不得其用卒無成功范仲淹劉滬种世衡等專務整緝蕃漢熟戶弓箭手所以封殖其家砥礪其人者非一道藩籬既成賊來無所得故元昊復臣今河朔西路被邊州軍自澶淵講和以來百姓自相團結爲弓箭社不論家業高下戶出一人又自相推擇家資武藝衆所服者爲社頭社副錄事謂之頭目帶弓而鋤佩劍而樵出入山坂飲食長技與北虜同私立賞罰嚴於官府分番巡邏鋪屋相望若透漏北賊及本土強盜不獲其當番人皆有重罰遇有緊急擊鼓集衆頃刻可致千人器甲鞍馬常若寇至蓋親戚墳墓所在人自爲戰虜甚畏之體問得元豐二年北界羣賊一火約二十餘人在兩界首不住打劫爲患久不敗獲有北平軍大悲村本社頭目冉萬冉昇及長行冉捷等部領社人與北賊鬬敵趕趁捉殺直至北界地名北當山峪內被冉萬射中賊頭徐德冉捷趕上斫獲首級并冉昇亦斫到第二賊頭賈貴本路保明申奏朝廷並已於班行內安排以此知

弓箭社人戶驍勇敢戰緩急可用先朝名臣帥定州者如韓琦龐籍皆加意拊循其人以爲爪牙耳目之用而籍又增損其約束賞罰奏得仁宗皇帝聖旨見今具存貼黄所有龐籍奏得聖旨已具錄繳連在前 昨於熙寧六年行保甲法準當年十二月四日聖旨强壯弓箭社並行廢罷又至熙寧七年再准正月十九日中書劄子聖旨應兩地供輸人戶除元有弓箭社强壯并義勇之類並依舊存留外更不編排保甲看詳上件兩次聖旨除兩地供輸村分方許依舊置弓箭社其餘並合廢罷雖有上件指揮公私相承元不廢罷只是令弓箭社兩丁以上人戶兼充保甲以至逐捕本界及化外盜賊並皆驅使弓箭社人戶向前用命捉殺 貼黄前項所奏元豐二年冉萬等捉殺北賊係熙寧六年朝旨廢罷後兼冉萬等不係兩地供輸是合行廢罷地分人戶 見今州縣委實全籍此等寅夜防託顯見弓箭社實爲邊防要用其勢決不可廢但以兼充保甲之故召集追呼勞費失業今雖名目具存責其實用不逮往日臣竊謂陝西河東弓箭手官給良田以備甲馬今河朔沿邊弓箭社皆是人戶祖業田產官無絲毫之給而捐軀捍邊器甲鞍馬與陝西河東無異苦樂相遼未盡其

用近日霸州文安縣及真定府北寨皆有北賊驚劫
人戶捕盜官吏拱手相視無如之何以驗禁軍弓手
皆不得力向使州縣逐處皆有弓箭社人戶致命盡
力則北賊豈敢輕犯邊寨如入無人之境臣已戒飭
本路將吏申嚴賞罰加意拊循其人去訖輒復拾用
龐籍舊奏約束稍加增損別立條目欲乞朝廷立法
少賜優異明設賞罰以示懲勸今已密切取會到本
路極邊定保兩州安肅廣信順安三軍邊面七縣一
寨內管自來團結弓箭社五百八十八村六百五十
一火共計三萬一千四百一十一人若朝廷以為可
行立法之後更敕將吏常加拊循使三萬餘人分番
晝夜巡邏盜邊小寇來即擒獲不至忸忕以生戎心
而事皆循舊無所改作虜不疑畏無由生事有利無
害較然可見謹具所乞立法事件畫一如左
一看詳嘉祐四年龐籍起請已獲朝旨事件除見
可施行外有當時事體與今來稍有不同須至
少有增損今參詳到下項弓箭社人戶但係久
來團結地分並依見今已行體例不拘物產高
下丁口衆寡並每戶選擇強壯一丁充弓箭手
貼黃高強人戶與下等各出一丁雖似不均緣

行之已久下等人戶無詞乞具一切仍舊若上
戶添差人數即恐行法之初人心不安又緣保
甲法雖上戶亦止一丁所有今來不敢增損
每社置社長社副社錄事各一名爲頭目並選
有物力或好人材事藝衆所推服者方得差補
農事餘暇委頭目常切提舉閱習武藝務令精
熟齊整如無盜賊非時不得勾集
每社及百人以上選少壯者三人不滿百人者
選二人不滿五十人者選一人充急腳子並輪
番一月一替專令探報盜賊如探報不實及稽
留後時有誤捕捉者並申官乞行嚴斷
逐社各置鼓一面如有事故及盜賊並須聲鼓
勾集若尋常社內聲鼓不到者每次罰錢一百
如社內一兩村共爲一火地里稍遠不聞鼓聲
去處即火急差急腳子勾喚若強盜入村鼓聲
勾喚及到而不入賊者並罰錢三貫如三經罰
錢一百一經罰錢三貫而各再犯者並送所屬
嚴斷
如能捉獲強盜一名除依條支賞外更支錢二
十貫如兩次捉獲依前支賞外仍與免戶下一

年差徭如三次以上更免一年無差徭可免者各更支錢十貫折充如獲竊盜一名除依條支賞外更支錢二貫以上錢用社內罰錢充如不足並社衆均備

逐社各人置弓一張箭三十隻刀一口內單丁及貧不及辦者許置鎗及捍棒一條內一件不足者罰錢五百弓箭不堪施放器械雖有而不精並罰錢二百若全然不置者即申送所屬乞行勘斷

逐社每夜輪差一十人於地分內往來巡覷仍本縣每季給曆一道委本社頭目抄上當巡人姓名有不到者罰錢二百如本地分失賊其當巡人委本社監勒依條限捕捉限滿不獲送官量事行遣其所給曆除每季納換及知佐下鄉因便點檢外不得非時取索

弓箭社人戶遇出入經宿以上須告報本社頭目及鄰近同保之人違者罰錢叁百文

社內遇捉殺賊盜因鬬致死除依條官給絹外更給錢一十貫付其家被傷重者減半並以係省錢充

社內所納罰錢令社長等同共封記主管須遇
社會合行酬賞者方得對衆支給破使即不得
衷私別作支用
社內遇豐熟年只得春秋二社聚會因便點集
器械非時不得亂有糾集搔擾
已上並是龐籍起請已獲朝旨事件自熙寧
六年聖旨廢罷後來民間依舊衷私施行今
參詳增損脩定
一弓箭社人戸為與强虜為鄰各自守護骨肉墳
墓曉夜不住巡邏探伺以此巡檢縣尉全藉此
人為耳目肘臂之用每遇冬教內有本社弓箭
人戸見係保甲人數者即須勾上一月教閱其
稱捕盜官司不敢放心以至化外賊盜既知逐
社人戸勾上村堡空虛即皆生心窺伺公私憂
恐又人戸勾集彌月諸般費用不少深為患苦
臣竊謂保甲人戸每年冬教本為恐其因循武
藝生疎緩急難用今來弓箭社人戸既處邊塞
與北人氣俗相似以戰鬭為生寢食起居不釋
弓馬出入守望常帶器械其勢無由生疎欲乞
應弓箭人戸今後更不充保甲仍免冬教 貼黃

保甲法須是主戶兩丁以上方始差充其弓箭社一丁以上並差卽無已充保甲而不充弓箭社人戶者今來所乞本社內人戶更不充保甲只是減罷重疊虛名卽非幸免顯無妨礙而使人戶稍免無益之費專心守禦又免教集之月村堡空虛以生戎心公私安枕爲利不淺其減罷保正長並却令充本社守闕頭目

一弓箭社人戶既任透漏失賊之責動輒罰錢科罪及均出賞錢顯見與其餘人戶苦樂不同理合稍加優異欲乞應弓箭社人戶並免兩稅折變科配今已取會到本路州軍所免折科錢物數目比之和買價例每歲剩費錢七千九百九十八貫五十六文所獲精銳可用民兵三萬餘人費小利大可行無疑

一弓箭社頭目並是鄉村有物力心膽之人責以齊衆保境亦須別加旌勸欲乞立定年限每句當及三年如無透漏及私罪情重者委本縣令佐及捕盜官保明申安撫司給與公據公罪杖以下聽贖又及三年無上件過犯仍與保明給公據與免本戶差徭內別有功勞者委自安撫司相度如委是卓然顯效雖未及上件年限亦

與比類施行若更有大段勞績難以常格論賞
者即委自本司奏乞錄用
一弓箭社地分本係人戶私下情願自相團結皆
是緣邊之人衆共相約要害防托之處行之已
久北虜不疑所以罷籍奏請並是因舊略加約
束今來不可更有移易地分及增添團結去處
永遠只以今來所管五百八十八村爲定所貴
事事循舊不至張皇事如本地分內人戶分煙
析生即各據戶眼定差或外來人戶典買到本
社田地亦許收入差充弓箭社戶若兩處有田
產者不得緣此帶免別處折變委所屬官司常
切覺察
貼黃弓箭社五百八十八村內有八十九村係
兩地供輸人戶勘會上件人戶元是有些小虛
名稅賦自來北界差人過來計會本縣收衆戶
抱腳供輸其人戶並是一心捍邊可信之人切
慮朝廷欲知其實
一今來既立法整齊弓箭社人戶及免冬教即須
委自安撫司逐時差官按視內有武藝膽力出
衆之人即須與例物激賞不惟使人戶競勸亦

所以致朝廷及將帥恩意緩急易爲驅使今取會到轄下兩州三軍弓箭社人戶兼充保甲者每年冬教按賞合用錢一千五百八十二貫七百八十八文今來既免冬教卽保甲司却合出備上件錢數與安撫司爲上件錢數與安撫司爲上件激賞之用但人數既多上件錢數微少支用不足欲乞每年破五千貫除上件錢數外其餘並以本路回易庫見在錢貼支

右謹件如前臣竊見西山之下定保之間山開川平無陂塘之險澶淵之役虜自是入寇見今本路只有戰兵二萬五千九百餘人分屯八州軍若有警急尚不足於守而況戰乎論者或以保甲之衆緩急可恃臣竊謂保甲皆齊民也集教止是一月武藝無緣精熟又平時無絲毫之利有得於官每歲所獲按賞例物不償集教一月之費一旦驅之於戰守死地恐未可保惟弓箭社人戶所處皆必爭之地世世相傳結髮與虜戰若朝廷許依臣所乞少有以優免其人既免折科間復贖罪免役歲以五十緡賞其大異者深致朝廷將帥恩意則此三萬餘人眞久遠可恃者也今錄白到嘉祐四年龐籍奏獲聖旨事件兼取會到

本路兩州三軍弓箭社火人數及免折科每年和費
用錢數并免冬教所省按賞例物數目繳連在前仍
畫到地圖一面帖出接連邊面及逐社住坐去處隨
狀進呈伏望聖慈詳酌施行謹錄奏聞伏候敕旨
貼黄所乞免折科却行和買䕶費錢七千九百
九十八貫五十六文所乞以回易庫錢貼支保
甲按賞錢爲五千貫令安撫司支用計費錢三
千四百一十七貫二百一十二文共計錢一萬
一千四百一十五貫二百六十八文所乞至微
恐不贍於用未足以起士氣但臣不多乞耳若
朝廷深念北邊事大此三萬餘人久遠必大毁
得力更賜擘畫錢物應副成就或於近裏州軍
賸那寬䕶免役六色錢與本路被邊州軍添雇
諸色役人其弓箭社人戸並與免役則人情翕
然歸戴願效死而不可得矣更乞朝廷詳酌又
今來所乞事件先已密切下本路近地州軍官
吏相度利害尋皆供到有利無害經久可行保
明文狀在本司訖
又
元祐八年十一月日端明殿學士兼翰林侍讀學士

左朝奉郎知定州蘇軾狀奏右臣近奏乞脩完極邊弓箭社條約已詳具利害於今月十一日入遞去訖臣自到任以來不住令主管衙前引到北人訪問事宜雖虛實難明然前後參驗亦可見其略大抵北虜近歲多爲小國達靼朮保之類所叛破軍殺將非一近據北人契丹四哥探報北界爲差發兵馬及人戶家丁往招州以來收殺朮保等國及爲近年不熟是致朔易武州皆有强賊兼燕京東北白浮圖碇東惡山內有强賊一火約五百十人不住打劫及又據北平軍申據句當事人李堅等體探得北界昨差往西北路去者兵士并百姓等近有逃背落草四十餘人馬二十疋見在狼山西頭君市等村乞食切慮來南界別作過犯雖未見的實然去歲之冬霸州文安縣被北賊殺人劫物朝廷已知其詳及真定府北寨於去年八月今年二月兩次被北賊羣衆打劫近又訪聞代州胡谷寨莎泉堡有北賊六七十人劫掠本堡居人財物殺傷弓箭手及婦女七八人及至捕盜官會北賊已去臨去說與鋪兵我只在你地分裏待更來打赤岸村貼黃本路副總管王光祖有男見任胡谷寨主家書報光祖臣所以備知其詳以此數事參驗顯見北虜見今

兵困於小國調發頻併民不堪命聚爲盜賊雖鄰境
多故實中國之利必無渝盟之憂然盜賊充斥虜自
不能制其餘波末流必延及吾境若邊臣坐觀不先
事設備則邊民無由安居亦恐更生意外之患若督
迫捕盜官吏帶領兵甲曉夜出入巡邏則賊未必獲
而居民先受其擾又或緣此引惹生事臣再三思慮
惟有整葺弓箭社一事名不張皇其實可用若早獲
朝旨施行令臣更加意拊循激勵其人決可使北賊
望風知畏不敢於地分內作過伏乞聖明特賜詳酌
檢會前奏早降指揮謹錄奏聞伏候敕旨

乞減價糶常平米賑濟狀

紹聖元年正月日端明殿學士兼翰林侍讀學士左
朝奉郎知定州蘇軾狀奏勘會元祐八年河北諸路
並係災傷內定州一路雖只是雨水爲害然其實亦
及五分以上只緣有司出納之吝不與盡實檢放秋
稅內定州只放二分自臣到任後累有人戸披訴乞
倚閣又緣已過條限致難施行今體問得春夏之交
人戸委是闕食既非河水災傷即每事只依編敕指
揮欲坐觀不救恐罪朝廷仁聖本意臣欲便將常平
斛斗借貸雖已有成法不須奏請又體問得河北沿

邊人戶爲見朝廷昔年遣使賑濟不問人戶高下願與不願借請一例散貸後來節次倚閣放免以此愚民生心僥倖每有借貸例不肯及時還納多是拖欠指望倚閣放免既須鞭撻追呼使吏卒因緣爲姦畢竟又不免失陷官物兼約度得本州自第四等以下每戶貸兩石官破十萬石不過濟得五萬戶人戶請納耗費房店宿食不過得一石五㪷入口未必能濟活一家而五萬戶之外人戶更不沾惠鞭撻驅催若得健吏亦不過收得十七其失陷三萬石可必也又欲抄劄飢貧奏乞法外則濟不惟所費浩大有出無收而此聲一布飢貧雲集盜賊疾疫客主俱斃又況准條邊郡不得聚集飢民以上二事既皆不便只有依條將常平斛㪷依價出糶即官司簡便不勞抄劄勘會給納煩費但得數萬石斛㪷在市自然壓下物價境內百姓人人受賜古今之法莫良於此但以本州見管常平米二十七萬餘石每㪷袞紐到元本一百四文比在市實直尚多二十二文以此無人收糴若不別作奏請專守本條不與減價出糶深恐今年春夏新陳不接之際必致大段流殍伏望聖慈愍念比之本州將十萬石常平米依條借貸必須失陷三

萬餘石非惟所給不廣而給納驅催之弊亦多特許
將本路諸州軍見管常平米契勘在市實直如委是
價高出糶不行即許每㪷於衮紐價錢上減錢出糶
不得減過十分之二仍給與貧民曆頭令每日零買
不得令近上人戸頓買與販仍限不得糶過本州縣
見管常平數目三分之一約度定州合糶得九萬石
若每㪷各減錢十分之二即本州紐計虧元本官錢
一萬八千七十二貫文比之借貸失陷猶爲省費而
本州裏外出九萬石米在市則一境生靈皆荷聖恩
全活又却得錢準備今來豐熟物賤却行收糴兼利
農末爲惠不小者右伏乞朝廷詳酌早賜施行如以
爲便即乞行下本司約束覺察轄下官吏所貴人霑
實惠謹錄奏聞伏候敕旨

貼黃契勘在市米價日長正是二月間合行出
糶伏乞速賜指揮入急遞行下

乞將損弱米貸與人戸令賑濟佃客狀

紹聖元年二月　日端明殿學士兼翰林侍讀學士
左朝奉郎知定州蘇軾狀奏右臣契勘本路州軍災
傷闕食人戸雖已奏准朝旨於法外減價出糶常平
白米賑濟訪聞民間闕乏少得見錢糴買尚有飢困

之人今點檢得定州省倉有專副吳榮趙昇界熙寧八年糴到軍糧白米及專副梁儉劉受界元豐三年米皆爲年深夾雜損弱不堪就整充上軍人糧支遣每月只充廂軍次米帶支今契勘得逐次止帶支五百石比至支絶更須三五年間顯見轉至陳惡兼聞本州管下村坊客戶見今實闕餱糧其上等人戶雖各有田業緣值災傷亦甚闕食難以賑濟況客戶乃主戶之本若客戶闕食流散主戶亦須荒廢田土矣今相度欲望朝廷詳酌特降指揮下定州將兩界見在陳損白米二萬餘石分給借貸與鄉村第一等第二等主戶喫用令上件兩等人戶據客戶人數不限石斗依此保借候向去豐熟日依元糴例並令送納十分好白米入官不惟乘此飢年人戶闕食優加賑濟又使官中卻得新好白米充軍糧支遣及免年深轉至損壞盡爲土壤如以爲便即乞速賜指揮行下謹錄奏聞伏候敕旨

貼黃今來已是春深正當春夏青黃不交之際可以發脫得上件陳米斛斗公私俱便若失此時則人戶必不願請不免守支積年化爲糞壤乞斷自朝廷早賜指揮入急遞行下更不下有

司往復勘會今來所乞借貸皆是臣與官吏體
問上戶願得此米以濟佃戶將來必無失陷與
尋常賑貸一例支與貧下戶人催納費力事體
不同乞早賜行下

乞降度牒脩北嶽廟狀

紹聖元年三月日端明殿學士兼翰林侍讀學士左
朝奉郎知定州蘇軾狀奏右臣伏見定州曲陽縣北
嶽安天元聖帝廟建造年深屋宇頹弊自熙寧間因
守臣薛向奏請止曾完葺正殿自餘諸殿及廊廡門
宇牆垣久已疎漏破損前後累有守臣監司奏陳乞
給賜錢或降度牒脩完皆准省符止令依條以施利
錢物充用緣近歲民間屢值災歉施利微薄只了得
遞年逐旋些小脩補後來劉奉世又乞依薛向例於
安撫司回易息錢內支錢三千貫助脩嶽廟亦不蒙
朝廷允許深慮摧壞日多爲費滋大今據定州申檢
計到合用工料價錢三千三百餘貫乞降空名度牒
一十五道賣錢支用如朝廷不許降度牒卽本廟有
銀器一千三百餘兩別無使用欲乞依令出賣收買
材植臣契勘上件銀器元　朝廷給賜以備供神之
物若行出賣恐於事體有損況所費錢數不多欲望

聖慈特依定州所乞數目給降度牒付本州出賣
應副脩造庶得廟宇稍完不致破壞仍令本州通判
兩員更互到彼提舉催促務要早令了畢上副朝廷
崇奉之意謹錄奏聞伏候敕旨
貼黃臣伏以朝廷崇奉五嶽禮極嚴備凡有祈
禱多獲感應今北嶽廟見弊陋理當完葺蓋所
用度牒道數至少伏望特賜指揮施行庶稱朝
廷尊事嶽廟之意

東坡奏議卷第十四

東坡奏議卷第十五

代張方平諫用兵書
代滕甫論西夏書
代滕甫辨謗乞郡書
代李琮論京東盜賊狀
代呂大防乞錄用呂誨子孫劄子

代張方平諫用兵書 熙寧十年

臣聞好兵猶好色也傷生之事非一而好色者必死賊民之事非一而好兵者必亡此理之必然者也夫惟聖人之兵皆出於不得已故其勝也享安全之福其不勝也必無意外之患後世用兵皆得已而不已故其勝也則變遲而禍大其不勝也則變速而禍小是以聖人不計勝負之功而深戒用兵之禍何者興師十萬日費千金內外騷動怠於道路者七十萬家內則府庫空虛外則百姓窮匱飢寒逼迫其後必有盜賊之憂死傷愁怨其終必致水旱之報上則將帥擁衆有跋扈之心下則士衆久役有潰叛之志變故百出皆由用兵至於興事首議之人冥謫尤重蓋以平民無故緣兵而死怨氣充積必有任其咎者是以聖人畏之重之非不得已不敢用也自古人主好動

干戈由敗而亡者不可勝數臣今不敢復言請為陛
下言其勝者秦始皇既平六國復事胡越戍役之患
被於四海雖拓地千里遠過三代而墳土未乾天下
怨叛二世被害子嬰被擒滅亡之酷自古所未嘗有
也漢武帝承文景富溢之餘首挑匈奴兵連不解遂
使侵奪及於諸國歲歲調發所向成功建元之間兵
禍始作是時蚩尤旗出長與天等其春戾太子生自
是師行三十餘年死者無數及巫蠱事起京師流血
僵尸數萬太子父子皆敗班固以為太子生長於兵
與之終始帝雖悔悟自克而歿身之恨已無及矣隋
文帝既下江南繼事夷狄煬帝嗣位此心不衰皆能
誅滅彊國威震萬里然而民怨盜起亡不旋踵唐太
宗神武無敵尤喜用兵既已破滅突厥高昌吐谷渾
等猶且未厭親駕遼東皆志在立功非不得已而用
其後武氏之難唐室陵遲不絕如綫蓋用兵之禍物
理難逃不然太宗仁聖寬厚克己裕人幾至刑措而
一傳之後子孫塗炭此豈為善之報也哉由此觀之
漢唐用兵於寬仁之後故其勝而僅存秦隋用兵於
殘暴之餘故其勝而遂滅臣每讀書至此未嘗不掩
卷流涕傷其計之過也若使此四君者方其用兵之

初隨即敗衄惕然戒懼知用兵之難則禍敗之興當不至此不幸每舉輒勝故使狃於功利慮患不深臣故曰勝則變遲而禍大不勝則變速而禍小不可不察也昔仁宗皇帝覆育天下無意於兵將士惰偷兵革朽鈍元昊乘間竊發西鄙延安涇原麟府之間敗者三四所喪動以萬計而海內晏然兵休事已而民無怨言國無遺患何者天下臣庶知其無好兵之心天地鬼神諒其有不得已之實故也今陛下天錫勇智意在富彊即位以來繕甲治兵伺候鄰國羣臣百寮窺見此指多言用兵其始也弼臣執國命者無憂深思遠之心樞臣當國論者無慮害持難之識在臺諫之職者無獻替納忠之議從微至著遂成厲階既而薛向爲橫山之謀韓絳効深入之計陳升之呂公弼等陰與之協力師徒喪敗財用耗屈較之寶元慶曆之敗不及十一然而天怒人怨邊兵背叛京師騷然陛下爲之旰食者累月何者用兵之端陛下作之是以吏士無怒敵之意而不直陛下也尚賴祖宗積累之厚皇天保祐之深故使兵出無功感悟聖意然淺見之士方且以敗爲恥力欲求勝以稱上心於是王韶構禍於熙河章惇造釁於橫山熊本發難於渝

瀘然此等皆羗賊已降俘纍老弱困弊腹心而取空虛無用之地以爲武功使陛下受此虛名而忽於實禍勉彊砥礪奮於功名故沈起劉彝復發於安南使十餘萬人暴露瘴毒死者十而五六道路之人斃於輸送貲粮器械不見敵而盡以爲用兵之意必且少衰而李憲之師復出於洮州矣今師徒克捷銳氣方盛陛下喜於一勝必有輕視四夷陵侮敵國之意天意難測臣實畏之且夫戰勝之後陛下可得而知者凱旋捷奏拜表稱賀赫然耳目之觀耳至於遠方之民肝腦屠於白刃筋骨絕於餽餉流離破產鬻賣男女薰眼折臂自經之狀陛下必不得而見也慈父孝子孤臣寡婦之哭聲陛下必不得而聞也譬猶屠殺牛羊刳臠魚鼈以爲膳羞食者甚美死者甚苦使陛下見其號呼於梃刃之下宛轉於刀匕之間雖八珍之美必將投筯而不忍食而況用人之命以爲耳目之觀乎且使陛下將卒精强府庫充實如秦漢隋唐之君既勝之後禍亂方興尚不可救而況所在將吏罷軟凡庸較之古人萬萬不逮而數年以來公私窘乏內府累世之積掃地無餘州郡征稅之儲上供殆盡百官廩俸僅而能繼南郊賞給久而未辦以此舉

動雖有智者無以善其後矣且飢役之後所在盜賊蠭起京東河北尤不可言若軍事一興橫歛隨作民窮而無告其勢不爲大盜無以自全邊事方深內患復起則勝廣之形將在於此此老臣所以終夜不寐臨食而歎至於慟哭而不能自止也且臣聞之凡舉大事必順天心天之所向以之舉事必成天之所背以之舉事必敗蓋天心向背之迹見於災祥豐歉之間今自近歲日蝕星變地震山崩水旱癘役連年不解民死將半天心之向背可以見矣而陛下方見斷然不顧興事不已譬如人子得過於父母惟有恭順靜思引咎自責庶幾可解今乃紛然詰責奴婢恣行箠楚以此事親未有見赦於父母者故臣願陛下遠覽前世興亡之迹深察天心向背之理絕意兵革之事保疆睦鄰安靜無爲固社稷長久之計上以安二宮朝夕之養下以濟四方億兆之命則臣雖老死溝壑瞑目於地下矣昔漢祖破滅羣雄遂有天下光武百戰百勝祀漢配天然至白登被圍則講和親之議西域請吏則出謝絕之言此二帝者非不知兵也蓋經變既多則慮患深遠今陛下深居九重而輕議討伐老臣庸懦私竊以爲過矣然人臣納說於君因其

既厭而止之則易爲力迎其方銳而折之則難爲功凡有血氣之倫皆有好勝之意方其氣之盛也雖布衣賤士有不可奪自非智識特達度量過人未有能勇於奮發之中舍己從人惟義是聽者也今陛下盛氣於用武勢不可回臣非不知而獻言不已者誠見陛下聖德寬大聽納不疑故不敢以衆人好勝之常心望於陛下且意陛下他日親見用兵之害必將哀痛悔恨而追咎左右大臣未嘗一言臣亦將老且死見先帝於地下亦有以藉口矣惟陛下哀而察之

代滕甫論西夏書

臣素無學術老不讀書每欲披竭愚忠上補聖明萬一而肝肺枯涸卒無可言近者因病求醫偶悟一事推之有政似可施行惟陛下財幸臣近患積聚醫云據病當下一日而愈若不下半月而愈然中年以後一下一衰積衰之患終身之憂也臣私計之終不以一日之快而易終身之憂遂用其言以善藥磨治半月而愈初不傷氣體力益完因悟近日臣僚獻言欲用兵西方皆是醫人欲下一日而愈者也其勢亦未必不成然終非臣子深愛君父欲出萬全之道也以陛下聖明將賢士勇何往不克而臣尚以爲非萬全

者俗言彭祖觀井自係大木之上以車輪覆井而後敢觀此言雖鄙而切於事陛下愛民憂國非特如彭祖之愛身而兵者凶器動有存亡其陷人可畏有甚於井故臣願陛下之用兵如彭祖之觀井然後爲得也臣竊觀自古用兵者莫如曹操其破滅袁氏最有巧思請試爲陛下論之袁紹以十倍之衆大敗於官渡僅以身免而操斂兵不追者何也所以緩紹而亂其國也紹歸國益驕忌賢就戮嫡庶並爭不及八年而袁氏無遺種矣向使操急之紹旣未可以一舉蕩滅若懼而脩政用田豐而立袁譚則成敗未可知也其後北征烏丸討袁尚袁熙尚熙走遼東或勸操遂平之操曰彼素畏尚等吾今急之則合緩之則自相圖其勢然也遂引兵還曰吾方使公孫康斬送其首已而果然若操者可謂巧於滅國矣滅國大事也不可以速譬如小兒之毀齒以漸搖撼之則齒脫而小兒不知若不以漸一拔而得齒則毀齒可以殺兒故臣願陛下之取西夏如曹操之取袁氏也方元昊强時謀臣猛將盡其智力十年而不敢近今者主弱臣强其國內亂陛下使偏師一出斬名王虜僞公主築蘭會等州此真千載一時天以賊授陛下之秋也兵

法有之同舟而遇風則胡越相救如左右手今秉常雖爲母族所篡以意度之其世家大族亦未肯俯首連臂爲此族用也今乃合而爲一堅壁清野以抗王師如左右手此同舟遇風之勢也法當緩之今天威已震臣願陛下選用大臣宿將素爲賊所畏服者使兼帥五路聚重兵境上號稱百萬蒐乘補卒牛酒日至金鼓之聲聞於數百里間外爲必討之勢而實不出境多出金幣遣間使辯士離壞其黨與且下令曰尺土吾不愛一民吾不有也其有能以地與衆降者即以封之有敢攘其地掠其人者皆斬不出一年必有權均力敵內自相疑者人情不遠各欲求全及王師之未出爭爲先降以邀重賞陛下因而分裂之即用其酋豪命以爵秩棋布錯峙務使相仇如漢封呼韓邪通西域故事不過於要害處築一城屯數千人置一將以護諸部可使數百年面內保境不煩城守餽運豈非萬全之至計哉臣願陛下斷之於中深慮而遠計之夫爲人臣計與爲人主計不同人臣非攘地效首虜無以爲功爲陛下計惟天下安社稷固耳陛下神聖冠古動容舉意皆是功德但能措太山之安與天地等壽則竹帛不可勝紀而堯舜禹湯不足

過也議者不知出此爭欲急於功名履危犯難以勞聖慮臣竊不取古人有言省功不如省事省事不如清心劉洎諫唐太宗曰皇天以不言爲貴聖人以不言爲德老子稱大辯若訥莊子言至道無文且多記則損心多語則損氣心氣內損形神外勞初雖不覺後必爲累須爲社稷自愛人臣愛君未有如洎之深切者也臣竊慕之雖謫守在外不當妄言然自念舊臣譬之老馬雖筋力已衰不堪致遠而經涉嶮阻粗識道路惟陛下哀憫其愚而憐其意不勝幸甚

代滕甫辯謗乞郡書

臣聞人情不問賢愚莫不畏天而嚴父然而疾痛則呼天窮窘則號天蓋情發於中言無所擇豈以號呼之故謂無嚴畏之心人臣之所患不止於疾痛而所憂有甚於窮窘若不號呼於君父更將趍赴於何人伏望聖慈少加憐察（中謝）臣本無學術亦無材能惟有忠義之心生而自許昔季孫有言見有禮於其君者事之如孝子之養父母也見無禮於其君者誅之如鷹鸇之逐鳥雀也臣雖不肖允蹈斯言但信道直前謂人如己既蒙深知於聖主肯復借交於衆人任其惷愚積成仇怨一自離去左右十有二年浸潤之

言何所不有至謂臣陰黨反者故縱罪人若快斯言死未塞責切伏思宣帝漢之英主也以片言而誅楊惲太宗唐之興王也以單詞而殺劉洎自古忠臣烈士遭時得君而不免於禍者何可勝數而臣獨蒙皇帝陛下始終照臨愛惜保全則陛下聖度已過於宣帝太宗而臣之遭逢亦古人所未有日月在上更何憂虞但念世之憎臣者多而臣之賦命至薄積毀消骨巧言鑠金市虎成於三人投杼起於屢至儻因疑似復致人言至時雖欲自明陛下亦難屢赦是以及今無事之日少陳危苦之詞晉王導乃王敦之弟也而不害其爲元臣崔造源休之甥也而不廢其爲宰相臣與反者義同路人獨於寬大之朝爲臣終身之累亦可悲矣凡今游宦之士稍與貴近之人有葭莩之親半面之舊則所至便蒙異待人亦不敢交攻況臣受知於陛下中興之初効力於衆人未遇之日而乃毀訾不忌踐踏無嚴臣何足言有辱天眷此臣所以涕泣而自傷者也今臣既安善地又忝清班非敢別有僥求更思録用但患難之後積憂傷心風波之間怖畏成疾敢望陛下憫餘生之無幾究前日之異恩或乞移臣淮浙間一小郡稍近墳墓漸謀歸休異

日復得以枯朽之餘仰瞻天日之表然後退伏田野自稱老臣追敍始終之遭逢以詫鄉鄰之父老區區志願永畢於斯伏願陛下憐其志察其愚而赦其罪臣無任感恩知罪激切屏營之至

代李琮論京東盜賊狀元豐

右臣伏見自來河北京東常苦盜賊而京東尤甚不獨穿窬胠篋椎埋發冢之姦至有飛揚跋扈割據僭擬之志近者李逢徒黨青徐妖賊皆在京東凶愚之民殆已成俗自昔大盜之發必有釁端今朝廷清明四方無虞而此等常有不軌之意者殆土地風氣習俗使然不可不察也漢高帝沛人項羽宿遷人劉裕彭城人黃巢宛朐人朱全忠碭山人其餘歷代豪傑出於京東者不可勝數故凶愚之人常以此藉口而其材力心膽實亦過人加以近年改更貢舉條制掃除腐爛專取學術其秀民善士既以改業而其朴魯强悍難化之流抱其無用之書各懷不逞之意朝廷雖勑有司別立字號以收三路舉人而此等自以世傳朴學無由復踐場屋老死田里不入彀中私出怨言幸災伺隙臣每慮及此卽爲寒心揚雄有言御得其道則天下狙詐咸作使御失其道則天下狙詐咸

作敵而班固亦論劇孟郭解之流皆有絶異之姿而惜其不入於道德苟放縱於末流是知人之善惡本無常性若御得其道則向之姦猾盡是忠良故許子將謂曹操曰子治朝之能臣亂世之姦雄使韓彭不遇漢高亦與盜賊何異臣竊嘗爲朝廷計以謂窮其黨而去之不如因其材而用之何者其黨不可勝去而其材自有可用昔漢武嘗遣繡衣直指督捕盜賊所去以軍興從事斬二千石以下可謂急矣而盜賊不爲少衰者其黨固不可盡也若朝廷因其材而用之則盜賊自消而豪傑之士可得而使請以唐事明之自天寶以後河北諸鎮相繼僭亂雖憲宗英武亦不能平觀其主帥皆卒伍庸材而能於六七十年間與朝廷相抗者徒以好亂樂禍之人背公死黨之士相與出力而輔之也至穆宗之初劉總入朝而河北始平總知河北之亂權在此輩於是盡籍軍中宿將名豪如朱克融之流薦於朝冀厚與爵位使北方之人羨慕向進革其亂心而宰相崔植杜元穎皆庸人無遠慮以爲河北既平天下無事克融輩久留京師終不錄用飢寒無告怨忿思亂會張洪靖赴鎮遂遣還幽州而克融等作亂復失河朔今陛下鑑唐室既

往之咎當收京東河北豪傑之心臣伏見近日沂州百姓程棐告獲妖賊郭進等竊聞棐之弟岳乃是李逢之黨配在桂州豪俠武健又過於棐京東州郡如棐岳者不可勝數此等弃而不用即作賊收而用之即捉賊其理甚明臣願陛下精選青鄆兩帥京東東西職司及徐沂兗單潍密淄齊曹濮知州諭以此意使陰求部內豪猾之士或有武力或多權謀或通知術數而曉兵或家富於財而好施如此之類皆召而勸奬使以告捕自效籍其姓名以聞於朝所獲盜賊量輕重酬賞若獲眞盜大姦隨即錄用若只是尋常劫賊即累其人數酬以一官使此輩歆豔其利以爲進身之資但能拔擢數人則一路自然競勸貢舉之外別設此科則向之遺材皆爲我用縱有姦雄嘯聚亦自無徒但每州搜羅得一二十人即耳目徧地盜賊無容足之處矣歷觀自古奇偉之士如周處戴淵之流皆出於羣盜改惡修善不害爲賢而況以捉賊出身有何不可若朝廷隨材試用異日攘戎狄立功名未必不由此塗出也非陛下神聖英武不能決行此策臣雖非職事而受恩至深有所見聞不敢瘖默謹錄奏聞伏候敕旨

代呂大防乞錄用呂誨子孫劄子元祐元年

臣竊見故御史中丞呂誨忠於先朝極陳讜論致忤時宰繼死外藩臣等皆嘗與之同官備聞論議一切出於至誠而有不撓不回之節雖處散地未嘗一日有忘朝廷之意憂傷憤疾以致殞沒臨終之日召司馬光面託後事無一言及其家私惟云朝廷事猶可救願公更且竭力歷觀前後議臣忠勤忘身少見其比今其家甚貧諸子仕於常調欲望聖慈特賜矜憫優加贈典錄用諸子之才者以旌名臣之後取進止

奉聖旨呂由庚除太常寺太祝

東坡奏議卷第十五

東坡外制集目錄

上卷

傅堯俞吏部侍郎
趙瞻戶部侍郎
王克臣工部侍郎
李之紀廣西提刑
田待問淮南轉運判官
孫昌齡知福州
馬默司農少卿
兩浙運副許懋再任
蔡濛兩浙運判
范子淵知兗州
崔氏特封永嘉郡君
皇叔皇兄追封
士㵟西頭供奉官
童湜特敘內殿崇班
謝卿材福建轉運使
趙偁淮南轉運副使
呂温卿李元輔除知州
王誨知河中府

邵剛通判泗州
荆王楊王所乞推恩八人
張禧轉三官
鮮于侁太常少卿
范祖禹著作郎
孫覺給事中
皇伯祖克愉贈開府
蕃官兀遲常等覃恩轉官
宗晟母孫氏封康國太夫人
劉琯知恩州
皇叔叔曹封廣平侯
李司供奉官
張汝賢發運副使
狄諮劉定各降一官
范子淵知峽州
劉錫永父元承事郎
叔頫男旼之三班借職
鮑耆年張嶠除運判
李周太僕少卿
范純禮吏部郎中

余希旦知濰州
王晳知衛州
郭祥正覃恩轉承議郎
王崇拯遙郡刺史
謝皐三班借職
皇伯仲郃贈使相
士暇右班殿直
克輩遙郡防禦使
劉奭閤門祗候
王安石贈太傅
楊繪知徐州
陳薦贈光祿大夫
呂穆仲唐義問除提刑
沈叔通知海州
孫向保州通判
鄧闢朝散郎監邕州慎乃金坑
荊王新婦王氏潭國夫人
劉庠贈大中大夫
李琮知吉州
高士良文思副使

皇叔叔遂追封河內侯
孝騫孝治等逐州團練使
呂公著妻魯氏贈國夫人
仲暹遙郡防禦使
韓維妻張氏同安郡夫人
中卷
司馬光贈三代妻
張恕將作監丞
趙濟知解州
李承之知青州
韓維贈三代妻
趙濟落職管勾中岳廟
王彭等三人除知州
王子韶周尹除郎中
蔣之奇知潭州
皇伯祖宗勝贈北海郡王
劉有方昭宣使
宋滋右侍禁
鞠承之秦州通判
文及衛尉少卿

李杲卿等四人除漕
童珪父參承務郎致仕
單可度三班借職出職
智誠知宜州
張仲左班殿直
張誠一分司南京
陳侗知陝州
傅燮知鄭州
姚居簡轉三班借職
賈種民知軍呂升卿通判
張世矩再任鎮戎軍
劉誼知韶州
呂惠卿責授節度副使
許懋知福州
喬執中張安上除漕刑
宇文昌齡祝庶除郎官
侯利建等五人除漕刑
王續知太康縣
張琬衞尉丞韓敦立倅齊州
喬執中吏部郎

蘇子元權知新州
楊汲等三人落職除知州
趙咼轉朝議大夫
趙思明知永靜軍
鮮于侁大理卿
吳處厚買種民除知軍
顧臨唐義問除漕使
張問祕書監
范子奇將作監
錢長卿鄧義叔除郎官
林邵太僕丞何琬鴻臚丞
文保雍將作監丞
李南公等四人除知州
高公繪公紀防禦使
李之純戶部侍郎
穆衍金部員外郎
孫路陝西運判
蘇頌刑部尚書
王公儀程高除夔漕
呂由庚太常寺太祝

杜訢鍾離景伯除少卿監
辛押陁羅歸德將軍
高子壽三班借職
李肩尚藥奉御
耿政東頭供奉官致仕
喬執中吏部郎中

下卷
李之純河北都運
呂大臨太學博士
羅適程之邵除赤縣
杜純刑部員外郎
劉霆知陳留縣
皇伯仲曄贈東陽郡王
杜紘右司郎中
裴景等三人知州軍
楊晟詼吳奉雲各轉一官
呂大忠發運副使
蔣之奇知廣州
吳安持劉珵除知州
謝卿材陝西轉運使

李曼知果州
黎珣知南雄州
張赴再任乾寧軍
皇伯仲嬰追封申國公
林邵開封府推官
鄧義叔王諤除郎官
王荀龍知棣州
黃憲章承事郎
劉摯兼侍讀
處士王臨試太學錄
皇叔克眷追封濟陰侯
寇彥卿彥明左班殿直
張敦禮節度觀察留後
內人張氏特封典贊
故尚宮趙氏特贈郡君
馮宗道梁惟簡內侍押班
梁從吉入內內侍省副都知
劉有方內侍省右班副都知
翟思等三人知州軍
馬傳正大理寺主簿

張之諫康識除知州
梁諝供備庫副使轉出
燕若古知渝州
孫諤鮑朝賓宣義郎
王振大理少卿
李籲宣德郎
趙思明西上閤門副使
李承祐內殿崇班
蕭士元趙永寧知州軍
黃光瑞內殿崇班
文貽慶都官郎居中宗正簿
皇兄令史贈博平侯
高士永知文州
高士纘士涺左班殿直
梁惟簡皇城副使同上
范百祿刑部侍郎
朱光庭王覿左右司諫
鮮于侁梁燾左右諫議大夫
王巖叟侍御史
錢勰給事中

明堂執政加恩
韓維　張璪　李清臣　安燾　范純仁
呂大防
韓忠彦黄履轉朝請郎
克愛仲虢並遙郡團練使
王獻可洛苑使
陳次升淮南提刑
杜純大理少卿
郭晙開封府司錄參軍
林希中書舍人

東坡外制集目錄

東坡外制集卷上

給事中兼侍講傅堯俞可吏部侍郎

敕士以德望進則風俗厚而朝廷尊以經術用則議論正而名器重此君子所以難合而朕亦難其人焉具官傅堯俞博學篤行久聞于時歷事四世挺然一節懷道不試十年于茲朕欲聞仁人之言置之講席非堯舜之道蓋未嘗言給事黃門未究其用往貳太宰益脩厥官董正治典以稱先帝復古之意可

太常少卿趙瞻可戶部侍郎

敕理財正辭禁民爲非曰義先王之論理財也必繼之以正辭名正而言順則財可得而理民可得而正自頃功利之臣言政而不及化言利而不及義中外紛然朕益厭之具官趙瞻明於吏事輔以儒術忠義之節白首不衰爰自秩宗擢貳邦計將使四方之人知予以耆老舊德居此官者蓋有盍徹之意焉可

王克臣可工部侍郎依前龍圖閣直學士

敕朕承先帝之丕業居其宮室而服其器用常懼不稱而何敢有加焉惟是軍國之備凡仰于百工者乃以誘于冬官有事于斯當識朕意具官王克臣奮自儒術蔚爲聞人歷帥諸藩嘗佐事典才有餘裕所居

見稱比由宛丘入奉朝謁而司空長貳艱於其人玆
命爾以舊官仍兼內閣之重勉率厥職外以成爾繕
治之勞內以全予恭儉之志可

祥符知縣李之紀可廣西提刑

具官李之紀近自畿甸遠至海隅朕視其地如戶庭
視其民如一家爾賦政赤縣而廉平之稱達于朕聽
是用命爾按刑嶺表其一乃心毋或鄙夷其民如在
朕側往惟欽哉

知楚州田待問可淮南轉運判官

敕具官田待問朝廷取材必始於治民異時吏或不
更郡縣而任刺舉剛柔失中民以告病以爾端靜敏
恪悃愊無華試于劇郡吏民宜之其即本道以究爾
才往悉乃心毋使厥聲滅於治郡可

兩浙轉運副使孫昌齡可祕閣校理知福州

敕具官孫昌齡爾奉使吳越而廉平之稱達于朕聽
七閩之會其民智巧易以理服難以力勝今命爾爲
守惟寬而明民乃宜之朕方復文館之職以廣育才
之路遂以命爾往惟欽哉可

知徐州馬默可司農少卿

敕具官馬默爾以博學彊記宏毅有守剛而不犯明

而不苟歷試中外藹然有聞朕方選擇循吏入爲卿佐凡爾所能已試於外者其以告我而力行之往佐大農毋忽朕命

兩浙轉運副使許懋可令再任

敕具官許懋吳越之人凋弊久矣朕方蠲理煩碎以安養其衆非得循吏察視郡縣均通有無則民何賴焉以爾儒術精通吏事詳敏歷年于茲民便其政既信之俗必易爲功庶無新故更代之勞而有上下相安之美勉脩前業無怠日新可

新淮南轉運判官蔡濛可兩浙運判首同前

敕具官蔡濛云云以爾名臣之子進以儒術歷佐漕府治辦有成東西富庶比於西蜀而機巧過之惟寬且靜則民不偸可

司農少卿范子淵可知兗州

敕具官范子淵朕於士大夫未嘗求備也將歷試以事而收其所長有司言汝治河無狀耗國勞民積歲而功不成朕惟水土之政與郡縣異其觀汝于牧民尚勉來效以蓋往愆可

故樞密副使包拯男太常寺太祝繶之妻壽安縣君崔氏可特封永嘉郡君仍封表門閭

敕崔氏汝甲族之遺孤大臣之冢婦夫亡子夭惸然無歸而能誓死不嫁撫養孤弱使我嘉祐名臣之後有立於世惟汝之功昔衞世子蚤死共姜自誓詩人歌之韓愈幼孤養於嫂鄭愈喪之期若崔氏者可謂兼之矣其改賜湯沐表異其所居以風曉郡國使薄於孝悌者有所愧焉可

皇叔某贈婺州觀察使追封東陽侯

皇兄某贈蔡州觀察使追封汝南侯

敕生分竹符所以廣恩於宗室沒享茆社所以寵綏其子孫眷予盤石之宗夙被麟趾之化國有常典我其敢忘某等生于高明克自抑畏恭儉寡過綽有士人之風忠孝著聞蓋服 祖宗之訓屬既尊于中外禮當極於哀榮命以廉車卽封其地爰疏五等之貴慰九泉之思庶其有知服我休命

士濂可西頭供奉官

敕具官士濂汝宗室子生于安逸而能誦習文法以求自試蓋亦有志于士者朕何愛一官不以成其志乎可

童湜可特敘內殿崇班

敕具官童湜汝奉法不謹坐廢歷年而能祗畏以蓋

前失既更大眚稍復汝舊往服厥官益敬無怠可

謝卿材可直祕閣福建轉運使

敕具官謝卿材先王設官制祿非特以勸功與事也將以觀士之所守而進退之惟愛身者爲能愛民惟知義者爲能知利以爾臨事有守信道不回治郡有方奉使不擾力行古人之事庶幾循吏之風釋此大邦付之一路仍進直於書府俾增重於使權無輕遠人謹視貪吏政成民悅朕不汝忘可

趙偁可淮南轉運副使

敕具官趙偁汝昔爲文登守而海隅之民至今稱之推文登之政達之齊魯刑平賦簡所部以安今淮南之人困於征役而重以饑饉汝往按視如京東之政以寬吾憂可

呂溫卿知饒州李元輔知絳州

敕呂溫卿等監司郡縣其職不同其爲養民一也夫安靜之吏悃愊無華日計不足歲計有餘今自部使者移治一郡其深念之服于朕訓以永終譽可

王蒨知河中府

敕具官王蒨汝以名臣子老於治郡所至安靜吏民宜之河東吾股肱郡方唐之盛世有賢守風流未遠

圖像具存勉思古人以紹前烈可

邵剛通判泗州

敕具官邵剛詩云淑問如皋陶在泮獻囚獄訟之事固儒者之所學也汝官于上庠既習其說矣其往試之可

荆王楊王所乞推恩八人

具官某等或以方伎世其學或以歲月積其勞給事王宮既勤且久增秩改授以旌其能往服休恩益敬無怠可

西頭供奉官張禧得三級轉二官

敕具官張禧疆埸之政以首虜計功所從來尚矣爾既應格則賞隨之可

鮮于侁可太常少卿

敕具官鮮于侁奉常之職非特以治郊廟之度服器之數而已國有大政事大議論必稽焉昔魯秉周禮齊不敢謀而晏子太師折衝於樽俎之間國之典常君臣之名分上下守之有死不易則國安而民服朕選建卿士付之禮樂意在於此非我老成之人學足以通古才足以御今智足以應變强足以守官深於經術達於人情其孰宜之詩不云乎彼已之子邦之

司直往修厥官無斁朕命可

范祖禹可著作郎

敕具官范祖禹左右起居東觀著作皆史事也今左右史獨書已行之政有司之常事至於廊廟大議君臣相與之際所以與壞治忽之由一歸於東觀則著作之任顧不重歟非得直諒多聞古之所謂益友者奮筆於其間則善惡賢亂後世無所考信汝既任其事矣益進而專之朕苟有過猶當直書而況其餘乎往祇厥官無曠乃職可

孫覺可給事中

敕朕聞明主在上凡侍從皆得言若其不明雖臺諫亦失職朕以沖眇丕承祖宗未堪多難之憂常恐不聞其過下至執藝猶當盡規豈必諫臣而後論事矧茲封駁之重任參黃散之間知無不言職固當爾具官孫覺行不違道言不違仁處以孝聞出以忠顯先帝所以遺朕天下謂之正人屢告嘉猷固非小補間自西省還之東臺而覺方進陽城之直詞固懷蕭生之雅意重違其請閱月于茲卒採羣言以遂前命以爾抗章伏閤之志施於還詔批敕之間其一乃心以稱朕意

皇伯祖克愉可贈忠正軍節度使開府儀同三司

敕國家蒙累聖之餘澤眷宗室之多賢雖設官以董其私置傅以導其學而重以吏事責之懿親青衿而服簪纓白首以奉朝請雖有間平之盛德歆向之異材皆湮沒而無傳故嘆息之何及尚賴本支之茂蔚爲邦國之華不幸云亡惻然永悼具官克愉忠厚以爲質禮敬以自文持滿矜高蓋得諸侯之孝履信思順合於大有之賢小心自將沒齒無過方朕不言之際遽茲永逝之悲日月有時窀穸告具賁以旌旄之寵仍兼將相之榮豈獨慰九泉之思亦將勸庶邦之義可

蕃官兀埿常等十二人覃恩轉官

敕具官某等錯居吾圉世濟其忠矧茲臨御之初豈有中外之異各從遷秩以廣異恩祗服寵靈益堅守禦可

高密郡王宗晟建安郡王宗綽所生母孫氏封康國太夫人

敕母以子貴春秋之義也朕方因親以教愛廣愛以及民封節婦之閭以勸能賢賜高年之爵以助養老

而況屬籍至近賢王篤生欲大慰於慈心宜特推於異數孫氏四德純備五福荐臻豈惟擢秀於閨門固已流芳於宮閫舉觴坐上有伯仁仲智之賢持節洛濱皆汝南瑯琊之貴爰改封於樂土俾正位於小君服我休恩介爾眉壽可

客省副使劉琯知恩州

敕軍國異容兵民異道治戎振旅以鷙勇爲上承流宣化以忠厚爲先爾久練武經本由才選屢更煩使克有成勞試于一州祗服朕訓可

皇叔叔曹贈洛州防禦使封廣平侯

敕官至持節爵爲通侯非我勳勞之臣則必親賢之屬豈云虛受維以飾終具官叔曹生於高明力自脩飭克有常德以沒元身乃眷衡漳夙爲重地爰假一麾之寵就分五等之封庶其有知服我休命可

左侍禁李司可供奉官

敕蠢爾裔夷憑險竊發不時討擊何以懲艾爾能奮命破走犬羊何愛一官以勸吏士可

張汝賢可直龍圖閣發運副使

敕具官張汝賢朝廷於南方復置都漕者所以均節諸路之有無使歲課時入而已非以求贏也至俗吏

爲之則多收羨財以幸恩寵而民受其病以爾昔爲御史號稱敢言奉使江表罪人斯得庶幾知義利之分者是以命爾寵之新職往惟欽哉

狄諮劉定各降一官

勑具官某等奉使一路以卹民奉法爲先今乃不然煩酷之聲溢于朕聽公肆其下曲法受賕收聚毫末與農圃爭利使民無所致其忿至欲賊殺官吏朕以更赦置之閑局而公議未厭其削一官往思厥愆服我寬政可

范子淵知峽州

勑具官范子淵汝以有限之財興必不可成之役驅無辜之民置之必死之地橫費之財猶可以力補而既死之民不可以復生此議者所以不汝置而朕亦不得以赦原也夷陵雖小尚有民社朕有愧於民而於汝則厚矣可

宣德郎劉錫永父元年一百四歲可承事郎

勑劉元年尚齒教民三代之義咨爾百年之故老乃吾六世之遺民自非吉人莫享上壽張蒼事秦柱下而至漢孝景思邈生隋開皇而及唐永淳古有其人乃今親見何愛一命慰其子孫可

叔頗男畋之可三班借職

敕畋之汝父無祿早世緣母之請以獲一官其思所以克家事母者惟敬毋怠可

鮑耆年京東運判張峋京西運判

敕具官某等朕惟百姓之命寄於郡縣而守令之賢不能人知其實獨賴部使者爲朕耳目而已爾長一郡以才良聞進之漕屬以究其用其使上無情吏下無冤民以稱朕意可

李周太僕少卿

敕具官李周僕臣正厥后克正見於周書思無邪思馬斯臧形於魯頌朕命此職亦難其人以爾秉心不回臨事有守通練世故灼知民情所以望爾者豈特車工馬政而已哉可

范純禮吏部郎中

敕具官范純禮嗚呼惟乃顯考克明德秉哲以左右我仁宗俾配德於堯舜天亦維相之使世世有人以任我樞機將帥之事今汝獨在外計朕惟瑚璉不可以褻用驥騄不可以小試命以天官之屬其少進之益觀其能往欽哉可

余希旦知濰州

敕具官余希日爾本以才選坐累失職亦云久矣肆
余大告罔不更新北海名邦民朴而富往務忠厚以
安其生可

王晳知衞州

敕具官王晳凡我四朝之舊經德秉哲篤老不衰者
今幾人哉以爾好學守節名在循吏而久不治民朕
甚惜之太行之麓民朴訟簡守以安靜莫如汝宜可

郭祥正覃恩轉承議郎

敕具官郭祥正朕丕承　六朝陳錫四國覃及方外
浹于有生矧余通籍之臣可無增秩之寵祇服休命
永肩一心可

王崇拯可遙郡刺史

敕具官王崇拯刺史漢官秩六百石魏晉以來皆牧
守之任今雖以爲勇爵然非親賢勳舊不在此選爾
入直禁省出分虎符兵民所宜選寄滋重有司言爾
累勞當遷益脩厥官以應名實可

潮州澄海第六指揮使謝臯可三班借職

敕謝臯汝自什伍長積勞累遷至一旅極矣今乃以
去惡之功獲補武吏惟廉與慎乃克有終可

皇伯仲郃贈使相

敕親親以藩王室賢賢以尊朝廷古之道也况於死生之際恩禮之重國有常典我其敢忘皇伯具官仲郃生於高明克自祗畏出就外傅聞好禮之稱退省其私有爲善之樂云云何不淑罹此閔凶慰我永懷豈無異數衮衣赤舃寵均三事之臣玉節牙璋坐享專征之器豈云虛授維以飾終庶幾有知服我休命可

士暇右班殿直

汝宗室子始名而祿得之非艱守之惟艱祗服朕訓乃克終譽可

克羣遙郡防禦使

朕於宗室無所愛也然猶不欲虛授以速人言得之惟艱乃罔後悔凡有進秩必付有司考其歲月察其行義則朕與汝皆無愧豈不休哉

劉璝閤門祗候

惟我神考篤二將帥生則厚其寵死則恤其孤將使識朝廷之儀習軍旅之事無忝厥祖以世其家成汝之志可謂至矣將何以報之可

王安石贈太傅

敕朕式觀古初灼見天命將有非常之大事必生希世之異人使其名高一時學貫千載智足以達其道

辯足以行其言瑰瑋之文足以藻飾萬物卓絕之行足以風動四方用能於朞歲之間靡然變天下之俗具官王安石少學孔孟晚師瞿聃罔羅六藝之遺文斷以己意糠粃百家之陳迹作新斯人屬熙寧之有爲冠羣賢而首用信任之篤古今所無方需功業之成遽起山林之興浮雲何有脫屣如遺屢爭席於漁樵不亂羣於麋鹿進退之美雍容可觀朕方臨御之初哀疚罔極乃眷三朝之老邈在大江之南究觀規模想見風采豈謂告終之問在予諒闇之中胡不百年爲之一涕於戲死生用捨之際孰能違天贈賻哀榮之文豈不在我寵以師臣之位蔚爲儒者之光庶幾有知服我休命可

楊繪知徐州

敕楊繪士有拙於謀身而巧於治民疎於防患而密於慮國其自爲計則過矣而朕何疾焉　先帝龍興首擢用爾置之臺諫以直諒聞言雖無功效於今日簡易輕信失之匪人坐廢十年陶然自得詩人所謂豈弟君子者繪庶幾焉彭城大邦吾股肱郡政成民悅朕不汝忘可

陳薦贈光祿大夫

敕昔我英祖博求天下之士以輔翼我神考于東宮二十餘年之間山陵旣成人物改謝顧瞻在廷一二臣外罔有存者朕惻然傷之永懷其人具官陳薦剛毅木訥器遠任重密勿左右以責難爲愛君周旋藩輔以卹民爲報國淪喪未幾風烈如在雖死者不可復作而追榮之典猶足以寵綏其子孫且使朴忠守道之士知朕意之所予者可

呂穆仲京東提刑唐義問河北西路提刑

敕先帝立法更制所以約束監司守令使不得營私而害民者可謂至矣朕始罷賦泉之令復征繇之法凡先帝之約束當益中而嚴之使出力從政之民無所復病以爾穆仲等或端靜有守敏於爲政或直諒多聞志於仕道而京東河朔皆天下重地也往脩厥官稱朕意焉可

沈叔通知海州

敕朕嗣位以來通商惠農施舍已責有不順成荒政畢舉而海濱之民羣聚剽掠此吏不稱職備災無素之過也今選命汝惟往安之非勝之也民苟有以生矣其肯自弃於惡可

孫向保州通判

敕孫向一郡之寄在汝守貳察姦舉能旣復其舊矣
則達政之吏可以有爲爾通練民事旣試有勞其從
所請以觀來效可

鄧闢朝散郎監邕州慎乃金坑

瘴霧之鄉上幣所出累年於此勤亦至矣法當遷秩
以答久勞可

荆王新婦王氏潭國夫人

敕易稱中饋爲家人之正吉詩美羔羊蓋鵲巢之功
致婦德有常舍章不曜能使君子樂且有儀則內助
之賢從可知矣王氏早服師傅習聞詩禮富貴而能
恭儉俯仰極於孝慈令問藹然刑于宗族其改封大
國象服是宜以稱我叔父之德爲內命婦之法豈不
休哉可

劉庠贈大中大夫

敕國以求賢爲事士以得時爲急士旣難進而易退
時亦難得而易失日月逝矣歲不我與古人之難復
見于今具官劉庠才備德博器遠任重逮事三朝出
入二紀英祖神考實知其人而剛毅朴忠學不少貶
肆朕嗣位疇咨故老如庠等輩不過數人方當召用
命不少假使九原而可作雖百身其何贖寵章異數

賁于其柩雖知無益以塞余哀可

李琮知吉州

敕李琮汝以久遠無根之賦使畏威懷賞之吏均之于無辜之民民以病告聞之惕然使吏覆視皆如所聞既正其事矣而汝猶自言若無罪然朕惟更赦不汝深咎遷于一州往深念之廬陵之富甲於江外使民安汝朕則汝安可

高士良可文思副使

敕高士良汝閱習民兵技藝超等課以歲月於法當遷往服寵靈益思來效

皇叔叔遂可贈懷州防禦使追封河內侯

敕生于富貴而無驕逸之患終于祿位而有歸全之美始終之義有足賢者具官叔遂性於忠孝文以禮樂蓋蒙祖宗之澤而服師保之訓克有令問以沒元身是用爵之通侯官以持節上以惇勸於宗室下以寵綏其子孫可

楊王子孝騫等一人荊王子孝治等七人並遂州團練使

敕某等先皇帝篤兄弟之好以恩勝義不許二叔出居于外蓋武王待周召之意太皇太后嚴朝廷之禮

以義制恩始從其請出就外宅得孔子遠其子之意二聖不同同歸于道可以爲萬世法朕奉侍兩宮接行新第顧瞻懷思潸然出涕昔漢明帝問東平王在家何等爲樂王言爲善最樂帝大其言因送列侯印十九枚諸子年五歲以上悉帶之著之簡策天下不以爲私今王諸子性于忠孝漸于禮義自勝衣以上頎然皆有成人之風朕甚嘉之其各進一官以助其爲善之樂尚勉之哉毋忝乃祖父以爲邦家光可

呂公著妻魯氏贈國夫人

敕婦人之德如玉在淵雖不可見必形諸外視其夫有羔羊之直相其子有麟趾之仁則內德之茂從可知矣具官呂公著故妻魯氏名臣之子元老之婦所資者深故志存乎仁所見者大故動協于禮環佩穆然閨門化之而降年不永祿不配德其改封大國正位小君庶幾爲女史之光非獨慰其夫子而已可

仲暹可遙郡防禦使

敕仲暹居貧賤而有聞處富貴而無過難凡我宗室皆有位者雖不任以事無所施其才而刑于厥家有以攷其行日月其邁爵秩當遷朕不爾私服之無愧可

韓維妻張氏同安郡夫人

敕朕登進元臣專以德選退食委蛇省察其私有召南之風焉抑抑威儀惟德之隅非内有相貳何以及此具官韓維妻張氏生于冠族作配君子言有物則行應圖史宜疏湯沐之封以稱山河之象祇服明命佑我老臣俾無内顧之憂專任仰成之寄可

東坡外制集卷上

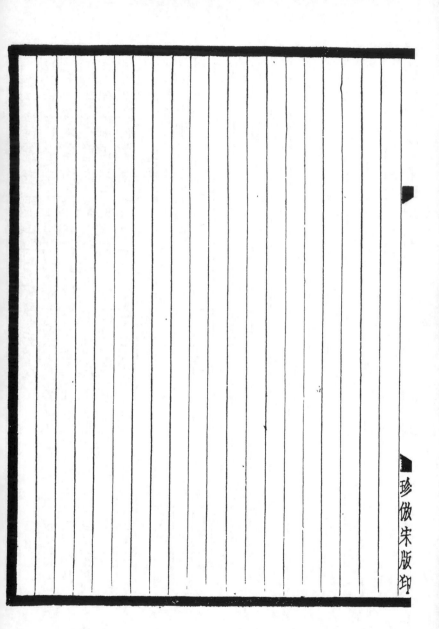

司馬光三代妻

曾祖政太子太保

勑書曰皐陶邁種德種之遠故其發也難發之難故其報也大古之君子有種德於百年之前而待報於數世之後者昔聞其語未見其人某官某故曾祖某官某篤行有聞信於鄉國懷道不試遺其子孫天不吾欺再世而顯至于曾孫其德日躋衮衣繡裳進位于朝退有事于家廟其致朕命詔于有神尚食其報以康乃後可

曾祖母薛氏溫國太夫人

勑朕自通籍之臣皆有以寵綏其父母而自祖以上非予丞弼之家莫獲褒顯君子之孝至於尊祖以及其妣用邦君之禮以隆其家可謂至矣某官某故曾祖母某氏專靜有守柔嘉維則經之以孝慈緯之以恭儉使清白之訓不墜于子孫而隱德之報可質於天地我有異數詔于幽窔翟茀副笄尚服享之可

祖炫太子太傅

勑朕有元臣以德媚于上下民見其羽旄聞其車馬之音則稽首而聚觀之況其父祖墳墓之所在望其

草木蓋有流涕而拜者錫命之寵豈特以慰其家而已哉某官某故祖父某官某篤學力行追配前人仕道難進止於一命無疆之慶在其子孫風流未遠英烈如在歆予寵章以慰民望可

祖母皇甫氏溫國太夫人

敕夫天人之際若不可知而善惡之報各以其類凡今富貴壽考光顯于世朕察其父母大父母未有不仁而得之者也某官某故祖母某氏令德孝恭著于閨門好禮慈儉刑于姻族始生賢子以大其家而餘澤方茂福祿未究再世之後莫之與京慇冊追榮國有常典庶幾幽壤服我寵靈可

父池贈太師追封溫國公

敕朕聞盛德之士必與天合考之古人而無疑質諸鬼神而不慚雖不當世必有達者某官某故父某官某德爲世範言爲士則躬蹈險夷之節庶幾顏閔之行事我 仁祖爲時名臣而儒術之用止於侍從德澤之施極於方鎮天厚其世篤生異人不求而名自章不言而人自信皆曰君子之子宜爲天下之用朕既采民言俾秉國成而淵源之深推本所自命以師臣胙之大國使人知有道之士雖沒有無疆之休可

母聶氏温國太夫人

勑古之烈婦著在史冊非有憂患不見名節若夫令德懿行秀于閨門而湮滅無傳何可勝數獨賴子孫之賢或以表見於世世君子之欲得位行道豈非以顯親揚名之故歟某官某故母聶氏早以淑艾嬪于德人恭儉信順以相其夫慈和嚴翼以成其子使朕得名世之士以濟於艱難其遺風餘澤蓋有存者改封大國正位小君非獨以報其德庶幾令名與子俱傳於天下可

故妻張氏温國夫人

勑夫婦之好義同賓友勳瘁相成於艱難之中而死生契闊於安樂之後朕聞其事惻然傷之具官某故妻某氏少以女士不勤姆師歸于德門克有令問從我元老詞寵居約遊神清淨之庭守德寂寞之宅始終之際無愧古人我有寵章慰其永逝其正名於大國以從姑於九原可

張恕將作監丞

勑朕惟人材之難長育之無素事至而求有不可得是以訪之元臣大老之家推擇其子弟庶幾似之以爾名臣之子篤學好禮敏於從政試之匠事以觀其

能爾克遠猷無忝乃父以稱朕意可

趙濟知解州

敕趙濟古者官有常人士有定論雍也可使南面求也可使爲百乘宰論定而官不浮則民服汝長西師歷年於此矣考之清議不曰汝宜尚畀一城以觀來效敬之戒之毋失朕命

李承之知青州

敕朕東望齊魯之國河岱之間沃野千里生齒億萬商農阜通儒俠雜居可以大度長者勝難以細謹法吏治也具官李承之生于甲族世爲名臣屢試有勞所見者大肆予命汝尹茲東土昔曹參爲齊問治於其師蓋公公曰治道貴清淨而民自定汝師其言則予汝嘉可

韓維三代妻

曾祖處均燕國公

敕漢諸袁之父子四世繼出五公唐諸溫之兄弟同時並列三省著在圖史古無擬倫眷予世臣有若韓氏億事　仁祖始參大政篤生三子咸秉國成豈惟嗣世之賢實賴積善之報具官某曾祖某濬德不耀久而自彰天祚厥家世濟其美盛矣曾孫之貴蔚爲

三壽之朋逮予纘嗣之初繼受艱難之託甚文而靖旣直且温旋觀純德之全尚識遺風之自是用因上公之舊秩開北國之新封仰以增廟室之光華俯以慰烝嘗之怵惕可

曾祖母李氏燕國太夫人

敕朕惟公卿之家有能父子躬履一德弼亮三世非其淵源深長外有羔羊諒直之賢內有鳲鳩均一之助亦安能奕世秉義久而不忘者乎具官韓維曾祖母李氏育德名家作嬪良士珩璜之節動必以禮蘋藻之薦敬而有儀用能使其後昆丞弼我國家以無斁於世今其蒞政責任茲始余亦何愛大國不以易湯沐之舊可

祖保樞魯國公

敕朕方圖任股肱之臣以光大祖宗之業思廣斯志以及爾私人之念祖誰不如我是以推沛恩命襃顯前人具官某祖某躬服仁義著迹鄉黨積累深厚見于子孫或佐我仁祖之盛明或相我神考之休烈遺風未遠故吏尚存逮茲纘承繼用耆哲朕旣恭默思道垂拱責成與其寵祿厥躬不若尊大其祖上以報貽謀之德下以勵移孝之誠肇新曲阜之封增寵師

臣之贈服我休命益大爾家可
祖母郭氏周氏贈魯國太夫人
敕古者婦人爵因其夫貴以其子雖有過人之才絶
俗之行不得所託不表於世今余輔臣父子兄弟先
後相望以師長我百辟願推鴻恩光顯先烈維考維
妣咸追錫休命肆予寵嘉之具官祖母某氏德稱閨
闈化及宗黨允蹈家人之正居有鵲巢之福翟衣之
盛由子而獲國封之貴及孫而大茲用錫爾周公之
履以爔韓氏之祧庶其有知服我新命可
父億贈冀國公
敕朕聞仁宗在位之久有同成康得士之盛不減武
宣如儲藥石以待疾病如種梓漆以備器用凡今中
外文武之選率多慶曆嘉祐之人而況一時之老成
與聞當時之大政德業傳於父老儀刑見於子孫名
在國史像在原廟朕用慨然想見其人具官某故父
某少稟異材進由直道出爲循吏入爲名卿福祿終
身而人不疵富貴奕世而天不厭實生二子翼輔
兩朝旌旄交馳棨戟互設朕欲貢其家廟而貴已窮
於人爵改封大國益著隆名庶使昭陵之老臣永爲
北土之藩輔可

母蒲氏王氏贈秦國太夫人

敕慎終追遠仁也顯親揚名孝也得志行道澤可以及天下而富貴不能及其親天也雖不能及而追榮之典可以貫幽明褒大之訓可以表後世禮也嗚呼此亦仁之至義之盡矣具官某故母某氏族爲士望德爲女師恭儉以相其夫嚴敬以成其子使朕獲老成之佐以濟艱難之初宜推異恩以報舊德可

故妻蘇氏永嘉郡夫人

敕婦人有德行才智之能而不得施于事有言語文章之美而不得聞于人而況仁而不壽賢而不祿者乎此詩人所以賦彤管而史氏所以傳列女也具官某故妻某氏少以女士秀于閨門來嬪德人動以禮法而不得與君子偕老翟茀以朝哀哉若人命之不淑其改賜湯沐寵以訓詞庶幾采蘩之遺芳不與宿草而共盡可

趙濟落直龍圖閣管句中岳廟

敕趙濟有司言汝罪惡有狀小人有不忍爲而汝爲之朕惟羞汗搢紳重置汝于理其退處散地以勵風俗可

王彭知婺州孫昌齡知蘇州岑象求知果州

敕具官某爲吏莫不欲威而明威不可立也惟公則威明不可作也惟虛則明郡無大小民無剛柔事無繁簡政無難易惟公而虛無適而不治以爾用法之久不失仁恕折獄之多滋識情僞孫昌齡岑象求改二云端靜有守悃愊無華奉使歷年吏民宜之其悉乃心施于有政不侮鰥寡毋擾獄市稱朕意焉可

王子韶主客郎中周尹考功郎中

敕王子韶等事有繁簡才有所宜要之郎官天下之清選也朕有所擇於其人而無所輕重於其間以爾子韶博聞彊記老而能學以爾尹果藝而達知無不爲各率其職而用其長朕將觀焉可

蔣之奇天章閣待制知潭州

敕三后在上遺文在下炳若雲漢昭回于天乃眷藏書之府因爲育材之地爰登秀傑以備顧問雖持節出使剖符分憂一掛名於其間遂增重於所莅且使民見侍從之出守知朝廷之念遠也具官蔣之奇少以奇材輔之博學藝於從政敏而有功使之治劇於一方固當坐嘯以終日勿謂湖湘之遠在余庭戶之間務安斯民以稱朕意可

皇伯祖宗勝贈太尉北海郡王

敕夫以三公之位冠諸侯王之爵元勳盛德有不能兼非我父兄親賢之隆加之死生哀榮之極則朕豈以此授非其人哉具官宗勝生于高明克自抑畏忠厚以爲質禮敬以自文貴窮人爵而無驕佚之譏考終天命而有歸全之美始終之際中外所賢日月有時窀穸告具備物典冊以將余哀豈獨慰九原之思蓋將勸庶邦之義可

劉有方可昭宣使依舊嘉州刺史內侍省內侍押班

敕朕爲天下父母推一心以馭百官內外雖異愛無差等皆欲其處無過之地受有名之賞則上下相安人無間言具官劉有方少知忠恪晚益詳練砥礪廉隅有搢紳之風祗畏簡書無戲怠之色歷歲滋久積勞當遷考之有司皆曰應法往服新寵朕不汝私可

宋滋可右侍禁

敕宋滋疆場之臣所以奮不顧身義不旋踵者以朕爲能卹其孤也何愛一官不以慰死者之意且以爲吏士之勸乎可

鞠承之可秦州州通判

敕鞠承之自恢復西鄙秦爲內郡宿兵之衆有損於

前而遠輸之勞至相倍蓰軍政雖簡民事爲重監郡
之職專在養民有司擇材曰汝可使往辦乃事無忝
所知可

文及可衞尉少卿

敕文及汝三公子以才行聞擢置要劇衆以爲宜而
師臣執謙重違其請周廬宿衞職親而務簡雖未足
以究觀汝能而退食休沐下車里門澣衣子舍豈非
搢紳之美談而當世之榮觀乎可

李杲卿可京西轉運副使張公庠可廣東轉運
副使楚潛可廣西轉運副使吳革可廣東轉運
判官

敕某官某朕即位以來發號施令務求厥中而寬者
喜縱志　先帝之約束急者樂刻覈文吏之故態汝
以才能治狀達于朕聽其往視之夫治民如牧羊然
視其後者而鞭之可

童珪父參年一百二歲可承務郎致仕

敕童珪父參古者天子巡守方岳之下問百年者就
見之而絳縣役老趙武謫其輿尉今汝黃髮鮐背以
上壽聞其可使與編戶齒乎往以忠孝教而子孫可

單可度可三班借職出職

敕單可度在官滋久吏事亦多而無大過有足嘉者往祗寵命益務廉平可

智誠知宜州

敕智誠蠢下裔夷譬之蜂蟻勝之不武不勝爲患惟爾守臣威信兩立勝之以不戰消患於未萌則民受其賜予惟汝嘉可

張仲可左班殿直

敕張仲歲之不易盜賊屢作爰設勇爵以勸追胥爾能奮身以除民害必信之賞其可忘乎可

張誠一責受左武衛將軍分司南京

敕張誠一孝治之極天下順之不子之罰民之輕犯而貴近之間尚有誠一朕甚傷之乃者姦言詖行蠹國殘民之狀論者紛然方議其罪而悖德隱惡達于朕聽攷實其狀至不忍言詩不云乎行有死人尚或墐之禮曰父沒而不能讀父之書以爲手澤存焉今汝之所爲者何爲至此極也縱朕不問汝亦何顏以處搢紳之列乎可

陳侗知陝州

敕陳侗士臨利害之際而不失故常者鮮矣以爾出入冊府幾二十年安於分義不妄附麗以干進取死

喪之威兄弟孔懷願爲一郡以卹幼孤朕甚嘉之夫
入爲九卿貳出爲二千石此亦搢紳之高選也汝益
勉之可

傅燮知鄭州

勅傅燮鄭廢爲邑復爲右輔經營繕完之勞民既告
病而吏亦勤矣以爾樂易之政屢試有聞往任其事
寬信以御民强敏以御吏稱朕意焉可

姚居簡押木栰上京酬奬轉三班借職

勅姚居簡不煩民力而辦官事會其所運罕所失亡
可

賈種民知漢陽軍呂升卿通判海州

勅賈種民等天下有道士知分義流品清濁各有攸
處如種民升卿亦不汝弃往服寵命益祗厥官可依
前件

張世矩再任鎮戎軍

勅具官張世矩高平故地夷漢雜處啓以夏政疆以
戎索惟威與信並行德與法相濟則種落内附民安
其生以爾習知邊情克有武略賦役之美歷年于兹
夫已信之民易治已練之兵易使無改乃舊益觀厥
成可

劉誼知韶州

敕具官劉誼汝昔爲使者親見民病盡言而不諱厄窮而不悔夫豈知有今日之報乎孔子曰巧言令色鮮矣仁夫能爲朕牧養遠民惠鮮鰥寡者必剛毅不回之士也往服厥官益信汝言可

呂惠卿責授建寧軍節度副使本州安置不得簽書公事

敕凶人在位民不奠居司寇失刑士有異論稍正滔天之罪永爲垂世之規具官呂惠卿以斗筲之才挾穿窬之智諂事宰輔同升廟堂樂禍而貪功好兵而喜殺以聚斂爲仁義以法律爲詩書首建青苗次行助役均輸之政自同商賈手實之禍下及雞豚苟可蠹國以害民率皆攘背而稱首 先皇帝求賢若不及從善如轉圜始以帝堯之心姑試伯鯀終然孔子之聖不信宰予發其宿姦謫之輔郡尚疑改過稍畀重權復陳罔上之言繼有碭山之貶反覆教戒惡心不悛躁輕矯誣德音猶在始與知己共爲欺君喜則摩足以相懽怒則反目以相噬連起大獄發其私書黨與交攻幾半天下姦贓狼籍橫被江東至其復用之年始倡西戎之隙妄出新意變亂舊章力引狂生

之謀馴至永樂之禍興言及此流涕何追迨予踐祚之初首發安邊之詔假我號令成汝詐謀不圖涣汗之文止爲款賊之具迷國不道從古罕聞尚寬兩觀之誅薄示三危之竄國有常典朕不敢私可

許懋祕閣校理知福州

敕許懋七閩之會其民智巧吏得其人則靡然心服不勞而治不得其人則紛然力爭雖勞不服以爾賦政東南民用不擾既久而信厥聲藹然肆余命爾長茲劇部夫身在江海之上而職在魏闕之下民之瞻望顧不美歟可

喬執中兩浙運副張安上提刑

敕喬執中等夫以卹刑之道達之于主計則非文法之吏以爾執中奉使東南吏服其明民懷其惠以爾安上賦政毗陵寬而有制嚴而不殘是以命爾各祗厥服夫民新脫賦泉之弊以從力役之政其謹視貪吏以無害我成法可依前件

宇文昌齡吏部郎祝庶刑部郎

敕昌齡等古之君子以人物掌選而士不濫進以經術斷獄而民無怨言嗚呼何修何飾而至此歟今吾一之以格律而不免於異議何哉昌齡以儒學進有

聞于人庶以世家用能宿其業勉思古人以稱朕意可依前件

江東提刑侯利建可江東轉運副使福建運判孫奕可福建路轉運副使新差權發遣鄭州傅燮可江東提刑知常州張安上可兩浙提刑朝請郎劉士彥可福建轉運判官

敕具官某等朕姑罷賦泉之令復傜役之法使民出力以事其上不責其所無有幾以富之閔閔焉如農夫之望歲也而差發之際吏或緣爲姦農民在官貪者動心焉若郡縣御胥吏不嚴而監司察郡縣不謹則南畝之民不困於縣官而困於吏其與幾何爾以治行達于朕聽或已試之効或近臣之薦必能明識朕意以保民察吏爲本謹視其廉貪仁暴勤惰明闇以詔賞罰朕亦將觀汝所爲而進退焉可依前件

奉議王續知太康縣

敕王續朕以天下爲一家然畿甸之民號爲根本若近者不悅四方何觀焉爾以才選往服厥事馭吏以明保民以寬無失朕命可

新差通判齊州張琬可衞尉寺丞衞尉丞韓敦立可通判齊州

敕具官某等朕於士大夫苟便其私而無害於公者蓋未嘗不聽矧以養親爲詞而求易地固朕之所樂聞也往服厥官各祗乃事可依前件

兩浙運副喬執中可吏部郎

敕具官喬執中士知愛身則知愛君知馭民則知馭吏故端靜惠和之士施之內外無適不宜朕察汝久矣今自部使者入爲天官屬無易其守以稱朕命可

供備庫使蘇子元可權知新州

敕具官蘇子元嗚呼交趾之變蘇氏之禍十年於此矣朕念之不衰哀亡而愍存不忍以常法待汝畀之一郡以勸事君敬之哉思所以致此者可不敬歟可

楊汲落待制知黃州崔台符王孝先各降一官

台符知相州孝先知濮州

敕國家臨御百年哀矜庶獄好生惡殺視民如傷六聖一心簡在上帝而市井無賴譖愬公行若廷尉治獄不苛秋官議法有守則仁聖在上姦宄自消豈有數年之間坐致萬人之禍死者不復誰任其辜具官某 王孝先改爲爾 以患失鄙夫之心而竊乘君子之器欲與羣小共分告織之功專務巧誣以成疑似之罪試加覆視寃狀了然公議不容彈章交上聊從附下

之罰少謝無辜之民服我寬恩益務循省 台符改此兩
句云往蒞安陽兼修馬政勉思來效毋重往愆 可

趙高摩勘轉朝議大夫

敕趙充國馮奉世名臣也而老於爲將婁師德郭元振儒者也而樂於守邊蓋疆埸未寧則以外爲重而忠義所激不擇地而安具官趙高少以異材輔之博學虛心大對方觀鼂董之文推轂西陲遂膺呈陞之寄恩威並著戎夏乂安論歲月以稍遷姑從舊典收功名於不世勉及前人可

趙思明知永靜軍

敕具官趙思明武吏之進以守土扞城爲高選而戎壘之政以平徭決獄爲餘事汝以財用往分使符知高選之未易得而餘事之不可忽則寡過矣可

鮮于侁大理卿

敕具官鮮于侁儒者恥爲文吏而廷尉不用仁人久矣流弊之末至於誦法而不知義附勢而不知法罔羅紛張延及無辜朕甚厭之爾德惟一信道不回雖古于張何以遠過是以命爾庶幾天下復無寃民不然者朕豈以刑獄之事累老成哉可

吳處厚知漢陽軍賈種民知通利軍

敕具官某等漢口黎陽控引江河久廢爲邑吏民不悅比詔有司修復故壘因舊而新務適厥中平徭均賦使民宜之明致朕意以慰父老可

顧臨直龍圖閣河東轉運使唐義問河北轉運副使

敕具官某朕修賦役之法黜聚斂之吏去薄從忠務以養民而寬厚之弊或至於婾夫外臺按事以不失有罪爲稱職若下有幸免之吏則必有不幸之民民困於吏則歸咎吾法朕甚憂之太原之民困於備邊使者之任不輕付予以爾儒林之選號稱秀傑有能吏之才而不薄有長者之風而不婾其服新職以莅一道往任其責以寬吾憂可唐義問云趙魏之地被邊帶河以爾直諒之節世其家聲豈弟之心不忽民事必能深識朕意以肅吏靖民爲本往任其責以寬吾憂可

張問秘書監

敕具官張問汝策名三朝宣力四方旣有聞矣而篤老之年克己復禮稱道不亂朕聞而嘉之起之鄉閭列之朝會問國故事與民疾苦足矣不必勞以事也優游吾東觀以爲士大夫之表可

范子奇將作監

敕具官范子奇夫以百工之事較之一路之民爲輕而自部刺史入居九卿爲重爾久在外服奔走之勞按視之勤亦少休乎今宮室器用皆有常法守之勿失可以寡過往若予工毋廢厥職可

錢長卿比部郎鄧義叔水部郎

敕具官某等昔漢郎官出宰百里今自監郡以上乃與其選任益重矣非獨爲官求人以濟無窮之務亦將爲國儲士以須不次之舉雖會計溝洫有司之一事而馭吏捍災朕將有取焉可

林邵太僕丞何琬鴻臚丞

敕具官某等爾向以才選出按常平之政官省而歸復使治民蓋將因能而任焉九寺之屬近在輦轂才之所宜易以聞達毋曠厥官朕不汝遺可

文保雍將作監丞

敕具官文保雍朕仰成元老如涉得舟待以求濟苟有以燕安之使樂從吾游而忘其老朕無憂焉大匠之屬未足以盡汝才也而從政之餘遂及爾私並事君親豈不休哉

李南公知滄州穆珣知盧州王子韶知壽州趙

揚知潤州

敕具官某等刺史秩六百石以按列郡而治行卓然乃以二千石爲郡守昔以責人者今以自責則物被其惠民無間言爾等皆嘗奉使督察官吏公明之稱達于朕聽董制江淮控臨河海任亦重矣其益勉之無使風采減於平昔可

高公繪公紀並防禦使

敕鄧訓之德蓋活千人叔向之功尚宥十世矧先王卻狄之勳而聖母負扆之託子孫賢者休戚同之具官某性於忠孝文以禮樂襲故家仁厚之風蹈布衣恭儉之節以爾父士林早緣肺腑逮事厚陵沒于中年爵不配德故推餘澤以及後昆抱能未施當俟可爲之會臨寵而懼庶保無疆之休可

李之純戶部侍郎

敕保國猶保身藥石不如養氣御民猶御馬鞭箠不如輕車故興利以富民不如省事而民自富廣求而豐國不如節用而國自豐朕嘉與庶工共行此志以爾具官李之純屢試以事號稱循良雖爲有司不吝出納宜膺蠲等之用庶無虛受之譏服我訓詞以厭公議可

穆衍金部員外郎

敕具官穆衍士能用其長以自表見者朕未嘗不試也要之必觀其始終然後能決其進退在此選者可不勉歟貨幣之入所以權輕重通有無而非以求富也往服朕訓以永終譽可

孫路陝西運判

敕具官孫路關右之民困役傷財譬之七年之病而求三年之艾朕日夜以思庶幾其民勇而知方以爾出入秦雍悉其利病往行所知以稱朕意可

蘇頌刑部尚書

朕聞帝堯之世伯夷以三禮折民西漢之隆仲舒以春秋決獄是知有道之士必以無訟爲功乃者法病於煩官失其守盜賊多有獄市紛然歎求迪哲之人以清流弊之末具官蘇頌温文而毅直亮不回仲由冉求果藝有從政之美子產叔向愛直兼古人之遺遭罹閔凶亦既祥禫特詔虛位以待老成與其遂曾閔之私哀顧懷墳墓曷若蹈威綽之前軌顯揚君親佇聞嘉猷以對休命可

王公儀夔州路轉運使程高夔州路轉運判官

敕具官某等役法既復民知息肩矣然在官者皆農

夫也三峽之民刀耕火耘與鹿豕雜居正賴良使者
察其侵寃使政煩而吏貪者此等豈能遠訴乎朕以
大臣薦故擢用汝若遠民無告非獨汝咎薦者可不
勉哉可

呂由庚太常寺太祝

敕呂由庚　先皇帝有賢執法朕不及見也思其人
行其言用其平生所予者猶以爲未足也而錄其子
嗚呼亦可以識朕意也夫詩云惟其有之是以似之
汝勉之矣朕不汝忘可

杜訢衛尉少卿鍾離景伯少府少監

敕具官某等朕登進者老崇德以靖民敷求雋良養
材以待用非更練有素不輕用其人以爾訢久服官
箴善守家法以爾景伯其敏而藝有聞于時皆吾四
世之良往服九卿之貳益固爾守將觀厥成可

辛押陁羅歸德將軍

敕具官辛押陁羅天日之光下被草木雖在幽遠靡
不照臨以爾嘗詣闕庭躬陳珍幣開導種落歲致梯
航願自比於內臣得均被於霈澤祇服新寵益思盡
忠可

敕高子壽程力較績國有舊章命以一官勉思自効可

李肩可殿中省尚藥奉御直翰林醫官

敕具官李肩醫雖一技蓋通妙物之神法有衆科以助好生之德故縻好爵用勸良能無忘三世之傳庶保十全之效可

耿政可東頭供奉官致仕

敕具官耿政肇新霈澤覃及庶工雖請老以家居亦先朝之逮事各從遷秩以寵歸休可

喬執中可朝請郎尚書吏部郎中

敕喬執中漢以郎官出宰百里今以郡守選屬列曹任人之隆於古爲重有司言爾資格當遷其郎正員以茂遠業可

東坡外制集卷中

東坡外制集卷下

李之純可集賢殿脩撰河北都轉運使

勑乃者役錢貸息之弊民兵馬政之勞萃于北方而天不靖民河溢爲災老幼奔走流離道路十年於此矣嗚呼其孰爲朕勞來安集使復其舊乎以爾具官李之純治辦之能嘗見於用忠厚之質不移於勢是用進秩書殿增重使指其往撫疲瘵之俗察貪暴之吏無縱詭隨以謹無良朕將酌民言以觀汝政可不勉歟可

呂大臨太學博士

勑具官呂大臨太學禮義之所從出也不擇人以爲法而恃法以爲治可乎漢之郭太符融唐之陽城韓愈士皆靡然化之其賢於法遠矣朕方詔有司疏理學政而近侍之臣言汝可用必能於法禁之外使士有所愧而不爲乃稱朕意可

羅適知開封縣程之邵知祥符縣

勑羅適等赤縣之衆甚於劇郡五方豪傑之林百賈盜賊之淵蓋自平時號爲難治而況市易始去逋負向繫役法初復農民未信以爾適學行純固有卹民之心以爾之邵才力强敏無媮安之意各服乃事以

觀其能不患不己知求爲可知者可

杜純刑部員外郎

敕杜純用法如權衡權可以輕重移而衡不可以毫髪欺故司寇之職必有守道之長貳而輔之以守官之僚屬汝昔爲士師秉節不回獨持正議以直羣枉往服厥官無易汝守以不忍之心行無心之法則予汝嘉可

劉霆知陳留縣

敕具官劉霆縣劇而難治故有司難於用人地近而易知故才者樂於自用臨政以簡決獄以明御吏以嚴去盜以武能此四者孰不汝知可

皇伯仲曄贈保寧軍節度使東陽郡王

敕祖宗之德天地並隆施及子孫皆享民社勝衣有朝請之奉闔棺有茅土之封始終之間哀榮斯極具官仲曄寬厚寡過雍容有常生不勤於父師沒見思於姻族既得考終之道可無追遠之恩豹尾神旗守臣之威命金璽盭綬諸侯之寵章服我寵光以賁窀穸可

杜紘右司郎中

敕具官杜紘士一歷都司即踐清要非一時名勝不

在此選爾以文無害而宿其業往服乃事益茂厥德以稱朕命可

皇城使裴景知慈州莊宅副使郭逢知階州西京左藏庫副使王克詢知順安軍

敕具官某等朕銓擇將吏視其才力彊敏可任以事者必試之治民苟不知愛民奉法馭吏而戢士雖智勇有聞朕無取焉爾等皆以考績察廉號稱明練薦者交章故在此選往服厥官無失朕命可依前件

借職楊晟該差使吳奉雲等各轉一官

敕某等向敕邊臣增葺城堡所以護安民夷各全其生爾能相率獻田出力有足嘉者服我爵秩永保忠順可

呂大忠發運副使

敕具官呂大忠發運使按治六路所部幾萬里持節出使未有若此其重者也以爾更練世故果於從政屢試劇部厥聲藹然足以命爾均南北之有無權貨幣之輕重使農末俱利公私宜之以稱朕意可

蔣之奇集賢殿脩撰知廣州

敕具官蔣之奇按治嶺海統制南極聲教所暨聳聞風采自唐以來不輕付予朕既擇其人復寵以祕殿

之職使民夷縱觀知其輟自禁嚴以見朝廷重遠之意其於服從畏信豈不有助也哉可

吳安持知蘇州劉珵知滑州

敕具官某等兩河之俗朴其弊也悍而輕犯法三吳之俗巧其弊也流而不知止惟君子爲能去其已甚濟其所不及故所居而民安之朕求二郡守訪之左右咸曰汝宜往服朕訓因俗而治可依前件

謝卿材陝西轉運使

敕具官謝卿材治邊者不計財惟邊之所用治財者不卹民惟財之爲富此古今之通患也朕知汝才知可倚忠厚可信故以西方之政責成於汝往與帥守者謀之惟適厥中以民爲本可

李曼知果州

敕具官李曼蜀之人治蜀知其好惡察其情僞宜若易然又況於寬而明和而毅如汝曼者乎乃者無實之訴朕既察之矣乘傳西歸平賦役省條教以慰父老之望可

黎珣知南雄州

敕黎珣嶺海之遠吏輕爲姦非良守令民無所赴告往祗厥官如在近甸則予汝嘉可

張赴再任乾寧軍

敕具官張赴使者言汝爲政有方民甚宜之當解而留以慰民望可不勉哉可

皇伯仲嬰贈奉國軍節度使追封申國公

敕祖宗之意仁孝爲先孝故專篤於親仁故閔勞以事雖豐功盛烈不見於宗室而令名美實克全於始終死喪之戚哀歎何及具官仲嬰少而篤素輔以溫文既克己以歸仁亦樂善而忘勢信順多助蓋大有上吉之祥高明令終眞既醉太平之福建元戎之六纛錫上公之九章維以勸忠豈云虛授庶幾幽壤服我寵靈可

林邵開封推官

敕具官林邵天府之劇古稱難治非兼人之資有不能濟今自逋負逃亡悉歸之四廂宜若易辦然夫辦之易則責之詳爾材敏素聞而以舉用往助乃長使治衆如治寡以稱所舉可

鄧羲叔主客郎中王諤水部郎中

敕具官某等吏惡數易而事有不得已者通商惠農水政爲急而招攜柔遠賓客之事亦重矣各祗乃事爲安官樂職之計可依前件

王荀龍知棣州

敕具官王荀龍平原厭次沃野千里桑麻之富衣被天下宜得老成循吏以輔安良民式遏姦慝訪之左右咸曰汝宜往悉乃心朕將觀焉可

黃憲章獲賊可承事郎

敕具官黃憲章勞能之賞不計日月爵祿之報必視首功宜從遷秩之勞以勸追胥之勇可

御侍中丞劉摯兼侍讀

敕孟子有言君仁莫不仁君義莫不義一正君而天下定矣朕惟臺諫言責之臣雖知無不言常救之於已失而勸講進讀之士蓋朝夕納誨故日化而不知合於孟子正君之義非獨有司之事也具官劉摯以道事君非法不言使朕日聞所不聞天下稱焉宜因古今冊書之成文取其興壞治忽之要論言之於無事救之於未失使朕立於無過之地豈非汝爭臣之大願乎可

處士王臨試太學錄

敕具官王臨觀近臣以其所爲主觀遠臣以其所主朕初不汝知也而光論汝可用其試之太學汝勉之矣朕既因光以知汝亦將考汝所爲而觀光焉可

皇叔克眷贈曹州觀察使追封濟陰侯

敕先王建邦啓土必先宗盟上自魯衞下至應韓側室之子莫不南面國家自仁率親專於教愛故生無吏責而富以祿沒享隆名而告諸幽忠恕之道可謂備矣具官克眷以茂美之質服信厚之化雖功名才業不見於用而恭儉孝悌刑于厥官命以廉車卽侯其地皆國之舊非朕敢私庶幾有知服我休命可

寇彥卿彥明左班殿直以兄殿直寇彥古求樂成死事

敕具官寇彥卿士不惜以身徇國朕獨何愛一官不以收恤其家乎祗服朕命毋忘死者可

駙馬都尉張敦禮節度觀察留後

敕軒冕之來德量爲稱外無充詘之容可以觀德內若固有之安可以言量具官張敦禮少以經術秀於士林雖緣姻戚之選不失儒素之行日奉朝請旣抱才而未試坐閱歲月亦久次而當遷進居兩使之間增重諸倩之遇益礪上節以爲國華可

內人張氏可特封典贊

敕張氏朕幼學之初未就外傅命爾執業以侍左右勤勞有年恭謹寡過進掌儀範以旌徽柔可

故尚宮趙氏可特贈郡君

勅趙氏先朝差擇女士以輔陰教侍御左右罔匪淑人矧茲六尚之選必備四教之法奄焉淪喪宜極哀榮以爾名族之英掖廷之舊行應圖史言中物則彤管有煒旣傳好德之芳象服是宜無愧飾終之典庶幾幽壤服我寵章可

馮宗道右騏驥使內侍省內侍押班梁惟簡文思副使內侍省內侍押班

勅具官某等爵祿天下之公器也朕不敢以私暱之愛而輕用其賞亦不敢以近習之嫌而不錄其功以爾等小心忠孝逮事列聖出入中外劬勞百爲而宗道以藩邸攀附之勤惟簡以東朝奉事之久各還所寄加重其任益勵素守以稱異恩可依前件

梁從吉遙郡團練使入內內侍省副都都知

勅祖宗之化自家刑國故雖左右近習之臣莫不好善而知義彬彬然有士君子之風焉具官梁從吉莊重有守溫良寡過給事官省知無不爲服勤邊徼克有成績改錫戎團之命進助內宰之政益勵素守以稱異恩可

劉有方內侍省右班副都知

勅祖宗之化自家刑國故雖左右近習之臣莫不好

善而知義彬彬然有士君子之風焉具官劉有方溫恭和毅勤强練密進從王事以法令爲師退安私室以圖史爲樂進領右璫之貳益親中禁之嚴惟忠與敬乃稱朕命可

翟思知泉州周之純知秀州沈季長知南康軍

敕具官某等朕惟四海之廣一夫不獲足以害教化之成傷陰陽之和故選建守長必以學士大夫爲先孔子曰君子學道則愛人小人學道則易使也爾等皆以儒術進有聞于時矣其深識朕意往行所聞欽哉可

馬傳正大理寺主簿

敕具官馬傳正哀敬折獄明啓刑書理官之任也主簿雖卑亦有事於其間矣爾以選用其勉服此言可

張之諫權知涇州康識權發遣鄜州

敕具官某等邊郡之政兵食爲先郡守之責文武兼綜以爾等才力之選卓然有聞治辦之效見于已試朕雖招攜來遠不求邊功爾當積穀訓兵常若寇至祗率厥服往惟欽哉可依前件

梁諝供備庫副使轉出

敕具官梁諝奉事之久累勞當遷求從外遷亦各其

志進貳諸使往齒外朝益務廉平以答休寵可

燕若古知渝州

敕具官燕若古汝向以才選奉使東方官省而歸因以得郡蓋可謂異恩矣巴峽之崄邑居褊陋負山臨谷以爭尋常獨渝爲大州水土和易商農會通賦役爭訟甲於旁近毋以僻遠鄙夷其民欽哉可

刪定官孫諤鮑朝賓並宣議郎

敕具官某等廷見攷官法之所嚴也歲月之課保任之數差若銖黍輒不得遷今於汝獨略之者豈非以制法定令汝與其議故戭祗服朕命以法自律無徒知之可

王振大理少卿

敕具官王振任法而不任人則法有不通無以盡萬變之情任人而不任法則人各有意無以定一成之論朕虛心以聽人法兼用以爾出入中外敏於從政詳平奏讞審於用律廷尉之事爾惟副之夫法出於仁成於義勉思古人以稱朕命可

李籲宣德郎

敕具官李籲朕有大政令使近臣總領其議民之休戚國之治亂成其手可謂重矣爾以儒術進以邑政

選而爲之官屬亦豈輕哉二三臣者言爾當還其服朕命益祗乃事可

趙思明西上閤門副使

敕具官趙思明國之宗臣義同休戚故文終之後配漢並隆梁公之孫與唐無極國家佐命元老獨高韓王銘勳太常侑食清廟爰自近歲歎其中微乃眷裔孫尚有遺烈宜因近侍之請進陞上閤之貳勉蹈祖武副朕懷人追遠之心可

李承祐內殿崇班內臣轉官

敕具官李承祐奉事滋久累勞當遷遂齒外朝搢紳之列益思忠藎毋忝恩榮可

蕭士元知隰州趙永寧知永靜軍

敕具官某等文武異用而其道同軍國異容而其情一爾以才選往莅厥服惟少私寡欲則民自靖惟奉法循理則吏自畏祗率朕訓欽哉可

黃光瑞可內殿崇班

敕黃光瑞朕覆養華夷義均臣子愛重爵賞必加有功以爾昔助王師遠獲逋寇歷年滋久宜示異恩服我寵休永思忠藎可

文貽慶可都官員外郎居中可宗正寺主簿

敕具官某等昔江左二老王導謝安唐之元勳汾陽西平皆以積德流慶子孫多賢布列臺省爲邦之光今吾太師氏亦庶幾焉爾等才行之美所知者深聞見之廣不扶自直宜近而遠未稱朕意其歸服乃事同寅協恭以究事君親之義可

皇兄令史贈博州防禦使博平侯

敕爵齒之貴並隆於朝廷死喪之威莫先於兄弟禮有哀卹義兼哀榮故具官令史端厚有常靖恭寡過生不勤於保傅沒見思於族姻宜分竹符就賜茅社服予惇敘之寵慰爾永歸之魂可

高士永知文州

敕具官高士永自將爲守非藝而果不在此選治兵欲嚴御吏欲明撫民欲寬守邊欲信汝勉之矣毋廢朕命可

太皇太后再從弟高士纘高士湛可並左班殿直

文思副使梁惟簡可皇城副使

敕具官某等朕惟坤元成物之恩雖以天下養無足稱其德者故推餘澤以及葭莩之親左右奉事之臣雖天地之施無所報塞尚勉忠孝以答萬一可

范百祿刑部侍郎

敕朕哀敬五刑期協中道論者志於殺惟殺之務則深而失情讞者志於生惟生之知則玩而廢法朕欲情法兩得生殺必中非俗吏之所能思古人而永歎爰試以事乃得其人具官范百祿少以異材輔之篤學昔奉大對有守禮憂國之言旋爲爭臣有責難愛君之意必能參用經術折中人情民自以爲不冤汝當務致此者吾必也使無訟朕亦將庶幾焉可

朱光庭左司諫王覿右司諫

敕具官某等惟善人能受盡言故昔之諫者常有不容之憂然有志之士猶且不顧忠義所激憂患可忘今朕恭己無爲虛心以聽汝等所論蓋無虛日朕亦有拒而不聽聽而不用者乎各服新命盡所欲言言而不從朕則有愧知而不言汝亦負朕可不勉哉可

鮮于侁左諫議大夫梁燾右諫議大夫

敕仲虺言湯之德曰改過不吝孔子論一言而喪邦曰惟予言而莫余違嗚呼天下之治亂安危有不出於此者乎朕夙夜興寐思聞其過厥後曰朕之愆不啻不敢含怒而況於左右輔弼之臣歟具官鮮于侁邦之老成久試于外金石之節皓首不衰具官梁燾出入館殿蓋二十年守道篤志無所阿附皆吾爭臣

之選也朕之於事無必無我可則行之否則更之使天下曉然知朕樂聞其過書之史冊足爲美談若乃進則詭詞退則焚草衰世之事朕無取焉可

王巖叟侍御史

敕具官某爾以御史論事稱職擢居諫垣而能秉心不回忠言屢聞考其所爭之義皆有可行之實予維寵嘉之茲復命爾往貳執法樂於從善朕志亦可見矣易曰大君有命開國承家小人勿用必亂邦也爾謹視中外毋縱詭隨以成我純一之政可

錢勰給事中

敕朝廷之政根本於中書而樞機於門下出入考慎然後布之天下一成而不反後世有述焉雖用人惟均而至於封駮之任其選尤重具官錢勰文學議論世其先人典章憲度博通前世詞命之富多而愈工風力之優煩而不亂其服新命益修厥官使爲政者難於造令而承流者無所議法則惟汝賢可

明堂執政加恩

韓維

敕朕於訪落之初躬總章之祀追嚴烈考以侑上帝七政軌道四海來格禮樂具舉天人並應非余一二

大臣同德比義燮和神民何以致此哉具官韓維全
德雅望外爲師表忠言嘉謀入告帷幄望其容貌足
以知朝廷之尊聞其風烈足以立貪懦之志艱難之
際垂拱仰成宜修舊典之常均被慶成之澤同底于
道朕有望焉可

張璪

敕親祠合宮昭祀上帝明發不寐惕然有懷永惟
神考之烈高出百王之表選建羣辟遺我後人濟于
艱難克有成績具官張璪碩材不器俊德自明衞上
之忠悃款四世應務之敏勤勞百爲迨茲配饗之成
宜均慈嘏之福服我明命永肩一心可

李清臣

敕祗奉嚴禋肆行大賚誠通幽顯澤被中外六成之
樂上格於穹壤四篚之黍下浹於煇庖矧余元臣相
成釐事神人所保霈澤宜先具官李清臣德配先民
才高當世早以天人之學發爲經緯之文左右先朝
克有成績屬余訪落之始共濟艱難之中迨茲慶成
均被慈告宜疏井邑之賜以示臣工之榮永孚于休
以稱朕意

安燾

敕於皇烈考屬余大器夙夜祗懼若涉氷淵乃者饗
帝合宮風雨時若肆告象魏謳歌聿歸惟天人之應
萃于眇躬蓋左右之助實賴將相具官安燾奮自儒
術爲時名臣爕和兵戎無傷財害民之警持守法度
有送往事居之忠迨茲慶成均被慈告井邑之賜國
有舊章與民同休居寵無愧可

范純仁

敕朕出款眞室還祀合宮祗見昊天陟配文考禮樂
具舉華夷駿奔方恭默無言之中緊辟公顯相之賴
率禮弗越肆予汝嘉具官范純仁慶曆名臣之家熙
寧正諫之士著績西鄙授任中樞謨猷靖深兵革消
伏領使奉祠之日助成大享之勤降福孔多推恩宜
廣矧予宥密之地可無勳邑之加往服寵章益敬毋
怠可

呂大防

敕朕有事總章升侑神考四輔在位百工在廷嚴假
無言各率其職迨此釐事之畢匪我沖人之能思與
羣公均受帝祉具官呂大防擢自英祖休有直聲被
遇裕陵愈彰忠力入總文昌之轄手疏磐錯之煩六
事所瞻倚以爲重二府之議於焉取平宜加勳伐之

隆益增井賦之衍服我休命思勉厥終可

韓忠彥黃履並特轉朝請郎

敕考績之法三代共由雖余左右之信臣猶以歲月而敘進率循其舊示不予爾私具官韓忠彥頎然異材奮以儒術典朕三禮識古人之大全歷事四朝有宗臣之餘烈黃履受材宏深秉德純固入踐臺省休有老成之風出領藩垣遂無東顧之念祗服新命益脩厥官尚勵有為之心以需不次之舉可

皇叔祖克愛皇叔仲琥並遙郡團練使

敕朕不以親廢法亦不以義掩恩故宗室之英雖不任事而歲月之考必付有司以爾具官克愛篤行有常率履如一以爾具官仲琥居寵而戒好德不回既累日以當遷非無名而虛授益務忠敬以保厥家可

王獻可洛苑使

敕具官王獻可傳不云乎詩書義之府禮樂德之則禦侮扞城亦儒者之事也汝以詞學進而以武幹聞肆予虎臣謂汝可用往服新命以成汝志可

陳次升淮南提刑

敕具官陳次升春秋書無麥禾蓋病之也今吾淮甸之民夏旱秋水望熟於來歲譬如負重涉遠未知所

舍朕甚憂之汝自百里長以才能選爲朕耳目其往
按視省刑獄均力役督盜賊去姦宄使民忘其災以
稱朕意可

杜純大理少卿

敕杜純治獄得其道仁及幽顯澤流子孫苟非其人
災及草木身任其禍朕敬而畏之久難其人以爾用
法平直守道純固不以進退榮辱抑揚其心故在此
選靡不有初終之實難可不勉哉可

郭畯開封府司錄參軍

敕具官郭畯汝昔爲獄官不撓于執事以陷無辜之
人坐失厥職秉義不回有足嘉者往隸天府揔攝羣
掾毋易汝守朕將觀焉可

林希中書舍人

敕文章之變與時盛衰譬如八音可以觀政而況誥
命之出學者所師號令以之重輕風俗因而厚薄本
朝革五代積衰之氣繼兩漢爾雅之文而大道中微
異端所汨欲復祖宗之舊必以訓詞爲先故難其人
不以輕授具官林希博聞强識篤學力行綽有建安
之風流逮聞正始之議論往踐外制爲朝廷常潤色
其精微期配昔人使天下識典刑之髣髴務究所學

朕將觀焉可

東坡外制集卷下

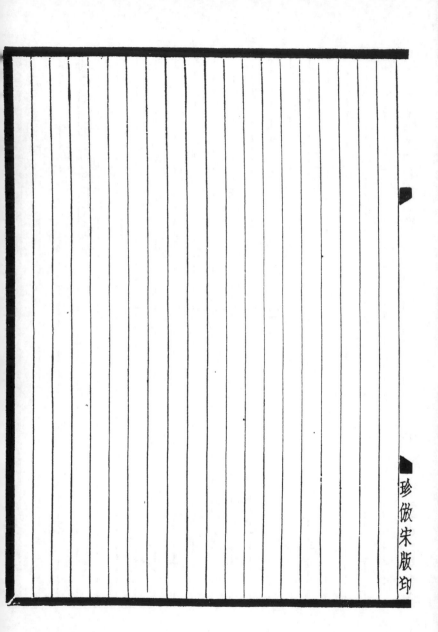

東坡內制集目錄

第一卷

賜同知樞密院事安燾乞外郡不允批答二首
口宣附
賜大遼人使御筵茶藥口宣二首雄州趙州
賜安燾乞外郡不允斷來章批答口宣
雄州撫問大遼使副口宣
賜尚書右僕射呂公著生日詔
賜皇叔祖宗景辭恩命不允詔二首
賜判大名府韓絳乞致仕不允詔二首
趙州賜大遼使副茶藥詔二首
冬至資薦 神宗皇帝齋文
趙州賜大遼使副茶藥詔四首口宣二首附
賜河西軍節度使阿里骨加恩制告詔
賜交趾郡王李乾順加恩制告敕書
太皇太后祭奠故夏國主祭文
賜故夏國主嗣子乾順詔二首
內中添蓋神御殿告遷 御容祝文
集禧觀開啓祈雪道場青詞
內中告遷 神御於新添脩殿奉安祝文

故贈太師溫國公司馬光安葬祭文
賜劉昌祚進奉賀明堂禮畢馬敕書
賜知潁昌府韓縝辭免恩命不允詔
班荆館賜大遼人使到闕并回程酒果口宣三
首
正旦資薦　神宗皇帝齋文
賜河東諸軍來年春季銀鞋兼傳宣撫問口宣
賜大遼人使回程御筵并銀鈔鑼匜盂等口宣
二首
賜判大名府韓絳詔書湯藥口宣
賜韓絳乞致仕不允斷來章詔四首
賜安燾乞退不允詔
賜范鎮赴闕詔
賜外任臣寮曆日詔敕書
賜中書侍郎呂大防辭恩命不允詔
賜刑部尚書蘇頌辭恩命不允詔
賜御史中丞傅堯俞辭免恩命不允詔
賜故夏國主嗣子乾順進奉賀正馬駞回詔二
首
皇帝達　太皇太后賀大遼正旦書

皇帝賀大遼正旦書
奏告天地社稷宗廟宮觀寺院祈雨雪青詞齋
祝文
五嶽四瀆等處祈雪祝文
賜宰臣呂公著生日禮物口宣
相州賜大遼使副御筵幷沿路傳宣撫問口宣
三首
賜尚書右丞劉摯辭恩命不允斷來章批答二
首
賜大遼人使御筵口宣三首相州班荊館
皇帝達　太皇太后迴大遼賀正旦書
皇帝迴大遼賀正旦書
賜判大名府韓絳詔書湯藥口宣
賜呂大防劉摯辭免恩命不允斷來章批答口
宣二首
班荊館賜大遼人使赴闕口宣
第二卷
奏告　永裕陵幷酌獻表本八首
賜知河南府孫固乞致仕不允詔四首
撫問熙河蘭會路臣寮口宣

在京諸宮觀開啓　神宗皇帝大祥道場齋文
撫問知揚州王安禮口宣
賜尚書左丞李清臣生日詔
景靈宮奉安　神宗皇帝御容祝文
垂拱殿開啓　神宗皇帝大祥道場齋文
賜皇叔祖安康郡王宗隱生日禮物口宣
天章閣權奉安　神宗皇帝御容祝文
賜皇叔祖華原郡王宗愈生日禮物口宣
內中福寧殿寒節爲　神宗皇帝作水陸道場
齋文
賜皇叔祖漢東郡王宗瑗生日禮物口宣
內中神御殿奉安　神宗皇帝御容并別祭祝
文二首
寒節就驛賜于闐國進奉人御筵口宣
賜知定州韓忠彥乞改一偏州不允詔
賜兵部尚書王存乞知陳州不允詔
奉安　神宗皇帝御容赴景靈宮導引歌詞
景靈宮奉安　神宗皇帝御容祝文青詞朱表
齋文四首
賜御史中丞傅堯俞乞外郡不允詔

五嶽四瀆等處祈雨祝文
賜集禧觀使韓絳茶藥詔
賜保寧軍節度使馮京告敕茶藥詔
賜韓絳赴闕詔二首
賜馮京韓絳告敕詔書茶藥口宣二首
相國寺集禧觀開啓祈雨道場齋文青詞二首
賜故夏國主嗣子乾順進奉謝恩馬駞回詔
諸宮觀寺院等處祈雨青詞齋文
天地社稷宗廟神廟等處祈雨祝文
賜太師文彥博乞致仕不許不允批答二首
賜宰相呂公著乞退不許不允批答二首口宣
二首附
賜刑部侍郎范百祿乞外任不允詔
賜交州進奉人朝見訖就驛御筵口宣
賜知秦州呂公孺乞改授宮觀小郡差遣不允
詔
故聽宣劉氏祭文二首
五嶽四瀆等處祈雨謝雨祝文二首
鄭州超化寺祈雨謝雨齋文二首
景靈宮罷散奉安　神宗皇帝御容道場功德

疏文
賜外任臣寮進奉興龍節馬詔敕書
賜判大宗正事宗晟上表乞還職事不許不允
詔二首
永裕陵脩移角堠等奏告　神宗皇帝祝文土
地祝文附
白溝驛賜大遼人使御筵兼傳宣撫問口宣

第三卷

賜尚書左丞李清臣乞退不允不許批答二首
賜文彥博以下請御正殿復常膳不允不許批
答二首
集禧觀洪福殿等處罷散謝雨道場青詞齋文
朱表附
賜李清臣乞退不允批答口宣
賜溪洞蠻人彭允宗等進奉端午布敕書
賜韓縡到闕生餼口宣
神宗皇帝禫祭祝文二首
賜文彥博以下請御正殿復常膳允許批答二
首
景靈宮開淘井眼祭告里域真官祝文

賜尚書左丞劉摯辭免恩命不允詔
賜尚書右丞王存辭免恩命不允詔
賜皇伯祖高密郡王宗晟生日禮物口宣
班荆館賜大遼人使到闕御筵口宣
賜吏部侍郎傅堯俞辭免恩命乞知陳州不允
詔
賜濟陽郡王曹佾生日禮物口宣
賜王存辭免恩命不允不許斷來章批答二首
賜文彥博以下請舉樂不許不允批答四首
賜文彥博等請太皇太后受册不許批答
賜韓絳乞致仕不允詔二首
賜同知樞密院事范純仁生日詔
賜文彥博以下請舉樂不許不允批答二首
賜文彥博等請　太皇太后受册許批答
賜大遼使副銀鈔鑼錦被褥等口宣
賜吏部侍郎范百祿辭免恩命不允詔
賜皇叔楊王顥生日禮物口宣
相州賜大遼人使却回御筵口宣
賜外任臣寮進奉坤成節銀敕書
雄州撫問大遼使副口宣

賜知樞密院安燾辭免恩命不允詔
賜皇弟偲生日禮物口宣
賜安燾辭免恩命不允斷來章批答二首　口宣
附
賜權陝漕孫路知蘭州王文郁銀絹奬諭敕書
二首
賜守司空致仕韓絳辭免恩命不允批答二首
瀛州賜大遼人使回程御筵口宣
賜安燾以下罷散坤成節御筵口宣
玉津園賜大遼人使射弓例物并生餼酒果口
宣三首
賜文彥博安燾以下罷散坤成節道場香酒果
口宣二首
坤成節賜于闐國進奉人御筵口宣
賜燕達以下罷散坤成節道場香酒果口宣
賜皇伯祖宗暉等罷散坤成節道場香酒果口
宣三首
賜南平王李乾德制誥敕書
班荆館賜大遼人使回程酒果口宣
皇帝遣　太皇太后迴遣大遼賀坤成節書

皇帝迴大遼問候書
三宮受册奏告太廟并諸陵祝文
三宮受册奏告景靈宮等處青詞
賜前兩府并待制以上知州初冬衣襖詔
賜諸路知州職司并蕃官等初冬衣襖敕書二
首
賜諸路屯駐駐泊諸員寮等初冬衣襖都敕
西京會聖宮告遷諸神御并奉安祝文二首
賜西南羅蕃進奉敕書

第四卷

賜熙河秦鳳帥臣監司茶銀合兼傳宣撫問口
宣二首
賜知永興軍韓縝茶銀合兼傳宣撫問口宣
賜皇弟祁國公偲生日禮物口宣
賜戶部尚書李常乞除沿邊一州不允詔
賜文彥博呂公著入朝免拜詔
賜呂公著乞罷相位除外任不允批答口宣三
首
賜兼侍讀蘇頌辭免恩命不允詔
迎奉神宗皇帝御容赴會聖宮奉安導引歌

詞

劄子論文彥博呂公著詞免不拜恩命事

賜太師文彥博辭免不拜恩命許允批答二首

賜呂公著乞罷相位不允斷來章批答口宣三首

賜韓絳乞受冊禮畢隨班稱賀免赴詔

賜呂公著乞罷免相位不允詔

賜皇弟咸寧郡王俁生日禮物口宣

賜文彥博辭免入朝拜禮允批答口宣

生獲鬼章文武百寮稱賀宣答詞二首

批答宰臣以下賀生獲鬼章表二首

賜皇叔荊王頵生日禮物口宣

賜呂公著辭免不拜恩命允許批答二首

賜种誼以下銀合茶藥及撫問犒設將校口宣

賜建安郡王宗綽生日禮物口宣

撫問劉舜卿兼賜孫路游師雄銀合茶藥口宣

三首

西京會聖宮奉安　神宗皇帝御容奏告　諸

帝祝文

西京會聖宮奉安　神宗皇帝神御祝文

生擒西蕃鬼章奏告　永裕陵祝文
賜文彥博乞致仕不允不許斷來章批答口宣
并詔八首
十月一日永裕陵開啓資薦　神宗皇帝道場
齋文
撫問秦鳳等路臣寮口宣
會聖宮奉安　神宗皇帝御容禮畢開啓道場
齋文
白溝驛傳宣撫問大遼人使及賜御筵口宣
奉安　神宗皇帝御容前一日奏告　永裕陵
祝文
沿路撫問奉安　神宗皇帝御容禮儀使以下
口宣三首鄭州鞏縣西京
賜嗣濮王宗暉生日禮物口宣
永裕陵十月日表
奉安　神宗御容禮畢押賜禮儀使以下御筵
口宣
賜工部侍郎蔡延慶乞知應天府不允詔
賜外任臣寮等進奉坤成節功德疏詔敕書
賜通判梓州趙君錫進奉坤成節無量壽佛敕

書
趙州賜大遼使副茶藥詔二首
神宗皇帝御容至會聖宮前一日奏告諸帝祝
文
十月朔　永裕陵酌獻表本
賜熙河路副總管姚兕等銀合茶藥口宣
賜尚書左丞劉摯生日詔
第五卷
神宗御容進發前一日奏告諸宮觀等處青詞
神宗御容進發前一日奏告天地社稷宗廟等
處祝文
賜涇原路經略使并漢蕃使臣以下銀合茶藥
等口宣
賜太師文彥博生日詔
賜大遼人使白溝驛御筵并撫問口宣
賜知成都府王安禮乞知陳潁等一郡不允詔
皇帝達　太皇太后賀大遼生辰書
皇帝賀大遼生辰書
賜奉安　神宗御容禮儀使呂大防銀合茶藥
詔

賜奉安　神宗御容押班馮宗道等銀合茶藥
敕書口宣附
三宮受冊禮畢奏謝天地等青詞齋祝文祭諸
神廟祝文附
隆祐宮設慶宮醮青詞
賜太師文彥博生日禮物口宣
賜南平王李乾德曆日敕書
永裕陵十二月日表本
皇帝達　太皇太后賀大遼正日書
皇帝賀大遼正日書
冬季傳宣撫問諸路沿邊臣寮口宣
賜龍圖閣直學士陳安石辭免恩命不允詔
賜知成都府王安禮銀合茶藥詔
撫問河南知府永興知軍陝漕使副口宣二首
內中御侍以下賀冬至詞語三首
賜知成都府王安禮銀合茶藥兼傳宣撫問口
宣
賜皇弟遂寧郡王佶生日禮物口宣
賜大遼使副茶藥幷撫問口宣三首趙州雄州
元祐三年春貼子詞二十七首

皇帝回大遼賀興龍節書
皇帝達　太皇太后回大遼問候書
賜宰相呂公著生日詔宣口附
冬季撫問諸路沿邊臣寮口宣
賜于闐國進奉人進發前一日御筵口宣
賜外任臣寮曆日敕詔書
班荆館賜大遼人使御筵酒果口宣三首
賜五臺山十寺僧正省奇等奬諭敕書
相州賜大遼人使御筵口宣
賜諸路臣寮春季銀鞋兼撫問口宣
撫問知大名府馮京口宣
賜大遼使副鈔鑼等并御筵口宣二首
賜外任臣寮進奉興龍節馬敕書
賜安燾苗授罷散興龍節道場香酒果口宣二
首
賜太師文彥博以下罷散興龍節酒果口宣
賜大遼人使内中酒果并御筵口宣四首
賜寶文閣直學士李之純辭恩命不允詔
賜太遼人使朝辭歸驛酒果口宣
賜皇伯祖宗暉以下罷散興龍節道場香酒果

口宣
賜大遼人使射弓例物口宣
賜皇弟普寧郡王似生日禮物口宣

第六卷

賜大遼人使班荆館却回酒果口宣
永定院脩蓋舍屋奏告　諸帝后祝文土地祝文
附
賜于闐國黑汗王進奉賀登位并示諭敕書二
首
賜諸路臣寮中冬衣襖口宣
賜外任臣寮進奉賀　三宮受册馬詔敕二首
賜知大名府馮京進奉賀端午節馬詔
賜知鄧州韓維并郭逵等進奉謝恩馬詔二首
賜溪洞彭儒武等進奉興龍節溪布敕書
送伴回程與大遼賀正旦人使相逢撫問口宣
趙州賜大遼使副茶藥詔四首口宣二首附
相州賜大遼使副御筵口宣二首
賜皇伯祖宗晟等罷散興龍節道場香酒果口
宣四首
內中御侍以下賀年節詞語二首

賜大遼人使御筵酒果宴花銀鈔鑼生餼等口
宣六首
賜太師文彥博乞致仕不許不允詔二首
送伴沿路與北朝生辰等使副相逢傳宣撫問
口宣
賜大遼使副酒果御筵春幡勝射弓例物口宣
八首
皇帝回大遼賀正日書
皇帝達　太皇太后囘大遼賀正日書
永安陵等忌辰奏告　諸帝后表本二首
皇太后殿內人爲　神宗皇帝忌辰朝永裕陵
表本
西京奉安　神宗皇帝御容禮畢西京德音
賜尚書右丞王存生日詔
瀛州賜大遼人使回程御筵口宣
賜戶部侍郎趙瞻陳乞便郡不允詔
賜潞州總管王寶進奉戀闕并到任馬敕書
賜知大名府馮京進奉與龍節并冬至正日馬
詔
賜外任臣寮進奉謝恩馬詔敕

賜外任臣寮進奉興龍節功德疏詔敕
賜宰相呂公著乞致仕不允不許斷來章批答
口宣六首
除呂公著守司空同平章軍國事制
除呂大防守尚書左僕射制
除范純仁守尚書右僕射制

第七卷

賜呂公著呂大防范純仁辭免恩命不允詔三首
賜知乾寧軍內殿承制張赴獎諭敕書
宣詔許內翰入院口宣
賜知永興軍韓縝乞致仕不允斷來章詔二首
賜范純仁再上劄子辭免恩命不允詔
賜中書侍郎劉摯辭免恩命不允詔
賜尚書左丞王存辭免恩命不允詔
賜尚書右丞胡宗愈辭免恩命不允詔
賜簽書樞密院事趙瞻辭免恩命不允詔
賜門下侍郎孫固辭免恩命不允詔
劄子論安燾詞免遷官恩命事
賜安燾胡宗愈趙瞻辭免恩命不允詔三首

賜安燾辭免遷官恩命允詔
賜胡宗愈辭免恩命不允詔
賜呂公著呂大防范純仁辭免恩命不允斷來
章批答口宣一十一首
賜孫固劉摯王存胡宗愈趙瞻辭免恩命不允
斷來章批答口宣一十五首
閤門賜新除守司空同平章軍國事呂公著告
口宣
閤門賜新除宰相呂大防范純仁告口宣
賜呂公著辭免冊禮許允詔二首
賜御史中丞孫覺辭免恩命不允詔
賜翰林學士知制誥許將赴闕詔
賜許將辭免恩命不允詔
賜河北西路諸軍秋季銀鞋兼傳宣撫問臣寮
將校口宣
白溝驛賜大遼人使御筵兼傳宣撫問口宣
第八卷
元祐三年端午貼子詞二十七首
賜大遼人使生餼口宣
賜龍圖閣待制傅堯俞辭免恩命不允詔

故皇叔祖漢東郡王宗瑗祭文二首
賜尚書右丞胡宗愈乞除閑慢差遣不允詔
賜知樞密院事安燾乞退不允不許批答口宣
三首
後苑瑤津亭開啓祈雨謝雨道場齋文二首
永裕陵月旦表本五首
賜尚書右僕射范純仁生日詔
賜北京脩河官吏等銀合茶藥兼傳宣撫問口
宣
賜問知大名府馮京兼賜銀合茶藥口宣
賜西蕃邈川首領阿里骨進奉回詔
賜尚書左僕射呂大防生日禮物口宣
賜皇弟大寧郡王佖生日禮物口宣
賜門下侍郎孫固生日詔
賜知樞密院事安燾生日詔
賜五臺山十寺僧正省奇以下獎諭敕書
玉津園賜大遼人使射弓例物口宣
賜殿前司罷散坤成節道場香酒果口宣
賜宗室罷散坤成節道場香酒果口宣
賜大遼人使宴花酒果御筵口宣五首

太皇太后賜門下手詔
賜馬步軍司罷散坤成節道場香酒果口宣
賜安燾以下罷散坤成節道場香酒果口宣
賜嗣濮王楊王罷散坤成節道場香酒果口宣
二首
除苗授殿前副都指揮使制
賜文彥博以下罷散坤成節道場香酒果口宣
賜大遼人使御筵口宣二首相州瀛州
賜曹佾罷散坤成節道場香酒果口宣
班荆館賜大遼人使回程酒果口宣
西嶽廟開啓祈雨道場青詞
奉宸庫翻脩聖字等庫了畢安慰土地道場齋
文
賜苗授辭免恩命不允斷來章批答口宣三首
賜于闐國黑汗王進奉勑書三首
賜皇叔徐王辭免恩命不允斷來章批答口宣
示諭武泰軍官吏軍人僧道百姓等勑書
中太一宮真室殿開啓天皇九曜道場青詞
第九卷
中太一宮真室殿罷散道場朱表

顯聖寺開啓　太皇太后消災集福粉壇道場
齋文
後苑瑤津亭開啓祈雨道場齋文
閤門賜新除徐王告口宣
皇叔故魏王祭文三首
賜徐王顥辭免冊禮允許詔二首
賜太師文彥博乞致仕不允批答口宣三首
賜知太原府曾布乞除一閑慢州郡不允詔
故尚宮吳氏墳所祭文
西路闕雨濟河淮瀆廟祈雨祝文
撫問秦鳳路臣寮口宣
除皇伯祖宗晟特起復制
賜皇伯祖宗晟辭免恩命不允斷來章批答口
宣二首
相州賜大遼使副御筵口宣
賜知渭州劉昌祚進奉興龍節銀詔
相州賜大遼人使回程御筵口宣
撫問知大名府馮京口宣
冬季傳宣撫問河北東路沿邊臣寮口宣
賜知渭州劉昌祚進奉謝恩及賀端午節馬詔

內中御侍以下賀冬至詞語二首
賜安壽李瑋苗授姚麟罷散興龍節道場香酒果口宣四首
賜宗晟辭免起復恩命不允詔二首
賜知鄧州蔡確乞量移弟碩允詔
興龍節尚書省賜宰相以下酒果口宣
賜大遼使副鈔鑼酒果御筵茶藥口宣九首 玉津園 相州 趙州 班荆館
賜宗晟辭免起復恩命不允詔二首
賜文彥博安壽以下罷散興龍節道場香酒果口宣二首
賜徐王等罷散興龍節道場香酒果口宣四首
賜大遼人使酒果生餼御筵口宣五首
故渭州防禦使宗孺祭文二首
賜皇弟普寧郡王似生日禮物口宣
雄州撫問大遼賀正旦人使口宣
賜西蕃邈川首領阿里骨進奉回程詔
皇帝回大遼賀興龍節書
皇帝達 太皇太后同大遼問候書
劄子論宗晟詞免起復恩命事

賜宗晟辭免起復恩命不允詔二首
第十卷
賜吏部侍郎傅堯俞乞外郡不允詔
太皇太后賜門下手詔
賜宗晟辭免起復恩命許終喪制詔
賜端明殿學士范鎮獎諭詔
賜知大名府馮京進奉賀興龍節并冬節馬詔
賜知相州李珣進奉賀冬馬詔
賜知熙州劉舜卿進奉賀冬馬敕書
賜大遼人使御筵酒果口宣三首
賜于闐國進奉人御筵口宣
賜外任臣寮進奉興龍節馬詔敕書
賜大遼人使同程御筵并銀鈔鑼等口宣二首
皇太妃慶宮閣開啓道場青詞
賜大遼人使射弓例物御筵酒果口宣四首　玉
津園　瀛州　班荊館
賜尚書左丞王存生日詔
賜權知開封府呂公孺乞致仕不允詔二首
撫問鄜延路臣寮口宣
賜吏部尚書蘇頌乞致仕不允詔二首

賜濟陽郡王曹佾寬假將理詔
賜西南蕃莫世忍等進奉敕書
景靈宮開啓　神宗皇帝忌辰道場齋文
賜吏部尚書蘇頌乞致仕不允詔二首
東太一宮翻修殿宇奏告十神太一真君祝文
故尚服劉氏祭文二首
撫問鄜延路臣寮口宣
賜禮部尚書梁燾辭免恩命不允詔
賜馮京乞依職任官例祗赴六參不允詔
賜左僕射呂大防生日詔口宣附
賜皇叔徐王顥生日禮物口宣
賜大遼人使銀鈔鑼等口宣
賜翰林學士趙彥若辭免國史脩撰不允詔
賜皇弟大寧郡王佖生日禮物口宣
賜五臺山十寺僧正省奇等獎諭敕書
賜太師文彥博温谿心馬詔
班荆館賜大遼國信使副到闕酒果口宣
賜姚麟以下罷散坤成節道場香酒果口宣
賜大遼使副生餼御筵幷射弓例物口宣三首
賜駙馬都尉等罷散坤成節道場香酒果口宣

四首
賜大遼人使御筵時花酒果口宣二首
坤成節尚書省賜宰臣以下御筵酒果口宣
皇帝達　太皇太后迴大遼賀坤成節書
皇帝迴大遼問候書
坤成節賜韓忠彥以下御筵酒果口宣
賜徐王罷散坤成節道場香酒果口宣
賜大遼人使朝辭回程御筵口宣二首
賜宰相呂大防以下罷散坤成節道場香酒果
口宣
賜大遼使副酒果口宣二首
賜阿里骨進奉人使御筵口宣
瀛州賜大遼人使迴程御筵口宣
賜于闐國進奉人使御筵口宣
班荆館賜大遼人使迴程酒果口宣
賜夏國王進奉賀坤成節回詔

東坡內制集目錄

樂語附
坤成節集英殿宴教坊詞
集英殿秋宴教坊詞

興龍節集英殿宴教坊詞

紫宸殿正旦教坊詞

興龍節集英殿宴教坊詞

東坡內制集卷第一

賜正議大夫同知樞密院事安燾乞外郡不許批答元祐元年十月八日

覽表具之。卿以應務之才，居本兵之地，綏靜中外，人無間言，何疑上章，欲求去位，未喻厥意，聞之憮然。夫榮親莫大於功名，養志不專於甘旨，而況觀闕之下，父母之邦，退食問安，孰便於此。勉循其舊，以卒輔予。

賜安燾乞外郡不允批答元祐元年十月八日

省表具之。夫事親者不擇地而安之，孝之至也，而況艱難之際，一日萬幾，冰淵之懼，當務同濟。卿練達兵要，灼知邊情，寄託之深，義難引去，亟求自便，朕何賴焉。

賜正議大夫同知樞密院事安燾乞退不允批答口宣元祐元年十月十日

有敕：卿被遇先帝，勤勞有年，逮于眇躬，倚注彌重，宜安厥位，毋重力詞。

雄州白溝驛賜大遼賀正旦人使御筵口宣元祐元年十一月

有敕：卿等遠馳使節，來慶春朝，屬歲律之凝嚴，涉道塗之脩阻，宜頒宴衎，以勞勤劬。

趙州賜大遼賀興龍節人使茶藥口宣元祐元年十月六日

有敕卿等遠訪使軺來陳慶幣川塗甚阻風霧可虞特示至恩往頒名劑

賜正議大夫同知樞密院事安燾乞外郡不允斷來章批答口宣元祐元年十一月十六日

有敕卿職在樞要表儀百官進當以禮退當以義今茲求退其義安在亟還視事毋復固詞

雄州撫問大遼國賀興龍節使副口宣元祐元年十月六日

有敕卿等遠犯風埃久勤軺傳入疆茲始授館少安申命撫存式昭眷獎

賜金紫光祿大夫守尚書右僕射兼中書侍郎呂公著生日詔元祐元年十月二十七日

敕公著卿將相三世輔翼　兩朝方斯干獻夢之辰有既醉太平之福宜膺慶賚永錫壽康今賜卿生日羊酒米麪等具如別錄至可領也

賜皇叔祖建雄軍節度觀察留後同知大宗正事宗景上表辭恩命不允詔元祐元年十月九日

勑宗景省所上表辭免恩命事具悉朕初執珪幣祗見上帝嘉與百辟徼福文考大賚四海始于親賢皆神之休義不當避國有常典爾無固詞

賜皇叔祖宗景上表辭恩命不許詔元祐元年十月九日

勑宗景覽所上表辭免恩命事具悉國家有大祭祀必均慶賞邦甸侯衞燀炮翟闍無有遠邇畢蒙惠澤矧我懿親實維顯相祗率舊典毋須固詞

賜鎮江軍節度使檢校太傅開府儀同三司上柱國康國公判大名府韓絳上表乞致仕不許詔元祐元年十月二十日

勑韓絳覽所上表陳乞致仕事具悉卿四世元老國之長城端笏垂紳不動聲氣風采所及自然折衝軒冕丘園其實何異矧今艱難之際自有冰淵之虞黄髮在廷未敢言病豈宜獨善遽欲即安尚分北顧之憂勿起退歸之念強食自輔體我至懷

賜韓絳上表乞致仕不允詔元祐元年十月二十日

勑韓絳省所上表陳乞致仕事具悉功成身退人臣之常壽考康強有不得謝卿出入將相垂三十年豈

以小物尚勤元老徒得君重臥護一方使吏民瞻師
尹之儀刑蠻夷識漢相之風采丘園之請朕未欲聞
其省思慮時寢食親近藥餌以副中外之望
趙州賜大遼賀興龍節大使茶藥詔
敕卿肅將慶幣遠涉川途風埃浩然徒馭勤止宜加
寵錫以示眷懷
趙州賜大遼賀興龍節副使茶藥詔元祐元年
十月六日
敕卿將命夙興犯寒遠涉駕言未息軫念殊深特致
恩頒以嘉勤瘁
冬至福寧殿作水陸道場資薦 神宗皇帝
齋文
伏以聖神陟降釋梵後先適更來復之辰茂薦往生
之福虔脩淨供仰導真游
趙州賜大遼賀正旦副使茶藥詔 元祐元年十
月十九日
敕卿抗旌出境夙駕在塗眷言跋涉之勞宜適興居
之節式頒良劑以輔至和
趙州賜大使茶藥詔元祐元年十月十九日
敕卿遠飭使軺講脩隣好蒙犯風霧跋履山川宜頒

錫於珍芳庶輔安於寢食

趙州賜大遼國賀　太皇太后正旦大使茶藥詔元祐元年十月十九日

勑卿恭講隣歡遠勤軺馭言念驅馳之久適丁寒沍之辰宜錫珍良式昭眷寵

趙州賜副使茶藥詔元祐元年十月十九日

勑卿遠持使節來慶春朝方此沍寒良勤啓處宜示眷懷之異式頒劑和之良

趙州賜大遼國賀　太皇太后正旦使副茶藥口宣元祐元年十月二十八日

有勑卿等奉將邦幣馳會歲元眷言夙駕之勤方次中塗之館宜頒靈劑以喻至懷

趙州賜大遼國賀　皇帝正旦使副茶藥口宣元祐元年十月二十八日

有勑卿等遜脩隣好方次州封言念沍寒想勤跋履特頒名劑以示眷懷

賜新除檢校太保依前河西軍節度使阿里骨加恩制告詔元祐元年十月十五日

勑阿里骨朕涓選靈辰奉承宗祀肆均介福徧暨多方卿世撫侯封夙虔朝命特加寵渥用奬忠嘉

賜新除依前交趾郡王李乾德加恩制告敕
書元祐元年十月十五日
敕乾德朕躬執珪幣大饗　帝親朌布湛恩徧暨諸
夏卿世綏侯服欽順朝廷宜錫徽章以昭異數

太皇太后祭奠故夏國主祭文 元祐元年十一月十六日
乃眷外臣嗣守西服襲累世之忠順荷　先朝之寵光惟天難忱錫命不永訃音遽至閔悼良深特遣使車往陳奠幣庶此恩禮賁于幽明

太皇太后賜故夏國主嗣子乾順詔 元祐元年十一月十六日
念爾守邦藐然在疚日月逾邁祖葬有時緬懷孝愛之深想極攀號之感往助襄事式昭異恩

太皇太后賜故夏國主嗣子乾順詔 元祐元年十一月十六日
惟我　列聖眷爾有邦非徒極其寵榮蓋亦同其憂患念爾哀疚惻然顧懷臨遣行人往喻至意且致奠賻之禮以爲存沒之光

內中添蓋　諸帝后神御殿告遷御容權奉安於慈氏殿祝文

於皇　神考肇啓閟祠方增築之未寧懼格思之有
瀆別嚴淨宇祇奉睟容式燕聖靈永綏慈嘏

集禧觀開啓祈雪道場青詞

伏以麥將覆塊雪未掩塵嗣歲之憂下民安訴具嚴
法會祇款閟宮仰冀同雲溥滋新臘

內中慈氏殿告遷　神御於新添脩殿奉安

祝文

伏以增築告成閟嚴有奐儼衣冠之來復愾歎息之
疑聞昭格穆清永綏燕翼

故贈太師追封温國公司馬光安葬祭文

嗚呼元豐之末天步惟艱社稷之衞中外所屬惟是
一老屏予一人名高當世行滿天下措國於太山之
安下令於流水之源歲月未周綱紀略定天若相之
又復奪之殄瘁不哀古今所共知之者神考用之者
聖母馴致其道太平可期長爲宗臣以表後世往奠
其葬庶知予懷

賜侍衞親軍馬軍都虞候劉昌祚進奉賀明
堂禮畢馬敕書元祐元年十一月二十日

敕劉昌祚大事告成多方同慶汝以分符之重特脩
效馬之儀載念勤誠不忘嘉歎

賜觀文殿大學士知潁昌府韓縝上表辭免
恩命不允詔元祐元年十一月二十五日

敕韓縝朕躬祀總章始行嚴配推廣　帝親之澤覃
及中外之臣惟我老成逮受顧命均此介福非朕敢
私國之故常毋煩謙避

班荊館賜大遼賀興龍節人使到闕酒果口
宣元祐元年十二月初一日

有敕卿等肅將信幣來慶誕辰眷言行李之勞宜有
燕休之賜受茲芳旨體我眷懷

就驛賜大遼賀興龍節人使迴程酒果口宣
元祐元年十二月二十四日

有敕卿等抗旌旋復弭節少留風埃浩然徒馭勤止
宜有珍芳之賜以昭眷寵之殊

班荊館賜大遼賀正旦人使迴程酒果口宣
元祐元年十二月二十八日

有敕卿等遠會春朝恪修鄰好既卒聘事豈無燕私
宜就錫於加籩蓋式昭於異數

正旦於福寧殿作水陸道場資薦　神宗皇
帝齋文

伏以弃黃屋以上賓莫追風馭抱烏號而永慕再歷

春朝敢仗勝緣式開淨供仰頌羲堯之德永追梵釋
之遊
賜河東路諸軍來年春季銀鞋兼傳宣撫問
臣寮將校口宣元祐元年十二月七日
有敕汝卿等從事邊陲服勤師律方踐更於春令諒
率履於大和特有匪頒以昭眷遇
雄州賜大遼賀正旦人使迴程御筵口宣元
祐元年十二月六日
有敕卿等出疆繼好已事言還跋履冰霜憩休館舍
宜有燕私之寵以旌來往之勤
就驛賜大遼賀正旦人使銀鈔鑼匜盂盂子
錦被褥等口宣元祐元年十二月十六日
有敕卿等遠持信幣來慶春朝眷言行李之勞方茲
舍館之定宜加頒賚用示寵嘉
賜鎮江軍節度使判大名府韓絳詔書湯藥
口宣元祐元年十一月九日
有敕卿德望之隆中外所屬誠請雖極輿論未安毋
復懷歸以勤北顧特頒良劑以輔至和
賜鎮江軍節度使判大名府韓絳上第二表
乞致仕不許詔元祐元年十一月二十九日

敕韓絳爲國無强於得人用人莫先於求舊雖已挂冠而謝事尚俾安車而造朝豈有體力未衰蓄宣所寄亟圖自便遂欲言歸矧卿德望並隆神人所相焉有滿盈之懼夫何倚伏之虞尚體至懷少安厥位

賜韓絳上第二表乞致仕不允詔 元祐元年十一月四日

敕韓絳朕以眇躬求助諸老皆以艱難之際不詞中外之勞胡爲累章確守歸意豈朕不善西伯之養而無人子思之側乎三復喟然未喻厥指朕意不易卿其少安

賜韓絳上第三表乞致仕不許斷來章詔 元祐元年十一月十四日

敕韓絳君臣之義憂樂同之苟皆懷歸誰任其事卿之高識雅度輕軒冕而樂丘園天下所知也獨不念先帝託付之重乎勉徇大義勿復以言

賜韓絳上第三表乞致仕不允斷來章詔

敕韓絳功成身退人臣之常禮至於非常之遇則必有無窮之報朕待卿於形器之表而卿自處於繩墨之內未爲得也朕意不易卿無復辭

賜正議大夫同知樞密院事安燾乞退不允

詔元祐元年七月十三日

敕安燾卿才當其位義不詞勞內之樞機之謀外之疆埸之議既當身任其責難以家事爲詞而況並奉君親兩全忠孝進無不得退以何名卿之所求固非矯激朕之不許亦豈空文亟還厥官無煩朕命

賜新除落致仕依前光祿大夫范鎮赴闕詔

元祐元年十月二十日

敕范鎮夫有德君子以精神折衝譬之麟鳳能服猛鷙朕虛懷前席以致諸老非敢必以事諉也苟得黃髮之叟皤然在位則朝廷尊嚴姦宄消伏卿雖篤老乃心王室毋憚數舍之勞以副中外之望

賜外任臣寮曆日詔敕書 元祐元年十一月二十八日

敕韓絳朕申命日官逆推嗣歲眷予共理頒此成書勉劭農功毋違時令

賜新除依前中大夫守中書侍郎呂大防辭恩命不允詔元祐元年十一月四日

敕大防卿敦大直方任重道遠擢貳西省蔽自朕心雖與聞政事爲日未久而歷試中外勤勞百爲蓋有年矣德位惟允人無間言亟服新命毋煩朕訓

賜新除依前光祿大夫刑部尚書蘇頌辭恩
命不允詔元祐元年十月十七日
敕蘇頌卿篤於仁心深於經術用心司寇期於無刑
朕惟孝處之深三年不奪其志又惟才難之故千里
以待其來卿而不能誰當能者亟服乃事毋煩力詞
賜新除御史中丞傅堯俞辭免恩命不允詔
元祐元年十一月六日
敕堯俞詩云剛亦不吐柔亦不茹朕以卿有樊仲之
風是以擢卿爲中執法才難之歎古今共之豈以小
嫌而廢大任與其拘文以自疑不若直己而行義亟
服乃事無煩固辭
皇帝賜故夏國主嗣子乾順進奉賀正馬駞
回詔元祐元年十二月二十四日
詔故夏國主嗣子乾順遠奉王正來歸時事惟此充
庭之實率皆任土之宜乃眷忠勤良深嘉歎
太皇太后賜故夏國主嗣子乾順進奉賀正
馬駞回詔元祐元年十二月二十四日
詔故夏國主嗣子乾順述職春朝歸誠宰旅修此效
牽之視致其乘服之良再閱來章式嘉忠節
皇帝達

太皇太后賀大遼正旦書元祐元年十月

肇易歲元發新榮於萬物仰遵　慈誨修舊好於兩朝遠飭使軺肅將禮幣庶迎壽祉式副願言

皇帝賀大遼皇帝正旦書元祐元年十月

獻歲發春共講　三朝之慶寶隣繼好茂膺五福之祥申飭使車往陳信幣永言欣頌曷罄諭陳

奏告天地社稷宗廟宮觀寺院等處祈雨雪青詞齋祝文

伏以期年以來水旱作沴迨茲徂歲復苦常暘疾疫將興農末俱病方齋居而默禱庶精意之登聞敢祈春臘之交沛然雨雪之賜願均介福敷錫羣生

五嶽四瀆等處祈雪祝文

伏以歷冬不雪雨歲之憂疾癘將興麥麰就槁分命守土告于有神下民其咨天聽不遠毋愛同雲之澤以成盈尺之祥苟利于民敢忘其報

賜宰臣呂公著生日禮物口宣元祐元年十月十六日

有敕朕之元老生以茲辰實爲邦國之華豈獨閨門之慶故命爾息往宣余懷仍分廄庫之良以助子孫之壽

相州賜大遼國賀興龍節使副御筵口宣元祐元年十月十八日
有敕卿等遠馳信幣來慶誕辰眷言四牡之勞宜享加籩之禮式頒寵數以示至恩
送伴正旦使副沿路與賀北朝生辰并正旦使副相見傳宣撫問口宣元祐元年十二月九日
有敕卿等方冬出使涉春在塗遠犯風埃想勤跋履勉加鞭策即造會朝
賜大遼賀正旦人使正月六日朝辭訖就驛御筵口宣元祐元年十二月二十五日
有敕卿等來脩舊好克備多儀既陛見以告辭將駕言而反命載嘉勤勸宜錫燕私
賜新除中大夫守尚書右丞劉摯辭恩命不許斷來章批答元祐元年十一月
覽表具之道有行藏時有用捨歲不我與難以智求道之將行豈容力避大言大利固當安而受之小行小廉非所望於卿者成命不再可無復辭
賜劉摯辭免恩命不允斷來章批答元祐元年十一月
省表具之政如農耕以既穫爲能事言如藥石以愈

疾爲成功若耕不穫疾不愈朕何望焉所以用卿者
非以富貴卿也勉卒成業何以辭爲

相州賜大遼賀正旦人使却回御筵口宣元祐元年十二月二十二日

有敕卿等歲首奉觴禮成復命改轅北道弭節近藩
宜錫宴私以彰眷寵

班荆館賜大遼賀正旦人使却回御筵口宣
元祐元年十二月十九日

有敕卿等遠違使辭載嚴歸駟方改轅於北道暫弭
節於都門益重眷懷往伸燕餞

賜大遼賀正旦人使正月一日入賀畢就驛
御筵口宣元祐元年十二月十一日

有敕卿等遠飭使軺來脩隣好屬此方春之日宜均
既醉之歡爰命燕胥以昭眷寵

皇帝達
太皇太后迴大遼皇帝賀正旦書 元祐二年正
月五日

百年之好既講於春朝萬壽之儀兼陳於幄殿恭因
省侍具述來音感懌之懷言宣莫罄

皇帝迴大遼皇帝賀正旦書元祐二年正月五日

東風協應感徂歲之更新遠使交馳導歡言而講舊
粲然禮幣申以書詞欣懌之深敷陳罔究

賜鎮江軍節度使判大名府韓絳詔書湯藥
口宣元祐元年十一月十日

有敕方面重寄無逾老成丘園歸休難遂雅意特頒
珍劑以示至懷方此沍寒益加調養

賜新除依前中大夫守中書侍郎呂大防辭
免恩命不允斷來章批答口宣元祐元年十一
月十一日

有敕大政所關西臺爲重朕難其選無以易卿宜即
欽承毋煩退避

賜新除中大夫守尚書右丞劉摯辭恩命不
允斷來章批答口宣元祐元年十一月十五日

有敕卿嘉猷屢告清議所歸授受之間臣主無愧速
起視事副朕所期

班荆館賜大遼國賀興龍節人使赴闕口宣
元祐元年十一月二十一日

有敕卿等抗旌遠道弭節近郊乃眷勤勞良深軫念
特頒燕衎以示惠慈

東坡內制集卷第一

東坡內制集卷第二

皇帝爲冬節奏告永裕陵
神宗皇帝表本
伏以曆紀天正史書日至感舒長於測景增怵惕於
履霜恭惟
諡號皇帝德邁堯仁功恢禹迹游衣冠
於原廟徒仰威神望松柏於橋山永懷悲慕

皇太后殿夫人爲冬節往永裕陵酌獻
神宗皇帝表本
伏以一陽來復萬物懷生空臨觀祲之辰無復稱觴
之慶恭惟 諡號皇帝道齊覆載德冒華夷從南狩
於蒼梧神游已邈望西陵於銅雀涕慕空深

皇帝爲十一月一日奏告永裕陵
神宗皇帝日表本
伏以始餞餘寒復興嗣歲望寢園而增慕悼日月之
不留恭惟 諡號皇帝道貫百王澤涵萬宇永瞻帝
所之樂坐起堯牆之悲饋奠莫由馳誠罔極

皇太后殿夫人爲年節往永裕陵酌獻
神宗皇帝表本
伏以葦桃在戶徒講 三朝之儀椒柏稱觴無復萬
年之壽恭惟 諡號皇帝功施無外德洽有生隨鼓

漏於寢園莫親饋奠望衣冠於原廟空極涕流

皇帝爲三月一日奏告

神宗皇帝日表本

伏以既成春服時方禊洛之初祗謁寢園古有薦鮪之禮恭惟 謚號皇帝配天立極如日載陽仰餘澤之旁流致羣生之遂茂光靈愈遠涕慕空深

皇帝爲

神宗皇帝大祥往永裕陵奏告表本

伏以寢廟告成永動廓然之感柏城森列遽興拱矣之悲恭惟 謚號皇帝澤浸函生慶垂後裔配天無極奉謨訓以長存示民有終悵神游之安在恭脩祥奠莫訴哀誠

皇帝爲

神宗皇帝大祥內中奏告表本

伏以追號罔極實抱終身之憂祥禫有期蓋迫先王之禮恭惟 謚號皇帝睿明照世神智自天雖清廟肅雍瞻之莫見而威顏咫尺凜然常存悲慕之深華夷所共

皇太后殿夫人爲

神宗皇帝大祥往永裕陵酌獻表本

伏以颷馭上賓日以遠矣隙駒遄邁祥而廓然恭惟
謚號皇帝道始家邦化刑夷夏天地之運固代謝於
陰陽草木何知徒興悲於霜露莫親饋奠惟極哀誠

賜觀文殿學士正議大夫知河南府孫固乞
致仕不許詔元祐二年正月一日

敕孫固視國如家忠臣可以忘年視民如子君子可以忘勞卿被遇　三朝出入二府德望並隆中外所服故起之祠館付以留鑰使士有所矜式民有所依怙屬任之意豈輕也哉釋位謀安引年求避此疎遠小臣之事非所望於卿也尚體至意勿亟懷歸

賜觀文殿學士正議大夫知河南府孫固乞
致仕不允詔元祐二年正月一日

敕孫固卿　英宗所擢以遺　神考乃眷舊學用之西樞朕卽位二年未見君子每惟圖任舊人之意常有越在外服之歎矧欲辭位而去遂安丘園哉三川重鎮務舉大體簿書期會則有司存優遊卒歲可以忘老

賜觀文殿學士正議大夫知河南府孫固再
乞致仕不許詔元祐二年正月二十五日

敕孫固廊廟之舊歷事　三朝名德並隆如卿者有

幾無故釋位其謂朝廷何卿既自爲謀亦爲乃后謀
之勉遵前詔以慰中外之望
賜觀文殿學士正議大夫知河南府孫固再
乞致仕不允詔元祐二年正月二十五日
敕孫固朕永懷 三宗追用其人所以尊禮慰藉其
意者自以爲無失矣而卿浩然懷歸若不可復留何
哉勉徇大義毋違朕志
撫問熙河蘭會路臣寮口宣元祐二年正月二十
五日
有敕卿等服勤疆埸賦政兵民言念劬勞實分憂顧
特加存問以示眷懷
在京諸宮觀開啓
神宗皇帝大祥道場齋文
伏以密音如昨新穀再升望仙馭於帝鄉陳法筵於
淨宇人天來會共脩最勝之緣梵釋同游永錫無疆
之慶
撫問資政殿學士知揚州王安禮口宣元祐
二年正月二十七日
有敕卿久去廊廟出臨江淮綏懷流亡肅遏寇盜遠
惟勤瘁特示撫存

賜尚書左丞李清臣生日詔元祐二年二月二十四日

敕清臣春之方中月後幾望篤生王國之彥蔚爲廊廟之華神旣聽於靖恭民亦宜於愷悌膺我慶賜永綏壽祺

景靈宮奉安

神宗皇帝御容祝文

伏以恭承仙馭奄宅殊庭罄海宇以駿奔儼人天之景從顧同日月之照少答神民之心乃眷新宮永垂餘慶

垂拱殿開啓

神宗皇帝大祥道場齋文

伏以喪期有數方歎於壑舟法海無邊聊資於岸棧有嚴祕殿恭啓淨筵時御六龍徘徊宮闕永同千佛陟降人天

賜皇叔祖保信軍節度使安康郡王宗隱生日禮物口宣

有敕卿屬尊望重德厚慶隆方誕育之令辰有匪頒之故事克膺壽祉永服寵光

天章閣權奉安

神宗皇帝御容祝文

伏以唐虞稽古雖絕名言文武重光已新崇構下慰華夷之望仰摹天日之容將往宅於靈宮永懷攀慕願少安於祕殿無盡瞻依

賜皇叔祖寧國軍節度使華原郡王宗愈生日禮物口宣元祐二年二月二十七日

有敕卿望重宗盟德隆藩服載協誕彌之日且光膺積慶之餘特示寵頒永綏壽祉

內中福寧殿下寒節為

神宗皇帝作水陸道場齋文

伏以甚雨疾風感春律之將變鑽燧改火悼喪期之不留爰啓淨筵以資冥福願登大覺永濟幽生

賜皇叔祖昭信軍節度使漢東郡王宗瑗生日禮物口宣元祐二年二月二日

有敕卿爵齒既隆德望斯稱載更誕日胥慶家庭式侑燕私以資壽祉

內中神御殿張挂奉安

神宗皇帝御容祝文

伏以祥祭告終　聖靈攸御僾如在位威不違顏雖天日之光固難形似而神人之奉永有瞻依悲慕愈

深照臨無極

神宗皇帝大祥祭訖撤饌除靈座時皇帝躬
親扶
神御別設一祭祝文

伏以俛就終喪禮當即遠永瞻　陵廟將徹几筵攀
慕若疑追懷罔極

寒節就驛賜于闐國進奉人御筵口宣元祐
二年二月

有敕汝等觀光上國述職遐方屬茲改火之辰想有
懷歸之念宜頒燕衎以示恩私

賜新除樞密直學士知定州韓忠彥乞改一
偏州不允詔元祐二年二月

敕忠彥朕嘗覽閱古之圖觀宗臣之文俯仰今昔有
槩於心會中山闕守差擇人門卿庶幾焉勉副朕意
何以辭爲

賜樞密直學士守兵部尚書王存乞知陳州
不允詔

敕王存卿出入四朝更涉夷嶮金石之節終始惟一
六卿之長所以倡九牧而厚風俗也豈以職事煩簡
爲輕重哉君子出處朝廷之大事而風雨寒暑膚理

之微疾也姑安厥位以稱朕意

奉安

神宗皇帝御容赴景靈宮導引歌詞

帝城父老三歲望堯心天遠玉樓深龍顏髣髴笙簫
遠腸斷屬車音離宮春色瑣瑤林雲闕海沉沉遺民
猶唱當時曲秋鴈起汾陰

景靈宮宣光殿奉安

神宗皇帝御容畢皇太后親詣行禮祝文 元祐二年三月十四日

伏以奕奕祠宮巍巍天象聖靈雖遠哲命惟新仰瞻
如在之威永錫無疆之慶敢祈昭鑒下燭微誠

景靈宮宣光殿奉安

神宗皇帝御容日開啓道場青詞 元祐二年三月十四日

伏以天鑒不遠誠感則通方寶構之肇新宜真游之
降格具嚴法席高詠靈篇內安清淨之居外錫烝黎
之福

景靈宮宣光殿奉安

神宗皇帝御容罷散朱表 元祐二年三月十四日

馭風雲闕既參日月之光弭節琳宮尚答神民之望

爰開法會庶款真庭願推往聖之心永錫函生之福

景靈宮宣光殿奉安

神宗皇帝御容日開啓道場齋文

伏以祠宮夙啓真室告成仗勝會於佛僧導靈游於梵釋更推餘祉旁及含生

賜朝散大夫試御史中丞傅堯俞乞外郡不允詔元祐二年三月十三日

敕堯俞負中外之望居得言之地朕方虛己樂聞嘉猷乃者水旱連歲民流未止賊盜將熾財力靡敝卿既欲圖實効以酬恩朕亦將考所言以責實偃息藩郡豈所望哉

五嶽四瀆等處祈雨祝文元祐二年三月十七日

期年以來水旱作沴振廩同食冠蓋相望已責躬分公私並竭惟待一熟之麥以蘇垂死之民而冬不雨以徂春苗將秀而不實顧惟冲昧有失政刑感傷陰陽延及鰥寡既非下民之罪亦豈上帝之心惟神聰明毋愛膏澤則民有息肩之漸神無乏祀之憂

賜鎮江軍節度使充集禧觀使韓絳茶藥詔

元祐二年三月

敕韓絳春夏之交寒燠相沴起居之節調適爲難眷

子元臣久勞于外宜加存問且錫珍良勉蹈至和以
符眷倚

賜保寧軍節度使馮京告敕茶藥 元祐二年三
月二十一日

敕馮京卿以篤老久勤外服留籥之重擁髦而東蒙
犯氛埃徒御良苦宜省思慮近藥物勉遵時令以副
眷懷

賜鎮江軍節度使充集禧觀使韓絳赴闕詔
元祐二年三月二十七日

敕韓絳卿擢自 祖宗輔翼 先帝德望之重天下
聳聞與其置之一方勞以民事不若歸安闕下式瞻
儀刑請老閒居固非所望嘉猷入告夫豈不能

賜鎮江軍節度使充集禧觀使韓絳赴闕詔
元祐二年三月二十七日

敕韓絳爲天下計則賢者常勞爲人臣謀則老者當
逸今朝廷待卿之意酌處其中奉朝請於琳宮所
以系民望釋負荷於留籥所以慰雅懷勉及清和亟
還朝著

賜新除保寧軍節度使馮京告敕詔書茶藥
口宣元祐二年三月二十八日

有敕全魏之寄舊德爲宜勉卽征途以答民望往頒
珍劑昭示眷懷

賜鎮江軍節度使充集禧觀使韓絳詔書茶
藥口宣元祐二年三月二十八日

有敕卿德齒俱高誠請彌確重以民事久勞元臣旣
飭還車宜頒珍劑尚加調養以副眷懷

大相國寺開啓祈雨道場齋文

伏以旱暵旣久麥禾將空仰惟天人之師宜專雲雨
之施庶幾慈愍寬我憂危

集禧觀開啓祈雨道場青詞

洞淵龍王水府聖衆饑饉之患民流者期年吁嗟之
求詞窮於是日乃眷陰靈之宅實爲雲雨之司涵濡
之功指顧而辦罔吝天澤以答民瞻

賜故夏國主嗣子乾順進奉謝恩馬駞回詔
元祐二年四月十七日

詔向遣行人往賻襄事繼陳方物來奉謝章惟忠可
以附民惟禮可以定國勉終誠節以副眷懷

諸宮觀寺院等處祈雨青詞齋文

饑饉之患民流者期年吁嗟之求詞窮於是日仰惟
至道之助推廣上天之仁召呼羣龍時賜霈澤罔以

不德而廢其言

天地社稷宗廟神廟等處祈雨祝文

惟德弗類致常暘之災斯民何辜有荐饑之懼旬浹不雨麥禾皆空□省再三夙夜祗慄引領雲霓之望援手溝壑之餘既窮之詞其忍弗聽

賜太師文彥博乞致仕不許批答 元祐二年三月二十九日

卿出入四世師表萬民無羨於功名而有厭於富貴其所以志身徇國捨逸就勞者豈有求而然哉凡以先帝之恩生民之故也卿之在朝如玉在山如珠在淵光景不陳而草木自遂去就之際損益非輕昔西伯善養老而太公自至魯穆公無人子思之側而長者去之卿自爲謀則善矣獨不爲朝廷惜乎藥餌有閒時遊 廟堂家居之樂何以異此

賜太師文彥博乞致仕不允批答 元祐二年三月二十九日

朕脩身以承 六聖虛己以聽四輔而法度未定陰陽未和民未樂生吏未稱職中夜以思方食而歎雖不敢以事諉元老實望其以身率百官卿猶未即於安孰敢不盡其力此聖母沖人之本意而天下有識

之所望也昔唐太宗以干戈之事尚能起李靖於既老而穆宗文宗以燕安之際不能用裴度於未病治亂之效於斯可見朕意如此卿其少安

賜宰相呂公著乞退不許批答 元祐二年三月二十九日

卿才全而德備積厚而施博明亮篤誠坐屈羣策既以天下公議而用於此矣豈以卿之私意而聽其去哉水旱之災不德所召卿當助我求所以消復之道不當求去我也詩不云乎大夫君子昭假無贏大命近止無弃爾成勉思厥職以答民望

賜宰相呂公著乞退不允批答 元祐二年三月二十九日

用賢之功必要之久遠日計不足歲計有餘朕之用卿期於百姓之既富卿之自信亦豈一日而成功常暘之災天以警朕夙夜祗懼與卿同之朕若歸過於股肱何以答天戒卿若釋政而安逸何以塞民言各思其憂少安厥位

賜太師文彥博乞致仕不允批答口宣 元祐二年三月二十九日

有敕卿德望冠於累世風采聞於四夷方茲仰成倚

以爲重退老之請所未欲聞

賜宰相呂公著乞退不允批答口宣元祐二年
三月二十九日

有敕卿柱石　本朝著龜當代方兹注意實所仰成
宜體朕心姑安其位

賜尚書刑部侍郎范百祿乞外任不允詔元
祐二年三月二十九日

敕百祿成王命君陳商民在辟予曰辟爾惟勿辟予
曰宥爾惟勿宥惟厥中古之有司與天子相可否蓋
如此而況公卿之間議有異同而不盡其說哉例在
中書與在有司固宜審處歸于至當而卿遽欲以此
去位非古之道也其益脩厥官以稱朕意

賜交州進奉人朝見訖就驛御筵口宣元祐
二年四月五日

有敕汝等恭持方物來款塞垣冒涉脩途觀光上國
宜頒燕勞以示恩私

賜龍圖閣直學士新差知秦州呂公孺乞改
授宮觀小郡差遣不允詔元祐二年四月三日

敕公孺朕顧懷西方思得賢守使邊有備而民無擾
以卿耆老練達德宇淵靜秦又舊治吏士服習臥護

諸將無以易卿

故聽宣劉氏堂祭文

奉侍有年肅雍靡懈今其亡矣良用惻然沒而有知來舉茲奠

故聽宣劉氏墳所祭文

盡瘁內職歸全近郊旣掩諸幽往致斯奠賁其窀穸極爾哀榮

五嶽四瀆等處祈雨祝文元祐二年四月十日

天人之交應若影響雨暘不順咎在貌言失之戶庭害及寰宇求治雖切不當天意之中聽言雖多未聞民病之實刑罰有過賦役未平一人之愆百姓何罪避坐徹膳猶當許其自脩悔禍轉災庶或救之將墜於神蓋反掌之易而民免擠壑之憂仰瞻雲霓待命旦夕

五嶽四瀆等處謝雨祝文元祐二年四月十日

乃者常暘爲災歷時愈熾念咎責己寧丁我躬求哀籲天並走羣望果蒙膏澤之賜一拯流亡之餘我愧于民敢廢無災之懼神終其賜願必有年之祥

鄭州超化寺祈雨齋文元祐二年四月九日

伏以常暘爲災歷時愈熾秋穀未藝夏苗將空天意

未回佛慈所願以不思議智力大解脫神通時興
法雲普賜甘澤

鄭州超化寺謝雨齋文元祐二年四月九日

等慈應物不倦於禱求神智無方何難於膏澤旱沴
既弭農民其康仰惟不宰之功豈待有爲之報爰脩
淨供少達純誠

景靈宮罷散奉安
神宗皇帝御容道場功德疏文元祐二年四月
七日

伏以肇新寶構祗奉晬容修妙供於珠庭結勝緣於
淨衆眞游永奠法會告成普冀含生悉蒙餘祉

賜外任臣寮進奉興龍節馬詔敕書元祐二年
四月十三日

敕韓縝誕彌之慶遠邇攸同眷惟外服之良來效右
牽之禮言念誠恪不忘歎嘉

賜彰化軍節度使開府儀同三司判大宗正
事宗晟上表乞還職事不許詔元祐二年四月
十五日

敕宗晟書云孝乎惟孝友于兄弟施於有政是亦爲
政卿以膝下之養爲宗人之法古之爲政孰大於此

而欲以親辭職耶其益脩厥官以稱吾意

賜彰化軍節度使開府儀同三司判大宗正事宗晟上表乞還職事不允詔 元祐二年四月十五日

敕宗晟古者庶子之官治而邦國有倫所治雖簡而所寄甚重卿爲宗室祭酒德度之美刑于中外朕方慶瓜瓞之茂而欲觀麟趾之應益勵厥職無弃爾成

永裕陵脩移角堠門戸柏窠奏告

神宗皇帝祝文

園寢之奉巡行以時增植所宜卜云其吉先事而告亦禮之常

永裕陵脩移角堠門戸柏窠祭告土地祝文

寢園之奉栽植以時惟爾有神實嚴所守敢祈昭鑒永底平寧

白溝驛賜大遼賀坤成節人使御筵兼傳宣撫問口宣 元祐二年四月十七日

有敕卿等肅將慶幣遠涉脩塗風埃浩然徒馭勤止宜頒燕衎以示眷懷

東坡内制集卷第二

東坡內制集卷第三

賜尚書左丞李清臣乞退不允批答元祐二年
四月十八日

卿以方聞之舉擢自厚陵禁林之選用於 神考逮受顧命弼予沖人義既同於戚休身豈輕於出處遽欲引去聞之惻然姑安厥常以助予治

賜尚書左丞李清臣乞退不許批答元祐二年
四月十八日

祥除之初念我聖祖所與共政不忘舊人而卿博學多聞通練古今小心畏慎不見過失力引求去爲之惘然勉留輔予益祗厥服

賜文武百寮文彥博已下上第一表請
皇帝御正殿復常膳不允批答元祐二年四月
二十二日

朕即位二年水旱繼作致災之故實惟沖人既延及於無辜復貽憂於文母是以坐不安席食不甘味實欲深念厥咎豈徒見之空言而雨不崇朝農猶告病欲徇來請惕然未寧其一乃心勉正厥事毋重朕之不德以荅天之深戒

賜文武百寮文彥博已下上第一表請

太皇太后復常膳不許批答元祐二年四月二十二日

旱暵之罰自冬及夏天之降災如此其久則夫致災之道豈一日而然哉雖力行罪己之文尚恐非應天之實而卿等以膚寸之澤遽欲即安覽之惕然未敢自赦其交修不逮務盡厥誠期茲歲於有秋雖復常其未晚

集禧觀洪福殿等處罷散謝雨道場青詞齋文

德有愧於動天敢辭屢請道無私而應物豈間微誠霈一雨以咸周起三農於既病仰承靈貺莫報深仁

集禧觀洪福殿罷散謝雨道場朱表

旱暵爲災禱求屢瀆賴神之賜霈澤以時蓋至道之無私豈不德之能致載陳謝懇少答靈休

賜尚書左丞李清臣乞退不允批答口宣元祐二年四月二十七日

有敕卿綜轄樞機雍容廊廟義當體國謀豈先身往喻至懷少安舊服

賜溪洞蠻人彭允宗等進奉端午布　敕書元祐二年五月十日

敕彭允宗族居裔壤心慕華風來脩任土之儀遠效
充庭之實載惟勤悃良用歎嘉
賜集禧觀使鎮江軍節度使開府儀同三司
韓絳到闕生餼口宣元祐二年五月十二日
有敕卿力辭繁劇歸卽燕安想見老成渴聞嘉話特
頒牢醴以勞驂騑
神宗皇帝禫祭
太皇太后親行祝文
寒暑之變忽焉再期練祥之餘復將三月勉從卽吉
之典莫遂無窮之哀
神宗皇帝禫祭
皇帝親行祝文
既祥之餘徙月而吉迫於先王之禮徒有終身之憂
瞻仰
聖靈伏深感慕
神宗皇帝禫祭
皇太后親行祝文
喪期有數禫月告終哀雖未忘禮弗敢過追慕之至
中外所同
賜文武百寮文彥博已下上第五表請
皇帝御正殿復常膳允批答元祐二年五月二十

九日

朕以寡昧膺受多福常欲損上益下畏天之威矧茲旱災咎在不德而卿等以雨澤既至封章屢上勉從其意甚媿于中夫天之有風雨雷霆猶朕之有號令賞罰朕不修明其事何以責應于天永思其終無忘納誨

賜文武百寮文彥博已下上第五表請太皇太后復常膳許批答 元祐二年五月二十九日

德積無素民罹其災精誠莫通禱不時應雖蒙膏澤之報僅救焦枯之餘勉徇來衷猶虞後患其謹視盜賊懃卹流亡益務交修以裨不逮

景靈宮天興殿開淘井眼祭告里域真官祝文

神游之庭井泥不食日辰之吉浚治以時諗爾明靈庶無悔咎

賜新除尚書左丞劉摯辭免恩命不允詔

敕劉摯朕昔聞卿言今任以政已試之效見于事功廊廟闕人以次遷用宜其右不宜其左能於昔不能於今豈有是哉

賜新除中大夫守尚書右丞王存辭免恩命
不允詔元祐二年五月二十六日
敕王存朕歷選百辟試之以事惇厚而文剛毅而和更涉變故德守不移無逾卿者夫享天下之利者任天下之患居天下之樂者同天下之憂朕非以是富貴卿也其何以辭

賜皇伯祖彰化軍節度使高密郡王宗晟生
日禮物口宣元祐二年六月一日
有敕卿德茂宗枝望隆公衮推本流長之慶有嘉震肅之辰宜是寵頒以綏壽祉

班荊館賜大遼國賀坤成節人使到闕御筵
口宣元祐二年六月二日
有敕卿等肅將慶幣並及都門遠涉暑塗想懃行李式頒燕衎以示恩私

賜新除吏部侍郎傅堯俞辭免恩命乞知陳
州不允詔元祐二年六月十三日
敕堯俞連蹇三黜棲遲十年士無賢愚爲國太息如珠玉之在泥土麟鳳之在網羅朕所以拔卿於久廢之中用卿於期年之内天下拭目欲觀所爲而乃引微疾以自言指使郡而求去豈獨於卿有報國未遂

之數亦將使朕獲用賢不終之譏勉復舊曹以全大節

賜護國軍節度使檢校太師濟陽郡王曹佾生日禮物口宣元祐二年六月九日

有敕卿世濟勳勞德隆藩戚屬此誕彌之日豈無燕喜之私膺我寵頒永增壽祉

賜新除中大夫守尚書右丞王存辭免恩命不允斷來章批答元祐二年六月十二日

士有品目定于僉言器之廟堂蔽自朕志豈有僉言既穆朕志不移而用過謙之詞反已成之命亟服乃事宜無復云

賜新除中大夫守尚書右丞王存辭免恩命不許斷來章批答

爲國不患於無人有人而不用之爲患事君非難於辭寵居寵而無媿之爲難吾之用卿討已審矣卿之自信又何疑哉

賜文武百寮太師文彥博已下上第一表請舉樂不許批答元祐二年六月一日

先王之禮樂因情而立文君子之哀樂自中而形外夫有莫大之戚則有無窮之悲先皇帝天覆四方

子養萬物至今窮髮之表尚餘流涕之民而況宮庭之間母子之愛粗畢三年之制遂講八音之和所未忍聞非不欲作卿等謹於率禮篤於愛君徒欲亟舉舊章顧未深明吾意三復太息難於屈從

賜文武百寮太師文彥博已下上第一表請舉樂不允批答元祐二年六月一日

禮之至者無文哀之深者無節故禮而不樂古人非以求名琴不成聲君子以爲知禮朕以宗廟之重勉蹈先帝之餘履其位惕然而自驚用其物潸焉而出涕未報昊天罔極之德常懷終身不忘之憂欲從衆言亟舉備樂而金石絲竹乃悽耳之聲干戚羽旄皆汯目之具哀既未泯樂何從生再閱來章徒增感慕

賜文武百寮太師文彥博已下上第二表請舉樂不許批答元祐二年六月四日

遏密之制雖盡於三年追懷之私豈論於徙月金石在御惻然未寧吾不以一身之憂廢天下之樂今施之郊廟用之軍旅州閭之會絃歌相聞獨盡餘哀止於中禁以爲於義未害是故行之不疑

賜文武百寮太師文彥博已下上第二表請

舉樂不允批答元祐二年六月四日

朕少遭閔凶僅畢祥禫雖俛就企及非以過制爲賢而創巨痛深不能以禮自克觀過其黨聖人許之禮曰喪三年以爲極士則弗之忘矣誠重違國老之忠告姑欲盡人子之至情

賜太師文彥博等請

太皇太后受冊第二表不許批答元祐二年六月四日

吾聞聖人以天下爲憂未聞以位號爲樂也損己裕物畏天檢身此吾平日之本心非獨遇災而一發也孔子曰以約失之者鮮矣卿等以是輔我顧不美哉

賜集禧觀使鎮江軍節度使開府儀同三司

韓絳乞致仕不允詔元祐二年六月四日

敕韓絳向以宏才臥護北道凡斯民之利病蓋一方之安危朕方虛懷以待元老冀疾病之有間得雍容而造朝時聞嘉言以輔不逮告老之請殊非朕心

賜韓絳乞致仕不允詔元祐二年六月四日

元老在位邦之榮華徒以精神折衝非以筋力爲禮游神道館擁節家庭於卿同告老之安而國有貪賢之美勉自輔養期於少留

賜同知樞密院事范純仁生日詔 元祐二年六月十八日

敕純仁卿天資文武世濟勳勞載嘉誕日之臨豈獨私門之喜宜膺慶賜以介壽期

賜文武百寮太師文彥博已下上第四表請舉樂不許批答 元祐二年六月九日

吾之本性以清淨寂寞爲樂雖在平日無游觀聲技之念矧艱難之後哀疚之餘中夜以興方食而歎將不堪其憂者豈有意於樂哉雖欲勉從未能自克忠告屢却愧歎兼深

賜文武百寮太師文彥博已下上第四表請舉樂不允批答 元祐二年六月九日

鍾鼓以道和羽籥以飾喜譬之飲食之節適於口體之宜今衰麻之除莫敢逾制而琴瑟之御則有未安卿等忠誠確然開喻至矣惟反求諸心而弗得故欲行其言而未能推之人情當識朕意

賜太師文彥博等上第三表請太皇太后受冊許批答 元祐二年六月九日

吾上順帝則下酌民言處以無心期於寡過卿等以爲協氣既應羣謀僉同若固違典禮之常恐莫慰天

人之望遇災而懼昔者非以爲謙聞義則遷吾亦豈
敢自必勉從故事以副嘉言

就驛賜大遼賀坤成節使副銀鈔鑼錦被褥
等口宣元祐二年六月二十八日

有勑卿等遠持慶幣來講鄰歡徒馭少休舍館既定
首膺寵錫當體眷懷

賜新除試吏部侍郎范百祿辭免恩命不允
詔元祐二年六月十二日

夫以天官之貳治夏卿之選簿書繁重條格紛委茍
非其人則士之失職而無告者多矣朕難其材不以
輕授卿有應務之敏而行之以勤有守官之亮而濟
之以通往行其志何以辭爲

賜皇叔楊王顥生日禮物口宣元祐二年七月
十九日

有勑卿屬尊魯衛德重閒平每臨載育之辰永錫無
窮之慶宜膺寵數以介壽祺

相州賜大遼賀坤成節人使御筵口宣
元祐二年七月八日

有勑卿等遠涉歸途再離秋暑爲言近郡少憩旋車
宜示眷懷往頒燕俎

賜外任臣寮進奉坤成節銀　敕書元祐二年
七月二十八日
敕劉昌祚汝承流外服雅意本朝爰因載誕之辰遠
致同寅之禮眷惟忠藎良極歎嘉
雄州撫問大遼使副賀坤成節口宣元祐二年
七月十二日
有敕卿等抗旍脩好馳傳及疆遠涉暑途實勞驂馭
特加存撫式示眷懷
賜新除知樞密院安燾辭免恩命不允詔元
祐二年六月二十四日
敕安燾人才之難從古所歎圖任以舊爲國之常卿
以瓌異之資荷艱難之寄勤勞靡懈望實愈隆雖云
超陞不改疇昔徒以任之既久則責之宜專知無不
爲乃所望於卿者卑以自牧亦何補於國哉
賜皇弟山南東道節度使開府儀同三司佖
生日禮物口宣元祐二年六月十八日
有敕卿以棣華之親襲瓜瓞之慶載臨誕日宜厚寵
頒服我異恩永膺介福
賜新除知樞密院安燾辭免恩命不允斷來
章批答元祐二年六月二十四日

覽表具之論材考德聖人所以公天下難進易退君子所以善一身權之以義孰爲輕重訓兵論將威懷戎狄卿以是事上豈不賢於逡巡退避也哉

賜新除知樞密院安燾辭免恩命不許斷來章批答元祐二年六月二十四日

覽表具之德稱其服臣主俱榮食浮於人上下交病朕之爲天下慮甚於卿之自爲謀也思而後行有出無反成命不再卿毋復辭

賜安燾辭免恩命不允斷來章批答口宣元祐二年八月五日

有敕卿以舊德簡在朕心成命既孚僉言咸穆宜卽祗受毋煩固辭

賜權陝府西路轉運判官孫路銀絹獎諭敕書元祐二年六月二十八日爲築蘭州西荆堡成下同

敕孫路宣力計臺悉心邊政相視衿要繕完保障訖用有成不愆于素使虜無可乘之便民有足恃之安乃眷忠勤不忘嘉歎

賜知蘭州王文郁銀絹獎諭　敕書元祐二年六月二十八日

敕王文郁汝以禦侮之才當專城之寄百堵皆作二

月而成非威服民夷身先士卒則安能以一時之役成無窮之利達于朕聽良用歎嘉

賜新除檢校太尉守司空依前開府儀同三司致仕韓絳辭免恩命不允批答元祐二年七月七日

國家尊異耆老砥礪廉隅凡致爲臣必厚其禮而況卿出入四世師表萬民身任安危位兼將相永惟三宗眷遇之重宜極一品褒崇之榮成命旣孚僉言惟允宜從中外之望罔徇謙沖之私

賜韓絳辭免恩命不允批答元祐二年七月七日

朕惟耆老成人雖或謝事耄期稱道終不忘君其在丘園豈殊廊廟嘉猷入告卿其不易此心大事就訪朕亦敢忘斯義命秩之數典冊之文不如此無以慰朕心而答民望國有常典卿毋復辭

瀛州賜大遼賀坤成節人使回程御筵口宣

元祐二年七月十日

有敕卿等抗旌來聘已事言還方次邊城少休候館宜頒燕俎以勞歸驂

賜知樞密院事安燾已下罷散坤成節御筵口宣

有勑卿等忠存體國義切戴君結妙果於三乘祝
慈闈之萬壽宜膺寵錫以示眷存
玉津園賜大遼賀坤成節人使射弓例物口
宣元祐二年七月八日
有勑卿等致命寶鄰出游禁籞爰敦射事以佐賓歡
宜旌審固之能式厚珍良之賜
賜大遼賀坤成節人使生餼口宣元祐二年七
月八日
有勑卿等遠涉脩塗來陳慶幣舍館初定徒馭實勞
宜錫餼牽以昭寵數
賜大遼賀坤成節人使內中酒果口宣元祐
二年七月十一日
有勑卿等遠馳使傳申講隣歡既執贄以造廷亦展
幣而成禮宜加寵錫以示眷存
賜太師文彥博已下罷散坤成節道場香酒
果口宣元祐二年七月十一日
有勑卿翊贊大猷倡先多士方 慈闈之獻壽嚴法
會以薦誠宜有寵頒以昭殊眷
賜知樞密院事安燾已下罷散坤成節道場
香酒果口宣元祐二年七月十一日

有敕卿等同竭忠嘉助成孝治方 慈闈之獻壽嚴
法會以薦誠宜有寵頒以昭殊眷

坤成節就驛賜于闐國進奉人御筵口宣元
祐二年七月十二日

有敕汝等款塞觀光趨庭效貢屬誕彌之稱慶均燕
衎以示慈祇服寵嘉式旌忠悃

賜殿前都指揮使燕達已下罷散坤成節道
場香酒果口宣元祐二年七月十二日

有敕卿等同罄純忠力脩勝果用祈慈壽既徹梵筵
宜有寵頒以昭眷遇

賜皇伯祖鎮南軍節度使開府儀同三司宗
暉已下罷散坤成節道場香酒果口宣元祐
二年七月十二日

有敕卿表率宗盟助成孝治祝延 慈壽仰扣佛乘
既畢梵筵宜加寵賚

賜平海軍節度使駙馬都尉李瑋已下罷散
坤成節道場香酒果口宣元祐二年七月十二日

有敕卿等乃心王室同輸欲報之誠稽首佛乘共祝
無疆之壽既成法會宜示寵頒

賜皇叔楊王荆王醴泉觀罷散坤成節道場

香酒果口宣元祐二年七月十二日
有敕卿等德冠邦家義兼臣子脩勝緣於西竺祈壽
嘏於南山宜有寵頒以成法會
賜新除依前靜海軍節度使進封南平王李
乾德制誥敕書元祐二年七月八日
敕朕子養兆姓囊括四方譬之於天豈吝膏澤卿守
藩滋久事上益虔高爵隆名極其榮顯庶緣大寵以
服民心其思盡忠以稱恩禮
班荆館賜大遼賀坤成節人使回程酒果口
宣元祐二年七月十六日
有敕卿等講成聘禮歸次都門復此少留逝將言邁
宜頒餞斝以寵行驂
皇帝達
太皇太后迴大遼皇帝賀坤成節書元祐二年
七月
嘉月令辰篤生壽母珍函重幣交慶寶鄰已恭致於
德音復欽傳於慈旨其爲感懌未易名言
皇帝迴大遼皇帝問候書元祐二年七月
四牡載馳遠勤於使介尺書爲問申講於鄰歡方履
素秋克膺純福益祈保護式副願言

太皇太后　皇太后皇太妃受冊奏告太廟
幷諸陵祝文元祐二年六月十九日

伏以祗事親闈庶幾孝治配德祖考既務極於推崇篤生眇沖亦敢忘於襃顯將奉寶冊率循舊章涓日甚良先期以告

太皇太后　皇太后皇太妃受冊奏告景靈
宮等處青詞元祐二年七月十九日

伏以祗事親闈庶幾孝治配德祖考既務極於推崇篤生眇沖亦敢忘於襃顯將事寶冊率循舊章徼福于神先期以告

賜前兩府幷待制已上知州初冬衣襖詔元
祐二年九月七日

敕元發歲將墐戶工告始裘宜頒在笥之珍以示維藩之寵服之安燠體我眷懷

賜諸路知州職司等幷總管鈐轄至使臣初
冬衣襖敕書

敕馮潔己王事靡盬日月其除屬霜露之戒寒待衣裘而卒歲宜加寵錫以示眷懷

賜諸路蕃官幷溪洞蠻人初冬衣襖敕書

敕瞎氈職在捍邊志常面內屬此嚴凝之候宜均輕

煖之恩服我寵頒益思忠報

賜諸路屯駐駐泊就糧本城諸員寮等初冬衣襖都敕

敕汝等久勤外服屬戒祈寒爰念捍城之勞普均挾纊之惠

西京應天禪院會聖宮脩神御帳座畢功告遷諸神御祝文元祐二年八月二日

頃詔有司恭脩幄座暫安別殿以作庶工旣匠事之告成宜真游之來復顧垂昭鑒及此良辰

西京應天禪院會聖宮脩神御帳座畢工奉安諸神御祝文元祐二年八月二日

幄坐告成允協歲時之吉靈游永奠復瞻天日之光庶俾後人仰蒙餘慶

賜西南羅蕃進奉敕書元祐二年九月三日

敕汝世爲要服時款塞垣志慕華風來脩職貢載惟忠恪良用歎咨

東坡內制集卷第二

東坡內制集卷第四

賜熙河秦鳳路帥臣并沿邊知州軍臣寮茶銀合兼傳宣撫問口宣元祐二年八月十日

有敕卿等夙分邊寄深識虜情屬此盛秋勞於警備宜加寵賚以示眷懷

賜熙河秦鳳路提刑轉運茶銀合兼傳宣撫問口宣元祐二年八月十日

有敕卿持節宣風久分憂寄調兵足食想極賢勞宜有寵頒以彰眷遇

賜觀文殿大學士光祿大夫知永興軍韓縝茶銀合兼傳宣撫問口宣元祐二年八月十日

有敕卿釋政廟堂均勞方面兵民之重綏御實勞往諭至懷仍加寵賚

賜皇弟武成軍節度使祁國公偲生日禮物口宣元祐二年八月十六日

有敕卿棣華襲慶桐葉分封載臨震肅之辰特致壽康之祝其膺寵錫以介神休

賜朝議大夫試戶部尚書李常乞除沿邊一州不允詔元祐二年八月二十二日

敕李常在泮獻馘亦儒者之常挺劍疾鬬蓋孔門之

事雖然義有輕重理有後先與其自請捍邊治癬疥之疾曷若盡瘁事國幹心膂之憂苟推是心何往非報雖願受長纓而往者卿之本心然自以尺箠而鞭之吾有餘力尚體此意姑安厥官

賜太師平章軍國重事文彥博宰相呂公著自今後入朝凡有拜禮宜並特與免拜詔元祐二年八月二十五日

敕彥博朕聞几杖以優賢著之典禮耄老無下拜書於春秋魏太傅鍾繇以足疾乘車就坐自爾三公有疾以爲故事而唐司徒馬燧亦以老病自力對於延英詔使毋拜今吾耆老大臣 四朝之舊德隆而望重任大而憂深者惟卿與公著而已呂公著詔即改云惟彥博與卿而已 方資其蓍龜之告豈責以筋力之禮今後入朝凡有拜禮宜並特免卿其專有爲之報略無益之儀毋或固詞以稱朕意

賜宰相呂公著乞罷相位除一外任不許批答元祐二年八月二十八日

夫以才御物才有盡而物無窮以道應物道無窮而物有盡凡今之患所乏非才以卿篤於愛君必能建長久之策澹然無我可以寄枉直之權二年于茲百

度惟正事既就緒民亦小康至於微疾之屢攻此亦
高年之常理卿其良食自輔爲國少安譬如止水之
在槃豈復勞心於鑑物心且不勞而況於力乎

賜宰相呂公著乞罷相位除一外任不允批
答元祐二年八月二十五日

朕以天下之大知爲君之難有朽索馭六馬之憂有
抱火措積薪之懼正賴多士協爲一心期夕以思彌
縫其闕凡今中外執事膂力之畢陳視吾一二老臣
進退以爲節卿若無事而引去人將相顧而自疑而
況邊鄙未寧兵民多故而予左右之老先自求於便
安則夫疏遠之臣何以責其盡瘁勉輔不逮期於有
成

賜宰相呂公著乞外任不允批答口宣元祐
二年八月二十三日

有勑全德之老朕所仰成大義未安卿當畏去純忠
所激微疾自除

賜新除兼侍讀依前光祿大夫吏部尚書蘇
頌辭免恩命不允詔元祐二年八月二十七日

勑蘇頌朕惟左右正人之求甚難其選以爲直亮多
聞之益宜莫如卿方虛懷於至言豈曲從於遜避亟

服乃事毋煩固辭

迎奉

神宗皇帝御容赴西京會聖宮應天禪院奉

安導引歌詞

經文緯武十有九年中遺烈震羌戎渭橋夾道千君長猶是建元功西瞻温洛與神崧蓮宇照瓊宮人間俛仰成今古流澤自無窮

劄子元祐二年

臣近奉　聖旨撰賜文彥博呂公著今後入朝免拜詔書今又準內降指麾撰不允彥博辭避免拜批答臣謹按禮經八十拜君命一座再至所謂拜君命者傳命而拜非朝見也然且不免周天子賜齊桓公胙曰伯父耋老無下拜公曰天威不違顏咫尺下拜登受所謂無下拜者拜於堂上非不拜也然且不敢鍾繇以足疾乘車就坐疑若不拜然亦無明文君前乘車豈足爲法而馬燧延英不拜蓋是臨時優禮無今後遂不復拜之文祖宗舊例如呂端之流以老病進對亦止於臨時傳宣不拜今來彥博公著今後免拜指麾自是　朝廷優賢貴老度越古今無可議者但臣是有司合守典禮兼恐彥博公著終不敢當以臣

愚見不若允其所請若聖恩優閔老臣眷眷不已遇
其朝見問或傳宣不拜足以爲非常之恩臣忝備侍
從懷有所見不敢不盡所有不允批答臣未敢撰取
進止
御寶批依奏脩撰允所請批答進入
賜太師文彥博辭免不拜恩命許批答 元祐
二年八月二十七日
卿義重股肱望隆堂陛陛廉遠則堂皇峻股肱逸而
元首安故出異恩特鐫苛禮而卿深執恭巽力守典
刑確然自陳義不可奪勉從其意愧歎于中
賜太師文彥博辭免不拜恩命允批答 元祐
二年八月二十七日
朕優禮師傅達德齒之尊以亟拜爲可略古之道也
卿謹嚴朝廷明君臣之分以不拜爲未安禮之節也
道並行而不悖義有重而難移勉徇所陳不忘嘉歎
賜宰相呂公著乞罷相位不許斷來章批答
元祐二年八月二十七日
孔子曰苟有用我者期月而已可也三年有成夫以
聖人猶待三年而後成功况其下者今卿助我爲治
自以爲既成矣乎其未也譬如玉人雕琢玉中道而

易之豈復成器哉

賜宰相呂公著乞罷相位不允斷來章批答元祐二年八月二十七日

古者君臣之間率常千載一遇今　聖母在位正身虛己仰成輔弼雖疎遠小臣猶欲畢命自效而卿乃以小疾求去縱無意於功名獨不惜此時乎勉卒乃事使百姓富足四夷乂安然後謝事歸老豈不臣主俱榮哉

賜宰相呂公著乞罷相位不允斷來章批答口宣元祐二年八月二十八日

有敕卿之在位爲德與民朕意不移徒煩屢請速起視事毋復固辭

賜守司空開府儀同三司致仕韓絳乞受冊禮畢隨班稱賀免赴詔元祐二年八月二十七日

敕韓絳卿脫屣軒冕頤神丘園不爲絕俗之高愈篤愛君之意喜聞冊號請覲內廷在臣子之誠心卿爲盡節顧筋骸之末禮吾所未安

賜宰相呂公著乞罷免相位不允詔元祐二年八月二十八日

敕宰相之責綏靖四方羗人既俘士氣益振長轡遠

駁方資老謀卿不强起孰卒吾事近以二老之故削
亟拜之禮而彥博執謙不回朕既從其請矣卿起就
位復何疑哉

賜皇弟定武軍節度使開府儀同三司咸寧
郡王俁生日禮物口宣元祐二年八月二十八日

有敕眷予母弟誕慶兹辰載詠斯干之祥宜均既醉
之福祗膺寵數永錫壽祺

賜太師平章軍國重事文彥博辭免入朝
拜禮允批答口宣元祐二年八月二十八日

有敕卿勳德愈高謙恭不伐盡事君之禮忘屈身之
勞重違嘉言特寢前命

生獲鬼章文武百寮稱賀宣答詞元祐二年八
月二十八日

太皇太后

種羌叛渙西鄙繹騷首出偏師遂擒元惡安邊之喜
與卿等同之

皇帝

凶狡就俘羌戎一震既增吏士之氣亦寬戍守之勞
靖寇息民與卿等同喜

八月二十八日入內高班蔡克明傳宣取批

答宰臣以下賀生獲鬼章表

太皇太后
國家偃兵息民函養中外鬼章無故犯順神人弃之雖廟社無疆之休亦將相一心之助封章來上嘉歎不忘

皇帝
朕上承慈訓下盡羣策務漸寬於民力本無意於邊功既狂狡之就擒知休息之有日再閱來奏嘉歎于中

賜皇叔成德荊南等軍節度使守太尉開府儀同三司荊王頵生日禮物口宣元祐二年八月二十日

有敕卿以名世之傑居叔父之親乃眷良辰實鍾餘慶宜膺異數之禮永錫無疆之休

賜宰相呂公著辭免不拜恩命允批答元祐二年九月一日

卿執德惟一守禮不回不以坐論為安而以拜上為泰使朕不盡養老之意而卿得畏威之道勉從其志嘉歎不忘

賜宰相呂公著辭免不拜恩命許批答元祐

二年九月一日
君之視臣譬之手足方責其大不强所難而卿深執
謙恭力求避免深惟孔子事君盡禮之義曲從其請
以儆惰媮

熙河蘭會路賜种誼已下銀合茶藥及撫問
犒設漢蕃將校以下口宣元祐二年九月二日
有勑汝等受成元帥問罪種羌既俘凶渠備見忠力
各加犒賜用示眷懷

賜保靜軍節度使檢校司空開府儀同三司
建安郡王宗綽生日禮物口宣元祐二年九月
三日
有勑位隆將相德重宗藩方秋律之既深紀門弧之
多慶宜膺寵錫以介壽祺

撫問劉舜卿兼賜銀合茶藥口宣元祐二年九
月二日
有勑卿翰屏西服威懷種羌嚴兵盛秋得雋戎落特
遣勞問仍示寵頒

賜陝府西路轉運判官孫路銀合茶藥口宣
元祐二年九月五日
有勑汝以職事出按邊防屬此軍輿想勞心計宜加

寵錫以示眷懷

賜陝府西路轉運司勾當公事游師雄銀合茶藥口宣元祐二年九月五日

有勑汝以儒臣習知疆政王事靡盬周爰咨謀宜有寵頒以旌勳瘁

西京會聖宮應天禪院奉安神宗皇帝御容奏告　諸帝祝文元祐二年九月六日

於穆　神考陟配在天有嚴祠宮從祀　我祖時日協吉聖靈其安寵綏後人永錫純嘏

西京應天禪院會聖宮奉安神宗皇帝神御祝文元祐二年九月六日

於皇在天不冒下土矧此山陵之近顧瞻兩都宅於嵩洛之間上聯五聖有嚴淨宇會聖宮改爲真館　祇奉睟顏願追梵釋之遊會聖宮改爲仙聖之遊　永答人天之望

生擒西蕃鬼章奏告　永裕陵祝文元祐二年九月五日

大獮獲禽必有指蹤之自豐年高廩孰知耘耔之勞憬彼西戎古稱右臂自嘉祐末木征擾邊至熙寧中

董氈方命於赫聖考共行天誅非貪尺寸之疆蓋爲民除蠡蠹遂建長久之策不以賊遺子孫而西蕃大首領鬼章首犯南川北連拓拔申命諸將擇利而行旋聞偏師無往不克吏士用命爭酬未報之恩 聖靈在天難逃不漏之網已於八月戊戌生獲鬼章頡利成擒初無涓水之恥郅支授首聊報谷吉之冤謹當推本聖心益脩戎略務在服近而來遠期於偃革以息民仰冀威神曲垂昭鑒

賜太師文彥博上第一表乞致仕不允批答

元祐二年九月八日

省表具之卿之求去蓋數矣言不爲不切而朕終莫之從朕之留卿亦至矣禮不爲不盡而卿終莫之亮君臣之際情不相喻朕甚疑之夫樂丘園而厭軒冕亦古人之一節而非聖賢之高致尊耆老以重 朝廷蓋天下之大計而非沖人之私欲與其使朕屈公議以從卿曷若卿少貶其私意以徇天下乎

賜太師文彥博上第一表乞致仕不許批答

元祐二年九月八日

覽表具之卿之所以欲去者二疲於朝會勞於應物一也功成身退欲享其樂二也而吾之所以必留者

三卿以傑人之資開物成務世不可闕一也弼亮
四朝更涉變故謀無遺策二也名冠天下進退之閒
爲國休戚三也吾方盡養老之道殺禮以優賢廟堂
之上猶有足樂則夫卿之欲去者可回而吾之必留
者蓋不可易也

賜太師文彥博乞致仕第一表不允批答曰

宣元祐二年九月九日

有敕朕上承慈訓下酌民言秉國之成非卿莫可來
請雖切朕意不移

賜太師文彥博乞致仕不許斷來章批答元

祐二年九月十一日

覽表具之爲君難爲臣不易非吾推誠無疑不能起
卿於安佚非卿忘身徇國不能從我於艱難召用之
初中外相慶搢紳莫不競勸父老至於涕流中道而
歸其義安在宜思一身之樂輕於社稷毋使庶人之
議及於朝廷

賜太師文彥博乞致仕不允斷來章批答元

祐二年九月十一日

省表具之君子安身業德如山嶽之鎮開物成務如
江河之流若山嶽之鎮動搖不安江河之流行止自

便則物將交病人亦何觀朕之望卿無以異此宜守不移之志以成可大之功

賜太師文彥博乞致仕不允斷來章批答口宣元祐二年九月十二日

有敕卿望重百辟威聞四夷進退之間輕重所寄毋煩屢請朕命不移

賜太師文彥博乞致仕不允詔元祐二年九月十日

敕彥博卿求退之意著於士民執謙之心信於天地勉當委重之託初無懷祿之嫌大義苟安細故可略朕命不再卿其少安

賜太師文彥博乞致仕不許詔

敕彥博論道則志年卿不可以年既高而爲請稱德則鄙力卿不可以力不足而爲詞斷之於中義有不易豈以屢請之故而廢將成之功體君至懷以慰公議

十月一日永裕陵下宮開啓資薦神宗皇帝道場齋文元祐二年九月十一日

橋山永望莫瞻弓劍之餘陽月載臨徒增霜露之感招延淨衆崇建梵筵庶集勝因仰資真馭

撫問秦鳳等路臣寮口宣元祐二年九月十八日
有敕卿等綏馭兵民布宣條教眷惟忠藎想極劬勞
屬此早寒各宜厚愛
西京會聖宮應天禪院奉安
神宗皇帝御容禮畢開啟道場齋文元祐二年
九月十七日
原廟告成神游既奠雖聖靈之無礙對越在天從
世法之有爲歸依於佛普願幽明之域悉登淨妙之
庭集此勝因以資仙馭
白溝驛傳宣撫問大遼賀興龍節人使及賜
御筵口宣元祐二年九月十二日
有敕卿等遠馳信幣來慶誕辰念此脩塗望喜於入境
宜加燕勞以示眷存
西京會聖宮應天禪院奉安
神宗皇帝御容前一日奏告永裕陵祝文元
祐二年九月三日
國家推本漢儀立郡國之廟參用唐制就佛老之祠
乃眷洛都載瞻園寢並興靈宇以奉神嬉閔惟沖人
恭蹈成憲謹擇良日臨遣近臣庶回日月之光少答
人天之望

沿路撫問奉安
神宗御容禮儀使呂大防已下口宣元祐二年
九月十二日
有勑卿等恭持使節祗事祠宮遠涉郵途實勞啓處
特加存問以示眷懷
鄭州
鞏縣
有勑卿等出使別都展儀原廟衝涉微凜勤勞遠途
體此眷懷宜加調衞
西京
有勑卿等暫去闕庭服勤郵傳奉祠之重率禮爲勞
已事遄歸式符眷遇
賜嗣濮王宗暉生日禮物口宣元祐二年九月
二十二日
有勑流澤之深積慶之厚嘉此良日篤生賢王受茲
多儀永錫難老
永裕陵十月日表
戒寒壚戸倏及於秦正前晦行陵祗循於漢禮恭惟
謚號皇帝懿文緯世厚德載時休老勞農追述養民
之政厲兵講武敢忘經國之謀永望寢園益增感慕

西京會聖宮應天禪院奉安
神宗御容禮畢押賜禮儀使已下御筵口宣
元祐二年九月二十一日
有敕卿等既成原廟復奠神游乃眷元臣往嚴盛禮
宜均燕衎以示眷存
賜龍圖閣直學士尚書工部侍郎蔡延慶乞
知應天府不允詔元祐二年九月十六日
敕延慶入侍禁近出殿藩服已試之效藹然有聲今
若予工宜有餘力夫游刃肯綮尚不辭難退食委蛇
豈當告病膚理微疾行當自痊勉安厥官以稱朕意
賜外任臣寮等進奉坤成節功德疏詔敕書
元祐二年九月二十四日
敕馮京職雖在外忠不忘君集勝妙之良因致壽康
之善禱眷言誠盡良極歎嘉
賜朝奉郎通判梓州趙君奭進奉坤成節無
量壽佛敕書元祐二年九月二十四日
敕趙君奭相好妙嚴衷誠傾盡汝期乃后享無量之
年吾欲斯民同極樂之世永言忠愛良用歎咨
趙州賜大遼皇帝賀興龍節大使茶藥詔元
祐二年九月二十七日

敕隣歡載講使節甚華永言郵傳之勤適此風霜之
候宜加寵賚以示眷存

趙州賜大遼皇帝賀興龍節副使茶藥詔　元
祐二年九月二十七日

敕卿載馳遠道良苦祁寒豈無藥物之嘉以輔寢興
之節宜膺寵錫尚體至懷

神宗皇帝御容至會聖宮并應天禪院前一
日奏告　諸帝祝文

三靈眷命　六聖在天崧洛之間仙釋所館惟茲吉
禘之始當祔出游之庭念彼元臣昔皆侑食一新惟
肖之像永陪如在之神敢冀威靈曲垂昭鑒

十月朔本殿大人往永裕陵酌獻
神宗皇帝表本

雨霜隕籜感閉塞於天時收潦滌場思艱難於王業
恭惟　尊謚皇帝禹功紀地堯則惟天威加四夷尚
餘肅物之凜仁及萬彙永同挾纊之溫省奉無期瞻
懷靡極

賜熙河路副總管姚兕等銀合茶藥口宣　元
祐二年九月十四日

有敕卿以武略過人忠義思報焚蕩虜境宣明國威

特示寵頒以觀來效

賜尚書左丞劉摯生日詔元祐二年九月二十二日

敕劉摯律協應鍾辰集析木實生俊輔休有令名膺我寵章以介眉壽

東坡內制集卷第四

東坡內制集卷第五

神宗皇帝御容進發前一日奏告諸宮觀等處青詞元祐二年九月二十五日

嵩洛之間山陵所在嚴道釋之淨宇奉衣冠之別祠恭擇良辰啓行仙馭敢徼福於羣聖庶流祉於含生仰叩眞靈冀垂昭鑒

神宗皇帝御容進發前一日奏告天地社稷宗廟等處祝文

祗畏天明率循祖武進衣冠之原廟鎭嵩洛之靈祠恭擇良辰啓行仙馭分遣執事並告有神

賜涇原路經略使并應守城禦賊漢蕃使臣已下銀合茶藥兼傳宣撫問口宣元祐二年九月五日

有敕戎虜逆天無故犯順忠義所激戰守有方掎角相望示以形勢犬羊自遁亭候無虞爰念勤勞不忘嘉歎

賜太師文彥博生日詔元祐二年九月二十九日

敕彥博陽月載臨剛辰協吉篤生元老弼亮四朝允爲廊廟之華豈獨閨門之慶往膺寵數永錫壽祺

賜大遼賀正旦人使白溝驛御筵并撫問口宣元祐二年九月七日

有敕卿等遠馳華節冒履薄寒眷言郵傳之勤少樂
燕嘉之賜往申寵問式示眷存
賜資政殿學士太中大夫新知成都府王安禮
乞知陳潁等一郡不允詔元祐二年十月一日
敕安禮朕惟西蜀地狹而賦重人懦而吏肆徭役新
定農民在官馭之無方將不勝弊惟朕左右信臣明
而不苛寬而有斷必能肅遏慢吏扶養小弱卿雖微
疾强爲朕行時近藥石勉事道路稱朕意焉
皇帝達
太皇太后賀大遼皇帝生辰書元祐二年
寒律既周誕辰載紀恭被　慈闈之誨俾脩慶幣之
儀永介壽康式符頌禱更祈調衛以副願言
皇帝賀大遼皇帝生辰書元祐二年
大呂還宮攝提正丑載協誕彌之慶永膺壽考之祥
臨遣使軺往陳信幣其爲欣禱莫盡名言
㳂路賜奉安
神宗御容禮儀使吕大防銀合茶藥詔元祐二年
十月七日
敕大防於赫　神考如日在天雖光明無所不臨而
躔次必有所舍肆予命爾祗奉此行禮既告成勤亦

良至感慕之外嘉歎不忘

沿路賜奉安

神宗御容押班馮宗道并內臣等銀合茶藥勑

書元祐二年十月七日

勑馮宗道逮事有年追遠不懈屬祠宫之告具驂日馭以遄征往復之間忠勞亦至特加存問尚體至懷

沿路賜奉安

神宗御容禮儀使呂大防押班馮宗道并使臣已下銀合茶藥兼傳宣撫問口宣元祐二年十月七日

有勑 汝卿 祗率官常往嚴像設屬此寒凝之候眷言往返之勞式示寵綏特加優錫

太皇太后 皇太后 皇太妃受冊禮畢奏謝

天地社稷宗廟諸宫觀并諸陵青詞齋祝文元祐二年九月二十七日

至哉坤元政必先於治內養以天下孝莫大於尊親昔首正於號名今復嚴於典冊禮樂既具神人允諧分命邇臣 諸陵改分命邇臣字作分命有司 恭致成事仰祈

昭鑒永錫鴻休無任懇禱之至

太皇太后 皇太后 皇太妃受冊禮畢祭諸

神廟祝文元祐二年九月二十七日

至哉坤元政必先於治內養以天下孝莫大於尊親昔首正於號名今復嚴於典冊禮樂既具神人允諧分命有司往告成事庶祈靈祐永保鴻休

隆祐宮設慶宮醮青詞

伏以長樂告成光動紫宮之象清都下照誠通絳闕之僊祇率多儀肅陳菲薦永惟慈孝之本克享天人之心介萬壽之無疆錫五福之純備無任懇禱之至

賜太師文彥博生日禮物口宣元祐二年十月五日

有敕卿勳在廟社名聞華夷允儲河嶽之靈宜享喬松之壽往頒寵數以慶佳辰

賜南平王李乾德曆日敕書元祐元年十月八日

敕乾德眷彼海隅被予聲教宜有王正之賜以爲農事之祥動卹遠民以問嗣歲

永裕陵十二月日表本

伏以商正紀曆大呂旋宮論時令以待來歲之宜獻民力以共宗廟之祀恭惟 諡號皇帝至仁無外全德難名文物聲明但覩乘時之迹昆蟲草木孰知成歲之功急景易還永懷何極

皇帝達

太皇太后賀大遼皇帝正旦書元祐二年

歲聿肇新鄰歡載講恭被　慈闈之誨遠通慶幣之誠益冀保頤永綏壽嘏

皇帝賀大遼皇帝正旦書

三陽朋來慶二儀之交泰　兩朝繼好納萬民於阜昌申敕使車肅將禮幣願符善禱永介純釐

冬季傳宣撫問諸路沿邊臣寮口宣元祐二年十月十八日

有敕卿等守禦邊疆憂勞夙夜屬茲寒沍想各康强特示眷存往申勞問

賜新除龍圖閣直學士依前中散大夫陳安石辭免恩命不允詔元祐二年十月十八日

敕安石士出身從仕少壯陳力耆老守節朕必有以寵綏之卿逮事四朝敭歷中外號稱良能不見過失書閣之拜衆以爲宜無復固辭以遂成命

賜資政殿學士太中大夫新差知成都府王安禮銀合茶藥詔元祐二年十月八日

敕安禮朕求治如不及用人惟恐失之矧余良臣惟自神考出入中外厥聲藹然朕豈欲其遠去哉特以全蜀之寄甚難其選知卿篤於忠義當不以遠近爲

意也勉事道路慎疾自愛任安吾民以稱朕意
撫問知河南府張璪知永興軍韓縝口宣元祐
二年十月十八日
有敕卿輟自廟堂出爲師帥勞於綏御寬我顧憂屬
此寒凝勉加頤養
冬季撫問陝西轉運使副口宣元祐二年十月十八
日
有敕卿等歲事將畢農工既休永言乘傳之勞未遑
退食之佚勉加輔養尚副眷懷
賜資政殿學士新差知成都府王安禮詔書銀
合茶藥傳宣撫問口宣元祐二年十月二十七日
有敕卿西南之寄古今所難蓋自祖宗以來或輟鈞
衡之舊與衆同樂非卿孰宜
賜皇弟鎭寧軍節度使開府儀同三司遂寧郡
王佶生日禮物口宣元祐二年十月一日
有敕乃眷賢王惟予介弟篤生茲日流慶方來往致
予言以爲爾壽
趙州賜大遼賀興龍節使副茶藥口宣元祐二年
十月一日
有敕卿等久勤軺傳遠涉風埃既漸邇於中邦方少

安於侯館往頒珍劑以示眷懷

雄州撫問大遼賀興龍節使副口宣 元祐二年十月十七日

有敕卿等恭修鄰好遠慶誕辰眷惟授館之初益喜造朝之近往申問勞式示眷存

雄州撫問大遼賀正旦使副口宣 元祐二年十月十八日

有敕卿等遠會春朝篤脩鄰好言念乘軺之久欣聞入境之初式示眷存往申問勞

元祐三年春貼子詞

皇帝閣六首

其一 五言

藹藹龍旂色瑯瑯木鐸音數行寬大詔四海發生心

其二

暘谷賓初日清臺告協風願如風有信長與日俱中

其三

草木漸知春萌芽處處新從今八千歲合抱是靈椿

其四 七言

聖主憂民未解顏天教瑞雪報豐年蒼龍掛闕農祥正父老相呼看藉田

其五
昨夜東風入律新玉關知有受降人聖恩與解河湟
凍得共中原草木春
其六
翰林職在明光裏行樂詩成拜舞中不待驚開小桃
杏始知天子是天公
太皇太后閤六首
其一五言
琱刻春何力欣榮物自知發生雖有象覆載本無私
其二
小殿黃金榜朱簾白玉鈎一聲雙日瞱春色滿皇州
其三
仗下春朝散宮中晝漏稀兩廂休侍衞應下讀書幃
其四七言
五日占雲十日風憂勤終歲爲三農春來有喜何人
見好學神孫類祖宗
其五
共道十年無臘雪且欣三白壓春田盡驅南畝扶犂
手稍發中都朽貫錢
其六

不獨清心能省事應緣克己自消兵傳聞塞外千君長欲趁新年賀太平

皇太后閣六首

其一 五言

寶冊瓊瑤重新庭松桂香雪消春未動碧瓦麗朝陽

其二

瑞日明天仗仙雲擁壽山倚欄春晝永金母在人間

其三

朝罷金鋪掩人閑寶瑟塵欲知慈儉德書史樂青春

其四 七言

仙家日月本長閑送臘迎春豈亦然翠管銀罌傳故事金花綵勝作新年

其五

彤史年來不絕書 三朝德化婦承姑宮中侍女減珠翠雪裏貧民得袴襦

其六

邊庭無事羽書稀閑遣詞臣進小詩共助至尊歌喜事今年春日得春衣

皇太妃閣五首

其一 五言

葦排猶在戶椒柏已稱觴歲美風先應朝回日漸長
其二
甲觀開千柱飛樓擢九層雪殘烏鵲喜翔舞下觚棱
其三七言
孝心日奉東朝養儉德應師大練風太史新年瞻瑞
氣四星明潤紫宮中
其四
九門挂月未催班清禁風和玉漏閑崇慶早朝銀燭
下佩環聲在五雲間
其五
東風弱柳萬絲垂的皪殘梅尚一枝璽館乍欣鸞浴
後椇壇猶記燕來時
夫人閤四首
其一五言
綵勝縷新語酥盤滴小詩昇平多樂事應許外庭知
其二
細雨曉風柔春聲入御溝已漂新荇沒猶帶斷冰流
其三七言
扶桑初日映簾昇已覺銅缾暖不冰七種共挑人日
菜千枝先翦上元燈

其四

雪消鴛瓦已流澌風暖犀盤尚鎮帷縹眇紫簫明月
下壁門桂影夜參差

皇帝回大遼皇帝賀興龍節書元祐二年

誕日載臨鄰懽歲講封疆雖遠晷刻不踰惟信睦之
交修識情文之兩至益深雅好良極欣悰

皇帝達

太皇太后回大遼皇帝問候書元祐二年

嘉平紀月震夙惟時屬茲慶使之來重以　慈闈之
問尋因省侍悉致誠言欣感之深敷陳罔究

賜宰相呂公著生日詔元祐二年十月十八日

敕公著卿三世將相　四朝耆老賚我良弼實惟茲
辰茂膺維嶽之靈永錫如陵之壽就頒寵數以示眷
懷

賜宰相呂公著生日禮物口宣元祐二年十月十八
日

有敕卿仁以庇民忠以衞上誕彌之日慶慰良深往
錫寵章以介眉壽

冬季撫問諸路沿邊臣寮口宣元祐二年十月十八
日

有敕卿等分憂久外並塞早寒眷此勤勞形於軫念
往加勞問式示眷存

賜于闐國進奉人進發前一日御筵口宣元祐
二年十月二十九日

有敕汝等奉琛來覲已事言歸式嘉慕義之誠宜有
勞還之澤往頒燕衎祇服恩私

賜外任臣寮曆日敕詔書元祐二年十二月四日

敕韓縝朕肇修人紀祗畏天明欽若舊章式頒新曆
凡我承流之寄共成平秩之功

班荆館賜大遼賀正旦人使到闕御筵口宣元
祐二年十月四日

有敕卿等夙抗使旌少休郊館乃眷川途之邈載惟
驂馭之勞特賜燕私以旌勩瘁

班荆館賜大遼賀興龍節人使酒果口宣元祐
二年十一月九日

有敕卿等遠乘使傳方造都門屬此寒凝久於衝涉
宜加就賜之禮以示勞來之恩

班荆館賜大遼賀興龍節人使御筵口宣元祐
二年十一月十一日

有敕卿等遠犯苦寒來修舊好載喜使華之近特申

郊勞之儀服我恩私少留燕衎

賜五臺山十寺僧正省奇等進奉興隆節功德疏等獎諭敕書元祐二年十一月一日

敕省奇等清涼之域僊聖所遊爰因彌月之辰來獻後天之祝永言勳至良極歎咨

相州賜大遼賀正旦人使御筵口宣元祐二年十一月十六日

有敕卿等篤修舊好少憩近邦屬冰雪之嚴凝念車徒之勤勩往加燕勞式示眷懷

賜諸路臣寮春季銀鞋兼撫問口宣元祐二年十二月八日

有敕卿等各竭乃心久勞于外屬此寒凝之候永惟綏馭之勳式示眷存往加勞問

撫問知大名府馮京口宣

有敕卿以元老臥護北門寬我顧憂想勞綏御屬玆寒沍益務保頤

賜大遼賀興龍節使副鈔鑼等口宣元祐二年十二月十八日

有敕卿等解驂授館方講於鄰歡遣使勞來宜敦於主禮往加優錫以示眷懷

賜大遼賀興龍節人使雄州回程御筵口宣元祐二年十一月二十八日

有敕卿等聘事既成歸途尚邈屬此氷霜之候眷言來往之勤宜錫燕私少紓行役

賜外任臣寮進奉興龍節馬敕書元祐二年十二月二十四日

敕劉永年汝職在蕃宣義均休戚旅庭稱慶因物見誠乃眷忠勤不忘嘉歎

賜知樞密院事安燾已下罷散興龍節道場香酒果口宣元祐二年十二月一日

有敕彌月之祥敷天同慶眷股肱之畢力延釋梵以祈年申以寵頒助其愷樂

賜步軍副都指揮使苗授已下罷散興龍節道場香酒果口宣元祐二年十二月一日

有敕卿等志在愛君忠於衛上屬誕彌之紀慶修淨供以祈年宜有寵頒以旌勤意

賜太師文彥博已下罷散興龍節酒果口宣元祐二年十二月二日

有敕卿等以弼亮之重散勞王家因誕慶之辰修崇法會宜頒芳旨以示眷存

賜大遼賀興龍節前一日內中酒果口宣元祐二年十二月二日

有敕卿等抗旌就館已觀車騎之華奉幣造朝復歎威儀之美就加寵錫以示眷懃

賜大遼賀興龍節十日內中酒果口宣元祐二年十二月二日

有敕卿等奉幣講歡造廷稱壽嘉禮儀之閑習宜寵錫之便蕃受此珍甘以旌眷遇

賜大遼賀興龍節朝辭訖歸驛御筵口宣元祐二年十二月二日

有敕卿等使事既終陛辭而後少休賓館將整歸驂特示至懷更頒嘉燕

賜大遼賀興龍節瀛洲回程御筵口宣元祐二年十二月二日

有敕卿等已修舊好復改北轅雖候館之少休眷歸途之尚邈往頒燕俎以示至懷

賜新除寶文閣直學士李之純辭恩命不允詔元祐二年十二月四日

敕之純祖宗之文章與典謨訓誥並寶於世典領其事非有德君子雖積勞久次不以輕授蜀遠而人懦

窮困抑塞至無所訴朕專欲以德安之故內閣之命非獨以寵卿抑將使蜀人知朕用卿葢以德選也其深識此意勿復固辭

賜大遼賀興龍節人使朝辭歸驛酒果口宣元祐二年十二月八日

有勑卿等已事言旋指期夙駕歲寒遠道良用軫懷宜有寵頒以旌勤瘁

賜皇伯祖宗暉已下罷散興龍節道場香酒果口宣元祐二年十二月五日

有勑卿等以義重宗藩志存忠愛先期誕月歸命佛乘迨茲法會之成宜有分頒之寵

賜大遼賀興龍節人使射弓例物口宣元祐二年十二月六日

有勑卿等懷四方之志挾五善之能終日射侯於是觀禮宜申寵錫以佐賓歡

東坡內制集卷第五

東坡內制集卷第六

賜大遼賀興龍節人使班荆館却回酒果口宣　元祐二年十二月十日

有敕卿等聘事已成征驂言邁往餞於館以華其歸仍有寵頒式昭厚眷

永定院修蓋舍屋奏告　諸帝后祝文

具嚴淨宇祗奉寢園眷惟焚燎之餘少緩增修之役仰祈昭鑒永底燕寧

永定院修蓋舍屋祭告土地祝文　元祐二年十二月十日

伏以向因遺燼延及淨祠爰擇良辰以興衆役宜茲遣使昭示有神

賜于闐國黑汗王進奉　登位敕書　元祐二年十二月十一日

敕卿守藩西域慕義中華　聞踐祚之新來致梯山之貢眷言忠恪良用歎咨

賜于闐國黑汗王進奉示諭敕書　元祐二年十二月十一日

敕卿遠馳信使來效貢琛載詳重譯之言深亮勤王之意益隆褒賜以答忠誠

賜諸路臣寮中冬衣襖口宣 元祐二年十月十八日

有敕霜露薦至衣褐未周念我遠臣何以卒歲往均安燠之賜尚體眷懷之深

賜外任臣寮進賀

太皇太后受冊馬詔敕 元祐二年十二月十六日

敕曾布禮以正名國之舊典載閱充庭之實式將戴后之心朕眷忠勤良深嘉歎

賜外任臣寮進奉賀

皇太后 皇太妃受冊馬詔敕 元祐二年十二月二十六日

敕曾布典冊告成宮闈之慶事君盡禮因物見誠乃眷忠勤不忘嘉歎

賜保寧軍節度使知大名府馮京進奉賀端午節馬詔 元祐二年十二月二十六日

敕馮京受鉞將壇剖符畿甸效充庭之駿足慶沖火之良辰乃眷勤誠不忘嘉歎

賜資政殿學士知鄧州韓維進奉謝恩馬詔 元祐二年十二月二十六日

敕韓維廟堂均逸遠不忘君騏駿在庭儀名於物載惟忠藎良極歎咨

賜撿校司空左武衞上將軍郭逵進奉謝恩馬詔元祐二年十二月二十六日

敕郭逵惟卿耆老漸就退閑不忘戴主之誠遠效充庭之駿載嘉忠藎良極歎咨

賜溪洞彭儒武等進奉與龍節溪布敕書元祐二年十二月二十八日

敕彭儒武汝世能保境志在觀光遠修任土之宜來備充庭之實載惟忠恪良極歎嘉

接伴大遼賀興龍節人使送伴回程與大遼賀正旦人使相逢撫問口宣元祐二年十月十七日

有敕卿等並駕使軺遠敦鄰好屬風霜之凝冽歷川陸之阻脩宜示眷懷特申問勞

趙州賜大遼賀

太皇太后正旦大使茶詔元祐二年十月十七日

敕卿久勤軺傳遠犯風埃眷言行邁之勞良極軫懷之意往頒珍劑以輔至和

趙州賜大遼賀

太皇太后正旦副使茶詔元祐二年十月十七日

敕卿遠乘使傳來講鄰懽屬此冱寒尚勤行役往加問勞式示眷懷

趙州賜大遼賀
皇帝正旦大使茶藥詔元祐二年十月十七日
敕卿遠慶春朝篤修鄰好永惟使事之重遂忘行役
之勞既極歎嘉宜申問勞
趙州賜大遼賀
皇帝正旦副使茶藥詔元祐二年十月十七日
敕徂歲向晚脩途苦寒方趨造於會朝未卽安於舍
館往加恩錫增重使華
趙州賜大遼賀
太皇太后正旦使副茶藥口宣元祐二年十月十七
日
有敕卿等遠馳使傳方次州封念此寒凝艱於涉履
特申寵錫以示眷存
趙州賜大遼賀
皇帝正旦使副茶藥口宣元祐二年十月十七日
有敕卿等遠修聘事來會歲元眷言夙駕之勤宜有
中途之賜受茲珍品喻我至懷
相州賜大遼賀興龍節使副御筵口宣元祐二年
十二月　日
有敕卿等犯寒遠道弭節近邦少休夙駕之勞式示

加籩之惠服我寵數以增使華
相州賜大遼賀與龍節使副却回御筵口宣元
祐二年十二月四日
有敕卿等聘事告成還車言邁改轅北道弭節近邦
眷言行役之勞宜有燕私之寵
賜皇伯祖高密郡王宗晟已下罷散與龍節道
場香酒果口宣元祐二年十二月一日
有敕卿等以義重宗藩 駙馬改爲戚藩 志存忠愛先期
誕月歸命佛乘逮茲法會之成宜有分頒之寵
賜知樞密院事安燾已下罷散與龍節道場酒
果口宣元祐二年十二月一日
有敕誕彌之慶縣宇所同矧我臣工方茲燕喜宜有
柔嘉之賜以成豈弟之驩
賜濟陽郡王曹佾罷散與龍節道場酒果口宣
元祐二年十二月一日
有敕卿位重戚藩望隆耆德歸誠覺苑增祝壽山宜
有寵頒以昭厚眷
賜殿前都指揮使燕達已下罷散與龍節道場
香酒果口宣元祐二年十二月一日
有敕卿等志在愛君忠於衛上屬誕彌之紀慶脩淨

供以祈年宜有寵頒以旌勤意

內中御侍已下賀

皇帝冬至詞語元祐二年十月二十日

伏以月臨天統首冠於三正氣應黃宮復來於七日君道寖長陽德光亨恭惟
皇帝陛下清明在躬仁孝遍物垂衣南面天何言而四時成問學西清日將日而羣陰伏裔夷奔走年穀順成豈惟四海之歡心自識三靈之陰贊如川方至受命無疆妾等待罪掖庭備員婦職共慶一陽之節敢陳萬歲之觴

內中御侍已下賀

太皇太后冬至詞語

伏以消長有時候微陽之來復賢愚同慶知君子之彙征德化所加神人並應恭惟
太皇太后陛下睿明天縱慈儉身先振河嶽以不傾地無私載順陰陽而自化天且不違成功已陋於漢唐論德蓋高於任姒大有上吉方獲助於三靈既醉太平當純備於五福妾等職參長御心奉
慈闈慶陽德之朋來願天壽之平格

內中御侍已下賀

皇太后冬至詞語

伏以矇瞍奏功驗人和於緹室日官占物效歲美於
黃雲慶自宮庭澤均海宇恭惟
皇太后殿下輔佐內治儀刑王家推美國風夙茂周
南之化考祥義易共成坤厚之功方迎日於三微敢
稱觴於萬壽豈獨宮闈之願實同中外之驩妾等猥
以微軀被蒙
慈渥仰獻岡陵之祝庶殫草木之誠

就驛賜大遼賀興龍節人使宴口宣 元祐二年十
二月十一日

有敕佳辰紀慶聘事告成申勑臣鄰往就舍館同茲
衎樂服我惠慈

就驛賜大遼賀興龍節人使宴花酒果口宣 元
祐二年十二月十一日

有敕卿等遠勤使傳來慶誕辰臨遣重臣往頒燕俎
仍加寵錫以示至懷

賜大遼賀正日使副銀鈔鑼等口宣 元祐二年十
二月二十日

有敕卿等通兩國之懽不遠千里驅一乘之傳來慶
三朝宜有寵頒以昭異眷

相州賜大遼賀正旦人使卻回御筵口宣 元祐

二年十二月二十四日

有敕卿等復理歸鞍少休輔郡念北轅之首路犯西陸之餘寒往致恩勤曾留燕衎

賜大遼賀正旦人使却回雄州御筵口宣元祐二年十二月二十四日

有敕卿等遠勤郵傳冒涉冰霜眷言往復之勞已次封圻之上宜頒嘉燕以示至懷

賜大遼正旦人使生餼口宣元祐二年十二月二十四日

有敕卿等郵傳遠勤舍館既定宜敦主禮以犒馭徒往賜餼牽少紓勞瘁

賜太師文彥博乞致仕不許詔元祐二年十二月二十五日

敕彥博卿自去歲以來數苦小疾尚能勉留以輔不逮近者神明所相體力自康視聽不衰步趨加健乃欲求去耶今御戎之策未有定議京東西河朔荐饑公私枵然方與二三臣圖之卿未可以即安也

賜文彥博乞致仕不允詔 元祐二年十二月二十五日

敕彥博卿歷相三宗名聞四夷位極一品書考四十

自載籍以來未之聞也固當以國爲家以天下爲身以安社稷爲悅而不當以居丘園爲樂也朕方待卿而爲政請老之言所未欲聞

送伴正旦使副沿路與賀北朝生辰并正旦使副相逢傳宣撫問口宣元祐二年十二月二十五日

有敕卿等銜命出使徂冬涉春適寒苦之倍常知勤勞之加舊勉驅郵傳來造會朝

賜大遼賀正旦入賀畢使副就驛酒果口宣元祐二年十二月二十六日

有敕卿等既勤闕庭少安館舍宜行慶賜以樂春朝往致甘芳式華觴豆

賜大遼賀正旦入賀畢使副就驛御筵口宣元祐二年十二月二十六日

有敕卿等遠抗使旃來陳慶幣眷東風之協應嘉上日之同歡宜就驛亭往頒燕豆

賜大遼賀正旦使副前一日內中酒果口宣元祐二年十二月二十七日

有敕方輿嗣歲既餞餘寒嘉鄰好之篤修念使華之少駐式頒珍異以示眷懷

賜大遼賀正旦却回班荆館御筵口宣元祐二年

十二月二十七日
有敕卿等聘事既成歸塗方啓言念改轅之始少留帳飲之歡往推恩勲下及徒馭
賜大遼賀正旦朝辭訖歸驛御筵口宣元祐二年十二月二十七日
有敕卿等寓館久勤趨庭告去不假壺觴之樂曷爲徒馭之華服我恩私少留宴衎
賜大遼賀正旦朝辭訖歸驛御筵酒果口宣元祐二年十二月二十八日
有敕卿等聘事告成歸車夙駕屬此寒凝之末眷言往返之勤錫此珍芳以將寵遇
賜大遼賀正旦使副春幡勝口宣元祐二年二月二十九日
有敕剪刻之工風俗惟舊眷皇華之在館屬春陽之肇新宜有分頒以增賁飾
賜大遼賀正旦使副射弓例物口宣元祐二年十二月二十九日
有敕卿等出游禁籞觀藝射侯弓矢既均禮儀卒度宜加寵賜以侑燕歡
皇帝回大遼皇帝賀正旦書元祐三年

獻歲發春方祝永年之慶睦鄰敦好益修奕世之歡
信幣精華書詞溫縟再維雅契良極欣悰
皇帝達
太皇太后回大遼皇帝賀正旦書元祐三年
正歲履端遠勤於華使慈闈申慶重領於珍函省
侍之餘誠言已達永惟欣感莫究言宣
永安永昌永熙永裕陵忌辰奏告
宣祖　太祖　太宗　神宗皇帝表本元祐二年
十二月二十七日
伏以上年之永恩洽於華夷諱日之臨感深於臣子
恭惟謚號皇帝文武經世威靈在天每更不樂之
辰尚有遺弓之慕山陵永望雨露增懷
永安永昌永熙陵忌辰奏告
昭憲　孝惠　孝明　孝章　淑德　懿德
明德　元德　章懷　章穆　章懿　章惠
章獻明肅皇后表本元祐二年十二月二十七日
伏以周南之化刑恭儉於多方渭北之游極望思於
原廟恭惟謚號皇后道應圖史德參聖神顧明發
之永懷仰徽音之如在載瞻園寢想見衣冠
皇太后殿內人爲

神宗皇帝忌辰朝永裕陵表本元祐二年十二月二十七日

伏以百年之畏化被於無疆終身之憂感深於不樂恭惟　諡號皇帝德齊堯禹功陋漢唐道蓋始於正家謀方貽於燕翼追攀罔極慨慕徒深

西京奉安神宗皇帝御容禮畢西京德音元祐二年十月十四日

門下朕以寡昧仰繼　聖神顧瞻山陵未忘弓劍之慕爰廣宗廟以奉衣冠之游祇遣輔臣往嚴像設敞鳳臺之仙宇粲龜洛之仁祠睟表一臨陪京增重山川改色方貢祥而效珍父老縱觀或太息而流涕宜施雷雨之澤以答神人之心於戲好生育物既推文母之慈崇德措刑終成　神考之志咨爾有衆宜體朕懷

賜中大夫守尚書右丞王存生日詔元祐二年正月四日

敕王存卿以宏才與聞大政誕日之慶豈惟閨庭寵錫之隆庶延壽嘏

瀛洲賜大遼賀正旦人使回程御筵口宣元祐

三年正月五日

有敕卿等來修舊好遠冒祁寒涉歷冬春服勤郵傳式頒嘉燕以答久勞

賜試戶部侍郎趙瞻陳乞便郡不允詔元祐三年正月十三日

敕趙瞻朕褒顯者舊取其宿望養育俊乂待其成材庶前後相繼朝不乏人則堂陛自隆國有所恃方今在廷之士孰非華髮之良而卿以康強之年爲遠引之計於義未可蓋難曲從

賜保州團練使潞州總管王寶進奉戀闕并到任馬敕書元祐三年正月七日

敕王寶汝以選掄出分憂寄來效充庭之駿以將衞上之誠再省忠勤良深嘉歎

賜保寧軍節度使知大名府馮京進奉興龍節并冬至正旦馬詔元祐三年二月二十五日

敕馮京震夙之祥旅庭稱慶歲時之會因物效誠乃眷元臣實勤典禮多儀既克舉屢歎不忘

賜外任臣寮進奉謝恩馬詔敕元祐三年二月二十六日

敕銜恩思報因物致誠效茲乘服之良亦有驅馳之

志永言忠藎良極歎咨

賜外任臣寮進奉興龍節功德疏詔敕元祐二年
二月二十六日

敕誕彌之慶中外所同畢輸衛上之誠來獻後天之
祝永言忠藎良極歎嘉

賜宰相呂公著上第一表乞致仕不允批答元
祐二年二月二十八日

省表具之古者世臣譬之喬木粤自拱把至于棟梁
僻然羣材之中夫豈一日之力卿擢自仁祖迨茲四
朝光輔朕躬允有一德不獨卿無心而事自定抑亦
民既信而功易成方今布在　朝廷豈無豪傑之士
猶當養以歲月待其德望之隆卿雖欲歸勢未可去
宜安厥位以副朕心

賜宰相呂公著上第一表乞致仕不許批答

覽表具之卿三世將相一時著龜不求備以取人則
房喬之比其經遠而無競有謝安之風用能寧輯我
家靖共爾位政在元老人無異詞胡爲厭事而求歸
不復爲國之長慮方今官冗財匱歲歉民貧天步難
安國是未定若方勤於樸斲而遽易於工師人其謂
何勢必不可告老之請吾未欲聞

賜宰相呂公著上第一表乞致仕不允批答口宣元祐三年三月二十九日

有敕朕以沖眇垂拱仰成卿以耇老圖任共政無故而去於義未安

賜宰相呂公著上第二表乞致仕不許斷來章批答元祐三年三月二十九日

覽表具之難進易退固君子之常節久勞思逸亦老者之至情然心存社稷則常節爲輕身繫安危則至情可奪惟卿體國豈待多言苟大義之未安雖百請而何益宜安厥位勿復此心

賜宰相呂公著上第三表乞致仕不允斷來章批答元祐三年三月二十九日

覽表具之宰相不自用人主不自爲予欲識人物之忠邪故以卿爲水鏡予欲知利害之輕重故以卿爲權衡荀明此心雖老猶壯與其輕去軒冕獨善其身孰若優游廟堂兼享其樂益敦此義勿復有云

賜宰相呂公著乞致仕不允斷來章批答口宣元祐三年四月一日

有敕卿望重搢紳義均休戚如左右手可須臾離雖屢形於懇詞必難移於朕意

除呂公著特授守司空同平章軍國事加食邑
實封餘如故制元祐三年四月四日
門下仁莫大於求舊智莫良於用衆既得天下之大
老彼將安歸以至國人皆曰賢夫然後用今朕一舉
仁智在焉宜告治朝以孚大號金紫光祿大夫守尚
書右僕射兼中書侍郎上柱國東平郡開國公食邑
七千一百戶食實封二千三百戶呂公著訏謨經遠
精識造微非堯舜不談皆聞其語以社稷爲悅今見
其心三年有成百揆時敘維乃 烈考相于昭陵蓋
清淨以寧民亦勞謙而得士凡我儀刑之老多其賓
客之餘在武丁時雖莫望於前烈作召公考固無易
於象賢而乃屢貢封章力求退避朕重失此三益之
友而閔勞以萬幾之煩是用遷平工之司釋文昌之
任毋廢議論時遊廟堂於戲大事雖咨於房喬非如
晦莫能果斷重德無逾於郭令而裴度亦寄安危罔
俾斯人專美唐世可特授司空同平章軍國事加食
邑七百戶食實封三百戶餘如故仍一月三赴經筵
二日一入朝因至都堂議軍國事
除呂大防特授太中大夫守尚書左僕射兼門
下侍郎加上柱國食邑實封餘如故制元祐三年

四月四日

門下朕聞天子有道其德不可得而名輔相有德其才不可得而見故漢之文景紀無可書之事唐之房杜傳無可載之勳當時安榮後世稱頌予欲清心而省事不求智名與勇功天維顯思將啓承平之運民亦勞止願聞休息之期眷予元臣咸有一德咨爾百辟明聽朕言中大夫守中書侍郎柱國汲郡開國公食邑二千二百戸食實封三百戸賜紫金魚袋呂大防造道淳深受才宏毅果藝以達有孔門三子之風直大而方得坤爻六二之動久踐右闥蔚爲名臣宜升左輔之崇兼綜東臺之務加賦進秩寵數益隆得位與時憂責彌重於戲若古有訓無競維人崔公建中之風以除吏八百而致裴垍元和之政以薦士三十而能惟公乃心何遠之有可特授太中大夫守尚書左僕射兼門下侍郎加上柱國食邑七百戸食實封三百戸

除范純仁特授太中大夫守尚書右僕射兼中書侍郎進封高平郡開國侯加食邑實封餘如故制元祐三年四月四日

門下朕惟朝廷之盛衰常以輔相爲輕重若根本彊

固則精神折衝故爲呂臣奉己而不在民則晉文無復憂色汲長孺直諫而守死節則淮南爲之寢謀朕思得其人付之以政使天下聞風而心服則人主無爲而日尊咨爾在廷咸聽朕命中大夫同知樞密院事上柱國高平縣開國伯食邑九百戶食實封二百戶賜紫金魚袋范純仁器遠任重才周識明進如孟子之敬王退若蕭生之憂國朕覽觀　仁祖之遺迹永懷慶曆之元臣强諫不忘喜臧孫之有後我心是似命召虎以來宣雖兵政之與聞疑遠猷之未究坐論西省進貳文昌增秩益封兼隆異數於戲時難得而易失民難安而易危予欲守在四夷以汝爲偃兵之姚宋予欲藏於百姓以汝爲息民之蕭曹勉思古人以稱朕意可特授太中大夫守尚書右僕射兼中書侍郎進封高平郡開國公加食邑七百戶實封三百戶勳如故

東坡內制集卷第六

東坡內制集卷第七

賜新除守司空同平章軍國事呂公著辭免恩
命不允詔元祐三年四月六日

敕公著委重元老朕之本心歸安丘園卿之素志今於二者酌處其中使卿獲居勞逸之間而朕不失仰成之託於義兩得夫復何辭

賜新除太中大夫守尚書左僕射兼門下侍郎
呂大防辭免恩命不允詔元祐三年四月六日

敕大防端揆黃門之任虛之久矣以卿德望兼重才術有餘故授之不疑渙號已行僉言惟允務稱朕命何以詞爲

賜新除太中大夫守尚書右僕射兼中書侍郎
范純仁辭免恩命不允詔元祐三年四月六日

敕純仁國之安危寄於宰輔朕豈苟然而輕授也哉試之以事而不移斷之於心而不貳成命已出豈容復回往修厥官以稱朕意

賜知乾寧軍內殿承制張赴獎諭敕書元祐三年
四月十八日

敕張赴橫流之災所在蒙害惟吏得其人則公私賴之使者列上有司不以時聞歲月既遠予猶汝嘉故

茲獎諭想宜知悉

宣詔許內翰入院口宣元祐三年四月十九日

有敕卿拔自循良老於文學禁林之命儒者所榮往祗厥司以究所蘊

賜觀文殿大學士光祿大夫知永興軍韓縝三上表乞致仕不許斷來章詔元祐三年四月七日

敕韓縝夫任天下之責者無自營之私蒙國士之知者有非常之報矧卿德望兼重體力猶強方資禦侮之壯猷焉用引年之常禮宜安厥位毋復言歸

賜觀文殿大學士光祿大夫知永興軍韓縝三上表陳乞致仕不允斷來章詔元祐三年四月七日

敕韓縝朕體貌諸老儀刑四方假以方面之安略其筋力之禮如卿屢請固無懷祿之嫌而朕固留宜有忘歸之意今中外無事民物小康顧恐安車之榮未逾坐嘯之樂朕命不易卿其少安

賜新除太中大夫守尚書右僕射兼中書侍郎范純仁再上劄子辭免恩命不允詔元祐三年四月七日

敕純仁卿奉事　先帝義深愛君與政西樞論不阿世昔聞汲黯之不奪今見徐公之有常參以衆言赦

自朕志右宰之任非卿而誰屢執謙詞殊非所望

賜新除依前中大夫守中書侍郎劉摯辭免恩命不允詔元祐二年四月七日

敕劉摯朝廷設三省建丞弼雖所治不同至於因時立政昭德塞違其實一也卿既任其事矣今以次遷無足詞者

賜新除依前中大夫守尚書左丞王存辭免恩命不允詔元祐二年四月七日

敕王存卿學足以經邦才足以應物更練愈久開益居多以積日而稍遷顧僉言之咸允國之常典何以詞爲

賜新除中大夫守尚書右丞胡宗愈辭免恩命不允詔元祐二年四月七日

敕宗愈卿昔在諫垣首開正論出入滋久操守不回雅望在人既非一日之積歷試而用亦自羣公之言往祇厥官毋替朕命

賜新除依前中散大夫充樞密直學士簽書樞密院事趙瞻辭免恩命不允詔元祐二年四月七日

敕趙瞻朕惟本兵之地司命吾民矧羌戎叛服之無常實邊鄙安危之未決豈以此柄輕授其人以卿望

重揩紳學兼文武歷試而用衆言允諧往踐厥官勿
違朕命
賜新除門下侍郎孫固辭恩命不允詔元祐三年
四月八日
敕孫固朕惟三朝老臣義同休戚　先帝舊學存者
幾人意其風采之聳聞可使　朝廷之增重矧卿德
望素著寄任已隆昔冠西樞今貳東省衆以爲允義
無足辭
劄子
臣今月八日准內批安燾辭免轉右光祿大夫劄子
降詔不許臣竊謂人主之馭羣臣專以禮義廉恥若
使受無名之寵則爲待臣子之輕今　朝廷豈以執
政六人五人進用故加遷秩以慰其心燾位冠西樞
委寄至重豈肯見人擢用即以介懷既無授受之名
僅以姑息之政縱有　先朝故事亦是一時誤恩今
燾力詞正爲知義臣欲奉命草詔不知所以爲詞伏
望　聖慈從其所請若除受別有緣故即乞明降指
揮茍於義稍安敢不撰進取
進止
御寶批可且用一意度作不許辭免詔書進入

賜新除右光祿大夫依前知樞密院事安燾辭
恩命不允詔元祐三年四月八日
敕安燾卿謀國之重歷年于茲紀綱修明中外寧輯
夫圖任共政所憂者大則久勞還秩亦理之常雖固
執於撝謙恐難回於成命往服休寵以彰眷懷
賜新除中大夫守尚書右丞胡宗愈辭免恩命
不允詔元祐三年四月十日
敕宗愈卿更涉夷險踐歷中外出奉使指而民宜之
入治天官而吏畏之非獨能言者也書不云乎敷奏
以言明試以功朕得之矣卿其勿辭
賜新除依前中散大夫充樞密直學士簽書樞
密院事趙瞻辭免恩命不允詔元祐三年四月十日
敕趙瞻朕之進人可謂難矣自非耆老久次悃愊無
華則樞機之任不以輕授卿之自視何愧於斯祗服
厥官思所以稱而已
賜正議大夫知樞密院事安燾辭免遷官恩命
允詔元祐三年四月十五日
敕安燾卿國之雋輔位冠樞庭以時褒陞豈待功閥
而能力詞寵命欲以身率羣臣使伎廉恥相先名器益
重勉從來請以篤此風

賜新除中大夫守尚書右丞胡宗愈辭免恩命

不允詔元祐三年四月十五日

敕宗愈朕之用卿蓋聽其言考其行事參之公議而斷自朕心可謂審矣而卿固辭不已朕其惑之夫小人以位爲寵求之而不可得君子以寵爲憂推之而莫能去自古以然卿何疑哉

內中御侍已下賀

太皇太后年節詞語元祐二年十二月一日

伏以太蔟旋宮既贊揚而出滯句芒司歷方布德以緩刑恭惟太皇太后陛下化始六宮風行九有捐財振廩救民溝壑之中求賢審官拔士茹茨之下方履端之資始膺景福於無疆妾等幸侍禁嚴粗供婦職願獻岡陵之壽少輸草木之誠

內中御侍已下賀

皇帝年節詞語元祐二年十二月一日

伏以齊七政於璣衡天人並應受三朝之圖籍海宇來同恭惟皇帝陛下至仁無私神武不殺祖述堯舜歷象以授民時儀刑文王正家而齊天下方肇新於歲律宜嚮用於神休妾等幸侍禁嚴仰陶化育願上萬年之壽永膺百順之祥

內中御侍以下賀
皇太后年節詞語元祐二年二月一日
伏以三元資始磔禳以餞餘寒萬寶更新燔烈以興嗣歲恭惟皇太后道光嬀汭德配周南輔導兩朝孝慈格於上下儀形九御恭儉聞於邇遐順履三陽誕膺百祿妾等幸班禁掖久被餘光莫報生成之恩但祝靈長之算

班荊館賜大遼賀興龍節人使回程御筵口宣
元祐二年十二月六日
有勑卿等已事言旋改轅茲始冒寒遠涉軫念良深少憩近郊復陳燕豆

班荊館賜大遼賀正旦人使到闕酒果口宣元祐二年十二月十日
有勑卿等遠修隣好來會歲元久涉氷塗少休郊館宜頒芳旨以勞驂騑

賜新除守尚書右僕射兼中書侍郎范純仁上第一表辭免恩命不允批答元祐三年四月十二日
覽表具之夫有烏獲之力然後可以付千鈞有和扁之功然後可以寄死生故宰相之任非所以寵人臣也無其德而當之爲不智有其材而辭之爲不仁若

卿之才德亦可謂稱矣往思其憂以稱天下之望

賜范純仁上第一表辭免恩命不許批答 元祐三年四月十二日

覽表具之吾聞之乃烈考曰君子先天下之憂而憂後天下之樂而樂雖聖人復起不易斯言卿將書之紳銘之盤盂以為一言而可以終身行之者歟則今茲爰立之命乃所以委重投艱而已又何辭乎

賜新除尚書左僕射呂大防尚書右僕射范純仁辭免恩命不允批答口宣元祐三年四月十一日

有敕卿望重搢紳才兼文武弼亮之選中外同然毋或固辭以稱朕意

賜新除司空同平章軍國事呂公著上第一表辭免恩命不許斷來章批答元祐三年四月十二日

省表具之夫國以得人為彊如猛獸之衞藜藿以積賢為寶如珠玉之茂山川湛然無為物自蒙利故崔公發議則淄青慚服知朝廷之有人蜀使抗詞則孫權回顧歎張昭之不在得失之效豈可同日而語哉朕之用卿意實在此國計之重可無復詞

賜新除司空同平章軍國事呂公著上第二表辭免恩命不允斷來章批答元祐三年四月十二日

省表具之周之詩曰無曰予小子召公是似唐之雅曰惟西平有子惟我有臣夫父子君臣之間光明盛大如此載之簡策被之金石豈獨閨門之寵足爲邦國之華再省來章具陳先烈雖朕寡昧不敢庶幾於仁祖而卿忠孝當念服勤於世官祗率厥常毋違朕命

賜呂公著辭恩命上第二表不允斷來章批答

口宣元祐三年四月十二日

有敕卿以全德式符具瞻宜與師臣共爲民表欽承明命佇聽嘉謨

賜新除守尚書左僕射兼門下侍郎呂大防上第二表辭免恩命不許斷來章批答元祐三年四月十二日

省表具之卿有夷狄盜賊之虞倉廩禮樂之歎陰陽風雨之憂此三者誠當今之大計朕之所以中夜不寐輟食太息者正爲此也孟子曰責難於君謂之恭夫既以責其君而不以身任之者非仁人也願卿慨然當古人之重略世俗之謙務踐斯言憂此三者

賜呂大防上第二表辭免恩命不允斷來章批答元祐三年四月十二日

省表具之夫任賢使能天下之公義而辭大就小君子之自守也惟名器爵祿朕所不敢授以私則勞謙退避卿豈得必行其意所謂唐虞三代信任之至以致稷契伊呂德業之隆若卿之言朕敢不勉請事斯語求觀厥成

賜新除守尚書右僕射兼中書侍郎范純仁上第二表辭免恩命不許斷來章批答 元祐三年四月十二日

省表具之卿以明哲自託不能非獨以見君子勞謙之光亦因以知前世用人之弊功烈無取誠如卿言夫次公減於治郡子元不如爲將非獨文獻不足蓋其才德有偏如卿昔在朝廷首談孟軻之仁義旋爲帥守專行羊祜之威信慨有大志似其先人苟推此心施于有政則太平可望而小節可略矣

賜范純仁上第二表辭免恩命不允斷來章批答元祐三年四月十三日

省表具之自昔 先帝之世屢歎才難及朕嗣位以來專用德選雖爵祿名器出於獨斷而長育成就實在羣公長短不遺輔相之責苟無爲國養人之意必有臨事乏使之憂朕用慨然當食不御思得英雋之

老共收文武之用惟卿篤於憂國明於知人灼見朕
心宜在此位往任天下之重毋事匹夫之廉

賜范純仁呂大防辭恩命上第二表不允斷來
章批答口宣元祐三年四月十三日

有敕卿以宏材久聞大政擢升宰輔實慰具瞻宜速
拜嘉毋煩謙避

賜新除依前正議大夫守門下侍郎孫固辭免
恩命不許斷來章批答元祐二年四月十三日

省表具之卿奉事　先帝有勸學之舊與聞機政有
已試之功固非躐等之遷獨恨用卿之晚勉徇大義
毋事小廉

賜孫固辭免恩命不允斷來章批答元祐二年四
月十三日

省表具之卿向自西樞出殿藩服頃由近輔入侍燕
間昔有未識之思今乃日聞其語既見君子無踰老
臣當益勵於初心尚何詞於新命

賜新除門下侍郎孫固辭免恩命不允斷來章
批答口宣元祐二年四月十四日

有敕卿金華舊老西樞舊臣與政東臺實慰與議祗
膺成命毋復固詞

賜新除依前中大夫守中書侍郎劉摯辭免恩
命不許斷來章批答元祐二年四月十二日

省表具之卿蹈道深遠守節淳固雖不留於儻來之物而有志於行可之仕樂告以善勇於敢爲進不求當世之名退不叛平生之學未嘗爲枉尺直尋之事夫豈有見得忘義之嫌哉毋復過詞往踐乃事

賜劉摯辭免恩命不允斷來章批答元祐二年四月十二日

省表具之朕纘服之初卿言責是任歷陳治道之要以立太平之基朕欲行其言遂授以政歲月未幾紀綱略陳欲究觀心術之微宜擢居政本之地苟無愧於允蹈豈不賢於力辭往服官箴勿違朕命

賜劉摯辭免恩命不允斷來章批答口宣元祐三年四月十四日

有敕稽參衆言蔽自朕志西省之貳無以逾卿亟踐厥官毋煩固避

賜新除依前中大夫守尚書左丞王存辭免恩
命不許斷來章批答元祐二年四月十二日

省表具之夫志大有遠略器博無近用以卿忠義開濟何施不宜今以次遷何足辭也益堅無倦之意以

觀可久之業

賜王存辭免恩命不允斷來章批答 元祐三年四月十二日

省表具之夫陛廉之增所以隆堂奧位次有敘所以尊朝廷朕既樂得於英才復以時而遷用庶幾華國非以寵卿祗率厥常毋廢朕命

賜王存辭免恩命不允斷來章批答口宣 元祐三年四月十四日

有敕卿純忠許國雅望在人官以次升義無足避其承休寵以副眷懷

賜新除中大夫守尚書右丞胡宗愈辭免恩命不許斷來章批答 元祐三年四月十四日

省表具之卿自天官擢領風憲下有庇民之意上有愛君之忠度其不以利回是故可以大受承轄之任非卿孰宜毋復固辭以就遠業

賜胡宗愈辭免恩命不允斷來章批答 元祐三年四月十四日

省表具之人才之難古今所病忠厚者多乏於用強濟者或涼於德有德適用如卿幾人方觀卿謀國之良以成朕知人之美深體此意往祗厥官

賜胡宗愈辭免恩命不允斷來章批答口宣元祐三年四月十四日

有敕卿雅望在人純忠許國既以稟進胡爲力詞宜體至懷卽膺成命

賜新除依前中散大夫充樞密直學士簽書樞密院事趙瞻辭免恩命不允斷來章批答元祐三年四月十四日

省表具之君子之仕也喜於知而樂於用如卿之言結髮從仕而白首遇合則君子之用舍進退蓋亦有時矣勉行其道無失斯時苟能遇事而必爲則亦立功之未晚古人之事將見於卿

賜趙瞻辭免恩命不允斷來章批答元祐三年四月十三日

省表具之卿挺然孤忠白首一節逝將力求於退避夫豈有意於進取哉特以雅望旣隆公議所在方將度才而授任固難越卿以用人往踐厥官毋違朕志

賜趙瞻辭免恩命不允斷來章批答口宣元祐三年四月十四日

有敕朝廷用人議論先定不次之舉非卿孰宜亟服休恩毋煩固避

閤門賜新除守司空同平章軍國事呂公著告
口宣元祐三年四月七日

有敕卿正位三公具瞻多士方資坐論以副仰成體朕眷懷服此明命

閤門賜新除宰相呂大防范純仁告口宣元祐三年四月七日

有敕朕稽參衆庶登用俊良並建宰司同陞揆路祇承明命仰副眷懷

賜新除司空同平章軍國事呂公著辭免冊禮許詔元祐三年四月十五日

敕公著多儀以隆輔弼國之彝典自損以信君父卿之美志再閱誠言之請益彰謙德之光勉徇所陳不志嘉歎

賜新除司空同平章軍國事呂公著辭免冊禮允詔元祐三年四月十五日

敕公著冊祝於廟惟周之典臨朝親拜亦漢之舊事大則禮重禮重則樂備古之道也今卿遜避不居自處以約勉從所乞以成其美

賜新除試御史中丞孫覺辭免恩命不允詔元祐三年四月八日

敕孫覺卿二三居諫省皆以直聞蓋嘗遇事以建言志在行義以達道擢爲執法實允僉言以卿直諒多聞而朕開納不諱固無觀望難言之病豈有喪失名節之憂哉載閱來章甚非所望

賜新除翰林學士朝請大夫知制誥許將赴闕詔元祐二年四月十二日

敕許將卿敏而好學達於從政出殿方國則脩儒術以飾吏事入備顧問則酌民言以廣上聽待命北門號稱內相雖於卿爲舊物實當今之高選亟踐厥職佇聞嘉猷

賜許將辭免恩命不允詔元祐二年四月十八日

敕許將進以經術當詔我以安危來自西南固知民之利病渴聞讜論少副虛懷而乃退托無能力辭舊物旣非所望其可曲從

賜河北西路諸軍秋季銀鞋兼傳宣撫問臣寮將校口宣元祐二年四月十八日

有敕汝等憂寄之深疆事靡盬眷言勞勩想各平寧體我至懷受茲時賜

自溝驛賜大遼賀坤成節人使御筵兼傳宣撫問口宣元祐二年四月二十二日

有敕卿等遠涉暑途來陳慶幣眷言徒御久犯風埃
往錫燕娛少休行役

東坡內制集卷第七

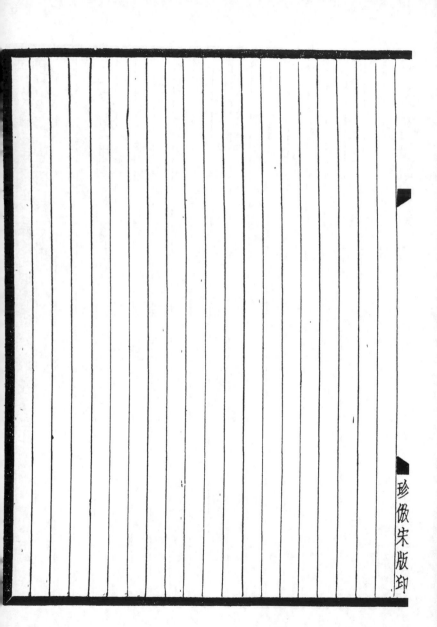

東坡內制集卷第八

元祐三年端午貼子詞

皇帝閣六首

其一 五言

盛德初融後潛陰未姤時侍臣占易象明兩作重离

其二

採秀擷羣芳爭儲百藥良太醫初薦艾庶草驗蕃昌

其三

微涼生殿閣習習滿皇都試問吾民愠南風爲解無

其四 七言

西檻新來玉宇風侍臣茗盌得雍容庭槐似識天顏
喜舞破清陰作兩龍

其五

講餘交翟轉回廊始覺深宮夏日長揚子江心空百
鍊只將無逸鑑興亡

其六

一扇清風灑面寒應緣飛白在冰紈坐知四海蒙膏
澤沐浴君王德似蘭

太皇太后閣六首

其一 五言

漸臺通翠浪暑殿轉清風簾捲東朝散金烏未遽中
其二
日永蠶收簇風高麥上場朝來藉田令菽黍獻時芳
其三
舞羽諸羌伏銷兵萬彙蘇只應黃紙語便是赤靈符
其四七言
令節陳詩歲歲新從臣何以壽吾君願儲醫國三年艾不作沉湘九辨文
其五
忠臣諒節今千歲孝女孤風滿四方不復巫陽占郢夢空餘仲御扣河章
其六
長養恩深動植均只憂貪吏尚殘民外廷已拜梟羹賜應助吾
君去不仁
皇太后閤六首
其一五言
露簟琴書冷瑚槃餈餌新深宮猶畏日應念暑耘人
其二
萬壽菖蒲酒千金琥珀盃年年行樂處新月掛池臺

其三

翠筒初窒棟鄰黍復纏菰水殿開冰鑑瓊漿凍玉壺

其四七言

祕殿扶疎夏木深雨餘初有一蟬吟應將贏女乘鸞扇更助南風長棘心

其五

上林珍木暗池臺蜀產吳包萬里來不獨盤中見盧橘時於櫻裏得楊梅

其六

閔楚遺風萬古情湘沅舊俗到金明翠輿黃繖何時幸畫鷁飛鳧盡日橫

皇太妃閤五首

其一五言

午景簾櫳靜薰風草木酣誰知恭儉德綵縷出親蠶

其二

雨細方梅夏風高已麥秋應憐百花盡綠葉暗紅榴

其三七言

辟兵已佩靈符小續命仍縈綵縷長不爲祈禳得天助要隨風俗樂時康

其四

玉盆沉李灧清泉金鴨噓空裊細煙自有梧楸鄣畏
日仍欣麥黍報豐年

其五

良辰樂事古難同繡璽朱絲奉兩宮仁孝自應禳百
沴艾人桃印本無功

夫人閣四首

其一五言

肅肅槐庭午沉沉玉漏稀皇恩樂佳節鬬草得珠璣

其二

節物荊吳舊嬉游禁掖閑仙風隨畫箑拜賜落人間

其三七言

五綵縈筒秫稻香千門結艾鬢鬅張旋開寶典尋風
物要及靈辰共祓禳

其四

欲曉銅缾下井欄鏗鍠金殿發清寒似聞人世南風
熱日上牆東問幾年

賜大遼賀坤成節人使生餼口宣元祐二年五月
十日

有敕卿等肅將鄰好來慶誕辰徒馭久勞館宇初定
宜頒委積以示寵章

賜新除依前朝散大夫守尚書吏部侍郎充龍圖閣待制傅堯俞辭免恩命不允詔元祐二年五月二十三日

敕堯俞夙望所在舊疾既平及茲言還慰我虛佇徒得君重雖暫屈於淮陽雅意本朝寧久安於馮翊復求自便殊異所期往修厥官務稱朕命

故皇叔祖昭信軍節度使檢校司空開府儀同三司漢東郡王宗瑗祭文堂祭

惟王之生令德孝恭云何不淑罹此閔凶無復會朝載惻予衷往奠其寢維以飾終

故皇叔祖昭信軍節度使檢校司空開府儀同三司漢東郡王宗瑗祭文下事

嗚呼死生之變賢愚莫逃日月有時義當即遠哀榮之極禮以告終來舉奠觴往安窀穸

賜守尚書右丞胡宗愈乞除閑慢差遣不允詔元祐二年五月二十七日

敕宗愈朕開獎言路通來下情雖許風聞猶當核實豈以無根之語輕搖輔政之臣朕方馭衆以寬退人以禮加之美職付以大邦朕既無負於聽言卿亦何嫌而避位祗服乃事毋自爲疑

賜正議大夫知樞密院事安燾乞退不允批答
元祐三年五月二十八日
省表具之宥密之司安危所寄雖羌酋款塞少休烽燧之虞而夏童跳邊猶煩籌策之馭翻然求去義有未安夫以朕大烹優賢之資豈不能助卿養志之具足以毋廢子職而能兼爲國謀豈不休哉

賜正議大夫知樞密院事安燾乞退不許批答
元祐三年五月二十八日
省表具之乃眷西樞實參大柄吾欲兵民兼利戎夏兩安非宿業更變之臣懼有傷財玩寇之患卿當念先朝委重之久未可以親庭歸養爲詞勉安厥官以副吾意

賜安燾乞退不允斷來章批答口宣元祐三年六月一日
有敕卿以舊德首冠西樞雅望旣隆仰成彌重宜安厥位以卒輔予

後苑瑤津亭開啓祈雨道場齋文元祐三年六月一日
六月徂夏方金火之爭三農望秋乏雷雨之施嗟人何罪逢歲之艱自非妙覺之等慈孰拯疲民於重困

有嚴禁苑祗建淨筵念我憂勞錫之膏澤非獨起焦枯於田野抑將掃疾疫於里閭嘉與含生永均介福

後苑瑤津亭開啓謝雨道場齋文元祐二年六月五日

伏以祗畏之心格人天於影響覺慈之力返水旱於屈伸周澤載濡農田告足既解蘊隆之患庶無流潦之虞仰冀能仁曲垂昭鑒

永裕陵正月旦表本

伏以賓出日於暘谷堯歷方頒朝計吏於原陵漢儀具舉恭惟謚號皇帝功恢禹迹德邁湯仁雖歲月之屢遷想威神而如在載瞻園寢空極望思

永裕陵二月旦表本

伏以時方啓蟄禮及獻羔感清衎之協風怵懷思於濡露恭惟謚號皇帝文武緯世聖靈在天岱嶽泥金未講升中之禮荊山鑄鼎遽成脫屣之游永望寢園徒增感慕

永裕陵四月旦表本

伏以日躔昴畢卦直乾離物蒙長養之仁世載文明之化恭惟謚號皇帝功成不宰德範無窮執炎帝之衡莫追往躅秩南郊之政空守成規祗望寢園惟增

感慕

永裕陵十月日旦表本

伏以戒寒墐戸倏及於秦正前晦衍陵祗循於漢禮恭惟謚號皇帝懿文緯世厚德載時休老勞農追述養民之政厲兵講武敢忘經國之謀永望寢園益增
感慕

永裕陵十二月日旦表本

伏以商正紀歷大呂旋宮論時令以待來歲之宜獻民力以共宗廟之祀恭惟謚號皇帝至仁無外全德難名文物聲明但覩乘時之迹昆蟲草木孰知成歲之功急景易遷永懷何極

賜尚書右僕射兼中書侍郎范純仁生日詔元祐二年六月九日

敕純仁卿河嶽之靈神明所相載更誕日永介壽祺體我眷懷受茲寵錫

賜北京恩冀等州脩河官吏及都運運使運判監丞等銀合茶藥并兵級等夏藥特支兼傳宣撫問口宣元祐二年六月十四日

有敕卿等夙夜河壖暴露野次屬茲暑雨深軫予懷往示寵頒少慰勞苦

撫問保寧軍節度使知大名府馮京兼賜銀合茶藥口宣元祐三年六月十四日

有勑河役方興吏士在野暑雨之際綏御爲勞膺此寵頒尚加愼護

賜河西軍節度使西蕃邈川首領阿里骨進奉回詔元祐二年四月二十二日

勑阿里骨惟爾祖先世篤忠孝本與夏賊日尋干戈亦惟恃我朝廷爵秩之隆用能保爾子孫黎民之衆肆朕命爾嗣長乃師而承襲以來强酋外擅爾弗能禁恣其所爲遂據洮城以犯王略陰連夏賊約日盜邊朕愍屬羌之無辜出偏師而問罪元惡俘獲餘黨散亡山後底平河南綏服朕惟率酋豪而捍疆埸乃爾世功叛君父而從仇讎豈其本意庶能改過未忍加兵果因物以貢誠願洗心而效順爾旣知悔朕復何求已指揮熙河路更不出兵及除已招納到部族外住罷招納依舊許般次往來買賣及上京進奉爾宜約束種類共保邊陲期寵祿於有終知大恩之難再勿使來款復爲虛言

賜太中大夫守尚書左僕射兼門下侍郎呂大防生日禮物口宣元祐三年六月二十二日

有敕乃眷良辰篤生元輔豈獨搢紳之望允爲河華之英今遣爾錫往致朕命受茲休寵永介壽祺

賜皇弟山南東道節度使開府儀同三司大寧郡王佖生日禮物口宣元祐三年六月二十三日

有敕乃眷賢王篤生茲日本枝之慶華萼相承宜分廄庫之良以致喬松之壽

賜正議大夫守門下侍郎孫固生日詔元祐三年六月二十三日

敕孫固卿圖任之舊搢紳所推難老之祥神人攸相載更良日益永壽祺申以寵章式隆眷遇

賜正議大夫知樞密院事安燾生日詔元祐三年六月二十三日

敕安燾桑弧告慶降哲輔於茲辰綵服拜嘉冠榮名於當代祗服朕命益壽乃親

賜五臺山十寺僧正省奇己下獎諭敕書元祐三年六月十八日

敕清涼之峯仙聖所宅爰修淨供以慶誕辰再省恭勤不忘嘉歎

玉津園賜大遼賀坤成節人使射弓例物口宣元祐三年七月九日

有敕卿等既陳慶幣復展射侯豈獨娛賓亦將觀德宜有珍良之錫以旌審固之能

賜殿前司罷散坤成節道場香酒果口宣元祐三年七月九日

有敕卿忠存衛上義切戴君爰祝壽山克成梵供宜加寵錫以示眷懷

賜宗室開府儀同三司已下罷散坤成節道場香酒果口宣元祐三年七月九日

有敕卿以令德懿親共輸誠悃名藍法供虔祝壽祺既徹淨筵宜加寵錫

就驛賜大遼國賀坤成節人使宴口宣元祐三年七月十六日

有敕卿等遠馳使傳來會誕辰言念勤勞宜加旌寵特頒燕喜以示眷懷

就驛賜大遼賀坤成節人使花酒果口宣元祐三年七月十六日

有敕卿等肅將慶幣來舉壽觴臨遣輔臣往頒燕豆仍加寵賚以示眷懷

賜大遼人使賀坤成節入見訖歸驛御筵口宣元祐三年七月八日

有敕卿等初柅使車已陳慶幣退安館舍往錫燕觴
式示眷懷且旌勞勩
賜大遼人使賀坤成節入見訖歸驛酒果口宣
元祐三年七月八日
有敕卿等趨庭致命就館卽安少休行役之勞宜示
眷懷之異式昭寵數往錫甘芳
班荆館賜大遼賀坤成節人使回程御筵口宣
元祐三年七月八日
有敕卿等使事畢陳還車載啓改轅而北弭節少留
就錫燕嘉式昭禮遇
太皇太后賜門下手詔元祐三年七月八日
敕門下 皇帝嗣位于茲四年華夷來同天地並應
而皇太妃以恭儉之德鞠育之恩雖典冊以時奉行
而情文疑有未稱皇帝以祖考之奉尊無二上而吾
惟春秋之義母以子貴其推天下之養以慰人子之
心宜下禮部太常寺討尋如於典故有褒崇未盡事
件令子細開具聞奏
賜馬步軍司罷散坤成節道場香酒果口宣元
祐三年七月十二日
有敕卿等共罄臣衷力祈慈壽爰修法會亦旣告成

宜有寵頒以旌誠慤

賜知樞密院事安燾已下罷散坤成節道場香
酒果口宣元祐三年七月十二日

有敕卿等忠存廟社義篤君親嘉法會之有成祝
聖齡於無極宜加寵賚以示眷懷

賜皇伯祖嗣濮王宗暉已下罷散坤成節道場
香酒果口宣元祐三年七月十二日

有敕卿等爲國懿親助我孝治祝慈闈之永壽成法
會於茲辰宜有寵頒以旌忠悃

賜皇叔楊王醴泉觀罷散坤成節道場香酒果
口宣元祐三年三月十二日

有敕卿等以周邵之親躬任姒之養力祈壽嘏祗扣
佛乘既徹淨筵宜膺寵賚

除苗授特授武泰軍節度使殿前副都指揮使
勳封食實封加故制元祐三年七月十二日

門下出總元戎作先聲於士氣入爲環尹寓軍政於
國容將神閫外之威以迪師中之吉咨爾衆朕得
其人侍衛親軍步軍副都指揮使威武軍節度觀察
留後持節福州諸軍事福州刺史上柱國濟南郡開
國公食邑二千八百戸食實封三百戸苗授早以異

材見稱武略被服忠義有列大夫之風砥礪廉隅得
士君子之概薦揚邊圉益著勞能拔自衆人既蒙
先帝之遇遂拜大將無復一軍之驚祇扈殿巖肅將
齋鉞予欲少長有禮而兵可用汝其夙夜在公而令
必行於戲愛克厥威罔功茲爲深戒師衆以順爲武
古有成言惟懋乃衷毋忘朕訓

賜太師文彥博已下罷散坤成節道場香酒果
口宣元祐三年七月十二日

有敕元老在廷百官承式啓法筵於梵宇祝壽嘏於
慈闈宜有寵頒以助燕喜

相州賜大遼賀坤成節人使却回御筵口宣元
祐三年七月十三日

有敕卿等遠飭征驂少休近郡載惟勤勩良極軫懷
往錫宴觴以華歸騎

瀛洲賜大遼賀坤成節人使回程御筵口宣元
祐三年七月十三日

有敕卿等遠聘通歡言歸復命改轅北道弭節邊城
宜錫燕觴少休行役

賜護國軍節度使濟陽郡王曹佾罷散坤成節
道場香酒果口宣元祐三年七月十三日

有敕卿以耆德首冠戚藩虔祝壽祺告成法會宜加
寵賚以助燕私

班荊館賜大遼賀坤成節人使回程酒果口宣

元祐三年七月十三日

有敕卿等致命言還改轅伊始暑雨方作徒馭實勞
宜有寵頒以昭眷遇

西嶽廟開啓祈雨道場青詞 元祐三年七月十三日

伏以二華之尊作鎮於西極兆人所急望歲於秋成
穀既日滋雨不時霈敢以病告于我有神閔茲將槁
之苗賜以崇朝之澤惟神之德非我敢忘

奉宸庫翻修聖字等庫了畢安慰土地道場齋
文

伏以貨幣所藏有壞必葺聰直之鑒既成乃安爰仗
佛慈以綏神守庶期昭格永底純熙

賜新除殿前副都指揮使武泰軍節度使苗授
上第一表辭免恩命不許斷來章批答 元祐三年
七月十九日

省表具之試材已舊謀帥尤艱故以久次用人欲其
深練於事而卿辭以錮疾豈所望哉速即乃官毋復
退避

賜新除殿前副都指揮使武泰軍節度使苗授
上第二表辭免恩命不允斷來章批答元祐三年
七月十九日
覽表具之環衛之嚴節制之重誕告多士以長萬夫
朕輕用其人哉確然固辭未喻厥指往祗朕命毋曠
乃官
賜新除殿前副都指揮使武泰軍節度使苗授
辭免恩命第三表不允批答口宣元祐三年七月
二十日
有敕卿早練武經晚著邊効進持帥節實允僉言矧
以次遷無煩懇避
賜于闐國黑汗王進奉示諭敕書元祐三年五月
一日
敕卿恪居蕃守申遣使車來款塞垣恭脩壤貢忠誠
達遠褒歎良深
賜于闐國黑汗王進奉敕書
敕卿守土西極馳誠中華璧馬充庭尚識漢儀之舊
織皮在篚聊觀禹貢之餘載省忠勤不忘嘉歎
賜于闐國黑汗王男被今帝英進奉敕書
敕汝世敦忠厚志慕聲明遠附奏函亦馳貢篚載惟

恭順良極歎咨

賜皇叔新除徐王上第二表辭免恩命不允斷來章批答口宣元祐三年八月十五日

有敕朕始升徐方以胙叔父庶幾大彭之壽罔愧元王之賢毋復屢辭亟膺成命

示諭武泰軍官吏軍人僧道百姓等敕書元祐三年八月十八日

敕朕以苗授賦材勇嚴馭衆整暇擢爲宿衛之長寵以節旄之榮惟爾邦人當諭朕意

中太一宮真室殿開啓天皇九曜消災集福道場青詞

臣以沖眇嗣承列聖之休濟于艱難實賴文母之德臨蒞四載勤勞百爲畏天之威未嘗終日而豫念視民如子惟恐一夫之困窮伏願上帝降祥衆真垂佑消禳災沴永底壽康恭陳寶籙之科仰扣神游之館敢祈昭鑒下察孝心

東坡內制集卷第八

東坡內制集卷第九

中太一宮眞室殿爲

太皇太后消災集福罷散天皇九曜道場朱表

臣言仁者必壽信惟天地之心孝無不通宜從臣子之欲虔遵道範仰扣眞廷庶同海宇之誠上集 慈闈之福天威咫尺永聽明於我民聖壽萬年定子孫于下地更推博施普及函生

顯聖寺壽聖禪院開啓

太皇太后消災集福粉壇道場齋文

伏以躬儉節用本嚴房闥之風遺大投艱猥當廟社之寄常恐德之弗類以召災于厥身敢卽仁祠肆陳淨供恭延梵釋普施人天俾壽而康非獨輔安於寡昧與民同利固將燕及於華夷仰冀能仁曲垂照鑒

後苑瑤津亭開啓祈雨道場齋文

伏以常暘之沴歷月于茲近自都畿遠及關輔豈獨西成之害將爲宿麥之憂仰止覺慈必垂善救普集山川之守來登梵釋之筵罔吝膏澤以興焦槁

閤門賜新除徐王告口宣元祐二年八月十二日

有敕卿望隆尊屬德冠宗藩改殿大邦實諧羣議往服朕命以爲國華

皇叔故魏王啓殯祭文

惟靈襲累朝之餘慶兼天下之達尊祖送之儀哀榮斯極永惟宅兆之卜未逢歲月之良參酌時宜遷神郊館啓殯之始寓哀斯文

皇叔故魏王外殯前一夕夜祭文

惟王之生孝友仁慈既沒元身舉國懷思矧予冲眇義兼父師天不我遺日月如馳出次近郊寓此仁祠親奠莫及寧知我悲

皇叔故魏王下事祭文

惟靈出就外邸二年于茲一日不見企予望思矧此告終月逝日遠雖云近郊寧復旋返築室祠宮既固既完雖非永歸亦可少安嗚呼哀哉

賜皇叔改封徐王顥上表辭免冊禮允詔 元祐三年八月二十日

敕卿大雅不羣自得詩書之富爲善最樂不知軒冕之榮既殿文邦宜膺盛禮而抑損之志逡巡不居雖莫稱朕所以極褒崇之心而將使卿庶幾獲謙冲之福勉從其意嘉歎不忘

賜皇叔改封徐王顥上表辭免冊禮許詔

敕顥錫山土田以昭令德備物典冊蓋有常儀而卿

深懼滿盈過形抑畏一謙四益當克永年三命滋恭固將有後曲成美志以勸事君宜依所乞

賜太師平章軍國重事文彥博上第一表乞致仕不許批答元祐二年九月二日

覽表具之昔師尚父九十秉旄杖鉞猶未告老此諸葛元遜所以屈張昭也而衞武公百年猶箴儆于國曰無以我老耄而捨我此左史倚相所以誨申公也今卿壽考康寧而退託衰病自引求去獨不念天下之士有如彼二子者譏其後乎姑安厥官以答公論

賜太師文彥博上第一表乞致仕不允批答元祐二年九月二日

覽表具之朕聞之成王之政周公在前召公在後畢公在左史佚在右四子挾而維之目見正色耳聞正言一日即位天下曠然未聞四子者以老而求退亦未聞成王以老而聽其去也朕雖不德猶庶幾成王之治卿雖老矣獨不能以四子之心爲心乎勉卒輔朕無愧前人

賜太師文彥博乞致仕不允斷來章批答口宣

元祐二年九月五日

有敕耆老在位華夷聳觀若聽公歸恐失民望朕命

不生公其少留

賜龍圖閣學士河東路經略使兼知太原府曾布乞除一閑慢州郡不允詔元祐三年七月二十一日

敕曾布將不久任難以責成謀不素定難以應猝卿屢試而用所臨有聲而況二年于茲諸將所服事既即敘人誰易卿夫擣虛攻瑕兵家常勢知難避整夷狄亦然卿若有以待之彼將望而去矣勉卒乃事毋忘朕言

故尚宮吳氏墳所祭文

惟爾之生服勤乃事逢日之吉歸全于郊式榮其終往致斯奠

西路闕雨於濟瀆河瀆淮瀆廟祈雨祝文

伏以水旱之事山川所司農服穡以有秋天密雲而不雨愧我不德瀆于有神願爲三日之霖大慰一方之望國有常報我其敢忘

撫問秦鳳路臣寮口宣元祐三年七月二十四日

有敕卿等久以選掄出分憂寄疆場之重綏御爲勞宜示眷懷往宣指論

除皇伯祖宗晟特起復制元祐三年十一月一日

門下曾閔之哀喪不貳事漢唐之舊禮有奪情矧予藩屏之親實兼臣子之重雖門內以恩揜義而公侯以國爲家伯臣司宗職不可曠要絰服事古有成言非予爾私其聽朕命皇伯祖彰化軍節度涇州管內觀察處置等使檢校司空開府儀同三司持節涇州諸軍事涇州刺史判大宗正事上柱國高密郡王食邑七千八百戶食實封二千四百戶宗晟天資純茂德履方嚴襲餘慶於祖宗蹈格言於師保典司屬籍克有令名郢客卒業於浮丘辟彊受知於先帝允釐厥位無愧昔人屬此閔凶纍然毀瘠嗟日月之逾邁重職業之久虛宜復寵名式從權制於戲出居官次非王事不談退適倚廬讀喪祭之禮則忠孝兩得人無閒言功名益隆親有顯譽勉服朕訓光昭前聞

賜皇伯祖宗晟辭免起復恩命不允批答口宣

元祐三年十一月十日

有敕官不可曠禮有從權苟愛君如愛親則王事爲家事勉遵舊服少屈私誠

賜皇伯祖宗晟辭免起復恩命不允斷來章批答口宣元祐三年十一月十八日

有敕卿哀慕未衰懇辭彌力既寒暑之一變宜忠孝

之兩全勉從朕言起服乃事

相州賜大遼賀興龍節使副御筵口宣元祐三年十一月六日

有敕卿等將命鄰邦服勤郵傳久薄風霧少休車徒宜體眷懷式同燕衎

賜知渭州劉昌祚進奉興龍節銀詔元祐三年十一月六日

敕昌祚卿禦侮邊庭馳神魏闕會嘉辰之獻壽納貢篚以效珍載省忠勤不忘褒歎

相州賜大遼賀興龍節人使回程御筵口宣元祐三年十二月九日

有敕卿等夙駕歸軒少休旁郡眷言勞勩良極顧懷往錫燕嘉以旌恩眷

撫問知大名府馮京口宣元祐三年閏十二月八日

有敕卿等夙分重寄言念久勞歲聿云周王事靡盬益加輔養以副眷懷

冬季傳宣撫問河北東路沿邊臣寮口宣元祐三年閏十二月八日

有敕疆場之守職思其憂霜露既凝歲聿云暮宜加厚愛以副眷懷

賜知渭州劉昌祚進奉謝恩并賜月俸公使及
賀端午節馬詔元祐二年十二月二十四日
敕昌祚卿執德宏毅秉心恪恭拜新渥於公朝謹舊
儀於令節抗章來上因物見誠再省忠勤良深嘉歎

內中御侍已下賀
皇帝冬至詞語元祐二年十月三十日
伏以日合天統時推建子之正律中黃鍾氣驗微陽
之應德施自上惠均於民伏惟　皇帝陛下道配皇
王化行夷夏觀其來復見乎天地之心靜以無爲待
此陰陽之定雲物告瑞宮聲協和豈惟至治之祥自
得上天之祐一人有慶萬壽無疆妾等蒙被天光叨
塵婦職敢獻如山之祝庶同率土之歡

內中御侍已下賀
太皇太后冬至詞語
伏以書奏清臺驗曆象之邃密日移黃道迎化國之
舒長寰宇和平宮闈歡豫恭惟　太皇太后陛下教
隆陰禮位正坤儀嗣大任之徽音道光千古衣明德
之大練儉化六宮體柔靜以臨朝配清明而燭物慶
雲可望共占至治之祥彤史何知莫贊無爲之德妾
等猥參女職仰奉　慈顏因來復之一陽祝無疆之

萬壽

內中御侍已下賀

皇太后冬至詞語

伏以候氣葭灰喜律筒之已應課功絲線知官日之初長品物向榮掖廷胥悅恭惟　皇太后殿下母臨四海婦應東朝求賢審官但有憂勤之志躬儉節用豈忘澣濯之衣宜福祿之日康樂宮闈之無事妾等瀝塵女職獲奉　慈顏願先柏酒以稱觴更指椿年而獻壽

賜樞密安燾已下罷散與龍節道場香酒果口

宣元祐三年十二月二日

有敕樞機之臣社稷是衛夙設人天之供共祈箕翼之祥宜膺寵頒式助燕喜

賜駙馬都尉李瑋已下罷散與龍節道場香酒果口宣元祐三年十一月三十日

有敕震夙紀辰邇遐同祝乃眷戚藩之重預修淨供之嚴亦既告成宜膺寵錫

賜殿前副都指揮使苗授已下罷散與龍節道場香酒果口宣元祐三年十一月二十日

有敕卿等以衛上之忠屬誕彌之慶預嚴淨會以薦

壽祺及此告成宜加寵賚

賜權管句馬軍司公事姚麟已下罷散興龍節道場酒果口宣元祐三年十一月三十日

有敕卿等率職周廬歸誠梵宇共致延鴻之祝出於忠愛之深宜錫珍芳以助燕衎

賜皇伯祖宗晟辭免起復恩命不允詔元祐三年十二月五日

敕宗晟夫要絰服事出於孔門墨衰從政見於魯史永惟徇國忘家之義非有食稻衣錦之嫌若非使卿居之而安則吾豈敢强所不欲勉從前詔往服厥官

賜皇伯祖宗晟辭免起復恩命不允詔元祐三年十二月五日

敕宗晟卿德爵與齒皆天下達尊服屬之隆爲宗室祭酒任獨高於三世報宜異於常人故奪情非以私卿而服事所以徇國義無所愧何以辭爲

賜正議大夫知鄧州蔡確乞量移弟碩允詔元祐三年十二月九日

敕蔡確以義責備春秋有失教之譏以情内恕詩人有將母之念碩之得罪事在有司難以貴近之親而廢朝廷之典及觀來請有槩予心重違兄弟急難之

詞以傷人子奉養之意

與龍節尚書省賜宰相以下酒果口宣元祐三年十二月三日

有敕誕彌之慶中外所同眷我臣鄰共茲燕喜宜加寵賚以示眷懷

就驛賜大遼賀興龍節使副鈔鑼等口宣元祐三年十一月二十二日

有敕卿等肅將鄰好遠涉寒途眷言授館之初宜有勞來之禮往加寵錫以示眷懷

七月賜大遼賀興龍節人使內中酒果口宣元祐三年十二月五日

有敕卿等柅車就館布幣造廷既欣鄰好之修復歎使華之美就加寵賚式示眷存

玉津園賜大遼賀興龍節人使射弓御筵口宣

有敕卿等使節有華鄰懽載講既娛賓於靈囿將觀德於射侯宜有寵頒以旌命中

相州賜大遼賀正旦人使御筵口宣元祐三年十一月六日

有敕卿等春朝畢會鄰聘交馳屬徂歲之沍寒念遠勤於行李往頒燕衎以重使華

趙州賜大遼賀正旦使副茶藥口宣元祐三年十一月十日

有敕卿等遠修舊好屬此沍寒載歷山川久蒙霜露宜有精良之賜式彰軫念之懷

趙州賜大遼賀太皇太后正旦使副茶藥口宣元祐三年十一月十日

有敕卿等遠馳四牡來慶三朝屬此歲寒勞於行役宜膺寵錫以示眷存

班荆館賜大遼賀興龍節人使到闕御筵口宣

有敕卿等遠將鄰好至止都門屬霜露之嚴凝念車徒之勤瘁宜伸燕衎以示眷懷

賜大遼賀興龍節人使朝辭訖就驛酒果口宣

元祐三年十一月五日

有敕卿等畢事告旋指期言邁念征途之勞瘁迫徂歲之沍寒體我至懷膺茲寵錫

賜大遼賀興龍節人使朝辭訖歸驛御筵口宣

元祐三年十二月五日

有敕卿等聘事告成陛辭言邁念歸途之云遠復賓館之少留體我眷懷共茲燕喜

賜皇伯祖宗晟辭免起復恩命不許詔元祐三年
十二月十五日
敕宗晟卿哀迫之至言不及文覽之惻然欲從所請
而宗子之衆才性各殊位不期驕祿不期後非卿允
蹈忠信力行禮義以身先之蓋未易齊也少屈爾私
以成吾志不亦可乎
賜皇伯祖宗晟辭免起復恩命不允詔
敕宗晟卿以強起就位爲未便安而朕以徇私忠公
爲未盡矣書云孝乎惟孝友于兄弟施於有政是亦
爲政夫聖人以孝弟爲從政而卿以從政爲非孝非
所聞也勉從朕命勿復固辭
賜文太師已下罷散興龍節道場香酒果口宣
元祐三年十二月二日
有敕乃眷師臣身先百辟有嚴淨供祇薦萬齡宜有
分頒以助燕喜
興龍節尚書省賜知樞密院事安燾已下酒果
口宣元祐三年十一月三十日
有敕卿等任重樞機忠存廟社屬誕辰之薦壽脩法
會以告成錫以珍芳助其燕喜
賜皇叔徐王罷散興龍節道場香酒果口宣元

祐三年十二月二日

有敕卿望隆周召德邁閒平屬誕慶之紀辰仗佛乘而薦祉助茲宴喜錫以柔嘉

賜濟陽郡王曹佾罷散興龍節道場香酒果口宣元祐三年十二月一日

有敕卿寵冠戚藩望隆舊德將祝無疆之壽故修最上之乘既徹淨筵宜膺寵錫

賜皇伯祖嗣濮王宗暉已下罷散興龍節道場香酒果口宣元祐三年十二月一日

有敕眷我宗英乃心王室修彼龍天之供慶茲虹電之祥宜有頒分以成燕喜

賜皇叔祖同知大宗正事宗景罷散興龍節道場香酒果口宣元祐三年十二月一日

有敕乃眷宗英祇率藩服慶誕辰而薦壽修淨會以告成宜有分頒以助燕喜

十日賜大遼賀興龍節人使內中酒果口宣元祐四年十二月七日

有敕卿造廷稱壽率禮可觀豈惟鄰好之修亦見使華之美宜膺寵錫以示至恩

賜大遼賀興龍節人使生餼口宣元祐三年十二

月一日

有敕卿等遠持慶幣申講鄰歡徒馭有華舍館方定宜往餼牽之錫以旌郵傳之勤

班荊館賜大遼賀興龍節人使回程御筵口宣

元祐三年十二月六日

有敕卿等告辭中禁改乘北轅屬晚歲之嚴凝念征途之悠緬往頒嘉燕可復少留

班荊館賜大遼賀興龍節人使却回酒果口宣

元祐三年十二月七日

有敕卿等改轅北路供帳都門風埃浩然徒馭勤止宜膺寵賜以示恩華

瀛州賜大遼賀興龍節人使回程御筵口宣元

祐三年十二月七日

有敕卿等回車北道弭節邊亭使事已終歸驂少憩往頒燕衎益厚眷存

故渭州防禦使宗孺出殯一夕祭文

惟靈飭躬寡過秉德不回莫克永年遂即長夜哀榮之典國有故常死喪之戚予惟惻愴

故渭州防禦使宗孺下事祭文

嗚呼宗枝之秀罹此降災日月有時禮當即遠奄臨

窀穸肆設几筵往致予哀來歆此奠

賜皇弟普寧郡王似生日禮物口宣元祐三年十二月七日

有敕朕之介弟生以茲辰眷棣萼之相輝祝椿齡之難老宜同慶喜往致寵頒

雄州撫問大遼賀正旦人使口宣元祐三年

有敕卿等肅將慶幣來會春朝遠犯風埃實勞徒馭欣聞入境良慰眷懷

賜河西軍節度使西蕃邈川首領阿里骨進奉回程詔元祐三年八月三日

敕阿里骨卿屢款塞垣願終臣節爰因貢篚益著誠心再省忠勤良深嘉歎

皇帝回大遼皇帝賀興龍節書

世睦寶鄰申以無窮之好歲馳華使及茲載夙之辰閱詞幣之兼隆識情文之備至願言欣感難悉究陳

皇帝達

太皇太后回大遼皇帝問候書

遣使爲壽既欣鄰好之修因書見誠兼致 慈闈之問侍言有次來意畢陳感懌之深敷陳罔既

劄子

臣今日準中書省批送到宗晟辭免起復恩命劄子
奉
聖旨送學士院降詔不允謹按宗晟飭行有素持喪
中禮所辭恩命已四不允而宗晟確然固守其詞愈
哀且曰念臣執喪報親之日短致命徇國之日長出
於至誠可謂純孝臣謂宗晟未經祥練之變且無金
革之虞孝治之朝宜聽所守因以風厲宗室庶皆守
禮篤親顧不美哉若以宗正之任恐難其人亦當差
官權攝須其從吉復以命之臣忝備禁從不敢不言
所有不允詔書臣未敢撰取進止

賜皇伯祖宗晟辭免起復恩命不許詔元祐三年

敕宗晟卿致孝罔極守禮不回以魯衞之親而行曾
閔之事吾深欲成人之美遂卿之私顧以宗臣治親
有國先務敎以道藝時其冠昏奬察其賢能而訓謫
其驕惰非吾宗室之老孰當父兄之任其深明吾意
往服厥官

賜皇伯祖宗晟辭免起復恩命不允詔元祐三年
十二月二十二日

敕宗晟君子之於禮雖先王未之有可以義起而況
漢唐之舊故事具存如翟方進房喬之流皆以儒術

致身不免於釋哀而諫國近歲夏竦晁宗慤亦以近臣奪喪君子不以爲過今宗正之事止於治親譬猶父兄訓敕子弟豈以衰麻之故而廢閨門之政乎卿其勿疑亟服乃事

東坡內制集卷第九

東坡內制集卷第十

賜朝散大夫守尚書吏部侍郎充龍圖閣待制傅堯俞乞外郡不允詔元祐三年閏十二月十四日

敕堯俞卿望重本朝進由公議方卿大夫有爲之際亦士君子難得之時而卿出領郡章入佐治典席未暖而輒去政何時而報成小疾行瘳姑安厥位

太皇太后賜門下手詔元祐二年閏十二月十四日

敕門下官冗之患所從來尚矣流弊之極實萃于今以闕計員至相倍蓰上有久閒失職之吏則下有受害無告之民故命大臣考求其本苟非裁損入流之數無以澄清取士之源吾今自以眇身率先天下永惟臨御之始嘗敕有司蔭補私親舊無定限自惟薄德敢配前人已詔家庭之恩止從母后之比今當又損以示必行夫以　先帝顧託之深天下責望之重苟有利於社稷吾無愛於髮膚矧此恩私實同毫末忠義之士當識此誠各志內顧之心共成節約之制今後每遇聖節大禮生辰合得親屬恩澤並四分減一皇太后皇太妃準此

賜皇伯祖宗晟辭免起復恩命許終喪制詔元祐三年閏十二月二日

敕宗晟夫衰麻之哀達於上下損益之變權以重輕
雖事君均於事親而奪志難於奪帥俛聽終喪之守
以成致孝之全言念篤誠實增屢歎

賜端明殿學士銀青光祿大夫致仕范鎮奬諭
詔元祐三年閏十二月二日

敕范鎮朕惟春秋之後禮樂先亡秦漢以來韶武僅
在散樂工於河海之上往而不還聘先生於齊魯之
間有莫能致魏晉以下曹鄶無譏豈徒鄭衞之音已
雜華戎之器間有作者猶存典刑然鉄黍之一差或
宮商之易位惟我四朝之老獨知五降之非審聲知
音以律生尺覽詩書之來上閱箕虡之在廷君臣同
觀父老太息方詔學士大夫論其法工師有司考其
聲上追先帝移風易俗之心下慰老臣愛君憂國
之志究觀所作嘉歎不忘

賜保寧軍節度使知大名府馮京進奉賀興龍
節馬一十疋并冬節馬二疋詔元祐三年閏十二月
十八日

敕馮京卿坐鎮全魏隱若長城遠馳頌禱之心來效
驂騑之貢眷言忠藎良極歎嘉

賜泰寧軍節度觀察留後知相州李珣進奉賀

冬馬一疋詔元祐二年閏十二月十八日

敕李珣卿宣化近邦馳神北闕屬茲陽月之吉遠效王閑之良言念忠勤不忘嘉歎

賜殿前都虞候寧州團練使知熙州劉舜卿進奉賀冬馬敕書元祐二年閏十二月十八日

敕劉舜卿職在分憂忠存衞上屬此秦正之日遠輸冀產之良再省忠勤不忘嘉歎

賜大遼賀正旦人使正月一日就驛御筵口宣元祐二年閏十二月二十五日

有敕使華遠至春律肇新卽卿舍館之安昭我惠慈之眷往陳燕豆以樂佳辰

賜大遼賀正旦人使內中酒果口宣元祐二年閏十二月二十五日

有敕卿等瑞節華軒來修舊好芳醪珍實以薦新春膺此寵頒體予異眷

班荆館賜大遼賀正旦使臣回程御筵口宣元祐二年閏十二月二十五日

有敕卿等使事告成旋車言邁方改轅於北道暫弭節於都門昭示眷懷少留宴衎

賜于闐國進奉人正旦就驛御筵口宣元祐二年

閏十二月九日

有敕重譯遠來觀光戾止屬人正之改律樂天敘之發春宜示寵休式同燕喜

賜外任臣寮進奉興龍節馬詔敕書 元祐三年閏十二月十八日

敕劉舜卿汝忠於衞上遠不忘君爰因彌月之晨來效充庭之禮眷言勤篤良極歎嘉

雄州賜大遼國賀正旦人使回程御筵兼傳宣撫問口宣 元祐三年閏十二月二十五日

有敕卿等已事告歸梲居少憩眷言長道遠犯餘寒宜錫燕嘉以旌勞勩

賜大遼賀正旦人使銀鈔鑼唾盂子錦被等口宣 元祐三年閏十二月十八日

有敕卿等遠將鄰好來慶春朝眷言跋履之勤宜有珍華之錫受茲異寵體我至懷

皇太妃宮閤慶落成開啓道場青詞

伏以良辰襲吉華構一新仰荷褒崇之私得伸鞠育之報落成告備法會有嚴請命上穹馳神真聖庶精誠之必達錫壽祉於無窮無任懇禱之至

玉津園賜大遼賀正旦人使射弓例物口宣 元

祐三年閏十二月三日

有敕射以娛賓抑將觀德發而命中曾不出正宜旌審固之能膺受珍良之賜

瀛州賜大遼賀正旦人使迴程御筵口宣 元祐三年閏十二月二十九日

有敕卿等已聘言還犯寒遠邁方脂車於道北復弭節於邊城宜錫宴嘉以旌勞勩

班荆館賜大遼賀正旦人使却回酒果口宣 元祐四年正月一日

有敕卿等還璋言邁弭節少留念鞭轡之方勤涉氷霜之餘凜宜陳燕俎以寵歸軒

正月六日朝辭訖就驛賜大遼賀正旦人使御筵口宣 元祐四年正月一日

有敕卿等使事告成陛辭言邁命近臣之往勞庶遠道之少留體我眷懷共茲宴衎

賜中大夫守尚書左丞王存生日詔 元祐四年正月四日

敕王存在易之泰與物皆春於時良臣生我王國宜膺寵賚以介壽祺

賜龍圖閣直學士正議大夫權知開封府呂公

孺上表陳乞致仕不允詔元祐四年正月五日
敕公孺朕雖雞鳴而起志於求助黜背之老未敢即安矧卿體力不衰髮齒猶壯遽有引年之請殊乖圖舊之心宜安厥官以稱朕意
賜呂公孺上表陳乞致仕不允詔
敕呂公孺卿將相三世凜乎正始之風出入四朝蔚然難老之狀浩穰之治談笑而成方觀報政之能遽有歸休之請公議未可卿其少安
撫問鄜延路臣寮口宣元祐四年正月八日
有敕卿等分寄邊陲輯寧吏士眷言勤勩良極軫懷往致朕言各宜尚慎
賜光祿大夫守吏部尚書兼侍讀蘇頌上表乞致仕不許詔元祐四年正月十三日
敕蘇頌吾聞有志之士以身御道而遺名有道之君使人樂用而忘老今卿不安其位豈吾有愧於古哉夫難進之士年僅及而輒退則已試之才吾莫得而盡用矣激揚多士方資崔毛之德講誦舊聞未卒楮馬之業事非小補卿其少安
賜蘇頌上表陳乞致仕不允詔
敕蘇頌卿歷事四朝允有一德徒諭徐公之奢儉莫

見子文之愠喜朕既寤寐哲士體貌元臣方貴德齒之達尊豈求筋力之常禮矧鄉方膺難老之錫宜勵益壯之心惜日有爲古人所重引年求去公議未安勉爲朕留以慰人望

賜濟陽郡王曹佾在朝假將百日特與寬假將理詔元祐四年正月十二日

敕曹佾卿賢戚莫二德齒並隆眷言朝請之勤思見儀刑之老謝病既久軫念良深推予賜告之恩期於勿藥之喜宜特與寬假將理

賜西南蕃莫世忍等進奉敕書元祐四年正月二十一日

敕莫世忍汝守土遐陬歸誠北闕梯山修貢款塞觀光言念忠勤至於嘉歎

景靈宮宣光殿開啓神宗皇帝忌辰道場齋文元祐四年正月二十四日

伏以至德難名已立配天之極孝思永慕蓋有終身之憂惟是佛乘庶資冥福屬弓劍上賓之日就衣冠出游之庭虔設淨筵俾嚴勝果庶超真覺永庇含生

賜光祿大夫守吏部尚書兼侍讀蘇頌上第二表陳乞致仕不允詔元祐四年二月二日

敕蘇頌夫天以多士寧王國而祖宗以成德遺後人方使壽考康彊以究其用而朕乃以引年而聽其去可乎列卿銓綜之精談笑而辦勉思職事以稱朕心

賜蘇頌上第二表陳乞致仕不許詔

敕蘇頌天官之任老成所宜坐執銓衡有山公晚年之故事薄言煩雜獨蕭僥一時之偏詞卿其總攬綱條闊略苛細委蛇退食以慰士心

東太一宮翻修殿宇奏告十神太一真君祝文

元祐四年正月七日

於穆祠宮有嚴春祀吏以時而按視工揆日以修完庶就絜新永綏靈御仰祈昭鑒大庇含生

故尚服劉氏堂祭文六月八日下院

惟靈選備禁廷服勤內職逮茲淪謝良用愍傷饋奠之儀哀榮兼至

故尚服劉氏墳所祭文六月八日下院

惟靈服勤有年罹命不淑窀穸之事日月有時念爾永歸歆予一奠

撫問鄜延路臣寮口宣六月十一日下院

有敕卿等各膺器使祗服邊陲眷茲靖安時乃忠力特加勞問以示顧懷

新除權禮部尚書梁燾辭免恩命不允詔 六月十三日下院

敕梁燾卿出處以義進退以禮昔請補外朕不得已而聽其去今茲選用衆以爲宜而恨其晚而卿又固辭豈朕所望成命不易其速造朝

賜宣徽南院使充太一宮使馮京乞依職任官例祗赴六參不允詔六月十四日下院

敕馮京朕以卿耆老厚德重煩以庶事而卿篤恭盡禮自同於有司既朝朔望尚復懃懇請雖抑抑自警知卿有衞武之風而僕僕亟拜非朕待子思之意宜遵前命以副眷懷

賜右正議大夫守尚書左僕射呂大防生日詔 六月十五日下院

敕大防股肱之良與國爲重家庭之慶亦朕所同適斯干獻夢之辰均既醉太平之福膺予寵錫介爾壽祺

賜右正議大夫守尚書左僕射呂大防生日禮物口宣六月二十一日下院

有敕惟茲穀日生我元臣爰分服食之良往助閨門之喜式爲爾壽宜識朕心

賜皇叔徐王顥生日禮物口宣六月二十一日下院

有敕乃眷賢王實爲社稷之衛載臨誕日永集邦家之休臨遣使車往致眉壽

就驛賜大遼賀坤成節人使銀鑼等口宣六月二十三日下院

有敕卿等遠勤使節展慶誕辰畏暑長途方即安於舍館精金良幣宜往致於恩私

賜翰林學士中大夫兼侍讀趙彥若辭免國史脩撰不允詔六月二十三日下院

敕彥若卿學世其家宜居載筆之地官宿其業已奏殺青之書自託不能殊非所望祗膺成命毋復固辭

賜皇弟大寧郡王佖生日禮物口宣六月二十五日下院

有敕桑蓬之示喜復臨載育之辰金幣展親往致友于之愛膺予寵賚俾爾壽昌

賜五臺山十寺僧正省奇等獎諭敕書六月二十五日下院

敕異景靈光久聞示化寶祠淨供爰膺誕彌念此恭勤至於嘉歎

賜河東節度使太師開府儀同三司太原尹致

仕文彥博溫溪心馬詔七月二日下院

敕彥博惟我宗臣名震夷落狼心缺舌知獻厥誠朕以張奐拒羌之獻不如旅獒昭德之致已敕邊吏答賜所直其馬今以賜卿至可領也

班荆館賜大遼賀坤成節國信使副到闕酒果口宣七月四日下院

有敕卿等抗旃遠道解鞅近郊念館舍之未安宜驂騑之少憩式頒芳旨以示眷懷

賜馬步軍大尉姚麟已下罷散坤成節道場香酒果口宣七月四日下院

有敕卿等誕辰祗慶法會告成嘉與函生同躋壽域往頒芳旨以勞忠勤

賜大遼賀坤成節使副生餼口宣七月七日下院

有敕卿等抗爐暑路弭節驛亭眷惟行李之勤往致珍鮮之餽膺茲寵數服我眷懷

雄州白溝驛賜大遼賀坤成節人使却回御筵兼傳宣撫問口宣七月七日下院

有敕卿等飛蓋西風改轅北道喜山川之漸近志徒御之久勞往致眷懷少留燕衎

玉津園賜大遼賀坤成節人使射弓例物口宣

有勑卿等圭璋致命旣已講歡弓矢娛賓亦將觀德
宜有珍華之賜以旌審固之能
賜平海軍節度使駙馬都尉李瑋已下罷散坤
成節道場香酒果口宣七月八日下院
有勑卿等義重戚藩志同忠報屬誕辰之均慶嘉法
會之告成宜示褒優特加寵賚
賜殿門都指揮使已下罷散坤成節道場香酒
果口宣七月九日下院
有勑誕彌之慶海宇攸同嘉將帥之協恭設人天之
妙果宜均寵錫以示褒優
賜皇伯祖高密郡王宗晟已下罷散坤成節道
場香酒果口宣七月九日下院
有勑眷我宗英志存忠報修等慈之妙供祝難老之
昌期嘉此精誠均其慶賜
賜同知樞密院事韓忠彥已下罷散坤成節道
場香酒果口宣七月九日下院
有勑嘉我樞臣義均一體修茲淨供慶續千齡不有
寵頒曷旌忠報
相州賜大遼賀坤成節人使却回御筵口宣七

月九日下院

有敕鄰好旣成使華有耀眷邦畿之漸遠念郵傳之方勤服我恩私少留燕喜

賜大遼國賀坤成節使副時花酒果口宣七月十日下院

有敕鄰歡旣展賓館歸休宜分醆斝之醇復致瓜華之侑少將至意其服茂恩

坤成節尚書省賜宰臣已下御筵酒果口宣七月十一日下院

有敕忠存柱石誠貫人天共欣誕日之臨旣畢祇園之會宜頒芳旨以助燕私

皇帝達

太皇太后迴大遼皇帝賀坤成節書

星火西流慶慈闈之誕日皇華北至講鄰國之誠言旣達來音俾修報禮感銘之素敷述難周

皇帝迴大遼皇帝問候書

軺車重幣已修交慶之儀尺素好音復講久要之信屬臨素節允迪純禧益冀保頤式符企詠

坤成節賜同知樞密院事韓忠彥已下尚書省御筵酒果口宣七月十二日下院

有敕修佛勝因祈天永命既肅成於梵供益表見於
忠誠宜有寵頒想同燕喜
賜徐王羆散坤成節道場香酒果口宣七月十二
日下院
有敕卿親賢莫二忠孝實兼饌蒲塞於祇園薦椿齡
於崇慶喜成法會宜有寵頒
賜大遼賀坤成節人使朝辭訖歸驛御筵口宣
七月十二日下院
有敕卿等已聘告歸少休就館即頒燕俎臨遣輔臣
式示異恩以榮回馭
班荆館賜大遼賀坤成節人使回程御筵口宣
七月十二日下院
有敕卿等方事回轅聊茲弭蓋念征途之尚永加利
暑之未衰往錫燕嘉少休徒馭
賜宰相呂大防已下罷散坤成節道場香酒果
口宣七月十二日下院
有敕卿等竭誠衞上體國均休恪修西竺之儀仰獻
南山之祝宜膺寵錫以示褒優
賜大遼賀坤成節使副內中酒果口宣七月十二
日下院

有敕卿等來陳慶幣克講鄰歡載嘉遠聘之勤宜示
寵綏之意頒茲芳旨服我恩私

賜大遼賀坤成節人使朝辭訖歸驛酒果口宣
七月十二日下院

有敕卿等遠敦使事率禮無違既上謁辭言還有日
宜加頒錫益示寵榮

坤成節就驛賜阿里骨進奉人使御筵口宣七
月十四日下院

有敕汝等來修貢篚適遘誕辰宜均慶賜之恩共樂
亨嘉之會往頒燕俎成極歡心

瀛州賜大遼賀坤成節人使迴程御筵口宣七
月十四日下院

有敕鞭轡之勞封疆漸邇雖勤歸念少憩暑途服我
恩私式同燕喜

坤成節就驛賜于闐國進奉人使御筵口宣七
月十四日下院

有敕汝等奉琛遠至授館少留適遘誕辰宜均慶澤
欽承恩渥共樂燕私

班荊館賜大遼賀坤成節人使回程酒果口宣
七月十七日下院

有敕卿等奉璋來聘弭節言還眷此暑途少留歸馭
往頒燕組式示恩私
賜夏國主進奉賀坤成節回詔七月二十二日下院
敕節紀誕彌慶均臨照眷守邦之雖遠亦執贄以來
同嘉與朝臣咸稱壽斝載惟忠恪宜有寵頒
東坡內制集卷第十

坤成節集英殿宴教坊詞元祐二年七月十五日

教坊致語

臣聞視履考祥既占吏月之夢對時育物必有繼天之功方大火之西流屬陰靈之既望帝於是日誕降仁人意使斯民咸歸壽域共慶千年之遇得生二聖之朝式宴示慈與民同樂恭惟　皇帝陛下文思天縱睿哲生知力行禹湯之仁常恐一夫之不獲躬蹈曾閔之孝故得萬國之歡心恭惟　太皇太后陛下道契天人德超載籍知人則哲蓋帝堯之所難修己安民雖虞舜其猶病風雲從而萬物覩日月照而四時行自然動植之咸安莫知天地之何力三宮交慶羣后駿奔寶鄰通四牡之歡航海致重譯之贐洞庭九奏始識咸池之音靈嶽三呼共獻後天之祝臣等叨居法部輒採民言上瀆宸聰敢陳口號

口號

三朝遺老九門前又見承平大有年文母憂懃初化俗曾孫仁孝已通天史書元祐三千牘樂奏坤成第一篇欲採蟠桃歸獻壽蓬萊清淺半桑田

勾合曲

秋風協應生殿閣之微涼廣樂具陳韻金絲而間作
欲觀鳥獸之率舞願聞笙磬之同音上奉　宸顏教
坊合曲

勾小兒隊

朱干玉戚本以象功白叟黃童皆知頌聖盍命髫髦
之侶來陳舞勺之儀上侑皇歡教坊小兒入隊

隊名

願同千歲樂　長奏太平謠　樂隊

問小兒隊

鎬京廣燕方雲集於搢紳沂水游童忽鳧趨於庭廡
雖云小技必有可觀咫尺　天顏悉言汝志

小兒致語

臣聞功存社稷慶鍾高密之門澤及本枝天胙太任
之德候西風之入律藹瑞氣之盈庭嘉與四方同稱
萬壽恭惟　皇帝陛下文思稽古濬哲在躬日奉東
朝之歡率用家人之禮以謂慈儉之化無德而能名
保佑之功如天之難報惟流傳於歌舞庶髣髴其儀
刑臣等雖在弱齡久陶孝治敢率垂髫之侶共陳振
萬之儀未敢自專伏取進止

勾雜劇

鸞旗日轉雉扇雲開蹔回綴兆之文少進俳諧之技
來陳善戲以佐歡聲上樂　天顏雜劇來歟

放小兒隊

青衿旅進雖末技而畢陳黃屋天臨知下情之無壅
既成文於綴兆爰整袂以徘徊再拜天階相將好去

勾女童隊

彤壺漏箭隨雞唱以漸移絳節綵髦聞鳳簫而自舉
宜召散花之侶來陳回雪之姿上奉宸歡兩軍女童
入隊

隊名

金風回翠袖　玉琯倚清歌　樂隊

問女童隊

鳳歌諧律方資燕俎之歡鷺羽分庭忽集壽山之下
低鬟有待振袂欲前密邇天階悉陳來意

女童致語

妾聞塗山啓夏來玉帛於萬邦摯仲興周胙本枝於
百世嘉辰共樂壯觀一新恭惟　皇帝陛下舜孝自
天堯仁浹物膺昊穹之成命席累聖之詒謀惟地勢
坤永載無疆之德以天下養躬持胥樂之觴六樂在
庭百工奏技妾等親逢盛日獲望嚴宸藝雖愧於驚

鴻心已先於儀鳳願陳舞綴上奉天顏未敢自專伏
取進止
勾雜劇
風清羽蓋日轉槐庭欲資載笑之懽必有應諧之妙
暫回舞綴少進詼諧上悅天顏雜劇來歟
放隊
八音間作既成繳繹之文萬舞畢陳曲盡回翔之態
望彤闈而却立斂翠袂以言歸再拜天墀相將好去
集英殿秋宴教坊詞
教坊致語
臣聞天無言而四時成聖有作而萬物覩清淨自化
雖仰則於帝心愷悌不回亦俛同於衆樂屬此九秋
之候粲然萬寶之成吾王不游何以勞農而休老君
子如喜則必大亨以養賢恭惟　皇帝陛下孝通神
明仁及草木行堯禹之大道守成康之小心華夷來
同天地並應以謂福莫大於無事瑞曷加於有年南
極呈祥候秋分而老人見西夷慕義涉流沙而天馬
來嘉與臣工肅陳燕俎禮元侯於三夏諧庶尹於九
成宣示御觴聳近臣之榮觀臚傳天語溢兩廡之懽
聲臣等幸覩昌辰叨塵法部採謠言於擊壤助矇瞍

之陳詩仰奉威顏敢進口號

口號

霜霏碧瓦尚生煙日泛彤庭已集仙藹藹四門多吉士熙熙萬國屢豐年高秋爽氣明宮殿元祐和聲入管絃菊有芳兮蘭有秀從臣誰和白雲篇

勾合曲

西風入律間歌秋報之詩南籥在庭備舉德音之器絃匏一唱鐘鼓畢陳上奉　宸嚴教坊合曲

勾小兒隊

皇慈下逮鼚百執以均歡衆技畢陳示四方之同樂宜進垂髫之侶來脩秉翟之儀上奉威顏教坊小兒入隊

隊名

登歌依頌鼚下管舞成童　樂隊

問小兒隊

大君有命肆陳管鼚之音童子何知入造工師之末欲詳來意宜悉奏陳

小兒致語

臣聞天行有信正得秋而萬寶成君德無私日將旦而羣陰伏清風應律廣樂在庭占歲事於金穰望天

顏之玉粹沐浴膏澤詠歌升平恭惟　皇帝陛下天
縱聰明日躋聖知無一物之失所得萬國之懽心雖
擊壤之民固何知於帝力而後天之祝亦各抒於下
情臣等幸以齠齓之年得居仁壽之域詠舞雩於沂
水久樂聖時唱銅鞮於漢濱空慚俚曲願陳舞綴少
奉　宸歡未敢自專伏候　進止

勾雜劇

朱絃玉琯屢進清音華翟文竿少停逸綴宜進詼諧
之技少資色笑之歡上悅天顏雜劇來歟

放小兒隊

回翔丹陛已陳就日之誠合散廣庭曲盡流風之妙
歌鐘告闋羽籥言旋再拜　天階相將好去

勾女童隊

錦薦雲舒來九成之丹鳳霞衣鱗集隱三疊之靈鼉
上奉　宸嚴教坊女童入隊

隊名

香雲浮繡扆　花浪舞彤庭　樂隊

問女童隊

清禁深嚴方搢紳之雲集仙音彈緩忽簪珥之星陳
徐步香茵悉陳來意

女童致語

妾聞鈞天廣樂空傳帝所之游閶闔清風風理絕庶人之共夫何僊聖靡隔塵凡仰瞻八采之威自慶千齡之運恭惟 皇帝陛下乾健而粹離明而文規摹六聖之心人將自化儀刑文母之德天且不違樂茲大有之年申以示慈之會虞韶既畢夏籥將興妾等分綴以須審音而作願俟工歌之闋少同率舞之歡未敢自專伏取 進止

勾雜劇

絃匏迭奏于羽畢陳洽聞舜樂之和稍進齊諧之技金絲徐韻雜劇來歟

放隊

羽觴湛湛方陳既醉之詩鼉鼓淵淵復奏言歸之曲峩鬟竚立斂袂却行再拜天階相將好去

興龍節集英殿宴教坊詞元祐二年

教坊致語

臣聞帝武造周已兆興王之迹日符胙漢實開受命之祥非天私我有邦惟聖乃作神主仰止誕彌之慶集于建丑之正瑞玉旅庭爰講比鄰之好虎臣在泮復通西域之琛式燕示慈與人均福恭惟 皇帝陛

下睿思冠古濬哲自天煥乎有文日講六經之訓述而不作思齊累聖之仁夷夏宅心神人協德上年七百方過曆以承天有臣三千咸一心而戴后彤庭振萬玉座傳觴誦干戈載戢之詩作君臣相悅之樂斯民何幸白首太平臣猥以微生親逢盛日始慶猗蘭之會願賡擊壤之音下採民言上陳口號

口號

凜凜重瞳日月新四方驚喜識天人共知若木初升日且種蟠桃莫計春請吏黑山歸屬國給扶黃髮拜嚴宸紫皇應在紅雲裏試問清都侍從臣

勾合曲

祝堯之壽既罄於歡謠象舜之功願觀於備樂羽旄在列管磬同音上奉 宸嚴教坊合曲

勾小兒隊

魚龍奏技畢陳詭異之觀齠齔成童各效回旋之妙嘉其尚幼有此良心仰奉 宸慈教坊小兒入隊

隊名

兩階陳羽籥萬國走梯航 樂隊

問小兒隊

工師在列各懷自獻之能侲子盈庭必有可觀之技

未知來意宜悉奏陳

小兒致語

臣聞生民以來未有　祖宗之仁厚上帝所眷錫以
聖神之子孫孚佑下民篤生我后瞻舜瞳之日月望
堯額之山河若帝之初達四聰於無外如川方至傾
萬宇以來同恭惟　皇帝陛下齊聖廣淵剛健篤實
識文武之大者體仁孝於自然歌詩思齊見文王之
所以聖誦書無逸法中宗之不敢康誕日載臨輿情
共祝神筴授萬年之算洛書開五福之祥臣等嬉遊
天街沐浴皇化欲陳舞蹈之意不知手足之隨未敢
自專伏取　進止

勾雜劇

金奏鏗純既度九韶之曲霓衣合散又陳八佾之儀
舞綴暫停伶優間作再調絲竹雜劇來歟

放小兒隊

游童率舞逐物性之熙怡小技畢陳識天慈之廣大
清歌既闋疊鼓屢催再拜天墀相將好去

勾女童隊

垂鬟在列斂袂稍前豈知北里之微敢獻南山之壽
霓旌坌集金奏方諧上奉威顏兩軍女童入隊

隊名
君臣千載遇歌舞八方同樂隊
問女童隊
摻撾屢作旌夏前臨顧游女之何能造彤庭而獻技
欲知來意宜悉奏陳
女童致語
妾聞瑞乞來翔共紀生商之兆羣龍下集適同浴佛之辰佳氣充庭和聲載路輦出房而雷動扇交翟以雲開喜動人天春還草木恭惟　皇帝陛下凝神昭曠受命穆清三后在天宜興王之世有四人迪哲知享國之無窮乃眷良辰欲均景福庭設九賓之禮樂歌四牡之章妾等幸覯昌期獲瞻文陛雖乏流風之妙願輸率舞之誠未敢自專伏候　進止
勾雜劇
清淨自化雖莫測於宸心詼笑雜陳示俛同於衆樂金絲再舉雜劇來歟
放女童隊
分庭久立漸移愛日之陰振袂再成曲盡回風之態龍樓却望鼉鼓屢催再拜　天階相將好去
紫宸殿正旦教坊詞元祐四年

教坊致語

臣聞行夏之時正莫加於人統採周之舊王方在於鎬京惟吉月之布和休庶工而未作使華遠集鄰好交修萃簪笏於九門來車書於萬里將與嗣歲以樂太平恭惟 皇帝陛下躬履至仁誕膺眷命法天地四時之運民日用而不知傳祖宗六聖之心我無為而自化九德咸事三年有成始御八音之和以臨元日之會人神相慶夷夏來同臣等忝與賤工得親壯觀知輿情之願頌顧盛德之難形不度荒蕪敢進口號

口號

九霄清蹕一聲雷萬物欣榮意已開曉日自隨天仗出春風不待斗杓回行看菖葉催耕籍共喜椒花映壽杯欲識太平全盛事師師鵷鷺滿雲臺

勾合曲

東風應律南籥在庭餞臘迎春方慶三朝之會登歌下管願聞九奏之和上悅 天顏教坊合曲

勾小兒隊

工師奏技咸踴躍以在庭稺孺聞音亦回翔而赴節方資共樂豈間微情上奉 宸歡教坊小兒入隊

隊名

仙山來絳節雲海戲羣鴻　樂隊

問小兒隊

六樂充庭九賓在列何彼垂髫之侶欲陳振袂之能
必有來誠少前數奏

小兒致語

臣聞正月上日萬彙所以更新羣臣嘉賓四方於是
觀禮雪方占於上瑞風已告於先春及此良辰設爲
高會恭惟　皇帝陛下子來九有天覆兆民煥乎其
有文章昭然若揭日月安西都護來輸八國之琛南
極老人出效萬年之壽還圭璋於鄰使受圖籍於春
朝擊石拊金奏鈞天之廣樂跳九舞索戲平樂之都
場臣等沐浴太平詠歌新歲鼓舞咸韶之韻蹌揚烏
獸之間未敢自專伏候　進止

勾雜劇

以雅以南既畢陳於衆技載色載笑期有悅於威顏
舞綴暫停優詞間作金絲徐韻雜劇來歟

放小兒隊

酒闌金殿既均湛露之恩漏滅銅壺曲盡流風之妙
望彤墀而申祝整翠袖以言歸再拜天階相將好去

興龍節集英殿宴教坊詞

教坊致語

臣聞天所眷命生而神靈惟三代受命之符萃于茲日實萬世無疆之福延及我民候南極之祥輝交北鄰之瑞節同邀鎬燕爭頌堯封恭惟 皇帝陛下稽古溫文乘乾剛粹體生知而猶學藏妙用於何言故得六聖承休三靈眷佑德隆星晷齊六符而泰階平河行地中錫九疇而彝倫正屬誕彌之令日履長發之嘉祥風設九賓於廷遍舞六代之樂日無私於臨照葵藿自傾天有信於發生勾萌必達臣等歷塵法部獲造彤墀下採民言得二萬里之謠頌登歌壽斝以八千歲爲春秋不度無音敢進口號

口號

風卷雲舒合兩班曈曨瑞日映天顏觀書已獲千秋鏡積德長爲萬歲山臘雪未消三務起壬人不用五兵閑相逢父老爭相賀却笑華胥是夢間

勾合曲

笙磬同音考中聲於神鼓鳥獸率舞浹和氣於敷天上奉宸歡教坊合曲

勾小兒隊

衆技旅庭振歡聲於無外游童頌聖陶至化於自然

上奉皇威教坊小兒入隊

隊名

壤歌皆白髮象舞及青衿　樂隊

問小兒隊

跳踉廣陌初疑竹馬之遊合散彤墀忽變驚鴻之狀

欲知來意宜悉敷陳

小兒致語

臣聞流虹啓聖非人力所致之符湛露均恩與天下共享其樂旁行海宇外薄戎夷咸欣載夙之辰共獻無疆之祝恭惟　皇帝陛下神武不殺將聖多能天生德於予既稟徇齊之質人樂告以善輔成經緯之文法慈儉於東朝紬詩書於西學載臨誕日俛荅輿情非為靡曼之觀庶備太平之福臣等樂生鄙齓學樂父師就列紛紜雖無殊於鳥獸赴音俛仰亦少效於涓塵未敢自專伏候　進止

勾雜劇

樂且有儀方君臣之相悅張而不弛豈文武之常行欲佐歡聲宜陳善謔金絲徐韻雜劇來歟

放小兒隊

末技畢陳下情無壅既成文於綴兆猶斂袂以回翔
再拜天階相將好去
勾女童隊
飛步壽山起香塵於羅襪散花御路泛回雪於錦茵
上奉　宸顏兩軍女童入隊
隊名
生商來瑞乙　浴佛降羣龍　樂隊
問女童隊
玉座天臨雖仙凡之有隔翠鬟雲合豈草木之無知
密邇天階悉陳來意
女童致語
妾聞千里一曲變澄瀾於濁河萬歲三稱隱歡聲於
靈岳天人並應夷夏來同雖云北里之微敢獻華封
之祝恭惟　皇帝陛下睿文冠古神智無方同堯舜
之性仁而能濟衆陋成康之刑措猶待積年共欣建
丑之正再覩興龍之會桑田東海傾壽斝而未乾汗
竹南山書頌聲而無極妾等幸緣賤藝獲望載顏振
萬于庭欲赴干旄之節間歌以雅庶諧笙磬之音未
敢自專伏候　進止
勾雜劇

舞綴暫停歌鐘少闋必有應諧之妙以資載笑之歡
上悅天顔雜劇來歟
放女童隊
振袂再成曲盡回風之妙分庭久立漸移愛日之陰
再拜天墀相將好去
樂語終

東坡應詔集目錄

第一卷

策略一　策略二
策略三　策略四
策略五

第二卷

策別六　策別七
策別八　策別九
策別十

第三卷

策別十一　策別十二
策別十三　策別十四
策別十五

第四卷

策別十六　策別十七
策別十八　策別十九
策別二十

第五卷

策別二十一　策別二十二
策斷二十三　策斷二十四

策斷二十五

第六卷
中庸論上　中庸論中
中庸論下　大臣論上
大臣論下
第七卷
秦始皇帝論　漢高帝論
魏武帝論　伊尹論
周公論
第八卷
管仲論　孫武論上
孫武論下　子思論
孟軻論
第九卷
樂毅論　荀卿論
韓非論　留侯論
賈誼論
第十卷
鼂錯論　霍光論
揚雄論　諸葛亮論

韓愈論

東坡應詔集目錄

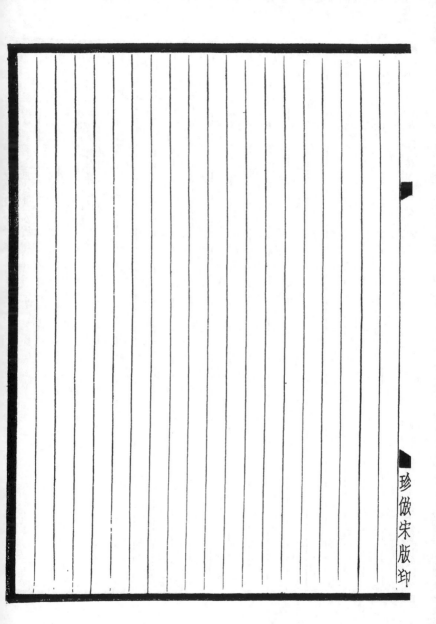

東坡應詔集卷第一

策略第一

臣聞有意而言意盡而言止者天下之至言也蓋有以一言而興邦者有三日言而不輟者一言而興邦不以爲少而加之毫毛三日言而不輟不以爲多而損之一辭古之言者盡意而不求於言信己而不役於人三代之衰學校廢缺聖人之道不明而其所以猶賢於後世者士未知有科舉之利故戰國之際其言語文章雖不能盡通於聖人而皆卓然盡於可用出於其意之所謂誠然者自漢以來世之儒者忘己以徇人務爲射策決科之學其言雖不叛於聖人而皆泛濫於辭章不適於用臣常以爲鼂董公孫之流皆有科舉之累故言有浮於其意而意有不盡於其言今 陛下承百王之弊立於極文之世而以空言取天下之士繩之以法度考之於有司臣愚不肖誠恐天下之士不獲自盡故嘗深思極慮率其意之所欲言者爲二十五篇曰略曰別曰斷雖無足取者而臣之區區以爲自始而行之以次至於終篇旣明其略而治其別然後斷之於終庶幾有益於當世臣聞天下治亂皆有常勢是以天下雖亂而聖人以爲無

難者其應之有術也水旱盜賊人民流離是安之而已也亂臣割據四分五裂是伐之而已也權臣專制擅作威福是誅之而已也四夷交侵邊鄙不寧是攘之而已也凡此數者其於害民蠹國爲不淺矣然其所以爲害者有狀是故其所以救之者有方也天下之患莫大於不知其然而然不知其然而然者是拱手而待亂也國家無大兵革幾百年矣天下有治平之名而無治平之實有可憂之勢而無可憂之形此其有未測者也方今天下非有水旱盜賊人民流離之禍而咨嗟怨憤常若不安其生非有亂臣割據四分五裂之憂而休養生息常若不足於用非有權臣專制擅作威福之弊而上下不交君臣不親非有四夷交侵邊鄙不寧之災而中國皇皇常有外憂此臣之所以大惑也今夫醫之治病切脉觀色聽其聲音而知病之所由起曰此寒也此熱也或曰此寒熱之相搏也及其他無不可爲者今且有人恍然而不樂問其所苦且不能自言則其受病有深而不可測者矣其言語飲食起居動作固無以異於常人此庸醫之所以爲無足憂而扁鵲倉公之所望而驚也其病之所由起者深則其所以治之者固非鹵莽因循苟

且之所能去也而天下之士方且掇拾三代之遺文補葺漢唐之故事以爲區區之論可以濟世不已疎乎方今之世苟不能滌蕩振刷而卓然有所立未見其可也臣嘗觀西漢之衰其君皆非有暴鷙淫虐之行特以怠惰弛廢溺于宴安畏碁月之勞而忘千載之患是以日趨于亡而不自知也夫君者天也仲尼贊易稱天之德曰天行健君子以自强不息由此觀之天之所以剛健而不屈者以其動而不息也惟其動而不息是以萬物雜然各得其職而不亂其光爲日月其文爲星辰其威爲雷霆其澤爲雨露皆生於動者也使天而不知動則其塊然者將腐壞而不能自持況能以御萬物哉苟天子一日共然奮其剛健之威使天下明知人主欲有所立則智者願効其謀勇者樂致其死縱橫顛倒無所施而不可苟人主不先自斷於中羣臣雖有伊呂稷契無如之何故臣特以人主自斷而欲有所立爲先而後論所以爲立之要云

策略二

天下無事久矣以天子之仁聖其欲有所立以爲子孫萬世之計至切也特以爲發而不中節則天下或

受其病當宁而太息者幾年于此矣蓋自近歲始柄用二三大臣而天下皆洗心滌慮以聽朝廷之所爲然而數年之間卒未有以大慰天下之望此其故何也二虜之大憂未去而天下之治終不可爲也聞之師曰應敵不暇不可以自完自完不暇不可以有所立自古創業之君皆有敵國相持之憂命將出師兵交于外而中不失其所以爲國者故其兵可敗而其國不可動其力可屈而其氣不可奪今天下一家二虜且未動也而吾君吾相終日皇皇焉應接之不暇亦竊爲執事者不取也昔者大臣之議不爲長久之計而用最下之策是以歲出金繒數十百萬以資强虜此其既往之咎不可追之悔也而議者方將深罪當時之失而不求後日之計亦無益矣臣雖不肖竊論當今之弊蓋古之爲國者不患有所費而患費之無名不患費之無名而患事之不立今一歲而費千萬是千萬而已事之不立四海且不可保而奚千萬之足云哉今者二虜不折一矢不遺一鏃走一介之使驅數乘之傳所過騷然居人爲之不寧大抵皆有非常之辭無厭之求難塞之請以觀吾之所答於是朝廷洶然大臣會議既而去未數月邊陲（一作遽）且

復告至矣由此觀之二虜之使未絕則中國未知息
肩之所而況能有所立哉臣故曰二虜之大憂未去
則天下之治終不可爲也中書者王政之所由出天
子之所與宰相論道經邦而不知其他者也非至逸
無以待天下之勞非至靜無以制天下之動故古之
聖人雖有大兵役大興作百官奔走各執其事而中
書之務不至于紛紜今者曾不得歲月之暇則夫禮
樂刑政教化之源所以使天下回心而嚮道者何時
而議也千金之家久而不治使販夫豎子皆得執劵
以誅其所負苟一朝發憤傾囷倒廩以償之然後更
爲之計則一日之資亦足以富何遽至于皇皇哉臣
嘗讀吳越世家觀勾踐困于會稽之上而行成於吳
凡金玉女子所以爲賂者不可勝計既反國而吳之
百役無不從者使大夫女女于大夫士女女于士春
秋貢獻不絕于吳府嘗竊怪其以蠻夷之國承敗亡
之後救死扶傷之餘而賂遺費耗又不可勝計如此
然卒以滅吳則爲國之患果不在費也彼其內外不
相擾是以能有所立使范蠡大夫種二人分國而制
之范蠡曰四封之外種不如蠡使蠡主之凡四封之
外所以待吳者種不知也四封之內蠡不如種使種

主之凡四封之內所以强國富民者蠡不知也二人者各專其能各致其力是以不勞而滅吳其所以賂遺于吳者甚厚而有節也是以財不匱其所以聽役于吳者甚勞而有時也是以本不搖然後勾踐得以安意肆志焉而吳國固在其指掌中矣今以天下之大而中書常有蠻夷之憂宜其內治有不辦者故臣以爲治天下不若清中書之務中書之務清則天下之事不足辦也今夫天下之財舉歸之司農天下之獄舉歸之廷尉天下之兵舉歸之樞密而宰相特持其大綱聽其治要而責成焉耳夫此三者豈少於蠻夷哉誠以爲不足以累中書也今之所以待二虜失在于過重古者有行人之官掌四方賓客之政當周之盛時諸侯四朝蠻夷戎狄莫不來享故行人之官治其登降揖讓之節牲芻委積之數而已至於周衰諸侯爭强而行人之職爲難且重春秋時秦聘於晉叔向命召行人子員子朱曰朱也當御叔向曰秦晉不和久矣今日之事幸而集秦晉賴之不集三軍暴骨其後楚伍員奔吳爲吳行人以謀楚而卒以入郢西劉之興有典屬國故賈誼曰陛下試以臣爲屬國請必係單于之頸而制其命伏中行說而笞其背舉

匈奴之衆惟上所令今若依倣行人屬國特建一官重任而厚責之使宰相於兩制之中舉其可用者而勿奪其權使大司農以每歲所以餽於二虜者限其常數而預爲之備其餘者朝廷不與知也凡吾所以遣使於虜與吾所以館其使者皆得以自擇而其非常之辭無厭之求難塞之請亦得以自答使其議不及於　朝廷而其閑暇則收羅天下之俊才治其戰攻守之策兼聽博採以周知敵國之虛實凡事關於境外者皆以付之如此則天子與宰相特因其能否而定其黜陟其實亦不甚簡歟今自宰相以下百官汎汎焉莫任其責今舉一人而捐之使日夜思所以待二虜宜無不濟者然後得以安居靜慮求天下之大計唯所欲爲將無不可者

策略第三

臣聞聖王之治天下使天下之事各當其處而不相亂天下之人各安其分而不相躐也然後天子得優游無爲而制其上今也不然夷狄抗衡本非中國之大患而每每以累朝廷是以徘徊擾攘卒不能有所立今委任而責成使西北不過爲未誅之寇則中國固吾之中國而有所不可爲哉於此之時臣知天下

之不足治也請言當今之勢夫天下有二患有立法之弊有任人之失二者疑似而難明此天下之所以亂也當立法之弊也其君必曰吾用某也而天下不治是某不可用也又從而易之不知法之弊而移咎於其人及其用人之失也又從而尤其法法之變未有已也如此則雖至於覆敗死亡相繼而不悟豈足怪哉昔者漢興因秦以爲治刑法峻急禮義消亡天下蕩然恐後世無所執守故賈誼董仲舒咨嗟歎息以立法更制爲事後世見二子之論以爲聖人治天下凡皆如此是以腐儒小生皆欲妄有所變改以惑亂世主臣竊以爲當今之患法令雖有未安而天下之所以不大治者失在於任人而非法制之罪也國家法令幾變矣天下之不大治其咎果安在哉曩者大臣之議患天下之士其進不以道而取之不精也故爲之法曰中年而舉取舊數之半而復明經之科患天下之吏無功而遷取高位而不讓也故爲之法曰當遷者有司以聞而自陳者爲有罪此二者其名甚美而其實非大有益也而議者欲以此等致天下於大治臣竊以爲過矣夫法之於人猶五聲六律之於樂也法之不能無姦猶五聲六律之不能無淫樂

也先王知其然故存其大略而付之於人苟不至於害民而不可不去者皆不變也故曰失在任人而已夫有人而不用與用而不行其言行其言而不盡其心其失一也古之興王一人而已湯以伊尹武以太公皆捐天下以與之而後伊呂得捐其一身以經營天下君不疑其臣功成而無後患是以知無不言言無不行其所欲用雖其親愛可也其所欲誅雖其讎隙可也使其心無所顧忌故能盡其才而責其成功及至後世之君始用區區之小數以繩天下之豪俊故雖有國士而莫爲之用夫賢人君子之欲有所樹立以著不朽於後世者甚於人君顧恐功未及成而有所奪祇以速天下之亂耳鼂錯之事斷可見矣夫奮不顧一時之禍決然徒欲以身試人主之威者是亦其所挾者不甚大也斯固未足與有爲而沉毅果敢之士又必有待而後發苟人主不先自去其不可測而示其可信則彼孰從而發哉慶曆中天子急於求治擢用賢者天下日夜望其成功方其深思遠慮而未有所發也雖天子亦遲之至其一旦發憤條天下之利害百未及一二而舉朝諠譁以至於逐去曾不旋踵此天下之士所以相戒而不敢深言也居今

之世而欲納天下於至治非大有所矯拂於世世俗不可以有成也何者天下獨患柔弱而不振怠惰而不肅苟且偷安而不知長久之計臣以為宜如諸葛亮之治蜀王猛之治秦使天下悚然人人不敢飾非務盡其誠凡此者皆庸人之所大惡而讒言之所由興也是故先主拒關張之間而後孔明得以盡其才符堅斬樊世逐仇騰黜席寶而後王猛得以畢其功夫天下未嘗無二子之才也而人主思治又如此之勤相須甚急而相合甚難者獨患君不信其臣臣不測其君而已矣惟天子一日慨然明告政事之臣所以欲為者使知人主之深知之也而內為之地然後敢有所發於外而不顧不然雖得賢臣千萬一日百變法天下益不可治歲復一歲而終無以大慰天下之望豈不亦甚可惜哉

策略第四

天下與執政之大臣既已相得而無疑可以盡其所懷直己而行道則夫當今之所宜先者莫如破庸人之論以開功名之門而後天下可為也治天下譬如治水方其奔衝潰決騰湧漂蕩而不可禁止也雖欲盡人力之所至以求殺其尺寸之勢而不可得及其

既衰且退也駸駸乎若不足以終日故夫善治水者不惟有難殺之憂而又有易衰之患導之有方決之有漸疏其故而納其新使不至於壅閼腐敗而無用嗟夫人知江河之有水患也而以爲沼沚之可以無憂是烏知舟楫灌溉之利哉夫天下之未平英雄豪傑之士務以其所長角奔而爭利惟恐天下一日無事也是以人人各盡其材雖不肖者亦自淬厲而不至於怠廢故其勇者相劫智者相賊使天下不安其生爲天下者知夫大亂之本起於智勇之士爭利而無厭是故天下既平則削去其具抑遠天下剛健好名之士而獎用柔懦謹畏之人不過數十年天下靡然無復往時之喜事也於是能者不自激發而無以見其能不能者益以弛廢而無用當是之時人君欲有所爲而左右前後皆無足使者是以紀綱日壞而不自知此其爲患豈特英雄豪傑之士趦趄而已哉聖人則不然當其久安於逸樂也則以術起之使天下之心翹翹然常自喜於爲善是故能安而不衰且夫人君之所恃以爲天下者天下皆爲而己不爲夫使天下皆爲而己不爲者開其利害之端而辨其榮辱之等使之踴躍奔走皆爲我役而不自知夫是以

坐而收其功也如使天下皆欲不爲而得則天子誰與共天下哉今者治平之日久矣天下之患正在於此臣故曰破庸人之論開功名之門而後天下可爲也今夫庸人之論有二其上之人務爲寬深不測之量而下之士好言中庸之道此二者皆庸人相與議論舉先賢之言而躐取其近似者以自解說其無能而已矣夫寬深不測之量古人所以臨大事而不亂有以鎮世俗之躁蓋非以隔絶上下之情養尊而自安也譽之則勸非之則沮聞善則喜見惡則怒此三代聖人之所共也而後之君子必曰譽之不勸非之不沮聞善不喜見惡不怒斯以爲不測之量不已過乎夫有勸有沮有喜有怒然後有間而可入有間而可入然後智者得爲之謀才者得爲之用後之君子務爲無間夫天下誰能入之古之所謂中庸者盡萬物之理而不過故亦曰皇極夫極盡也後之所謂中庸者循循焉爲衆人之所能爲斯以爲中庸矣此孔子孟子之所謂鄉原也一鄉皆稱原人焉無所往而不爲原人同乎流俗合乎汙世曰古之人何爲踽踽涼涼生斯世也爲斯世也善斯可矣謂其近於中庸而非故曰德之賊也孔子孟軻惡鄉原之賊夫德也

欲得狂者而見之狂者又不可見欲得狷者而見之曰狂者進取狷者有所不爲也今日之患惟不取於狂者狷者而皆取於鄉原是以若此靡靡不立也孔子子思之所從受中庸者也孟子子思所授以中庸者也然皆欲得狂者狷者而與之然則率勵天下而作其怠惰莫如狂者狷者之賢也臣故曰破庸人之論開功名之門而後天下可爲也

策略第五

其次莫若深結天下之心臣聞天子者以其一身寄之乎巍巍之上以其一心運之乎茫茫之中安而爲太山危而爲累卵其間不容毫釐是故古之聖王不恃其有可畏之資而恃其有可愛之實不恃其有不可拔之勢而恃其有不忍叛之心何則其所居者天下之至危也天子恃公卿以有其天下公卿大夫士以至於民轉相屬也以有其富貴苟不得其心而欲羈之以區區之名控之以不足恃之勢者其平居無事猶有以相制一日有急是皆行道之人掉臂而去尚安得而用之哉古之失天下者皆非一日之故其君臣之懽去已久矣適會其變是以一散而不可復收方其未也天子甚尊大夫士甚賤奔走萬里無敢

後先儼然南面以臨其臣曰天何言哉百官俯首就位斂足而退兢兢惟恐有罪羣臣相率爲久安之計賢者旣無所施其才而愚者亦有所容其不肖舉天下之事聽其自爲而已及乎事出於非常變起於不測視天下莫與同其患雖欲分國以與人而且不及矣秦二世唐德宗蓋用此術以至於顛沛而不悟豈不悲哉天下者器也天子者有此器者也器久不用而置諸篋笥則器與人不相習是以扞格而難操良工者使手習知其器而器亦習知其手手與器相信而不相疑夫是故所爲而成也天下之患非經營禍亂之足憂而養安無事之可畏何者懼其一旦至於扞格而難操也昔之有天下者日夜淬厲其百官撫摩其人民爲之朝聘會同燕享以交諸侯之歡歲時月朔致民讀法飲酒蜡臘以遂萬民之情有大事自庶人以上皆得至於外朝以盡其詞然猶以爲未也而五載一巡狩朝諸侯於方岳之下觀見其老者賢士大夫以周知其天下風俗凡此者非爲苟勞而已將以馴致服習天下之心使不至於扞格而難操也及至後世壞先王之法安於逸樂而惡聞其過是以養尊而自高務爲深嚴使天下拱手以皃相承而心

不服其老生腐儒又出而爲之說曰天子不可以妄有言也史且書之後世且以爲譏使其君臣相顧而不相知如此則偶人而已矣天下之心既去而倀倀然抱其空器而不知英雄豪傑已議其後臣嘗觀西漢之初高祖創業之際事變之興亦已繁矣而高祖以項氏創殘之餘而又與布信之徒角馳於中原此六七公者皆以絕人之姿據有土地甲兵之衆其勢足以亂然天下終以不搖卒授於漢傳十數世矣而至于元成哀平四夷嚮風兵革不試而王莽一豎子乃舉而移之不用寸兵尺鐵而天下屏息莫敢或爭此其故何也創業之君出於布衣其大臣將相皆有握手之懽凡在朝廷者皆其嘗試齊毀以知其才之短長彼其視天下如一身苟有疾痛其手足不期而自救當此之時雖有近憂而無遠患及其子孫生於深宮之中而狃於富貴之勢尊卑闊絕而上下之情疏禮節繁多而君臣之義薄是故不爲近憂而常爲遠患及其一旦固已不可救矣聖人知其然是以去苛禮而務至誠黜虛名而求實效不愛高位重祿以致山林之士而欲聞切直不隱之言者凡皆以通上下之情也昔我　太祖太宗既有天下法令簡約不

爲崖岸當時大臣將相皆得從容終日歡如平生下至士庶人亦得以自效故天下誦其言至今非有文采緣飾而開心見誠有以入人之深者此英主之奇術御天下之大權也方今治平之日久矣愚以爲宜日新盛德以鼓動天下久安怠惰之氣故陳其五事以備採擇其一曰將相之臣天子所恃以爲治者宜日夜召論天下之大計且以熟觀其爲人其二曰太守刺史　天子所寄以遠方之民者其罷歸皆當問其所以爲政民情風俗之所安亦以揣知其才之所堪其三曰左右扈從侍讀侍講之臣本以論說古今興衰之大要非以應故事備數而已經籍之外苟有以訪之無傷也其四曰吏民上書苟少有可觀者宜皆召問優慰以養其敢言之氣其五曰天下之吏自一命已上雖其至賤無以自通於　朝廷然人主之爲豈有所不可哉察其善者卒然召見之使不知其所從來如此則遠方之賤吏亦務自激發爲善不以位卑祿薄無由自通於上而不脩飾使天下習知天子樂善親賢卹民之心孜孜不勸如此翕然皆有所感發知愛於君而不可與爲不善亦將賢人衆多而姦吏衰少刑法之外有以大慰天下之心焉耳

東坡應詔集卷第一

東坡應詔集卷第二

策別第六

臣聞爲治有先後有本末嚮之所論者當今之所宜先而爲治之大凡也若夫事之利害計之得失臣請得列而言之蓋其總四其別十七一曰課百官二曰安萬民三曰厚貨財四曰訓兵旅課百官者其別有六一曰厲法禁昔者聖人制爲刑賞知天下之樂乎賞而畏乎刑也是故施其所樂者自下而上民有一介之善不終朝而賞隨之是以天下之爲善者足以知其無有不賞也施其所畏者自上而下公卿大臣有毫髮之罪不終朝而罰隨之是以上之爲不善者亦足以知其無有不罰也詩曰剛亦不吐柔亦不茹夫天下之所謂權豪貴顯而難令者此乃聖人之所借以徇天下也舜誅四凶而天下服何也此四族者天下之大族也夫惟聖人爲能擊天下之大族以服小民之心故其刑罰至於措而不用周之衰也商鞅韓非峻刑酷法以督責天下然其所以爲得者用法始於貴戚大臣而後及於疏賤故能以其國霸由此觀之商鞅韓非之刑法非舜之刑而所以用刑者舜之術也後之庸人不深原其本末而猥以舜之用刑

之術與商鞅韓非同類而棄之法禁之不行姦宄之不止由此其故也今州縣之吏受賕而鬻獄其罪至於除名而其官不足以贖則至於嬰木索受笞箠此亦天下之至辱也而士大夫或冒行之何者其心有所不服也今夫大吏之爲不善非特簿書米鹽出入之間也其位愈尊則其所害愈大其權愈重則其下愈不敢言幸而有不畏彊禦之士出力而排之又幸而不爲上下之所抑以遂成其罪則其官之所減者至於罰金蓋無幾矣夫過惡暴著于天下而罰不傷其毫毛鹵莽於公卿之間而纖悉於州縣之小吏用法如此宜其天下之不心服也用法而不服其心雖刀鋸斧鉞猶將有所不避而況於木索笞箠哉方今法令至繁觀其所以防姦之具一舉足且入其中而大吏犯之不至於可畏其故何也天下之議者曰古者之制刑不上大夫大臣不可以法加也嗟夫刑不上大夫者豈曰大夫以上有罪而不刑歟古之人君責其公卿大臣至重而待其士庶人至輕也責之至重故其所以約束之者愈寬待之至輕故其所以隄防之者甚密夫所貴乎大臣者惟不待約束而後免於罪戾也是故約束愈寬而大臣益以畏法何者其

心以爲人君之不我疑而不忍欺也苟幸不疑而輕犯法則固已不容於誅矣故夫大夫以上有罪不從於訊鞫論報如士庶人之法斯以爲刑不上大夫而已矣天下之吏自一命以上其蒞官臨民苟有罪皆書於其所謂歷者而至於館閣之臣出爲郡縣者則遂罷去此真聖人之意欲有以重責之也柰何其與士庶人較罪之輕重而又以其爵減耶夫律有罪而得以首免者所以開盜賊小人自新之塗而今之卿大夫有罪亦得以首免是以盜賊小人待之歟天下惟其無罪也是以罰不可得而加如知其有罪而特免其罰則何以令天下今夫大臣有不法或者既以舉之而詔曰勿推此何爲者也聖人爲天下豈容有此曖昧而不決故曰厲法禁自大臣始則小臣不犯矣

策別七

其二曰抑僥倖夫所貴乎人君者予奪自我而不牽於衆人之論也天下之學者莫不欲仕仕者莫不欲貴如從其欲則舉天下皆貴而後可惟其不可從也是故仕不可以輕得而貴不可以易致此非有所吝也爵祿出乎我者也我以爲可予而予之我以爲可

奪而奪之彼雖有言者不足畏也天下有可畏者賦斂不可以不均刑罰不可以不平守令不可以不擇此誠足以致天下之安危而可畏者也我欲慎爵賞愛名器而囂囂者以爲不可是烏足卹哉國家自近歲以來吏多而闕少率一官而三人共之居者一人去者一人而伺之者又一人是一官而有二人者無事而食也且其蒞官之日淺而閑居之日長以其蒞官之所得而爲閑居仰給之資是以貪吏常多而不可禁此用人之大弊也古之用人者取之至寬而用之至狹取之至寬故賢者不隔用之至狹故不肖者無所容記曰司馬辨論官材論進士之賢者以告于王而定其論論定然後官之任官然後爵之位定然後祿之然則是取之者未必用也今之進士自二人以下者皆試官夫試之者豈一官之謂哉固將有所廢置焉耳 國家取人有制策有進士有明經有詞科有任子有府史雜流凡此者雖衆無害也其終身進退之決在乎召見改官之日此尤不可以不愛惜慎重者也今之議者不過曰多其資考而責之以舉官之數且彼有勉强而已資考既足而舉官之數亦以及格則將執文墨以取必於我雖千百爲輩莫敢

不盡與臣竊以爲今之患正在於任文太過是以爲一定之制使天下可以歲月必得甚可惜也方今之便莫若使吏六考以上皆得以名聞于吏部吏部以其資考之遠近舉官之衆寡而次第其名然後使一二大臣雜治之參之以其才器之優劣而定其等歲終而奏之以詔天子廢置度天下之吏每歲以物故罷免者幾人而增損其數以所奏之等補之及數而止使其予奪亦雜出于賢不肖之間而無有一定之制則天下之吏不敢有必得之心將自奮厲磨淬以求聞于時而向之所謂用人之大弊者將不勞而自去然而議者必曰法不一定而以才之優劣爲差則是好惡之私有以啓之也臣以爲不然夫法者本以存其大綱而其出入變化固將付之於人昔者唐有天下舉進士者羣至於有司之門唐之制惟有司之信也是故有司得以搜羅天下之賢俊而習知其爲人至於一日之試則固已不取也唐之得人於斯爲盛今以名聞於吏部者每歲不過數十百人使一二大臣得以訪問參考其才雖有失者蓋已寡矣如必曰任法而不任人天下之人必不可信則夫一定之制臣亦未知其果不可以爲姦也

策別八

其三曰決壅蔽所貴乎朝廷清明而天下治平者何也天下不訴而無冤不謁而得其所欲此堯舜之盛也其次不能無訴訴而必見察不能無謁謁而必見省使遠方之賤吏不知朝廷之高而一介之小民不識官府之難而後天下治今夫一人之身有一心兩手而已痛疾苛癢動於百體之中雖其甚微不足以爲患而手隨至夫手之至豈其一一而聽之心哉心之所以素愛其身者深而手之所以素聽於心者熟是故不待使令而率然以自至聖人之治天下亦如此而已百官之衆四海之廣使其關節脉理相通爲一叩之而必聞觸之而必應夫是以天下可使爲一身天子之貴士民之賤可使相愛憂患可使同緩急可使救今也不然天下有不幸而訴其冤如訴之於天有不得已而謁其所欲如謁之於鬼神公卿大臣不能究其詳悉而付之於胥吏故凡賄賂先至者朝請而夕得徒手而來者終年而不獲至於故常之事人之所當得而無疑者莫不務爲留滯以待請屬舉天下一毫之事非金錢無以行之昔者漢唐之弊患法不明而用之不密使吏得以空虛無據之法

而繩天下故小人得以法爲姦今也法令明具而用之至密舉天下惟法之知所欲排者有小不如法而可指以爲瑕所欲與者雖有所乖戾而可借法以爲解故小人以法爲姦今天下所爲多事者豈事之誠多耶吏欲有所鬻而未得則新故相仍紛然而不決此王化之所以壅遏而不行也昔桓文之霸百官承職不待教令而辨四方之賓至不求有司王猛之治秦事至纖悉莫不盡舉而人不以爲煩蓋史之所記麻思還冀州請於猛猛曰速裝行矣至暮而符下及出關郡縣皆已被符其令行禁止而無留事者至于纖悉莫不皆然符堅以戎狄之種至爲霸王兵彊國富垂及升平者猛之所爲固宜其然也今天下治安大吏奉法不敢顧私而府史之屬招權鬻法長吏心知而不問以爲當然此其弊有二而已事繁而官不勤故權在胥吏欲去其弊也莫如省事而厲精省事莫如任人厲精莫如自上率之今之所謂至繁天下之事關於其中訴之者多而謁之者衆莫如中書與三司天下之事分于百官而中書聽其治要郡縣之錢幣制于轉運使而三司受其會計此宜若不至於繁多然中書不待奏課以定其黜陟而關預其事則

是不任有司也三司之吏推析贏虛至于毫毛以繩郡縣則是不任轉運使也故曰省事莫如任人古之聖王愛日以求治辨色而視朝苟少安焉而至于日出則終日爲之不給以少而言之一日而廢一事一月則可知也一歲則事之積者不可勝數矣欲事之無繫則必勞於始而逸於終晨興而晏罷天子未退則宰相不敢歸安于私第宰相日昃而不退則百官莫不震悚盡力於王事而不敢宴游如此則纖悉隱微莫不舉矣天子求治之勤過于先王而議者不稱王季之晏朝而稱舜之無爲不論文王之日昃而論始皇之量書此何以率天下之怠耶臣故曰厲精莫如自上率之則壅蔽決矣

策別九

其四曰專任使夫吏之與民猶工人之操器易器而操之其始莫不齟齬而不相得是故雖有長材異能之士朝夕而去則不如庸人之久且便也自漢至今言吏治者皆推孝文之時以爲任人不可以倉卒而責其成效又其三歲一遷吏不爲長遠之計則其所施設一切出於苟簡此天下之士爭以爲言而臣知其未可以卒行也夫天下之吏惟其病多而未有以

處也是以擾擾在此如使五六年或七八年而後遷則將有十年不得調者矣　朝廷方將減任子清冗官則其行之當有所待而臣以爲當今之弊有甚不可者夫京兆府天下之所觀望而化王政之所由始也四方之衝兩河之交舟車商賈之所聚金玉錦繡之所積故其民不知有耕稼織紝之勞富貴之所移貨利之所眩故其民不知有恭儉廉退之風以書數爲終身之能以府史賤吏爲鄉黨之榮故其民不知有儒學講習之賢夫是以獄訟繁滋而姦不可止爲治者益以苟且而不暇及於教化四方觀之使風俗日以薄惡未始不由此也今夫爲京兆者戴星而出見燭而入案牘笞箠交乎其前拱手而待命者足相躡乎其庭持詞而來訴者肩相摩乎其門憧憧焉不知其爲誰一訊而去得罪者不知其得罪之由而無罪者亦不知其無罪之實如此則刑之不服赦之不悛獄訟之繁未有已也夫大司農者天下之所以贏虛外計之所從受命也其財賦之出入簿書之交錯縱橫變化足以爲姦而不可推究上之人不能盡知而付吏吏分職乎其中者以數十百人其耳目足以及吾之所不及是以能者不過粗知其大綱而不能

者惟吏之聽賄賂交乎其門四方之有求者聚乎其家天下之大弊無過此二者臣竊以爲省府之重其擇人宜精其任人宜久凡今之弊皆不精不久之故何則天下之賢者不可以多得而賢者之中求其治繁者又不可以人人而能也幸而有一人焉又不久而去夫世之君子苟有志於天下而欲爲長遠之計者則其效不可以朝夕見其始若迂闊而其終必將有所可觀今期月不報政則 朝廷以爲是無能爲者不待其成而去之而其翕然見稱于人者又以爲有功而擢爲兩府然則是爲省府者能與不能皆不得久也夫以省府之繁終歲不得休息 朝廷既以汲汲而去之而其人亦莫不汲汲而求去夫吏胥者皆老於其局長子孫於其中以汲汲求去之人而御長子孫之吏此其相視如客主之勢宜其姦弊不可得而去也省府之位不爲卑矣苟有能者而老于此不爲不用矣古之用人者知其久勞于位則時有以賜予勸獎之以厲其心不聞其驟遷以奪其成効今天下之吏縱未能一概久而不遷至于省府亦不可以倉卒而去吏知其久居而不去也則其欺詐固已少衰矣而其人亦得深思熟慮周旋於其間不過十

年將必有卓然可觀者也

策別十

其五曰無責難無責難者將有所深責也昔者聖人之立法使人可以過而不可以不及何則其所求於人者衆人之所能也天下有能爲衆人之所不能者固無以加矣而不能者不至於犯法夫如此而猶有犯者然後可以深懲而決去之由此而言則聖人之所以不責人之所不能者將以深責乎人之所能也後之立法者異於是責人以其所不能而其所能者不深責也是以其法不可行而其事不立夫事不可以兩立也聖人知其然是故有所取必有所捨有所禁必有所寬寬之則其禁必止捨之則其取必得今夫天下之吏不可以人人而知也故使長吏舉之又恐其舉之以私而不得其人也故使長吏任之他日有敗事則以連坐其過惡重者其罰均且夫人之難知自堯舜病之矣今日爲善而明日爲惡猶不可保況於十數年之後其幼者已壯其壯者已老而猶執其一時之言使同被其罪不已過乎天下之人仕而未得志也莫不勉強爲善以求舉惟其既已改官而無憂是故蕩然無所不至方其在州縣之中長吏親

見其廉謹勤幹之節則其勢不可以不舉彼又安知其終身之所爲哉故曰今之法責人以其所不能者謂此也一縣之長察一縣之屬一郡之長察一郡之屬職司者察其屬郡者也此三者其屬無幾耳其貪其廉其寬猛其能與不能不可謂不知也今且有人牧牛羊者而不知其肥瘠是可復以爲牧人歟夫爲長而屬之不知則此固可以罷免而無足惜者今其屬官有罪而其長不即以聞他日有以告者則其長不過爲失察而去官者又以不坐夫失察天下之微罪也職司察其屬郡郡縣各察其屬此非人之所不能而罰之甚輕亦可怪也今之世所以重發贓吏者何也夫吏之貪者其始必詐廉以求舉舉者皆王公貴人其下者亦卿大夫之列以身任之居官者莫不愛其同類等夷之人故其樹根牢固而不可動連坐者常六七人甚者至十餘人此如盜賊質劫良民以求苟免耳爲法之弊至於如此亦可變矣如臣之策以職司守令之罪罪舉官以舉官之罪罪職司守令今使舉官與所舉之罪均縱又加之舉官亦無如之何終不能逆知終身之廉者而後舉特推之於幸不幸而已苟以其罪罪職司守令彼其勢誠有以督察

之臣知貪吏小人無容足之地又何必於舉官焉覈之

東坡應詔集卷第二

東坡應詔集卷第三

策別十一

其六曰無沮善昔者先王之爲天下必使天下欣欣然常有無窮之心力行不倦而無自弃之意夫惟自弃之人則其爲惡也甚毒而不可解是以聖人畏之設爲高位重祿以待能者使天下皆得踴躍自奮扳援而來惟其才之不逮力之不足是以終不能至於其間而非聖人塞其門絕其途也夫然故一介之賤吏閭閻之匹夫莫不奔走於善至於老死而不知休息此聖人以術驅之也天下苟有甚惡而不可忍也聖人既已絕之則屏之遠方終身不齒此非獨不仁也以爲既已絕之彼將一旦肆其毒以殘害吾民是故絕之則不用用之則不絕既已絕之又復用之則是驅之於不善而又假之以其具也無所望而爲善無所愛惜而不爲惡者天下一人而已矣以無所望之人而責其爲善以無所愛惜之人而求其不爲惡又付之以人民則天下知其不可也世之賢者何嘗之有或出於賈豎賤人甚者至於盜賊往往而是而儒生貴族世之所望爲君子者或至於放肆不軌小民之不若聖人知其然是故不逆定於其始進之時

而徐觀其所試之効使天下無必得之心亦無必不可得之道天下知其不可以必得也然後勉強於功名而不敢僥倖知其不至於必不可得也然後有以自慰其心久而不懈嗟夫聖人之所以鼓舞天下之人日化而不自知者此其爲術歟後之爲政者則不然用人以必得而絕人以必不可得此其意以爲進賢而退不肖然天下之弊莫甚於此今夫制策之及等進士之高第皆以一日之間而決取終身之富貴此雖一時之文而未知其臨事之能否則其用之不已太遽乎天下有用人而絕之者三州縣之吏苟非有大過而不可復用則其他犯法皆可使竭力爲善以自贖而今世之法一陷於罪戾則終身不遷使之不自聊賴而疾視其民肆意妄行而無所顧惜此其初未必小人也不幸而陷於其中途窮而無所入則遂以自弃府史賤吏爲國者知其不可闕也是故歲久則補以外官以其所從來之卑也而限其所至則其中雖有出羣之才終亦不得齒於士大夫之列夫人出身而仕者將以求貴也貴不可得而至矣則將惟富之求此其勢然也如是則雖至於鞭笞戮辱而不足以禁其貪故夫此二者苟不可以遂弃則宜有

以少假之也入貲而仕者皆得補郡縣之吏彼知其終不得遷亦將逞其一時之欲無所不至夫此誠不可以遷也則是用之之過而已臣故曰絶之則不用用之則不絶此三者之謂也

策別十二

安萬民者其別有六一曰敦教化夫聖人之於天下所恃以爲牢固不拔者在乎天下之民可與爲善而不可與爲惡也昔者三代之民見危而授命見利而不忘義此非必有爵賞勸乎其前而刑罰驅乎其後也其心安於爲善而忸怩於不義是故有所不爲夫民知有所不爲則天下不可以敵甲兵不可以威利祿不可以誘可殺可辱可飢可寒而不可與叛此三代之所以享國長久而不拔也及至秦漢之世其民見利而忘義見危而不能授命法禁之所不及則巧僞變詐無所不爲疾視其長上而幸其災因之以水旱加之以盜賊則天下枵然無復天子之民矣世之儒者常有言曰三代之時其所以教民之具甚詳且密也學校之制射饗之節冠昏喪祭之禮粲然莫不有法及至後世教化之道衰而盡廢其具是以若此無恥也然世之儒者蓋亦嘗以此等教天下之民矣

而卒以無效使民好文而益媮飾詐而相高則有之矣此亦儒者之過也臣愚以爲若此者皆好古而無術知有教化而不知名實之所存者也實者所以信其名而名者所以求其實也有名而無實則其名不行有實而無名則其實不長凡今儒者之所論皆其名也昔武王既克商散財發粟使天下知其不貪禮下賢俊使天下知其不驕封先聖之後使天下知其仁誅飛廉惡來使天下知其義如此則其教化天下之實固已立矣天下聳然皆有忠信廉恥之心然後文之以禮樂教之以學校觀之以射饗而謹之以冠昏喪祭民是以目擊而心諭安行而自得也及至秦漢之世專用法吏以督責其民至于今千有餘年而民日以貪冒嗜利而無恥儒者乃始以三代之禮所謂名者而繩之彼見其登降揖讓盤辟俯僂之容則掩口而竊笑聞鐘鼓管磬希夷嘽緩之音則驚顧而不樂如此而欲望其遷善遠罪不已難乎臣愚以爲宜先其實而後其名擇其近於人情者而先之今夫民不知信則不可與久居於安民不知義則不可與同處於危平居則欺其吏而有急則叛其君此教化之實不至天下之所以無變者幸也欲民之知信則

莫若務實其言欲民之知義則莫若務去其貪往者河西用兵而家人子弟皆籍以爲軍其始也官告以權時之宜非久役者如是當復爾業少焉皆刺其額無一人得免自寶元以來諸道以兵興爲辭而增賦者至今皆不爲除去夫如是將何以禁小民之詐欺哉夫所貴乎縣官之尊者爲其恃於四海之富而不爭於錐刀之末也其與民也優其取利也緩古之聖人不得已而取則時有所置以明其不貪何者小民不知其說而惟貪之知今雖鳴而起百工雜作匹夫入市操挾尺寸吏且隨而稅之扼吭拊背以收絲毫之利古之設官者求以裕民今之設官者求以勝民賦斂有常限而以先期爲賢出納有常數而以羨息爲能天地之間苟可以取者莫不有禁求利太廣而用法太密故民日趨於貪臣愚以爲難行之言當有所必行而可取之利當有所不取以教民信而示之義若曰國用不足而未可以行則臣恐其失之多於得也

策別十三

其二曰勸親睦夫民相與親睦者王道之始也昔三代之制畫爲井田使其比閭族黨各相親愛有急相

賙有喜相慶死喪相恤疾病相養是故其民安居而事則往來懽欣而獄訟不生有寇而戰則同心并力而緩急不離自秦漢以來法令峻急使民離其親愛懽欣之心而爲隣里告訐之俗富人子壯則出居貧人子壯則出贅一國之俗而家各有法一家之法而人各有心紛紛乎散亂而不相屬是以禮讓之風息而爭鬬之獄繁天下無事則務爲欺詐相傾以自成天下有變則流徙渙散相弃以自存嗟夫秦漢以下天下何其多故而難治也此無他民不愛其身則輕犯法輕犯法則王政不行欲民之愛其身則莫若使其父子親兄弟和妻子相好夫民仰以事父母旁以睦兄弟而俯以卹妻子則其所賴於生者重而不忍以其身輕犯法三代之政莫尚於此矣今欲教民和親則其道必始於宗族臣欲復古之小宗以收天下不相親屬之心古者有大宗小宗故禮曰別子爲祖繼別爲宗繼禰者爲小宗有百世不遷之宗有五世則遷之宗百世不遷者別子之後也宗其繼別子之所自出者百世不遷者也宗其繼高祖者五世則遷者也古者諸侯之子弟異姓之卿大夫始有家者不敢禰其父而自使其嫡子後之則爲大宗族人宗之

雖百世而宗子死則爲之服齊衰九月故曰宗其繼別子之所自出者百世不遷者也別子之庶子又不得禰別子而自使其嫡子爲後則爲小宗小宗五世之外則無服其繼禰者親兄弟爲之服其繼祖者從兄弟爲之服其繼曾祖者再從兄弟爲之服其繼高祖者三從兄弟爲之服其服大功九月而高祖以外親盡則易宗故曰宗其繼高祖者五世則遷者也小宗四有繼高祖者有繼曾祖者有繼祖者有繼禰者與大宗爲五此所謂五宗也古者立宗之道嫡子既爲宗則其庶子之嫡子又各爲其庶子之宗其法止於四而其實無窮自秦漢以來天下無世卿大宗之法不可以復立而其可以收合天下之親者有小宗之法存而莫之行此甚可惜也今夫天下所以不重族者有族而無宗也有族而無宗則族不可合族不可合則雖欲親之而無由也族人而不相親則忘其祖矣今世之公卿大臣賢人君子之後所以不能世其家如古之久遠者其族散而忘其祖也故莫若復小宗使族人相率而尊其宗子宗子死則爲之加服犯之則以其服坐貧賤不敢輕而富貴不敢以加之冠昏必告喪葬必赴此非有所難行也今夫良民之

家士大夫之族亦未必無孝弟相親之心而族無宗
子莫爲之糾率其勢不得相親是以世之人有親未
盡而不相往來冠昏不相告死不相赴而無知之民
遂至於父子異居而兄弟相訟然則王道何從而興
乎嗚呼世人之患在於不務遠見古之聖人合族之
法近於迂闊而行之期月則望其有益故夫小宗之
法非行之難而在乎久而不怠也天下之民欲其忠
厚和柔而易治其必自小宗始矣

策别十四

其三曰均戶口夫中國之地足以食中國之民有餘
也而民常病於不足何哉地無變遷而民有聚散聚
則爭於不足之中而散則弃於有餘之外是故天下
常有遺利而民用不足昔者三代之制度地以居民
民各以其夫家之衆寡而受田于官一夫而百畝民
不可以多得尺寸之地而地亦不可以多得一介之
民故其民均而地有餘當周之時四海之內地方千
里者九而京師居其一有田百同而爲九百萬夫之
地山陵林麓川澤溝瀆城郭宮室塗巷三分去一爲
六百萬夫之地又以上中下田三等而通之以再易
爲率則王畿之內足以食三百萬之衆以九州言之

則是二千七百萬夫之地也而計之以下農夫一夫之地而食五人則是萬有三千五百萬人可以仰給於其中當成康刑措之後其民極盛之時九州之籍不過千三萬四千有餘夫地以十倍而民居其一故穀常有餘而地力不耗何者均之有術也自井田廢而天下之民轉徙無常惟其所樂則聚以成市側肩躡踵以爭尋常挈妻負子以分升合雖有豐年而民無餘蓄一遇水旱則弱者轉於溝壑而强者聚爲盜賊地非不足而民非加多也蓋亦不得均民之術而已夫民之不均其弊有二上之人賤農而貴末忽故而重新則民不均夫民之爲農者莫不重遷其墳墓廬舍桑麻果蔬牛羊耒耜皆爲子孫百年之計惟其百工技藝游手浮食之民然後可以懷輕資而極其所往是故上之人賤農而貴末則農人釋其耒耜而游於四方擇其所樂而居之其弊一也凡人之情怠於久安而謹於新集水旱之後盜賊之餘則莫不輕刑罰薄稅斂省力役以懷逋逃之民而其久安而無變者則不肯無故而加卹是故上之人忽故而重新則其民稍稍引去聚於其所重之地以至於衆多而不能容其弊二也臣欲去其二弊而開其二利以均

斯民昔者聖人之興作也必因人之情故易爲功必
因時之勢故易爲力今欲無故而遷徙安居之民分
多而益寡則怨謗之門盜賊之端必起於此未享其
利而先被其害臣愚以爲民之情莫不懷土而重去
惟士大夫出身而仕者狃於遷徙之樂而忘其鄉昔
漢之制吏二千石皆徙諸陵今之計可使天下之吏
仕至某者皆徙荆襄唐鄧許汝陳蔡之間今士大夫
無不樂居於此者顧恐獨往而不能濟彼見其儕類
等夷之人莫不在焉則其去惟恐後耳此所謂因人
之情夫天下不能歲歲而豐也則必有飢饉流亡之
所民方其困急時父子且不能相顧又安知去鄉之
爲戚哉當此之時募其樂徙者而使所過廩之費不
甚厚而民樂行此所謂因時之勢然此二者皆授其
田貸其耘耕之具而緩其租然後可以固其意夫如
是天下之民其庶乎有息肩之漸也

策別十五

其四曰較賦役自兩稅之興因地之廣狹瘠腴而制
賦因賦之多少而制役其初蓋甚均也責之厚賦則
其財足以供署之重役則其力足以堪何者其輕重
厚薄一出於地而不可易也戶無常賦視地以爲賦

人無常役視賦以爲役是故貧者鬻田則賦輕而富者加地則役重此所以度民力之所勝亦所以破兼幷之門而塞僥倖之源也及其後世歲月既久則小民稍稍爲姦度官吏耳目之所不及則雖有法禁公行而不忌今夫一戶之賦官知其爲賦之多少而不知其爲地之幾何也如此則增損出入惟其意之所爲官吏雖明法禁雖嚴而其勢無由以止絕且其爲姦常起於貿易之際夫鬻田者必窮迫之人而所從鬻者必富厚有餘之家富者恃其有餘而邀之貧者迫於飢寒而欲其速售是故多取其地而少入其賦有田者方其貧困之中苟可以緩一時之急則不暇計其他日之利害故富者地日以益而賦不加多貧者地日以削而賦不加少又其姦民欲以計免於賦役者割數畝之地加之以數倍之賦而收其少半之直或者亦貪其直之微而取焉是以數十年來天下之賦大抵淆亂有兼幷之族而賦甚輕有貧弱之家而不免於重役以至於破敗流移而不知其所往其賦存而其人亡者天下皆是也夫天下不可以有僥倖也天下有一人焉僥倖而免則亦必有一人焉不幸而受其弊今天下僥倖者如此之衆則其不幸而

受其弊者從亦可知矣三代之賦以什一爲輕今之
法本不至於什一而取然天下嘵嘵然以賦歛爲病
者豈其歲久而姦生偏重而不均以至於此歟雖然
天下皆知其爲患而不能去何者勢不可也今欲按
行其地之廣狹瘠腴而更制其賦之多寡則姦吏因
緣爲賄賂之門其廣狹瘠腴亦將一切出於其意之
喜怒則患益深是故士大夫畏之而不敢議而臣以
爲此最易見者顧弗之察耳夫易田者必有契契必
有所直之數其所直之數必得其廣狹瘠腴之實而
官必據其所直之數而取其易田之稅是故欲知其
地之廣狹瘠腴可以其稅推也久遠者不可復知矣
其數十年之間皆足以推較求之故府猶可得而見
苟其稅多者則知其直多其直多者則知其田多且
美也如此而其賦少其役輕則夫人亡而賦存者可
以有均矣鬻田者皆以其直之多少而詰其賦重爲
之禁而使不敢以不實之直而書之契則夫自今以
往者貿易之際爲姦者其少息矣要以知凡地之所
直與凡賦之所宜多少而以稅參之如此則一持籌
之吏坐於帳中足以周知四境之虛實不過數月而
民得以少蘇不然十數年之後將不勝其弊重者日

以輕而輕者日以重而未知其所終也

東坡應詔集卷第二

東坡應詔集卷第四

策別十六

其五曰教戰守夫當今生民之患果安在哉在於知安而不知危能逸而不能勞此其患不見於今將見於他日今不爲之計其後將有所不可救者昔者先王知兵之不可去也是故天下雖平不敢忘戰秋冬之隙致民田獵以講武教之以進退坐作之方使其耳目習於鐘鼓旌旗之間而不亂使其心志安於斬刈殺伐之際而不懾是以雖有盜賊之變而民不至於驚潰及至後世用迂儒之議以去兵爲王者之盛節天下既定則卷甲而藏之數十年之後甲兵頓弊而人民日以安於佚樂卒有盜賊之警則相與恐懼訛言不戰而走開元天寶之際天下豈不大治惟其民安於太平之樂酣豢於游戲酒食之間其剛心勇氣消耗鈍眊痿蹶而不復振是以區區之祿山一出而乘之四方之民獸奔鳥竄乞爲囚虜之不暇天下分裂而唐室因以微矣蓋嘗試論之天下之勢譬如一身王公貴人所以養其身者豈不至哉而其平居常苦於多疾至於農夫小民終歲勞苦而未嘗告疾此其故何也夫風雨霜露寒暑之變此疾之所由生

也農夫小民盛夏力作而窮冬暴露其筋骸之所衝犯肌膚之所浸漬輕霜露而狎風雨是故寒暑不能爲之毒今王公貴人處於重屋之下出則乘輿風則襲裘雨則御蓋凡所以慮患之具莫不備至畏之太甚而養之太過小不如意則寒暑入之矣是故善養身者使之能逸而能勞步趨動作使其四體狃於寒暑之變然後可以剛健强力涉險而不傷夫民亦然今者治平之日久天下之人驕惰脆弱如婦人孺子不出於閨門論戰鬭之事則縮頸而股慄聞盜賊之名則掩耳而不願聽而士大夫亦未嘗言兵以爲生事擾民漸不可長此不亦畏之太甚而養之太過歟且夫天下固有意外之患也愚者見四方之無事則以爲變故無自而有此亦不然矣今國家所以奉西北之虜者歲以百萬計奉之者有限而求之者無厭此其勢必至於戰戰者必然之勢也不先於我則先於彼不出於西則出於北所不可知者有遲速遠近而要以不能免也天下苟不免於用兵而用之不以漸使民於安樂無事之中一旦出身而蹈死地則其爲患必有所不測故曰天下之民知安而不知危能逸而不能勞此臣所謂大患也臣欲使士大夫尊尚

武勇講習兵法庶人之在官者教以行陣之節役民之司盜者授以擊刺之術每歲終則聚之郡府如古都試之法有勝負賞罰而行之既久則又以軍法從事然議者必以爲無故而動民又悚以軍法則民將不安而臣以爲此所以安民也天下果未能去兵則其一旦將以不教之民而驅之戰夫無故而動民雖有小恐然孰與夫一旦之危哉今天下屯聚之兵驕豪而多怨陵壓百姓而邀其上者何故此其心以爲天下之知戰者惟我而已如使平民皆習於兵彼知有所敵則固已破其姦謀而折其驕氣利害之際豈不亦甚明歟

策別十七

其六曰去姦民自昔天下之亂必生於治平之日休養生息而姦民得容於其間蓄而不發以待天下之釁至於時有所激勢有所乘則潰裂四出不終朝而毒流於天下聖人知其然是故嚴法禁督官吏以司察天下之姦民而去之夫大亂之本必起於小姦惟其小而不足畏是故其發也常至於亂天下今夫世人之所憂以爲可畏者必曰豪俠大盜此不知變者之說也天下無小姦則豪俠大盜無以爲資且其治

平無事之時雖欲爲大盜將安所容其身而其殘忍貪暴之心無所發洩則亦時出爲盜賊聚爲博奕羣飲於市肆而叫號於郊野小者呼雞逐狗大者椎牛發塚無所不至捐父母棄妻孥而相與嬉游凡此者舉非小盜也天下有釁鉏耰棘矜相率而剽奪者皆鄉之小盜也昔三代之聖王果斷而不疑誅除擊去無有遺類所以擁護良民而使安其居及至後世刑法日以深嚴而去姦之法乃不及於三代何者待其敗露自入於刑而後去也夫爲惡而不入於刑者固已衆矣有終身爲不義而其罪不可指名以附於法者有巧爲規避持吏短長而不可詰者又有因緣幸會而免者如必待其自入於刑則其所去者蓋無幾耳昔周之制民有罪惡未麗於法而害於州里者桎梏而坐諸嘉石重罪役之期以次輕之其下罪三月役使州里任之然後宥而舍之其化之不從威之不格患苦其鄉之民而未入於五刑者謂之罷民凡罷民不使冠帶而加明刑任之以事而不齒於鄉黨由是觀之則周之盛時日夜整齊其人民而鋤去其不善譬如獵人終日馳驅踐蹂於草茅之中搜求伏兎而搏之不待其自投於網羅而後取也夫然故小惡

不容於鄉大惡不容於國禮樂之所以易化而法禁之所以易行者由此之故也今天下久安天子以仁恕爲心而士大夫一切以寬厚爲稱上意而懦夫庸人又有所僥倖務出罪人外以邀雪寃之賞而內以待陰德之報臣是以知天下頗有不誅之姦將爲子孫憂宜明敕天下之吏使以歲時糾察凶民而徙其尤無良者不必待其自入於刑而間則命使出按郡縣有子不孝有弟不悌好訟而數犯法者皆誅無赦誅一鄉之姦則一鄉之人悅誅一國之姦則一國之人悅要以誅寡而悅衆則雖舜亦如此而已矣天下有三患而變夷之憂不與焉有內大臣之變有外諸侯之叛有匹夫羣起之禍此三者其勢常相持內大臣有權則外諸侯不叛外諸侯强則匹夫羣起之禍不作今者內無權臣外無强諸侯而萬世之後其或可憂者姦民也臣故曰去姦民以爲安民之終云

策別十八

厚貨財者其別有七一曰省費用夫天下未嘗無財也昔周之興文王武王之國不過百里當其受命四方之君長交至於其廷軍旅四出以征伐不義之諸侯而未嘗患無財方此之時關市無征山澤不禁取

於民者不過什一而財有餘及其衰也內食千里之租外收千八百國之貢而不足於用由此觀之夫財豈有多少哉人君之於天下俯己就人則易爲功仰人以援己則難爲力是故廣取以給用不如節用以廉取之爲易也臣請得以小民之家而推之夫民方其窮困時所望不過十金之資計其衣食之費妻子之奉出入於十金之中寬然而有餘及其一旦稍稍畜聚衣食既足則心意之欲日以漸廣所入益衆而所欲益以不給不知罪其用之不節而以爲求之未至也是以富而愈貪求愈多而財愈不供此其爲惑未可以知其所終也盍亦反其始而思之夫嚮者豈能寒而不衣飢而不食乎今天下汲汲乎以財之不足爲病何以過此　國家創業之初四方割據中國之地至狹也然歲歲出師以誅討僭亂之國南取荆楚西平巴蜀而東下并潞其費用之衆又百倍於今可知也然天下之士未嘗思其始而惴惴焉患今世之不足則亦甚惑矣夫爲國有三計有萬世之計有一時之計有不終月之計古者三年耕必有一年之畜以三十年之通則可以九年無飢也歲之所入足用而有餘是以九年之畜常閒而無用卒有水旱之

變盜賊之憂則官可以自辦而民不知若此者天不能使之災地不能使之貧四夷盜賊不能使之困此萬世之計也而其不能者一歲之入纔足以爲一歲之出天下之產僅足以供天下之用其平居雖不至於虐取其民而有急則不免於厚賦故其國可靜而不可動可逸而不可勞此亦一時之計也至於最下而無謀者量出以爲入用之不給則取之益多天下晏然無大患難而盡用衰世苟且之法不知有急則將何以加之此所謂不終月之計也今天下之利莫不盡取山陵林麓莫不有禁關有征市有租鹽鐵有榷酒有課茶有算則凡衰世苟且之法莫不盡用矣譬之於人其少壯之時豐健武勇然後可以望其無疾以至於壽考今未五六十而衰老之候俱見而無遺若八九十者將何以待其後耶然天下之人方且窮思竭慮以廣求利之門且人而不急則以爲費用不可復省使天下而無鹽鐵酒茗之稅將不爲國乎臣有以知其不然也天下之費固有去之甚易而無損存之甚難而無益者矣臣不能盡知請舉其所聞而其餘可以類求焉夫無益之費名重而實輕以不急之實而被之以莫大之名是以疑而不敢去三歲

而郊郊而赦赦而賞此縣官有不得已者天下吏士數日而待賜此誠不可以卒去至于大吏所謂股肱耳目與縣官同其憂樂者此豈亦不得已而有所畏耶天子有七廟今又飾老佛之宮而爲之祠固已過矣又使大臣以使領之歲給以巨萬計此何爲者也天下之吏爲不少矣將患未得其人苟得其人則凡民之利莫不備舉而其患莫不盡去今河水爲患不使濱河州郡之吏親行其災而責之以救災之術顧爲都水監夫四方之水患豈其一人坐籌於京師而盡其利害天下有轉運使足矣今江淮之間又有發運祿賜之厚徒兵之衆其爲費豈可勝計哉蓋嘗聞之里有畜馬者患牧人欺之而盜其芻菽也又使一人焉爲之廄長廄長立而馬益癯今爲政不求其本而治其末自是而推之天下無益之費不爲不多矣臣以爲凡若此者日求而去之自毫氂以往莫不有益惟無輕其毫氂而積之則天下庶乎少息也

策別十九

其二曰定軍制自三代之衰井田廢兵農異處兵不得休而爲民民不得息肩而無事於兵者千有餘秊而未有如今日之極者也三代之制不可復追矣至

於漢唐猶有可得而言者夫兵無事而食則不可使聚聚則不可使無事而食此二者相勝而不可並行其勢然也今夫有百頃之閒田則足以牧馬千駟而不知其費聚千駟之馬而輸百頃之芻則其費百倍此易曉也昔漢之制有踐更之卒而無營田之兵雖皆出於農夫而方其為兵也不知農夫之事是故郡縣無常屯之兵而京師亦不過有南北軍期門羽林而已邊境有事諸侯有變皆以虎符調發郡國之兵至于事已而兵休則渙然各復其故是以其兵雖不知農而天下不至于弊者未嘗聚也唐有天下置十六衛府兵天下之府八百餘所而屯于關中者至有五百然皆無事則力耕而積谷不惟以自贍養而又有以廣縣官之儲是以兵雖聚于京師而天下亦不至於弊者未嘗無事而食也今天下之兵不耕而聚于京畿三輔者以數十萬計皆仰給於縣官有漢唐之患而無漢唐之利擇其偏而兼用之是以兼受其弊而莫之分也天下之財近自淮甸而遠至于吳蜀凡舟車所至人力所及莫不盡取以歸于京師晏然無事而賦斂之厚至于不可復加而三司之用猶苦其不給其弊皆起於不耕之兵聚于內而食四方之

貢賦非特如此而已又有循環往來屯戍于郡縣者昔建國之初所在分裂擁兵而不服 太祖 太宗躬擐甲冑力戰而取之既降其君而籍其疆土矣然其故基餘孽猶有存者上之人見天下之難合而恐其復發也於是出禁兵以戍之大自藩府而小至于縣鎮往往皆有京師之兵由此觀之則是天下之地一尺一寸皆天子自爲守也而可以長久而不變乎費莫大於養兵養兵之費莫大於征行今出禁兵而戍郡縣遠者或數千里其月廩歲給之外又日供其芻糧三歲而一遷往者紛紛來者纍纍雖不過數百爲輩而要其歸無以異於數十萬之兵三歲而一出征也農夫之力安得不竭餽運之卒安得不疲且夫天下未嘗有戰鬬之事武夫悍卒非有勞伐可以邀其上之人然皆不得爲休息閑居無用之兵者其意以爲爲天子出戍也是故美衣豐食開府庫輦金帛若有所負一逆其意則欲羣起而譟呼此何爲者也天下一家且數十百年矣民之戴君至於海隅無以異於畿甸亦不必舉疑四方之兵而專信禁兵也曩者蜀之有均賊與近歲貝州之亂未必非禁兵致之臣愚以爲郡縣之士兵可以漸訓而陰奪其權則禁

兵可以漸省而無用天下武健豈有常所哉山川之所習風氣之所咻四方之民一也昔者戰國嘗用之矣蜀人之怯懦吳人之短小皆嘗以抗衡于上國夫安得禁兵而用之今之土兵所以鈍弊劣弱而不振者彼見郡縣皆有禁兵而待之異等是以自棄于賤隸役夫之間而將吏亦莫之訓也茍禁兵漸省而以其資糧益優郡縣之土兵則彼固以歡欣踴躍出于意外戴上之恩而願效其力入何遽不如禁兵耶夫土兵日以多禁兵日以少天子扈從捍城之外無所復用如此則內無屯聚仰給之費而外無遷徙供億之勞費之省者又已過半矣

策別二十

訓兵旅者其別有三一曰蓄材用夫今之所患兵弱而不振者豈士卒寡少而不足使歟器械鈍弊而不足用歟抑爲城郭不足守歟廩食不足給歟此數者皆非也然所以弱而不振則是無材用也夫國之有材譬如山澤之有猛獸江河之有蛟龍伏乎其中而威見乎其外悚然有所不可狎者至于鰍蚖之所蟠牂豚之所牧雖千仞之山百尋之溪而人易之何則其見于外者不可欺也天下之大不可謂無人 朝

廷之尊百官之富不可謂無才然以區區之二虜舉數州之衆以臨中國抗天子之威犯天下之怒而其氣未嘗少衰其詞未嘗少挫則是其心無所畏也主憂則臣辱主辱則臣死今朝廷之上不能無憂而大臣恬然未嘗有拒絶之義非不欲絶也而未有以待之則是　朝廷無所恃也緣邊之民西顧而戰慄牧馬之士不敢彎弓而北嚮吏士未戰而先期於敗則是民輕其上也外之蠻夷無所畏內之　朝廷無所恃而民又自輕其上此猶足以爲有人乎天下未嘗無才患所以求才之道不至古之聖人以無益之名而致天下之實以可見之實而較天下之虛名二者相爲用而不可廢是故其始也天下莫不紛然奔走從事於其間而要之以其終不肖者無以欺其上此無他先名而後實也不先其名而唯實之求則來者寡來者寡則不可以有所擇以一旦之急而用不擇之人則是不先名之過也天子之所嚮天下之所奔也今夫孫吳之書其讀之者未必能戰也多言之士喜論兵者未必能用也進之以武舉而試之以騎射天下之奇才未必至也然將以求天下之實則非此三者不可以致以爲未必至而棄之則是其必然者

終不可得而見也往者西師之興其先也惟不以虛名多致天下之才而擇之以待一旦之用故其兵與之際四顧惶惑而不知所措於是設武舉購方略收勇悍之士而開猖狂之言不愛高爵重賞以求强兵之術當此之時天下囂然莫不自以爲知兵也來者日多而其言益以無據至于臨事終不可用執事之臣亦遂厭之而知其無益故兵休之日舉從而廢之今之論者以爲武舉方略之類適足以開僥倖之門而天下之實才終不可以求得此二者皆過也夫旣已用天下之虛名而不較之以實至其弊也又舉而廢其名使天下之士不復以其術進亦已過矣天下之實才不可以求之於言語又不可以較之於武力獨見之於戰耳戰不可得而試也是故見之於治兵子玉治兵於蔿終日而畢鞭七人貫三人耳蔿賈觀之以爲剛而無禮知其必敗孫武始見試以婦人而猶足以取信於闔閭使知其可用故凡欲觀將帥之才否莫如治兵之不可欺也今夫新募之兵驕而難令勇悍而不知戰此真足以觀天下之才也武舉方略之類以來之新兵以試之觀其顏色和易則足以見其氣約束堅明則足以見其威坐作進退各得其

所則足以見其能凡此者皆不可強也故曰先之以
無益之虛名而較之以可見之實庶乎可得而用也

東坡應詔集卷第四

東坡應詔集卷第五

策別二十一

其二曰練軍實三代之兵不待擇而精其故何也兵出于農有常數而無常人國有事要以一家而備一正卒如斯而已矣是故老者得以養疾病者得以爲閑民而役於官者莫不皆其壯子弟故其無事而田獵則未嘗發老弱之民師行而餽糧則未嘗食無用之卒使之足輕險阻而手易器械聰明足以赴旗鼓之節強銳足以犯死傷之地千乘之衆而人人足以自捍故殺人少而成功多費用省而兵卒強蓋春秋之時諸侯相并天下百戰其經傳所見謂之敗績者如城濮鄢陵之役皆不過犯其偏師而獵其游卒斂兵而退未有僵尸百萬流血於江河如後世之戰者何也民各推其家之壯者以爲兵則其勢不可得而多殺也及至後世兵民既分兵不得復而爲民於是始有老弱之卒夫既以募民而爲兵其妻子屋廬既已託於營伍之中其姓名既以書於官府之籍行不得爲商居不得爲農而仰食於官至於衰老而無歸則其道誠不可以弃去是故無用之卒雖薄其資糧而皆廩之終身凡民之生自二十以上至於衰老不

過四十餘年之間勇銳強力之氣足以犯堅冒刃者不過二十餘年今廩之終身則是一卒凡二十年無用而食于官也自此而推之養兵十萬則是五萬人可去也屯兵十年則是五年爲無益之費也民者天下之本而財者民之所以生也有兵而不可使戰是謂弃財不可使戰而驅之戰是謂弃民臣觀秦漢之後天下何其殘敗之多耶其弊皆起於分民而爲兵兵不得休使老弱不堪之卒拱手而就戮故有以百萬之衆而見屠於數千之兵者有良將善用不過以爲餌委之啖賊嗟夫三代之衰民之無罪而死者其不可勝數矣今天下募兵至多往者陝西之役舉籍平民以爲兵加以明道寶元之間天下旱蝗次及近歲青齊之飢與河朔之水災民急而爲兵者日益以衆舉籍而按之近世以來募兵之多無如今日然皆老弱不教不能當古之十五而衣食之費百倍於古此甚非所以長久而不變者也凡民之爲兵者其類多非良民方其少壯之時博奕飲酒不安於家而後能捐其身至其少衰而氣沮蓋亦有悔而不可復者矣臣以謂五十已上願復而爲民者宜聽自今以往民之願爲兵者皆三十以下則收限以十年而除其

籍民二十而爲兵十年而復歸其精力思慮猶可以養生送死爲終身之計使其應募之日心知其不出十年而爲十年之計則除其籍而不怨以無用之兵終身坐食之費而爲重募則應者必衆如此縣官長無老弱之兵而民之不任戰者不至於無罪而死彼皆知其不過十年而復爲平民則自愛其身而重犯法不至於叫呼無賴以自弃於凶人今夫天下之患在於民不知兵故兵常驕悍而民常怯盜賊攻之而不能禦戎狄掠之而不能抗今使民得更代而爲兵兵得復還而爲民則天下之知兵者衆而盜賊戎狄將有所忌然獨有言者將以爲十年而代故者已去而新者未教則緩急有所不濟夫所謂十年而代者豈舉軍而並去之有始至者方將去者有當代者新故雜居而教之則緩急可以無憂矣

策別二十二

其三曰倡勇敢臣聞戰以勇爲主以氣爲決天子無皆勇之將而將軍無皆勇之士是故致勇有術致勇莫先乎倡倡莫善乎私此二者兵之微權英雄豪傑之士所以陰用而不言於人而人亦莫之識也臣請得以備言之夫倡者何也氣之先也有人人之勇怯

有三軍之勇怯人人而較之則勇怯之相去若梃與楹至于三軍之勇怯則一也出於反覆之間而差於毫氂之際故其權在將與君人固有暴猛獸而不操兵出入於白刃之中而色不變者有見虺蜴而却走聞鐘鼓之聲而戰慄者是勇怯之不齊至於此然閭閻之小民爭鬬戲笑卒然之間而或至於殺人當其發也其心翻然其色勃然若不可以已者雖天下之勇夫無以過之及其退而思其身顧其妻子未始不測然悔也此非必勇者也氣之所乘則奪其性而忘其故故古之善用兵者用其翻然勃然而未悔之間而其不善者沮其翻然勃然之心而開其自悔之意則是不戰而先自敗也故曰致勇有術致勇莫先乎倡均是人也皆食其食皆任其事天下有急而有一人焉奮而爭先而致其死則翻然者衆矣弓矢相及劍楯相交勝負之勢未有所決而三軍之士屬目於一夫之先登則勃然者相繼矣天下之大可以名劫也三軍之衆可以氣使也諺曰一人善射百夫決拾苟有以發之及其翻然勃然之間而用其鋒是之謂倡倡莫善乎私天下之人怯者居其百勇者居其一是難得也捐其妻子弃其身以蹈白刃是勇者難能

也以難得之人行難能之事此必有難報之恩者矣天子必有所私之將將軍必有所私之士視其勇者而陰厚之人之有異材者雖未有功而其心莫不自異自異而上不異之則緩急不可以望其爲倡故凡緩急而肯爲倡者必其上之所異也昔漢武帝欲觀兵于四夷以逞其無厭之求不愛通侯之賞以招勇士風告天下以求奮擊之人然卒無有應者於是嚴刑峻法致之死地而聽其以深入贖罪使勉強不得已之人馳驟於死生之地是故其將降其兵破敗而天下幾至於不測何者先無所異之人而望其爲倡不已難乎私者天下之所惡也然而爲己而私之則私不可用爲其賢於人而私之則非私無以濟蓋有無功而可賞有罪而可赦者凡所以媿其心而責其爲倡也天下之禍莫大於上作而下不應上作而下不應則上亦將窮而自止方西戎之叛也天子非不欲赫然誅之而將帥之臣謹守封略收視內顧莫有一人先奮而致命而士卒亦循循焉莫肯盡力不得已而出爭先而歸故西戎得以肆其倡狂而吾無以應則其勢不得不重賂而求和其患起於天子無同憂患之臣而將軍無心腹之士西師之休十有餘年

矣用法益密而進人益艱賢者不見異勇者不見私天下務爲奉法循令要以如式而止臣不知其緩急將誰爲之倡哉

策斷二十三

二虜爲中國患至深遠也天下謀臣猛將豪傑之士欲有所逞於西北者久矣聞之兵法曰先爲不可勝以待敵之可勝嚮者臣愚以爲西北雖有可勝之形而中國未有不可勝之備故竊嘗以爲可特設一官使獨任其責而執政之臣得以專治內事苟天下之弊莫不盡去紀綱修明食足而兵强百姓樂業知愛其君卓然有不可勝之備如此則臣固將備論而極言之夫天下將與其積必有源天下將亡其發必有門聖人者唯知其門而塞之古之亡天下者四而天子無道不與焉蓋有以諸侯強偪而至於亡者周唐是也有以匹夫横行而至於亡者秦是也有以大臣執權而至於亡者漢魏是也有以蠻夷內侵而至於亡者二晉是也（司馬氏石氏）使此亡代之君皆能逆知其所由亡之門而塞之則至于今可以不廢惟其諱亡而不爲之備或備之而不得其門故禍發而不救夫天子之勢蟠於天下而結於民心者甚厚故其亡

也必有大隙焉而日潰之其窺之甚難其取之甚密曠日持久然後可得而聞蓋非有一日卒然不救之患也是故聖人必於其全盛之時而塞其所由亡之門蓋臣以爲當今之患外之可畏者西戎北狄而內之可畏者天子之民也西戎北狄不足以爲中國之大憂而其動也有以召內之禍內之民執其存亡之權而不能獨起其發也必將待外之變先之以戎狄而繼之以吾民臣之所謂可畏者有此而已昔者敵國之患起於多求而不供供者有倦而求者無厭以有倦待無厭而能久安於無事天下未嘗有也故夫二虜之患特有遠近耳而要以必至於戰敢問今之所以戰者何也其無乃出於倉卒而備於一時乎且夫兵不素定而出於一時當其危疑擾攘之間而吾不能自必則權在敵國權在敵國則吾欲戰不能欲休不可進不能戰而退不能休則其計將出於求和求和而自我則其所以爲媾者必重軍旅之後而繼之以重媾則國用不足國用不足則加賦於民加賦而不已則凡暴取豪奪之法不得不施於今之世矣天下一動變生無方國之大憂將必在此蓋嘗聞之用兵有權權之所在其國乃勝是故國無大小兵無

强弱有小國弱兵而見畏於天下者權在焉耳千鈞
之牛制於三尺之童弭耳而下之曾不如狙猿之奮
擲於山林此其故何也權在人也我欲則戰不欲則
守戰則天下莫能支守則天下莫能窺昔者秦嘗用
此矣開關出兵以攻諸侯則諸侯莫不願割地而求
和諸侯割地而求和於秦秦人未嘗急於割地之利
若不得已而後應故諸侯嘗欲和而秦嘗欲戰如此
則權固在秦矣且秦非能强於天下之諸侯秦惟能
自必而諸侯不能是以天下百變而卒歸於秦諸侯
之利固在從也朝聞陳軫之説而合爲從暮聞張儀
之計而散爲横秦則不然横人之欲爲横從人之欲
爲從皆使其自擇而審處之諸侯相顧而終莫能自
必則權之在秦不亦宜乎嚮者寶元慶歷之間河西
之役可以見矣其始也不得已而後戰其終也逆探
其意而與之和又從而厚餽之惟恐其一日復戰也
如此則賊常欲戰而我常欲和賊非能常戰也特持
其欲戰之形以乘吾欲和之勢屢用而屢得志是以
中國之大而權不在焉欲天下之安則莫若使權在
中國欲權之在中國則莫若先發而後罷示之以不
憚形之以好戰而後天下之權有所歸矣今夫庸人

之論則曰勿爲禍始古之英雄之君豈其樂禍而好殺唐太宗既平天下而又歲歲出師以從事於夷狄蓋晚而不倦暴露於千里之外親擊高麗者再焉凡此者皆所以爭先而處强也當時羣臣不能深明其意以爲敵國無釁而我則發之夫爲國者使人備己則權在我而使己備人則權在人當太宗之時四夷狼顧以備中國故中國之權重苟不先之則彼或以執其權矣而我又鰓鰓焉惡戰而樂罷使敵國知吾之所忌而以是取必於吾如此則雖有天下吾安得而爲之唐之衰也惟其厭兵而畏戰一有敗衂則兢兢焉縮首而去之是故姦臣執其權以要天子及至憲宗奮而不顧雖小挫而不爲之沮當此之時天下之權在於朝廷伐之則足以爲威舍之則足以爲恩臣故曰先發而後罷則權在我矣

策斷二十四

臣聞用兵有可以逆爲數十年之計者有朝不可以謀夕者攻守之方戰鬬之術一日百變猶以爲拙若此者朝不可以謀夕者也古之欲謀人之國者必有一定之計勾踐之取吴秦之取諸侯高祖之取項籍皆得其至計而固執之是故有利有不利有進有退

百變而不同而其一定之計未始易也勾踐之取吳
是驕之而已秦之取諸侯是散其從而已高祖之取
項籍是間疎其君臣而已此其至計不可易者雖百
年可知也今天下晏然未有用兵之形而臣以爲必
至於戰則其攻守之方戰鬬之術固未可以豫論而
臆斷也然至於用兵之大計所以固執而不變者臣
請得以豫言之夫西戎北胡皆爲中國之患而西戎
之患小北胡之患大此天下之所明知也管仲曰攻
堅則瑕者堅攻瑕則堅者瑕故二者皆所以爲憂而
臣以爲兵之所加宜先於西故先論所以制御西戎
之大略今夫鄒與魯戰則天下莫不以爲魯勝大小
之勢異也然而勢有所激則大者失其所以爲大而
小者忘其所以爲小故有以鄒勝魯者矣夫大有所
短小有所長地廣而備多備多而力分小國聚而大
國分則强弱之勢將有所反大國之人譬如千金之
子自重而多疑小國之人計窮而無所恃則致死而
不顧是以小國常勇而大國常怯恃大而不戒則輕
戰而屢敗知小而自畏則深謀而必克此又其理然
也夫民之所以守戰至死而不去者以其君臣上下
歡欣相得之際也國大則君尊而上下不交將軍貴

而吏士不親法令繁而民無所措其手足若夫小國之民截然其若一家也有憂則相恤有急則相赴凡此數者是小國之所長而大國之所短也大國而不用其所長使小國常出於其所短雖百戰而百屈豈足怪哉且夫大國則固有所長矣長於戰而不長於守夫守者出於不足而已譬之於物大而不用則易以腐敗故凡擊搏進取所以用大也孫武之法十則圍之五則攻之倍則分之敵則能戰之少則能逃之不若則能避之自敵以上者未嘗有不戰也自敵以上而不戰則是以有餘而用不足之計固已失其所長矣凡大國之所恃吾能分兵而彼不能分吾能數出而彼不能應譬如千金之家日出其財以罔市利而販夫小民終莫能與之競者非智不若其財少也是故販夫小民雖有桀黠之才過人之智而其勢不得不折而入於千金之家何則其所長者不可以與較也西戎之於中國可謂小國矣嚮者惟不用其所長是以聚兵連年而終莫能服今欲用吾之所長則莫若數出數出莫若分兵臣之所謂分兵者非分屯之謂也分其居者與行者而已今河西之戍卒惟患其多而莫之適用故其便莫若分兵使其十一而行

則一歲可以十出十二而行則一歲可以五出十一而十出十二而五出則是一人而歲一出也吾一歲而一出彼一歲而十被兵焉則衆寡之不侔勞逸之不敵亦已明矣夫用兵必出於敵人之所不能我大而敵小是故我能分而彼不能此吳之所以肄楚而隋之所以狃陳䣭夫御戎之術不可以逆知其詳而其大略臣未見有過此者也

策斷二十五

其次請論北狄之勢古者匈奴之衆不過漢一大縣然所以能敵之者其國無君臣上下朝覲會同之節其民無穀米絲麻耕作織紝之勞其法令以言語爲約故無文書符傳之繁其居處以逐水草爲常故無城郭邑居聚落守望之勤其旃裘肉酪足以爲養生送死之具故戰則人人自鬭敗則驅牛羊遠徙不可得而破蓋非獨古聖人法度之所不加亦其天性之所安者猶狙猿之不可使冠帶虎豹之不可被以羈紲也故中行說教單于無愛漢物所得繒絮皆以馳草棘中使衣袴弊裂以示不如旃裘之堅善也得漢食物皆去之以示不如湩酪之便美也由此觀之中國以法勝而匈奴以無法勝聖人知其然是故精脩

其法而謹守之築爲城郭塹爲溝池大倉廩實府庫
明烽燧遠斥候使民知金鼓進退坐作之節勝不相
先敗不相後此其所以謹守其法而不敢失也一失
其法則不如無法之爲便也故夫各輔其性而安其
生則中國與胡本不能相犯惟其不然是故皆有以
相制胡人之不可從中國之法猶中國之不可從胡
人之無法也今夫佩玉服黻冕而垂旒者此宗廟之
服所以登降揖讓折旋俯仰爲容者也而不可以騎
射今夫蠻夷而用中國之法豈能盡如中國哉苟不
能盡如中國而雜用其法則是佩玉服黻冕垂旒而
欲以騎射也昔吳之先斷髮文身與魚鼈龍蛇居者
數十世而諸侯不敢窺也其後楚申公巫臣始教以
乘車射御使出兵侵楚而闔廬夫差又逞其無厭之
求闕溝通水與齊晉爭强黃池之會强自冠帶吳人
不勝其弊卒入於越夫吳之所以强者乃其所以亡
也何者以蠻夷之資而貪中國之美宜其可得而圖
之哉西晉之亡也匈奴鮮卑氐羌之類紛紜於中國
而其豪傑間起爲之君長如劉元海苻堅石勒慕容
雋之儔皆以絕異之姿驅駕一時之賢俊其强者至
有天下太半然終於覆亡相繼遠者不過一傳再傳

而滅何也其心固安於無法也而束縛於中國之法
中國之人固安於法也而苦其無法君臣相戾上下
相厭是以雖建都邑立宗廟而其心岌岌然常若寄
居於其間而安能久乎且人而弃其所得於天之分
未有不亡者也契丹自五代南侵乘石晉之亂奄至
京邑覩中原之富麗廟社宮闕之壯而悅之知不可
以留也故歸而竊習焉山前諸郡既爲所并則中國
士大夫有立其朝者矣故其 朝廷之儀百官之號
文武選舉之法都邑郡縣之制以至於衣服飲食皆
雜取中國之象然其父子聚居貴壯而賤老貪得而
忘失勝不相讓敗不相救者猶在也其中未能革其
犬羊豺狼之性而外牽於華人之法此其所以自投
於陷穽網羅之中而中國之人猶曰今之匈奴非古
也其措置規畫皆不復蠻夷之心以爲不可得而圖
之亦過計矣且夫天下固有沈謀陰計之士也昔先
王欲圖大事立奇功則非斯人莫之與共秦之尉繚
漢之陳平皆以樽俎之間而制敵國之命此亦王者
之心期以紓天下之禍而已彼契丹者有可乘之勢
三而中國未之思焉則亦足惜矣臣觀其 朝廷百
官之衆而中國士大夫交錯於其間固亦有賢俊慷

慨不屈之士而詬辱及於公卿鞭扑行於殿陛貴爲將相而不免囚徒之恥宜其有惋憤鬱結而思變者特未有路耳凡此皆可以致其心雖不爲吾用亦以間疎其君臣此由余之所以入秦也幽燕之地自古號多雄傑名於圖史者往往而是自　宋之興所在賢俊雲合響應無有遠邇皆欲洗濯磨淬以觀上國之光而此一方獨陷於非類昔太宗皇帝親征幽州未克而班師聞之諜者曰幽州士民謀欲執其帥以城降者聞乘輿之還無不泣下且胡人以爲諸郡之民非其族類故厚斂而虐使之則其思內附之心豈待深計哉此又足爲之謀也使其上下相猜君民相疑然後可攻也語有之曰鼠不容穴啣窶數也彼僭立四都分置守宰倉廩府庫莫不備具有一旦之急適足以自累守之不能弃之不忍華夷雜居易以生變如此則中國之長足以有所施矣然非特如此而已也中國不能謹守其法彼慕中國之法而不能純用是以勝負相持而未有決也夫蠻夷者以力攻以力守以力戰顧力不能則逃中國則不然其守以形其攻以勢其戰以氣故百戰而力有餘形者有所不守而敵人莫不忌也勢者有所不攻而敵人莫不備

也氣者有所不戰而敵人莫不懾也苟去此三者而
角之於力則中國固不敵矣尚何云云乎惟　國家留
意其大者而爲之計其小者臣未敢言焉

東坡應詔集卷第五

東坡應詔集卷第六

中庸論上

甚矣道之難明也論其著者鄙滯而不通論其微者汗漫不可考其弊始於昔之儒者求爲聖人之道而無所得於是務爲不可知之文庶幾乎後世之以我爲深知之也後之儒者見其難知而不知其空虛無有以爲將有所深造乎道者而自恥其不能則從而和之曰然相欺以爲高相習以爲深而聖人之道日以遠矣自子思作中庸儒者皆祖之以爲性命之説嗟夫子思者豈亦斯人之徒歟蓋嘗試論之夫中庸者孔氏之遺書而不完者也其要有三而已矣三者是周公孔子之所從以爲聖人而其虛詞蔓延是儒者之所以爲文也是故去其虛詞而取其三其始論誠明之所入其次論聖人之道所從始推而至於其所終極而其卒乃始内之於中庸蓋以爲聖人之道略見於此矣記曰自誠明謂之性自明誠謂之教誠則明矣明則誠矣夫誠者何也樂之之謂也樂之則自信故曰誠夫明者何也知之之謂也知之則達故曰明夫惟聖人知之者未至而樂之者先入先入者爲主而待其餘則是樂之者爲主也若夫賢人樂之

者未至而知之者先入先入者爲主而待其餘則是知之者爲主也樂之者爲主是故有所不知知之未嘗不行知之者爲主是故雖無所不知而有所不能行子曰知之者不如好之者好之者不如樂之者知之者與樂之者是賢人聖人之辨也好之者是賢人之所由以求誠者也君子之爲學愼乎其始何則其所先入者重也知之多而未能樂焉則是不如不知之愈也人之好惡莫如好色而惡臭是人之性也好善如好色惡惡如惡臭是聖人之誠也故曰自誠明謂之性孔子蓋長而好學適周觀禮問於老聃師襄之徒而後明於禮樂五十而後讀易蓋亦有晚而後知者然其所先得於聖人者是樂之而已孔子厄於陳蔡之間問於子路子貢二子不悅而子夏又欲少貶焉是二子者非不知也其所以樂之者未至也且夫子路能死於衞而不能不愠於陳蔡是豈其知之罪邪故夫弟子之所爲從孔子游者非專以求聞其所未聞蓋將以求樂其所有也明而不誠雖挾其所有倀倀乎不知所以安之苟不知所以安之則是可與居安而未可與居憂患也夫惟憂患之至而後誠明之辨乃可以見由此觀之君子安可以不誠哉

中庸論中

君子之欲誠也莫若以明夫聖人之道自本而觀之則皆出於人情不循其本而逆觀之於其末則以爲聖人有所勉强力行而非人情之所樂者夫如是則雖欲誠之其道無由故曰莫若以明使吾心曉然知其當然而求其樂今夫五常之教惟禮爲若强人者何則人情莫不好逸豫而惡勞苦今吾必也使之不敢箕踞而磬折百拜以爲禮人情莫不樂富貴而羞貧賤今吾必也使之不敢自尊而卑讓退抑以爲禮用器之爲便而祭器之爲貴褻衣之爲便而衮冕之爲貴哀欲其速已而伸之三年樂欲其不已而不得終日此禮之所以爲强人而觀之於其末者之過也蓋亦反其本而思之今吾以爲磬折不如立之安也而將惟安之求則立不如坐坐不如箕踞箕踞不如偃仆偃仆而不已則將裸袒而不顧苟爲裸袒而不顧則吾無乃亦將病之夫豈獨吾病之天下之匹夫匹婦莫不病之也苟爲病之則是其勢將必至於磬折而百拜由此言之則是磬折而百拜者生於不欲裸袒之間而已也夫豈惟磬折百拜將天下之所謂强人者其皆必有所從生也辨其所從生而推之至

於其所終極是之謂明故記曰君子之道費而隱夫婦之愚可以與知焉及其至也雖聖人有所不知焉夫婦之不肖可以能行焉及其至也雖聖人有所不能焉君子之道推其所從生而言之則其言約約則明推其逆而觀之故其言費費則隱君子欲其不隱是故起於夫婦之有餘而推之至於聖人之所不及舉天下之至易而通之於至難使天下之安其至難者與其至易無以異也孟子曰簞食豆羹得之則生不得則死呼爾而與之行道之人弗受蹴爾而與之乞人不屑也萬鍾則不辨禮義而受萬鍾於我何加焉向爲身死而不受今爲朋友妻妾之奉而爲之此之謂失其本心且萬鍾之不受是王公大人之所難而以行道乞人之所不屑而較其輕重是何以異於匹夫匹婦之所能行通而至於聖人之所不及故凡爲此說者皆以求安其至難而務欲誠之者也天下之人莫不欲誠而不得其說故凡此者誠之說也

中庸論下

夫君子雖能樂之而不知中庸則其道必窮記曰君子遵道而行半途而廢吾弗能已矣君子非其信道之不篤也非其力行之不至也得其偏而忘其中不

得終日安行乎通塗夫雖欲不廢其可得耶記曰道之不行也我知之矣賢者過之不肖者不及也以爲過者之難歟復之中者之難歟宜若過者之難也然天下有能過而未有能中則是復之中者之難也記曰天下國家可均也爵祿可辭也白刃可蹈也中庸不可能也既不可過又不可不及如斯而已乎曰未也孟子曰執中爲近執中無權猶執一也書曰不協于極不罹于咎皇則受之又曰會其有極歸其有極而記曰君子之中庸也君子而時中皇極者有所不極而會于極時中者有所不中而歸于中吾見中庸之至於此而尤難也是有小人之中庸焉有所不中而歸於中是道也君子之所以爲時中而小人之所以爲無忌憚記曰小人之中庸也小人而無忌憚也嗟夫道之難言也有小人焉因其近似而竊其名聖人憂思恐懼是故反覆而言之不厭何則是道也固小人之所竊以自便者也君子見危則能死勉而不死以求合於中庸見利則能辭勉而不辭以求合於中庸小人貪利而苟免而亦欲以中庸之名私自便也此孔子孟子之所爲惡鄉原也一鄉皆稱原人焉無所往而不爲原人同乎流俗合乎汙世曰古之人

何爲踽踽涼涼生斯世也善斯可矣以古之人爲迂而以今世之所善爲足以已矣則是不亦近似於中庸邪故曰惡紫恐其亂朱也惡莠恐其亂苗也何則惡其似也信矣中庸之難言也君子之欲從事乎此無循其迹而求其味則幾矣記曰人莫不飮食也鮮能知味也

大臣論上

以義正君而無害於國可謂大臣矣天下不幸而無明君使小人執其權當此之時天下之忠臣義士莫不欲奮臂而擊之夫小人者必先得於其君而自固於天下是故法不可擊擊之而不勝身死其禍止於一身擊之而勝君臣不相安天下必亡是以春秋之法不待君命而誅其側之惡人謂之叛晉趙鞅入于晉陽以叛是也世之君子將有志於天下欲扶其衰而救其危者必先計其後而爲可居之功其濟不濟則命也是故功成而天下安之今夫小人君不誅而吾誅之則是侵君之權而不可居之功也夫既以侵君之權而能北面就人臣之位使君不吾疑者天下未嘗有也國之有小人猶人之有癭人之癭必生於頸而附於咽是以不可去有賤丈夫者不勝其忿而

決去之夫是以去疾而得死漢之亡唐之滅由此之故也自桓靈之後至於獻帝天下之權歸於內豎賢人君子進不容於朝退不容於野天下之怒可謂極矣當此之時議者以爲天下之患獨在宦官宦官去則天下無事然竇武何進之徒擊之不勝止於身死袁紹擊之而勝漢遂以亡唐之衰也其迹亦大類此自輔國元振之後天下之廢立聽於宦官當此之時士大夫之論亦惟宦官之爲去然而李訓鄭注元載之徒擊之不勝止於身死至於崔昌遐擊之而勝唐亦以亡方其未去也是纍然者瘿而已矣及其既去則潰裂四出而繼之以死何者此侵君之權而不可居之功也且爲人臣而不顧其君捐其身於一決以快天下之望亦已危矣故其成則爲袁爲崔敗則爲何竇爲訓注然則忠臣義士亦奚取於此哉夫竇武何進之亡天下悲之以爲不幸然亦幸而不成使其成也二子者將何以居之故曰以義正君而無害於國可謂大臣矣

大臣論下

天下之權在於小人君子之欲擊之也不亡其身則亡其君然則是小人者終不可去乎聞之曰迫人者

其智淺迫於人者其智深非才有不同所居之勢然也古之爲兵者圍師勿遏窮寇勿追誠恐其知死而致力則雖有衆無所用之故曰同舟而遇風則胡越可使相救如左右手小人之心自知其負天下之怨而君子之莫吾赦也則將日夜爲計以備一旦卒然不可測之患今君子又從而疾惡之是以其謀不得不深其交不得不合交合而謀深則其致毒也忿戾而不可解故凡天下之患起於小人而成於君子之速之也小人在內君子在外君子爲客小人爲主主未發而客先焉則小人之詞直而君子之勢近於不順直則可以欺衆而不順則難以令其下故昔之舉事者常以中道而衆散以至於敗則其理豈不甚明哉若夫智者則不然內以自固其君子之交而厚集其勢外以陽浮而不逆於小人之意以待其間寬之使不吾疾狃之使不吾慮啖之以利以昏其智順適其意以殺其怒然後待其發而乘其隙推其墜而挽其絕故其用力也約而無後患莫不爲之先故君子怒而勢不偪如此者功成而天下安之今夫小人急之則合寬之則散是從古以然也見利不能不爭見患不能不避無信不能不相詐無禮不能不相瀆是

故其交易間其黨易破也而君子不務寛之以待其
變而急之以合其交亦已過矣君子小人雜居而未
決爲君子之計者莫若深交而無爲苟不能深交而
無爲則小人倒持其柄而乘吾隙昔漢高之亡以天
下屬平勃及高后臨朝擅王諸呂廢黜劉氏平日縱
酒無一言及用陸賈計以千金交歡絳侯卒以此誅
諸呂定劉氏使此二人者而不相能則是將相相攻
之不暇而何暇及於劉呂之存亡哉故其說曰將相
和調則士豫附士豫附則天下雖有變而權不分嗚
呼知此其足以爲大臣矣夫

東坡應詔集卷第六

東坡應詔集卷第七

秦始皇帝論

昔者生民之初不知所以養生之具擊搏挽裂與禽獸爭一旦之命惴惴焉朝不謀夕憂死之不給是故巧詐不生而民無知然聖人惡其無別而憂其無以生也是以作爲器用耒耜弓矢舟車網罟之類莫不備至使民樂生便利役御萬物而適其情而民始有以極其口腹耳目之欲器利用便而巧詐生求得欲從而心志廣聖人又憂其桀猾變詐而難治也是故制禮以反其初禮者所以反本復始也聖人非不知箕踞而坐不揖而食便於人情而適於四體之安也將必使之習爲迂闊難行之節寬衣博帶佩玉履舄所以回翔容與而不可以馳驟上自朝廷而下至於民其所以視聽其耳目者莫不近於迂闊其衣以黼黻文章其食以籩豆簠簋其耕以井田其進取選舉以學校其治民以諸侯嫁娶死喪莫不有法嚴之以鬼神而重之以四時所以使民自尊而不輕爲姦故曰禮之近於人情者非其至也周公孔子所以區區於升降揖讓之間丁寧反覆而不敢失墜者世俗之所謂迂闊而不知夫聖人之權固在於此也自五帝

三代相承而不敢破至秦有天下始皇帝以詐力而幷諸侯自以爲智術之有餘而禹湯文武之不知出此也於是廢諸侯破井田凡所以治天下者一切出於便利而不恥於無禮決壞聖人之藩牆而以利器因示天下故自秦以來天下惟知所以求生避死之具以禮者爲無用贅疣之物何者其意以爲生之無事乎禮也苟生之無事乎禮則凡可以得生者無所不爲矣嗚呼此秦之禍所以至今而未息歟昔者始有書契以科斗爲文而其後始有規矩摹畫之迹蓋今所謂大小篆者至秦而更以隸其後日以變革貴於速成而從其易又創爲紙以易簡策是以天下簿書符檄繁多委壓而吏不能究姦人有以措其手足如使今世而尚用古之篆書簡策則雖欲繁多其勢無由由此觀之則凡所以便利天下者是開詐僞之端也嗟夫秦既不可及矣苟後之君子欲治天下而惟便之求則是引民而日趨於詐也悲夫

漢高帝論

有進說於君者因其君之資而爲之說則用力寡矣人唯好善而求名是故仁義可以誘而進不義可以刼而退若漢高帝起於草莽之中徒手奮呼而得天

下彼知天下之利害與兵之勝負而已安知所謂仁義者哉觀其天資固亦有合於仁義者而不善仁義之說此如小人終日爲不義而至以不義說之則亦怫然而怒故當時之善說者未嘗敢言仁義與三代禮樂之教亦惟曰如此而爲利如此而爲害如此而可如此而不可然後高帝擇其利與可者而從之蓋亦未嘗遲疑天下既平以愛故欲易太子大臣叔孫通周昌之徒力爭之不能得用留侯計僅得之蓋讀其書至此未嘗不太息以爲高帝最易曉者苟有以當其心彼無所不從盍亦告之以呂后太子從帝起於布衣以至於定天下天下望以爲君雖不肖而大臣心欲之如百歲後誰肯北面事戚姬子乎所謂愛之者秖以禍之嗟夫無有以奚齊卓子之所以死爲高帝言者歟叔孫通之徒不足以知天下之大計獨有廢嫡立庶之說而欲持此以却之此固高帝之所輕爲也人固有所不平使如意爲天子惠帝爲臣絳灌之徒圜視而起如意安得而有之孰與其全安而不失爲王之利也如意之爲王而不免於死則亦高帝之過矣不少抑遠之以泄呂后不平之氣而又厚封焉其爲計不已疎乎或曰呂后强悍高帝恐其爲

變故欲立趙王此又不然自高帝之時而言之計呂后之年當死於惠帝之手呂后雖悍亦不忍奪之其子以與姪惠帝旣死而呂后始有邪謀此出於無聊耳而高帝安得逆知之且夫事君者不能使其心知其所以然以樂從吾說而欲以勢奪之亦已危矣如留侯之計高帝顧戚姬悲歌而不忍特以其勢不得不從是以猶欲區區爲趙王計使周昌相之此其心猶未悟以爲一强項之周昌足以抗呂氏而捍趙王不知周昌激其怒而速之死耳古之善原人情而深識天下之勢者無如高帝然至此而惑亦無有以告之者悲夫

魏武帝論

世之所謂知者知天下之利害而審乎計之得失如斯而已矣此其爲知猶有所窮唯見天下之利而爲之唯其害而不爲則是有時而窮焉亦不能盡天下之利古之所謂大智者知天下利害得失之計而權之以人是故有所犯天下之至危而卒以成大功者此以其人權之輕敵者敗重敵者無成功何者天下未嘗有百全之利也舉事而待其百全則必有所格是故知吾之所以勝人而人不知其所以勝我者天

下莫能敵之昔者晉荀息知虢公必不能用宮之奇齊鮑叔知魯君必不能用施伯薛公知黥布必不出於上策此三者皆危道也而直犯之彼不知用其所長又不知出吾之所忌是故可以冒害而就利自三代之亡天下以詐力相并其道術政教無以相過而能者得之當漢氏之衰豪傑並起而圖天下二袁董呂爭爲强暴而孫權劉備又已區區於一隅其用兵制勝固不足以敵曹氏然天下終於分裂訖魏之世而不能一蓋嘗試論之魏武長於料事而不長於料人是故有所重發而喪其功有所輕爲而至於敗劉備有蓋世之才而無應卒之機方其新破劉璋蜀人未附一日而四五驚斬之不能禁釋此時不取而其後遂至於不敢加兵者終其身孫權勇而有謀此不可以聲勢恐喝取也魏武不用中原之長而與之爭於舟楫之間一日一夜行三百里以爭利犯此二敗以攻孫權是以喪師於赤壁以成吳之强且夫劉備可以急取而不可以緩圖方其危疑之間卷甲而趨之雖兵法之所忌可以得志孫權者可以計取而不可以勢破也而欲以荊州新附之卒乘勝而取之彼非不知其難特欲僥倖於權之不敢抗也此用之於

新造之蜀乃可以逞故夫魏武重發於劉備而喪其功輕爲於孫權而至於敗北不亦長於料事而不長於料人之過歟嗟夫事之利害計之得失天下之能者舉知之而不能權之以人則亦紛紛焉或勝或負爭爲雄强而未見其能一也

伊尹論

辨天下之大事者有天下之大節者也立天下之大節者狹天下者也夫以天下之大而不足以動其心則天下之大節有不足立而大事有不足辨者矣今夫匹夫匹婦皆知潔廉忠信之爲美也使其果潔廉而忠信則其智慮未始不如王公大人之能也唯其所爭者止於簞食豆羹而簞食豆羹足以動其心則宜其智慮之不出乎此也簞食豆羹非其道不取則一鄉之人莫敢以不正犯之矣一鄉之人莫敢以不正犯之而不能辨一鄉之事者未之有也推此而上其不取者愈大則其所辨者愈遠矣讓天下與讓簞食豆羹無以異也治天下與治一鄉亦無以異也然而不能者有所蔽也天下之富是簞食豆羹之積也天下之大是一鄉之推也非千金之子不能運千金之資販夫販婦得一金而不知其所措非智不若所

居之卑也孟子曰伊尹耕於有莘之野非其道也非其義也雖祿之天下弗受也夫天下不能動其心是故其才全以其全才而制天下是故臨大事而不亂古之君子必有高世之行非苟求爲異而已卿相之位千金之富有所不屑將以自廣其心使窮達利害不能爲之芥蔕以全其才而欲有所爲耳後之君子蓋亦嘗有其志矣得失亂其中而榮辱奪其外是以役役至於老死而不暇亦足悲矣孔子敘書至於舜禹皐陶相讓之際蓋未嘗不太息也夫以朝廷之尊而行匹夫之讓孔子安取哉取其不汲汲於富貴有以大服天下之心焉耳夫太甲之廢天下未嘗有是而伊尹始行之天下不以爲驚以臣放君天下不以爲僭既放而復立太甲不以爲專何則其素所不屑者足以取信於天下也彼其視天下眇然不足以動其心而豈忍以廢放其君求利也哉後之君子蹈常而習故惴惴焉懼不免於天下一爲希闊之行則天下羣起而誚之不知求其素而以爲古今之變時有所不可者矣亦已過矣夫

周公論

論周公者多異說何也周公居禮之變而處聖人之

不幸宜乎說者之異也凡周公之所爲亦不得已而已矣若得已而不已則周公安得而爲之成王幼不能爲政周公執其權以王命賞罰天下是周公不得已者如此而已今儒者曰周公踐天子之位稱王而朝諸侯則是豈不可以已耶書曰周公位冢宰正百工羣叔流言又曰召公爲保周公爲師相成王爲左右召公不悅又曰周公曰王若曰則是周公未嘗踐天子之位而稱王也周公稱王則成王宜何稱將亦稱王耶將不稱耶不稱則是廢也稱王則是二王也而周公何以安之孔子曰必也正名乎儒者之患患在於名實之不正故亦有以文王爲稱王者是以聖人爲後世之僭君急於爲王者耶天下雖亂有王者在而已自王雖聖人不能以服天下昔高帝擊滅項籍統一四海諸侯大臣相率而帝之然且辭以不德惟陳勝吳廣乃囂囂乎急於自王而謂文王亦爲之耶武王伐商師渡孟津會於牧野其所以稱先君之命命於諸侯者蓋猶曰文考而已至于武成既以柴望告天百工奔走受命于周而後其稱曰我文考文王克成厥勳由此觀之則是武王不敢一日妄尊其先君而況於文王之自王乎詩曰虞芮質厥成文王

蹶厥生是亦追稱而尸矣史記曰嫗乎采芑歸乎田成子夫田常之時安知其爲成子而稱之故凡以文王周公爲稱王者皆過也是貣後世之篡君而爲之籍也陳賈問於孟子曰周公使管叔監商管蔡以商叛知而使之是不仁不知是不知孟子曰周公弟也管叔兄也周公之過不亦宜乎從孟子之說則是周公未免於有過也夫管蔡之叛非逆也是其智不足以深知周公而已矣周公之誅非疾之也其勢不得不誅也故管蔡非所謂大惡也兄弟之親而非有大惡則其道不得不封管蔡之封在武王之世也武王之世未知有周公成王之事苟無周公成王之事則管蔡何從而叛周公何從而誅之故曰周公居禮之變而處聖人之不幸也

東坡應詔集卷第七

東坡應詔集卷第八

管仲論

嘗讀周官司馬法得軍旅什伍之數其後讀管夷吾書又得管子所以變周之制蓋王者之兵出於不得已而非以求勝敵也故其爲法要以不可敗而已矣於桓文非決勝無以定霸故其法在必勝繁而曲者所以爲不可敗也簡而直者所以爲必勝也周之制萬二千五百人而爲軍萬之有二千二千之有五百其數奇而不齊唯其奇而不齊是以知其所以爲繁且曲也今夫天度三百六十均之十二辰辰得三十者此其正也五日四分之一者此其奇也使天度而無奇則千載之日雖婦人孺子皆可以坐而計唯其奇而不齊是故巧曆有所不能盡也聖人知其然故爲之章會統元以盡其數以極其變司馬法曰五人爲伍五伍爲隊萬二千五百人而爲隊二百五十十取三焉而爲奇其餘十以爲正四奇四正而八陣生焉夫以萬二千五百人而均之八陣之中宜其有奇而不齊者是以多爲之曲折以盡其數以極其變鈎聯蟠踞各有條理故三代之興治其兵農軍賦皆數十百年而後得志於天下自周之士秦漢陣法不復

三代其後諸葛孔明獨識其遺制以爲可用以取天下然相持數歲魏人不敢決戰而孔明亦卒無尺寸之功豈八陣者先王所以爲不可敗而非以逐利爭勝者邪若夫管仲之制其兵可謂截然而易曉矣三分其國以爲三軍五人爲軌軌有長十軌爲里里有司四里爲連連有長十連爲鄉鄉有鄉長人五鄉一帥萬人而爲一軍公將其一高子國子將其二三軍三萬人如貫繩如畫碁局疎暢洞達雖有智者無所施其巧故其法令簡一而民有餘力以致其死昔者嘗讀左氏春秋以爲丘明最好兵法蓋三代之制至於列國猶有存者以區區之鄭而魚麗鵝鸛之陣見於其書及至管仲相桓公南伐楚北伐孤竹九合諸侯威震天下而其軍壘陣法不少概見者何哉蓋管仲欲以歲月服天下故變古司馬法而爲是簡略速勝之兵是以莫得而見其法也其後吳晉爭長於黃池王孫雒教夫差以三萬人壓晉壘而陣百人爲行百行爲陣陣皆徹行無有隱蔽援桴而鼓之勇怯盡應三軍皆譁晉師大駭卒以得志由此觀之不簡而直不可以決勝深惟後世不達繁簡之宜以取北而三代什五之數與管子所以治齊之兵者雖不可盡

用而其近於繁而曲者以其固守近於簡而直者以之決戰則庶乎其不可敗而有所必勝矣

孫武論上

古之言兵者無出於孫子矣利害之相權奇正之相生戰守攻圍之法蓋以百數雖欲加之而不知所以加之矣然其所短者智有餘而未知其所以用智此豈非其所大闕歟夫兵無常形而逆爲之形勝無常處而多爲之地是以其說屢變而不同縱橫委曲期於避害而求利雜然舉之而聽用者之自擇也是故不難於用而難於擇擇之爲難者何也銳於西而忘於東見其利而不見其所窮得其一說而不知其又有一說也此豈非用智之難歟夫智本非所以教人以智而教人者是君子之急於有功變詐滑其外而無守於其中則是五尺童子皆欲爲之使人勇而不自知貪而不顧以陷於難則有之矣深山大澤有天地之寶無意於寶者得之操舟於河舟之逆順水之曲折忘於水者見之是故惟天下之至廉爲能貪惟天下之至靜爲能勇惟天下之至信爲能詐何者不役於利也夫不役於利則其見之也明見之也明則其發之也果古之善用兵者見其害而後見其利見

其敗而後見其成其心閑而無事是以若此明也不然兵未交而先志於得則將臨事而惑雖有大利尚徒得而見之若夫聖人則不然居天下於貪而自居於廉故天下之貪者皆可得而用居天下於勇而自居於靜故天下之勇者皆可得而役居天下於詐而自居於信故天下之詐者皆可得而使天下之人欲有功於此而卽以此自居則功不可得而成是故君子居晦以御明則明者畢見居陰以御陽則陽者畢赴夫然後孫子之智可得而用也易曰介於石不終日貞吉君子方其未發也介然如石之堅若將終身焉者及其發也不終日而作故曰不役於利則其見之也明見之也明則其發之也果今夫世俗之論則不然曰兵者詭道也非貪無以取非勇無以得非詐無以成廉靜而信者無用於兵者也嗟夫世俗之說行則天下紛紛乎如鳥獸相搏嬰兒之相擊强者傷弱者廢而天下之亂何從而已乎

孫武論下

夫武戰國之將也知爲吳慮而已矣是故以將用之則可以君用之則不可今其書十二篇小至部曲營壘芻糧器械之間而大不過於攻城拔國用間之際

蓋有盡於此矣天子之兵天下之勢武未及也其書曰將能而君不御者勝爲君而言者有此而已竊以爲天子之兵莫大於御將天下之勢莫大於使天下樂戰而不好戰夫天下之患不在於寇讎亦不在於敵國患在於將帥之不力而以寇讎敵國之勢內邀其君是故將帥多而敵國愈強兵加而寇賊愈堅則將帥之權愈重將帥之權愈重則爵賞不得不加夫如此則是盜賊爲君之患而將帥利之敵國爲君之讎而將帥幸之舉百倍之勢而立毫芒之功以藉其口而邀利於其上如此而天下之不亡者特有所待耳昔唐之亂始於明皇自肅宗復兩京而不能乘勝幷力盡取河北之盜德宗收洛博幾定魏地而不能斬田悅於孤窮之中至於憲宗天下略平矣而其餘孽之存者終不能盡去夫唐之所以屢興而終莫之振者何也將帥之臣養寇以自封也故曰天子之兵莫大於御將御將之術開之以其所利而授之以其所忌如良醫之用藥烏喙蝮蝎皆得自效於前而不敢肆毒何也授之其所畏也憲宗將討劉闢以爲非高崇文則莫可用而劉澭者崇文之所忌也故告之曰闢之不克將澭實汝代是以崇文決戰不旋踵擒

劉闢此天子御將之法也夫使天下樂戰而不好戰者何也天下不樂戰則不可與從事於危好戰則不可從事於安昔秦人之法使吏士自爲戰戰勝而利歸於民所得於敵者卽以有之使民之所以養生送死者非殺敵無由取也故其民以好戰并天下而亦以亡夫始皇雖已墮名城殺豪傑銷鋒鏑而民之好戰之心囂然其未已也是故不可與休息而至於亡若夫王者之兵要在於使之知愛其上而讎其敵使之知其上之所以驅之於戰者凡皆以爲我也是以樂其戰而甘其死至於其戰也務勝敵而不務得財其賞也發公室而行之於廟使其利不在於殺人是故其民不至於好戰夫然後可以作之於安居之中而休之於爭奪之際可與安可與危而不可與亂此天下之勢也

子思論

昔者夫子之文章非有意於爲文是以未嘗立論也所可得而言者惟其歸於至當斯以爲聖人而已矣夫子之道可由而不可知可言而不可議此其不爭爲區區之論以開是非之端是以獨得不廢以與天下後世爲仁義禮樂之主夫子旣沒諸子之欲爲書

以傳於後後世者其意皆存乎爲文汲汲乎惟恐其汩沒而莫吾知也是故皆喜立論論立而爭起自孟子之後至於荀卿揚雄皆務爲相攻之說其餘不足數者紛紜於天下嗟夫夫子之道不幸而有老聃莊周楊朱墨翟田駢愼到申不害韓非之徒各持其私說以攻乎其外天下方將惑之而未知其所適從奈何其弟子門人又內自相攻而不決千載之後學者愈衆而夫子之道益晦而不明者由此之故歟昔三子之爭起於孟子孟子曰人之性善是以荀子曰人之性惡而揚子又曰人之性善惡混孟子既以據其善是故荀子不得不出於惡人之性有善惡而已二子既已據之是以揚子亦不得不出於善惡混也爲論不求其精而務以爲異於人則紛紛之說未可以知其所止且夫夫子未嘗言性也蓋亦未嘗言之矣而未有必然之論也孟子之所謂性善者皆出於其師子思之書子思之書皆聖人之微言篤論孟子得之而不善用之能言其道而不知其所以爲言之名舉天下之大而必之以性善之論昭昭乎自以爲的於天下使天下之過者莫不欲援弓而射之故夫二子之爲異論者皆孟子之過也若夫子思之論則不然

曰夫婦之愚可以與知焉及其至也雖聖人亦有所不知焉夫婦之不肖可以能行焉及其至也雖聖人亦有所不能焉聖人之道造端乎夫婦之所能行是以天下無不可學而極乎聖人之所不能知是以學者不知其所窮夫如是則惻隱足以爲仁而仁不止於惻隱羞惡足以爲義而義不止於羞惡此不亦孟子之所以爲性善之論歟子思論聖人之道出於天下之所能行而孟子論天下之人皆可以行聖人之道此無以異者而子思取必於聖人之道孟子取必於天下之人故夫後世之異議皆出於孟子而子思之論天下同是而莫或非焉然後知子思之善爲論也

孟軻論

昔者仲尼自衞反魯網羅三代之舊聞蓋經禮三百曲禮三千終年不能究其說夫子謂子貢曰賜爾以吾爲多學而識之者歟非也予一以貫之天下苦其難而莫之能用也不知夫子之有以貫之也是故堯舜禹湯文武周公之法度禮樂刑政與當世之賢人君子百氏之書百工之技藝九州之內四海之外九夷八蠻之事荒忽誕謾而不可考者雜然皆列乎胸

中而有卓然不可亂者此固有以一之也是以博學而不亂深思而不惑非天下之至精其孰能與于此蓋嘗求之於六經至於詩與春秋之際而後知聖人之道始終本末各有條理夫王化之本始於天下之易行天下固知有父子也父子不相賊而足以爲孝矣天下固知有兄弟也兄弟不相奪而足以爲悌矣孝悌足而王道備此固非有深遠而難見勤苦而難行者也故詩之爲教也使人歌舞佚樂無所不至要在於不失正焉而已矣雖然聖人固有所甚畏也一失容者禮之所由廢也一失言者義之所由亡也君臣之相攘上下之相殘天下大亂未嘗不始於此道是故春秋力爭於毫釐之間而深明乎疑似之際截然其有所必不可爲也不觀於詩無以見王道之易不觀於春秋無以知王政之難自孔子沒諸子各以所聞著書而皆不得其源流故其言無有統要若孟子可謂深於詩而長於春秋者矣其道始於至粗而極於至精充乎天地放乎四海而毫釐有所必計至寬而不可犯至密而可樂者此其中必有所守而後世或未之見也且孟子嘗有言矣人能充其無欲害人之心而仁不可勝用也人能充其無欲爲穿窬之

心而義不可勝用也士未可以言而言是以言餂之也可以言而不言是以不言餂之也是皆穿窬之類也唯其不爲穿窬也而義至於不可勝用唯其未可以言而言可以言而不言也而其罪遂至於穿窬故曰其道始於至粗而極於至精充乎天地放乎四海而毫釐有所必計嗚呼此其所以爲孟子歟後之觀孟子者無觀之他亦觀諸此而已矣

東坡應詔集卷第八

東坡應詔集卷第九

樂毅論

自知其可以王而王者三王也自知其不可以王而霸者五霸也或者之論曰圖王不成其弊猶可以霸嗚呼使齊桓晉文而行湯武之事將求士之不暇雖欲霸可得乎夫王道者不可以小用也大用則王小用則亡昔者徐偃王宋襄公嘗行仁義矣然終以亡其身喪其國者何哉其所施者未足以充其所求也故夫有可以得天下之道而無取天下之心乃可與言王矣范蠡留侯雖非湯武之佐然亦可謂剛毅果敢卓然不惑而能有所必爲者也觀吳王困於姑蘇之上而求哀請命於勾踐勾踐欲赦之彼范蠡者獨以爲不可援桴進兵卒刎其頸項籍之解而東高帝亦欲罷兵歸國留侯諫曰此天亡也急擊勿失此二人者以爲區區之仁義不足以易吾之大計也嗟夫樂毅戰國之雄未知大道而竊嘗聞之則足以亡其身而已矣論者以爲燕惠王不肖用反間以騎劫代將卒走樂生此其所以無成者出於不幸而非用兵之罪然當時使昭王尚在反間不得行樂毅終亦必敗何者燕之并齊非秦楚三晉之利今以百萬之師

攻兩城之殘寇而數歲不決師老於外此必有乘其虛者矣諸侯乘之於內齊擊之於外當此時雖太公穰苴不能無敗然樂毅以百倍之衆數歲而不能下兩城者非其智力不足蓋欲以仁義服齊之民故不忍急攻而至於此也夫以齊人苦湣王之彊暴樂毅苟退而休兵治其政令寬其賦役反其田里安其老幼使齊人無復鬬志則田單者獨誰與戰哉柰何以百萬之師相持而不決此固所以使齊人得徐而爲之謀也當戰國時兵彊相吞者豈獨在我以燕齊之衆壓其城而急攻之可滅此而後食其誰曰不可嗚呼欲王則王不王則審所處無使兩失焉而爲天下笑也

荀卿論

嘗讀孔子世家觀其言語文章循循莫不有規矩不敢放言高論言必稱先王然後知聖人憂天下之深也茫乎不知其畔岸而非遠也浩乎不知其津涯而非深也其所言者匹夫匹婦之所共知而所行者聖人有所不能盡也嗚呼是亦足矣使後世有能盡吾說者雖爲聖人無難而不能者不失爲寡過而已矣子路之勇子貢之辯冉有之智此三者皆天下之所

謂難能而可貴者也然二子者每不爲夫子之所悅顏淵默然不見其所能若無以異於衆人者而夫子亟稱之且夫學聖人者豈必其言之云爾哉亦觀其意之所嚮而已夫子以爲後世必有不足行其說者矣必有竊其說而爲不義者矣是故其言平易正直而不敢爲非常可喜之論要在於不可易也昔者常怪李斯事荀卿既而焚滅其書大變古先聖王之法於其師之道不啻若寇讎及今觀荀卿之書然後知李斯之所以事秦者皆出於荀卿而不足怪也荀卿者喜爲異說而不讓敢爲高論而不顧者也其言愚人之所驚小人之所喜也子思孟軻世之所謂賢人君子也荀卿獨曰亂天下者子思孟軻也天下之人如此其衆也仁人義士如此其多也荀卿獨曰人性惡桀紂性也堯舜僞也由是觀之意其爲人必也剛愎不遜而自許太過彼李斯者又特甚者耳今夫小人之爲不善猶必有所顧忌是以夏商之亡桀紂之殘暴而先王之法度禮樂刑政猶未至於絕滅而不可考者是桀紂猶有所存而不敢盡廢也彼李斯者獨能奮而不顧焚燒夫子之六經烹滅三代之諸侯破壞周公之井田此亦必有所恃者矣彼見其師歷

誣天下之賢人自是其愚以爲古先聖王皆無足法者不知荀卿特以快一時之論而荀卿亦不知其禍之至於此也其父殺人報仇其子必且行劫荀卿明王道述禮樂而李斯以其學亂天下其高談異論有以激之也孔孟之論未嘗異也而天下卒無有及者苟天下果無有及者則尚安以求異爲哉

韓非論

聖人之所爲惡夫異端盡力而排之者非異端之能亂天下而天下之亂所由出也昔周之衰有老聃莊周列禦寇之徒更爲虛無澹泊之言而治其猖狂浮游之說紛紜顛倒而卒歸於無有由其道者蕩然莫得其當是以忘乎富貴之樂而齊乎死生之分此不得志於天下高世遠舉之人所以放心而無憂雖非聖人之道而其用意固亦無惡於天下自老聃之死百餘年有商鞅韓非著書言治天下無若刑名之賢及秦用之終於勝廣之亂教化不足而法有餘秦以不祀而天下被其毒後世之學者知申韓之罪而不知老聃莊周之使然何者仁義之道起於夫婦父子兄弟相愛之間而禮法刑政之原出於君臣上下相忌之際相愛則有所不忍相忌則有所不敢不敢與

不忍之心合而後聖人之道得存乎其中今老聃莊周論君臣父子之間汎汎乎若萍游於江湖而適相值也夫是以父不足愛而君不足忌不忌其君不愛其父則仁不足以懷義不足以勸禮樂不足以化此四者皆不足用而欲置天下於無有豈誠足以治天下哉商鞅韓非求爲其說而不得得其所以輕天下而齊萬物之術是以敢爲殘忍而無疑今夫不忍殺人而不足以爲仁而仁亦不足以治民則是殺人不足以爲不仁而不仁亦不足以亂天下如此則舉天下唯吾之所爲刀鋸斧鉞何施而不可昔者夫子未嘗一日易其言雖天下之小物亦莫不有所畏今其視天下眇然若不足爲者此其所以輕殺人歟太史遷曰申子卑卑施於名實韓子引繩墨切事情明是非其極慘覈少恩皆原於道德之意嘗讀而思之事固有不相謀而相感者莊老之後其禍爲申韓由三代之衰至于今凡所以亂聖人之道者其弊固已多矣而未知其所終柰何其不爲之所也

留侯論

古之所謂豪傑之士者必有過人之節人情有所不能忍者匹夫見辱拔劍而起挺身而鬭此不足爲勇

也天下有大勇者卒然臨之而不驚無故加之而不
怒此其所挾持者甚大而其志甚遠也夫子房授書
於圯上之老人也其事甚怪然亦安知其非秦之世
有隱君子者出而試之觀其所以微見其意者皆聖
賢相與警戒之義世人不察以爲鬼物亦已過矣且
其意不在書當韓之亡秦之方盛也以刀鋸鼎鑊待
天下之士其平居無罪夷滅者不可勝數雖有賁育
無所復施夫持法太急者其鋒不可犯而其勢未可
乘子房不忍忿忿之心以匹夫之力而逞於一擊之
間當此之時子房之不死者其間不能容髮蓋亦已
危矣千金之子不死於盜賊何者其身之可愛而盜
賊之不足以死也子房以蓋世之才不爲伊尹太公
之謀而特出於荊軻聶政之計以僥倖於不死此圯
上老人之所爲深惜者也是故倨傲鮮腆而深折之
彼其能有所忍也然後可以就大事故曰孺子可教
也楚莊王伐鄭鄭伯肉袒牽羊以逆莊王曰其君能
下人必能信用其民矣遂捨之勾踐之困於會稽而
歸臣妾於吳者三年而不倦且夫有報人之志而不
能下人者是匹夫之剛也夫老人者以爲子房才有
餘而憂其度量之不足故深折其少年剛銳之氣使

之忍小忿而就大謀何則非有生平之素卒然相遇於草野之間而命以僕妾之役油然而不怪者此固秦皇之所不能驚而項籍之所不能怒也觀夫高祖之所以勝而項籍之所以敗者在能忍與不能忍之間而已矣項籍惟不能忍是以百戰百勝而輕用其鋒高祖忍之養其全鋒以待其斃此子房教之也當淮陰破齊而欲自王高祖發怒見於詞色由此觀之猶有剛强不忍之氣非子房其誰全之太史公疑子房以爲魁梧奇偉而其狀貌乃如婦人女子不稱其志氣嗚呼此其所以爲子房歟

賈誼論

非才之難所以自用者實難惜乎賈生王者之佐而不能自用其才也夫君子之所取者遠則必有所待所就者大則必有所忍古之賢人皆有可致之才而卒不能行其萬一者未必皆其時君之罪或者其自取也愚觀賈生之論如其所言雖三代何以遠過得君如漢文猶且以不用死然則是天下無堯舜終不可以有所爲耶仲尼聖人歷試於天下苟非大無道之國皆欲勉强扶持庶幾一日得行其道將之荆先之以冉有申之以子貢君子之欲得其君如此其勤

也孟子去齊三宿而後出晝猶曰王其庶幾召我君子之不忍弃其君如此其厚也公孫丑問曰夫子何爲不豫孟子曰方今天下捨我其誰哉而吾何爲不豫君子之愛其身如此其至也夫如此而不用然後知天下之果不足與有爲而可以無憾矣若賈生者非漢文之不用生生之不能用漢文也夫絳侯親握天子璽而授之文帝灌嬰連兵數十萬以決劉呂之雄雌又皆高帝之舊將此其君臣相得之分豈特父子骨肉手足哉賈生洛陽之少年欲使其一朝之間盡弃其舊而謀其新亦已難矣爲賈生者上得其君下得其大臣如絳灌之屬優游浸漬而深交之使天子不疑大臣不忌然後舉天下而唯吾之所欲爲不過十年可以得志安有立談之間而遽爲人痛哭哉觀其過湘爲賦以弔屈原紆鬱憤悶趯然有遠舉之志其後卒以自傷哭泣至於夭絕是亦不善處窮者也夫謀之一不見用安知終不復用也不知默默以待其變而自殘至此嗚呼賈生志大而量小才有餘而識不足也古之人有高世之才必有遺俗之累是故非聰明睿哲不惑之主則不能全其用古今稱苻堅得王猛於草茅之中一朝盡斥去其舊臣而與之

謀彼其匹夫略有天下之半以此哉愚深悲賈生之志故備論之亦使人君得如賈誼之臣則知其有狷介之操一不見用則憂傷病沮不能復振而爲賈生者亦愼其所發哉

東坡應詔集卷第九

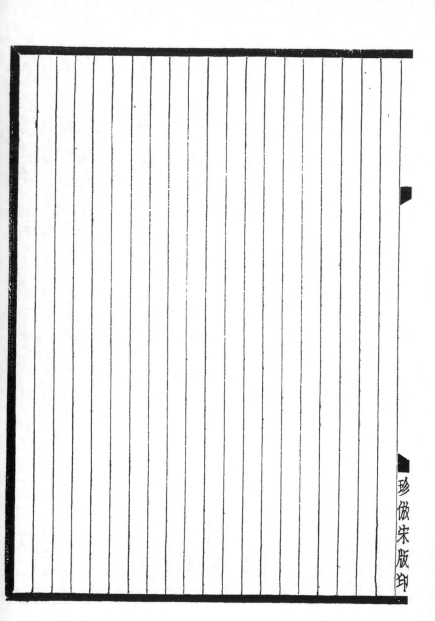

東坡應詔集卷第十

鼂錯論

天下之患最不可爲者名爲治平無事而其實有不測之憂坐觀其變而不爲之所則恐至於不可救起而强爲之則天下狃於治平之安而不吾信唯仁人君子豪傑之士爲能出身爲天下犯大難以求成大功此固非勉强期月之間而苟以求名者之所能也天下治平無故而發大難之端吾發之吾能收之然後能免難於天下事至而循循焉欲去之使他人任其責則天下之禍必集於我昔者鼂錯盡忠爲漢謀弱山東之諸侯諸侯並起以誅錯爲名而天子不察以錯爲說天下悲錯之以忠而受禍而不知錯之有以取之也古之立大事者不唯有超世之才亦必有堅忍不拔之志昔禹之治水鑿龍門決大河而放之海方其功之未成也蓋亦有潰冒衝突可畏之患唯能前知其當然事至不懼而徐爲之所是以得至於成功夫以七國之彊而驟削之其爲變豈足怪哉錯不於此時捐其身爲天下當大難之衝而制吳楚之命乃爲自全之計欲使天子自將而己居守且夫發七國之難者誰乎己欲求其名安所逃其患以自將

之至危與居守之至安已爲難首擇其安而遺天子以至危此忠臣義士所以憤惋而不平者也當此之時雖無袁盎錯亦未免於禍何者己欲居守而使人主自將以情而言天子固已難之矣而重違其議是以袁盎之說得行於其間使吳楚反錯以身任其危日夜淬厲東向而待之使不至於累其君則天子將恃之以爲無恐雖有百袁盎可得而間哉嗟夫世之君子欲求非常之功則無務爲自全之計使錯自將而擊吳楚未必無功唯其欲自固其身而天子不悅姦臣得以乘其隙錯之所以自全者乃其所以自禍歟

霍光論

古之人惟漢武帝號知人蓋其平生所用文武將帥郡國邊鄙之臣左右侍從陰陽律歷博學之士以至錢穀小吏治刑獄使絕域者莫不獲盡其才而各當其處然猶有所試其功効著見天下之所共知而信者至於霍光先無尺寸之功而才氣數術又非有以大過於羣臣而武帝擢之於稠人之中付以天下後世之事而霍光又能忘身一心以輔幼主處於廢立之際其舉措甚閑而不亂此其故何也夫欲有所立

於天下擊搏進取以求非常之功者則必有卓然可見之才而後可以有望於其成至於捍社稷託幼子此其難者不在乎才而在乎節不在乎節而在乎氣天下固有能辨其事者矣然才高而位重則有僥倖之心以一時之功而易萬世之患故曰不在乎才而在乎節古之人有失之者司馬仲達是也天下亦有忠義之士可託以死生之間而不忍負者矣然狷介廉潔不爲不義則輕死而無謀能殺其身而不能全其國故曰不在乎節而在乎氣古之人有失之者晉荀息是也夫霍光者才不足而氣節有餘此武帝之所爲取也書曰如有一介臣斷斷倚無他技其心休休焉其如有容人之有技若己有之人之彥聖其心好之不啻若自其口出是能容之以保我子孫黎民嗟夫此霍光之謂歟使霍光而有他技則其心安能休休焉容天下之才而樂天下之彥聖不忌不克若自己出哉才者爭之端也夫惟聖人在上驅天下之人各走其職而爭用其所長苟以人臣之勢而居於廊廟之上以捍衞幼沖之君而以其區區之才與天下爭能則姦臣小人有以乘其隙而奪其權矣霍光以匹夫之微而操殺生之柄威蓋人主而貴震於天

下其所以歷事三主而終其身天下莫與爭者以其無他技而武帝亦以此取之歟

揚雄論

昔之爲性論者多矣而不能定于一始孟子以爲善而荀子以爲惡揚子以爲善惡混而韓愈者又取夫三子之說而折之以孔子之論離性以爲三品曰中人可以上下而上智與下愚不移以爲三子者皆出乎其中而遺其上下而天下之所是者於愈之說多焉嗟夫是未知乎所謂性者而以夫才者言之夫性與才相近而不同其別不啻若黑白之異也聖人之所與小人共之而皆不能逃焉是眞所謂性也而其才固將有所不同今夫木得土而後生雨露風氣之所養暢然而遂茂者木之所同也性也而至於堅者爲轂柔者爲輪大者爲楹小者爲桷桷之不可以爲楹輪之不可以爲轂是豈其性之罪邪天下之言性者皆雜乎才而言之是以紛紛而不能一也孔子所謂中人可以上下而上智與下愚不移者是論其才也而至於言性則未嘗斷其善惡曰性相近也習相遠也而已韓愈之說則又有甚者離性以爲情而合才以爲性是故其論終莫能通彼以爲性者果泊然

而無爲耶則不當復有善惡之說苟性而有善惡也則夫所謂情者乃吾所謂性也人生而莫不有飢寒之患牝牡之欲今告乎人曰飢而食渴而飲男女之欲不出於人之性也可乎是天下知其不可也聖人無是無由以爲聖而小人無是無由以爲惡聖人以其喜怒哀懼愛惡欲七者御之而之乎善小人以是七者御之而之乎惡由此觀之則夫善惡者性之所能之而非性之所能有也且夫言性者安以其善惡爲哉雖然揚雄之論則固已近之曰人之性善惡混脩其善則爲善人脩其惡則爲惡人此其所以爲異者唯其不知性之不能以有夫善惡而以爲善惡之皆出乎性也而已夫太古之初本非有善惡之論唯天下之所同安者聖人指以爲善而一人之所獨樂者則名以爲惡天下之人固將卽其所樂而行之孰知夫聖人唯其一人之獨樂不能勝天下之所同安是以有善惡之辨而諸子之意將以善惡爲聖人之私說不已疏乎而韓愈又欲以書傳之所聞一人之事迹而折夫三子之論區區乎以后稷之岐嶷文王之不勤瞽鯀管蔡之迹而明之聖人之論性也將以盡萬物之理與衆人之所共知者以折天下之疑而

韓愈欲以一人之才定天下之性且其言曰今之言性者皆雜乎佛老愈之說以爲性之無與於情而喜怒哀樂皆非性者是愈流入於佛老而不自知也

諸葛亮論

取之以仁義守之以仁義者周也取之以詐力守之以詐力者秦也以秦之所以取取之以周之所以守守之者漢也仁義詐力雜用以取天下者此孔明之所以失也曹操因衰乘危得逞其姦孔明恥之欲信大義於天下當此時曹公威震四海東據許兗南收荆豫孔明之所恃以勝之者獨以其區區之忠信有以激天下之心耳夫天下廉隅節槩慷慨死義之士固非心服曹氏也特以威劫而彊臣之聞孔明之風宜其千里之外有響應者如此則雖無措足之地而天下固爲之用矣且夫殺一不義而得天下有所不爲而後天下忠臣義士樂爲之死劉表之喪先主在荆州孔明欲襲殺其孤先主不忍也其後劉璋以好逆之至蜀不數月扼其吭拊其背而奪之國此其與曹操異者幾希矣曹劉之不敵天下之所知也言兵不若曹操之多言地不若曹操之廣言戰不若曹操之能而有以一勝之者區區之忠信也孔明遷劉璋

既已失天下義士之望乃始治兵振旅爲仁義之師東嚮長驅而欲天下響應蓋已難矣曹操既死子丕代立當此之時可以計破也何者操之臨終召丕而屬之植未嘗不以譚尚爲戒也而丕與植終於相殘如此此其父子兄弟且爲寇讎而況能以得天下英雄之心哉此可間之勢不過捐數十萬金使其大臣骨肉內自相殘然後舉兵而伐之此高祖所以滅項籍也孔明既不能全其信義以服天下之心又不能奮其智謀以絕曹氏之手足宜其屢戰而屢却哉故夫敵有可間之勢而不間者湯武行之爲大義非湯武而行之爲失機此仁人君子之大患也呂溫以爲孔明承桓靈之後不可彊民以思漢欲其播告天下之民且曰曹氏利汝吾事之害汝吾誅之不知蜀之與魏果有以大過之乎苟無以大過之而又決不能事魏則天下安肯以空言竦動哉嗚呼此書生之論可言而不可用也

韓愈論

聖人之道有趨其名而好之者有安其實而樂之者珠璣犀象天下莫不好奔走出力爭鬬奪取其好之不可謂不至也然不知其所以好之之實至於粟米

蔬肉桑麻布帛天下之人內之於口而知其所以爲美被之於身而知其所以爲安此非有所役乎其名也韓愈之於聖人之道蓋亦知好其名矣而未能樂其實何者其爲論甚高其待孔子孟軻甚尊而拒楊墨佛老甚嚴此其用力亦不可謂不至矣然其論至於理而不精支離蕩佚往往自叛其說而不知昔者宰我子貢有若更稱其師以爲生民以來未有如夫子之盛雖堯舜之賢亦所不及其尊道好學亦已至矣然而君子不以爲貴曰宰我子貢有若智足以知聖人之汙而已矣若夫顏淵豈亦云爾哉蓋亦曰夫子循循焉善誘人由此觀之聖人之道果不在於張而大之也韓愈者知好其名而未能樂其實者也愈之原人曰天者日月星辰之主也地者山川草木之主也人者夷狄禽獸之主也主而暴之不得其爲主之道矣是故聖人一視而同仁篤近而舉遠夫聖人之所爲異乎墨者以其有別焉耳今愈之言曰一視而同仁則是以待人之道待夷狄待夷狄之道待禽獸也而可乎教之使有能化之使有知是待人之仁也薄其禮而致其情不責其去而厚其來是待夷狄之仁也殺之以時而用之有節是待禽獸之仁也若

之何其一之儒墨之相戾不啻若胡越而其疑似之間相去不能以髮宜乎愈之以爲一也孔子曰汎愛衆而親仁仁者之爲親則是孔子不兼愛也祭神如神在神不可知而祭者之心以爲如其存焉則是孔子不明鬼也儒者之患患在於論性以爲喜怒哀樂皆出於情而非性之所有夫有喜有怒而後有仁義有哀有樂而後有禮樂以爲仁義禮樂皆出於情而非性則是相率而叛聖人之教也老子曰能嬰兒乎喜怒哀樂苟不出乎性而出乎情則是相率而爲老子之嬰兒也儒者或曰老易夫易豈老子之徒歟而儒者至有以老子說易則是離性以爲情者其弊固至此也嗟夫君子之爲學知其人之所長而不知其蔽豈可謂善學邪

東坡應詔集卷第十

西元二〇二二年一月一日重製一版

東坡七集 冊三（宋蘇軾撰）

平裝四冊基本定價參仟陸佰元正
（郵運匯費另加）

發行人 張敏君
發行處 中華書局
臺北市內湖區舊宗路二段一八一巷八號五樓（5FL., No. 8, Lane 181, JIOU-TZUNG Rd., Sec 2, NEI HU, TAIPEI, 11494, TAIWAN）
客服電話：886-8797-8396
公司傳真：886-8797-8909
匯款帳戶：華南商業銀行西湖分行
179100026931
印刷：維中科技有限公司
海瑞印刷品有限公司

No. N3061-3

國家圖書館出版品預行編目(CIP)資料

東坡七集/(宋)蘇軾撰. -- 重製一版. -- 臺北市 : 中華書局, 2022.01

冊； 公分

ISBN 978-986-5512-78-1(全套 : 平裝)

845.16 110021472